历史与现场丛书

孟繁华 贺绍俊 主编

心灵与历史互动的奥秘

季红真◎著

中国社会科学出版社

图书在版编目（CIP）数据

心灵与历史互动的奥秘/季红真著 .—北京：
中国社会科学出版社，2017.8
（历史与现场丛书）
ISBN 978-7-5161-9779-0

Ⅰ.①心… Ⅱ.①季… Ⅲ.①文学研究—文集 Ⅳ.①I0-53

中国版本图书馆 CIP 数据核字（2017）第 018789 号

出 版 人	赵剑英
责任编辑	郭晓鸿
特约编辑	席建海
责任校对	张依婧
责任印制	戴 宽

出　　版	中国社会科学出版社
社　　址	北京鼓楼西大街甲 158 号
邮　　编	100720
网　　址	http://www.csspw.cn
发 行 部	010-84083685
门 市 部	010-84029450
经　　销	新华书店及其他书店
印刷装订	北京君升印刷有限公司
版　　次	2017 年 8 月第 1 版
印　　次	2017 年 8 月第 1 次印刷
开　　本	710×1000　1/16
印　　张	21.25
插　　页	2
字　　数	275 千字
定　　价	76.00 元

凡购买中国社会科学出版社图书，如有质量问题请与本社营销中心联系调换
电话：010-84083683
版权所有　侵权必究

目 录

第一辑 探险萧红

错动历史中的文学飞翔 ………………………………… 3
萧红身世之谜 …………………………………………… 15
永不陨落的文学星辰 …………………………………… 35
萧红年谱 ………………………………………………… 66
鲁迅序言对《生死场》的经典定位之后，我们是否还有可为？
　　——纪念鲁迅为两萧作序八十周年 ………………… 114

第二辑 扫描文学史

80年代文学的转型场景 ………………………………… 133
寻根文学的历史语境、文化背景与多重意义
　　——三十年历程的回望与随想 …………………… 168
历史旧梦的浮现
　　——寻根文学三十年回顾 ………………………… 182
少年旧梦中的乡愁
　　——汪曾祺《受戒》的文化史记忆 ……………… 184

生殖：人类最隐秘的集体创伤记忆与历史叙事的盲点
　　——浮现在近代人文思潮中的中外
　　　宿命叙事（提纲） ……………………… 194

回归《水经注》的大游记传统
　　——关于文化生态之旅的随想 ……………… 201

夯实新文学经典化的基础 ……………………………… 210

第三辑　新世纪留痕

从反叛到皈依
　　——论"80后"写作的成人礼叙事模式 ……… 217

堕落时代的心灵成长
　　——读孙涌智的长篇小说《卡瓦》 …………… 261

心灵与历史互动的奥秘
　　——读［美］斯拉文斯基《塞林格传》 ……… 263

奇妙宇宙创生的奥秘
　　——读［美］依兰·斯塔文斯《加西亚·马尔克斯
　　　早年生活 1927—1970》 ………………… 267

漂移到枫叶之国的中华文化版图
　　——加拿大华文小说阅读札记 ………………… 293

开掘日本民族和美的原始思想 …………………………… 300

附录一　开拓心灵的疆域 ………………………………… 320

附录二　走进学术的殿堂 ………………………………… 331

后　记 ……………………………………………………… 336

第一辑

探险萧红

错动历史中的文学飞翔*

相遇萧红，对于一个以现当代文学研究为业的人来说，无疑是一个极大的幸运。但是，能够读懂萧红，却不是一件容易的事情。她的意义长期被遮蔽，首先是被她自己的传奇经历所遮蔽，然后是被鲁迅遮蔽，还有就是被萧军遮蔽。在目前已经出版的《中国现代文学史》一书中，很少有为她设专节论述的。一般是放在左翼文学的主题下，近年则多放在东北作家群的范畴中，只有在女性文学史中有她独立的章节。左翼作家的身份使她获得被言说的合法性，东北作家群的归纳使她得到乡土的认同，而女作家的前卫姿态又使她对政治、文化、人生、人性等方面的诸多思考被忽略。至于那些商业炒作式的写作，更是以不幸身世的煽情抹杀了她思想和艺术的成就。当然，这也说明了她的丰富性，可以从各个角度被阐释，被各个层次和各个时代的读者所接受，好的作家都能为后人提供一个阐释的空间。

但是，对于还原一个真实的萧红无疑困难重重，她所生活的历史情景如此错动混乱，不仅是辛亥革命、五四运动、抗日战争等中国现代化过程的重大历史变动，而且还有她所生长的东北地区独特的政治史轨迹，如张氏父子治下反日维护路权的运动、张学良易帜之后的中东路事件、九一八事变以后日本法西斯的猖獗，都直接影响到她的命运。她所

------

* 本文为现代出版社 2012 年出版的《呼兰河传的女儿——萧红全传》的序言。

承载的乡土文化如此独特，肃慎、东胡、抚余与汉四大族系，在漫长的历史中生活在这块肥沃的黑土地上。清代长达两百多年的封禁，只有流民带来了中原的文化，闯关东的破产农民在文化史的"奇劫巨变"中，迎击了铁血文明的外族入侵。最现代的文明裹挟着最原始的文化，层层累积的移民传统带来了神奇的人生场景与形态。萧红所生长的家庭如此畸形，作为逃荒暴富的山东移民后代，衰落中的振兴、迫于时势的变通、血缘关系的复杂、上一代人阴暗的心理纠葛，都使她的成长历尽曲折，至今有一些无法释解的谜团。十年以前，笔者仓促写作《萧红传》的时候，就充满了疑惑，只能坚持一个原则，搞不清的地方全部存疑。五年前开始，笔者在学校开设《萧红研究》的课程，每年教一轮，每次都有新的发现，实地的考察、访谈和全面地搜集资料，使大量的疑点得以冰释，仍有谜团无法解开，也只好继续存疑。但是，这一次发现的萧红显然丰满了许多，称之为大传尚可差强人意。

一

对于萧红身世的考辨，实在应该感谢呼兰学人和几代哈尔滨学者以及萧红亲属所做的大量工作，家世基本已经搞清楚，使最大的一个谜团得以解开，萧红就是张家的女儿。但是由于时代的变迁与调查者的立场，仍然有一些结论大可质疑。

在萧红的生活史中现存最大的一个谜团，是订婚的时间与未婚夫的人间蒸发。前者关系到萧红求学等一系列奋斗的困厄所在，后者关系到她情感生活的巨大转折，而且两者又都是一个问题的延续。最早的说法是3岁订婚，而后则是14岁上高小的时候订婚，她的嫡亲侄子张抗先生坚持这种说法，铁锋先生当年找到介绍人于兴阁，也证明了这个说法。最新的调查成果来自她的堂妹张秀珉，是在初中二年级、18岁的时候，由她的六叔张廷献介绍定亲。三种说法时间相差不少，但订婚对象都是一个人，汪恩甲或者汪殿甲。只有铁峰先生根据于兴阁的说法，认为是呼兰驻军游击帮统王廷兰的次子汪恩甲。

这一说法最近似乎已经彻底被否定了，因为王廷兰作为抗日殉国的名将家世一目了然，他只有一个正式名分的儿子王凤桐，比萧红大三岁，在16岁的时候与呼兰北街开皮铺的孟家女结婚，次年生子。1932年，哈尔滨沦陷后，王廷兰代表马占山到齐齐哈尔接触李顿调查团，被捕后在日本特务的严刑拷打之下依然坚贞不屈，最后被装进麻袋从楼上扔下而壮烈殉国。王家不堪日本特务的骚扰，悄悄逃往关里投奔张学良抗战，后人一直延续至今。但是，仍有一些蛛丝马迹让人疑惑。张秀珉说六叔张廷献和汪恩甲的哥哥汪大澄是要好同学，受汪大澄之托为汪恩甲介绍对象。既是同学，张廷献又把自己的侄女介绍给同学的弟弟，自己岂不矮了一辈，这在20世纪二三十年代的东北是不合礼法的，何况乡绅张家又是极讲门第和体面的。

萧红小学毕业之后，全班绝大多数同学继续升学，父亲张廷举却坚决不许她继续读书，这也是一个匪夷所思的疑点。仅仅用重男轻女的封建思想是不足以解释的，因为张廷举是新派乡绅，是呼兰提倡女学的头面人物，阻止自己的女儿读书，要受到教育界同人的鄙夷，也要受到前妻家族的压力。而且对于所有为萧红说情的亲朋一概不做任何解释，其中必有难言之隐。这致使萧红在家停学一年，最后是向家庭施行了"骗术"才到哈尔滨上了初中。她的同窗好友徐淑娟对于她的叙述基本都是属实的，当年萧红曾经对她说，自己很小就被家里订给豪门，允许出来上学也是为了攀这门高亲。汪恩甲的父亲只是一个小官吏，是谈不上高亲的，除非他另有不为人知的神秘身世。曹革成先生在《我的姊姊萧红》（时代文艺出版社 2005 年版）一书中，提到长期流传的一个说法，汪恩甲本姓王。还有一个传说，萧红的祖母范氏的哥哥是某地的一个督军。从所有关于范氏的回忆里可知，她总是神神道道的，好走动，在家里说一不二。当时的东北乡间，订婚有口头和正式下礼两个步骤，萧红父母的婚事就是由范氏最早托人提亲，延搁了四年之后才正式下礼订婚。萧红 3 岁订婚一说，也未必就是空穴来风，以范氏的精明强干，联姻一个军界豪门也是可能的，只是口头的婚约，后人未必知晓内情，作为过继子的张廷举又不便说破。萧红祖父 80 岁大寿的时候，马占山、王廷兰和呼兰县县长等军政要人都亲自赴宴，马占山赠匾额并且当场把萧红家所在的英顺胡同改名长寿胡同，胡同原名得自驻军将领之名。张廷举当时只是一个小学校长，何来如此大的排场和威势？萧红对祖母颇多怨愤，是否与这密不告人的婚约有关？14 岁订婚的说法，大概是旧话重提，因为萧红这时有一次伤心欲绝的初恋，并且抑郁生病半年，对方是破落了的二姑家的哥哥，应该是《呼兰河传》中兰哥的原型，后者贫病而死，萧红在小说《叶子》中对此有过详细的描述，场景与人物和她家耦合，没有亲历是写不出那样深挚的初恋体验的。于兴阁出面做媒，就在这个时候，而后来张廷举阻止萧红升学，大概也和这次提婚有关，而父亲的最终妥协和萧红对徐淑娟的自述，是否还隐藏着双方家长幕后的暗中协商？汪恩甲家在哈尔滨顾乡屯，本人也已经师范毕业在哈尔滨工作了，萧红到哈尔滨读书可以离他近一些。而 18 岁的正式订婚，也是由于她在"反五路"游行中活跃，招来不少异性青年，引起家长的紧张。她与未婚夫同居是在黑龙江政局急剧动荡之时，马占山打响了武装抗日的第一枪，汪恩甲的失踪就是在王廷兰殉国前后。萧红一生不说婆家与未婚夫的坏话，对自己的婚事讳莫如深，大概都和这不可言说的神秘婚约有关。

二

　　把萧红从所有意识形态的简单逻辑中剥离出来，发现一个全面、真实、完整的萧红，是笔者多年的努力，而传记的写作是这个努力得以实现的基础。事实上，我们当代文坛讨论的所有问题，在萧红那里几乎都有。譬如，底层写作的问题、身体叙事的问题、民族国家的问题、性别的问题、终极关怀的问题、生命价值的问题，甚至包括早期后殖民的问题，更不用说民族化和文体的问题等。在近年去政治化和去意识形态化的潮流中，萧红被新一代研究者从左翼文学中剥离出来的同时，也从历史的具体情境中分解出来，所谓矫枉过正，合法性的宽松有了新的阐释可能。甚至有的论者认为她根本不是"抗日作家"，这无疑是违背历史真实与她创作实际的。彻底地去政治化、去意识形态化就是去历史化，从鉴赏的角度是可以的，但是从传记的写作与学术的研究来说则是虚妄的。除了调查考辨之外，还需要尊重她文本中的自述，这也是尊重作者本人的严肃态度。

　　人是植根于历史当中的，而文化思潮、意识形态与具体的历史情景总是相互扭结，是所有人成长的意义空间，是历史土壤的一部分。完全以意识形态去解释一个卓越的作家自然是愚蠢的，而完全不顾意识形态的作用，试图抽象出一个没有历史政治色彩的作家也太过于简单。这就是笔者试图克服的两种倾向，希望在尽可能真实的历史还原中，发现这个奇特的艺术生命，是以什么样的方式植根于历史当中，又以怎样独特的心路历程回应错动时代的政治、文化、艺术思潮，完成内心纠葛向文学转化的绽放，怎样最终超越了自己的时代。

萧红一开始写作就是左翼的立场，第一篇小说《王阿嫂的死》就是以惨烈的阶级压迫刷新了读者的视野。乡村大地主阶级的豪横与无法无天，是东北地区最显著的文化特征。因为是流民集聚的地区，东北至晚清"慈禧新政"之前几乎没有民治机构，一直都是军政合一的统治方式，相对于中原的规范，大地主更多是在以渔猎为主的通古斯原住民的生荒土地上，通过跑马占山式的开拓，与官府丈量土地时的营私舞弊发展起来的豪强地主。国民党的势力是在张学良易帜之后，才渗透过来。由于政治统治的疏、天高皇帝远、匪患又十分严重，大地主的庄园都有深壕高墙，还建有炮台、豢养着私人武装。萧红祖辈聚族而居的张家大本营即黑龙江阿城福昌号屯，村外被一条矩形的壕沟围着，沟深三米多，只在南面和东面开门。夏天，为了防止匪患，沟内还蓄满水。张家老宅因为在屯子的中心，被称为腰院张家。四周由高墙围着，墙基1.5米宽，高3.5米，围墙四角设有炮台，炮台上有步枪和大台杆（土炮），昼夜有人在炮台上放哨。大院只正南有门，平时关着，只开一角门，由打更的人守卫。萧红早期的小说《出嫁》等都是以这里为背景，而她笔下所有的地主都姓张，可见是以自己的家族叙事为主。《夜风》里面的人物设置可以和张氏家族的血缘亲属关系一一对照，所以要想抹杀她以阶级论为核心的左翼倾向也是很难的。她成名之后，被父亲开除族籍，理由之一是"侮蔑家长"，也可见与封建地主家庭矛盾的不可调和。

三

然而，萧红最终超越了左翼的立场，开启了通往永恒的文学之门。这主要是和她的性别立场与女性独特的生命体验有关系，为了求学与婚姻自主，她和家庭爆发了最初的冲突，这是五四精神之女最一般的奋斗起点，由此开始了苦难的跋涉之旅。由于两度离家出走到北京求学，被家庭软禁在福昌号屯腰院张家中三个多月，在历史急剧错动的九一八事变之后的混乱中，逃出被软禁的老宅，一度流浪街头，拒绝受和自己处于两极的父亲的豢养。她在开始发表作品的时候只有22岁，但是已经有了和两个男人同居的经历，遭际了痛失亲子的人生大悲。她现存最早发表的散文作品《弃儿》，细致生动地记叙了自己生产前后的窘迫处境与内心感受。她是以女性的经验洞察着历史，超越了意识形态的幻影，也超越了党派的立场。

尽管萧红的一生都主要生活在左翼文化人的圈子里，每当危难的时刻，都得到共产党人朋友的帮助，曾经还一度想加入共产党而去征求鲁迅的意见，鲁迅出于对她的爱护，以环境太残酷，打消了她的念头。党组织也曾经想发展她，但是看到她那副"不可救药"的艺术家风度和任性的自由主义思想作风，便放弃了初衷。她对于党派政治的心理疏离也以不同的方式表达出来，除了和舒群、高原等人的当面争吵之外，旅居日本时期写作的小说《亚丽》，更是从生命的情感价值的角度，对于党派政治的组织形式表达了深刻的质疑。

性别的立场与女性的经验都是她接受左翼思想的基础，作为弱势群体的一员，她始终认同民众的苦难，而且看到他们顽强的生命力。这无疑适应了全民抗战的时代主潮，顺应了在外来暴力的威胁之下，建立历史主体的种族需要。她对聂绀弩说，她的人物比她高，一开始的时候，她也悲悯她的人物，写着写着感觉就变了，她觉得她不配悲悯他们，倒是他们应该来悲悯她才对。这实际上也把自己和鲁迅那些自觉地承担着启蒙任务的精英知识分子区别开来。但是，她并没有放弃启蒙立场，而是随着历史大势的变动，调整着自己思想的罗盘。1939年4月，她在《七月》座谈会上，对于"战场高于一切"的急功近利的文学观念大不以为然，公开表示作家不是属于某个阶级的，作家是属于人类的，作家的写作要永远对着人类的愚昧。当时，人类最大的愚昧就是遍及全球的法西斯战争。萧红一开始就针对这人类浩劫写作，《生死场》中后几章都和日本军队的入侵有关，只是她不是正面表现民众的抗日斗争，而是以更多的笔墨描写外族入侵对乡土社会传统生活的迅速改变。历史时间的断裂，使村民们原本贫苦的生活都难以为继，苦难以加速度的方式导致乡村社会的崩溃，民族国家的意识也因此被强迫植入蒙昧生存中的民众头脑。"八一三"抗战爆发之后，她写下了《天空的点缀》等文章，直接参与了全民抗战的伟大事业。1939年，她在重庆又写作了《牙粉医病法》，揭露了外国医生在东北草菅人命的医疗暴行，这就是早期后殖民的问题，是对《生死场》中"传染病"一节素材的重申，也和当时日军在华的暴行接上了榫，这篇文章由于"反日倾向"而长期不能被批准发表。

当然，性别的立场在她始终都没有泯灭。从启蒙到救亡，从左翼到人类情怀，从民族国家到乡土之恋，她都是以女性独特的感知方式表达历史错动中的人性追问。《生死场》中最触目的是女性的生存惨状，如月英的病象、三个女人生产的刑罚、因为生活无着而像一大一小两条干鱼一样上吊自杀的祖孙俩、王婆曲折离奇的经历，"一生的痛苦，都是没有代价的"。金枝盲目地受孕，受到乡土文化的精神挤压，孩子死了之后，为逃避日军横行的破产乡村，化装进城缝穷，又被一个中国男人强暴，种族的立场与性别的立场发生了抵牾。她想去当尼姑，彻底摆脱苦难的人间，结果女人最后一个精神的避难所尼姑庵，也因为战争而关闭了。这就是终极关怀的问题，哪里是安放灵魂的处所？！《呼兰河传》中王大姑娘自由婚姻的悲剧，承受了乡土社会公众舆论的话语施暴。至于小团圆媳妇的命运更是让人发指的残酷暴行，其中有同胞之间鲁迅所谓"无主名无意识杀人团"的愚昧，也有超越了种族的人性施虐本能。五四的启蒙立场，一直以女性的视角潜在地影响着萧红对世界人生的观察。在《呼兰河传》中，唯一一个健康的人性故事就是磨倌冯歪嘴子，尽管贫穷，尽管受人歧视，却满怀希望、坚韧不拔地顽强生活下去。这和富于反抗精神的王婆一样，是让萧红感到心灵震动的乡土人物。在冯歪嘴子的形象中，萧红再一次完成了人生价值精神认同的自我确立。

　　而对于新式知识者的屡屡幻灭，使萧红的讽刺才能得到淋漓尽致的挥洒。1930年夏天，她随着远房姑表兄弟陆哲舜偷偷跑到北京，入北京师大女附中高中部读书，受到家庭的经济制裁之后，陆哲舜顶不住压力，两个人双双败退回哈尔滨。离京之前，萧红曾说他是"商人重利轻别离"。她在未婚夫汪恩甲人间蒸发之后，陷落在东兴顺旅馆，和萧军迅速结合，在共同生活的六年中，萧军频繁发生外遇。当年许广平对萧军说，萧红从来不说你不好。萧军回答，她是这个世界上真正爱我的人，我们以前的历史太复杂。认识萧红以前，萧军已经有十年婚龄，和前妻育有两个女儿。他把妻子送回老家之后，和两三个女子关系暧昧，暗恋着一个叫李玛丽的文学沙龙主人，追求南方姑娘陈娟多年，致使学生气的萧红倍觉感情的荒凉，以致独自东渡避到日本。以后的种种事端，更是让她无法忍受。不仅是爱情的"苦杯"与郁积在胸的"沙粒"，而且所有的朋友都站在萧军一边，连她弟弟张秀珂也要在萧红逝世十年之后，才能理解当年她和萧军的争吵并不都怪萧红。萧红要摆脱萧军的影响，走独立的人生之路，就像当年想摆脱父亲张廷举的影响一样。但是，她的逃亡总是以失败告终，就像逃离历史的冲动最终以死亡结束在战火中一样。她躲到日本，被萧军为了结束"没有结果的恋爱"而叫了回来；她逃进白鹅画院，被萧军的朋友打探到消息带了回来；她独自跑到北京，又被萧军以身体有病而骗了回来，实际上萧军真正担心的是萧红会不会爱上她的朋友李洁吾。直到1937年夏，端木蕻良的出现，才使她获得彻底摆脱对萧军的精神依附。实际上，这摆脱也并不彻底，人无法彻底割断自己的历史。由于和端木蕻良的结合，她受到所有旧日朋友的诟病，而她自己也背上了思想的包袱，因为端木蕻良是初婚的处子，萧红因此觉得他为自己做了牺牲，而心甘情愿地为他料理所有的生活琐事，久而久之，便也觉出劳累。而所有左翼文人朋友都对端木蕻良心存轻视，更不用说异性隐秘的暗恋，她面临的是友谊与爱情的抉择。

而且，就是在新派文人的圈子里，她也时时感受到性别的精神歧视。萧红由此看到一些人性的永恒问题，是政治革命和文化改良都无法解决的。在《三个无聊的人》一文中，她讽刺那些以人道的精神与学者的态度去嫖娼的新式知识者；在《夏夜》中，她嘲笑左翼文人对少女红唇的人血比喻是酸葡萄心理，一旦得到红唇少女的爱情，便放弃文化的批判。在《马伯乐》中，她嘲笑了深陷于悲观哲学的新式小知识分子，只会怨天尤人、夸夸其谈而一无所能的可笑性格，同时也揭示了他们在中外文化冲撞的历史情境中进退维谷的尴尬，既是伯乐又是马，整个一个"没用人"的滑稽形象。其洞察力也是女性的视角，而温和的软幽默也体现着女性独特的智慧。

但是，在萧红那里，性别的问题是和人生的问题、阶级的问题、种族的问题搅缠在一起的。她是从切实的人生出发，以生命的价值为原点，去表现历史人生的种种苦难，民族国家的宏大主题也因此而具有了深厚的民众生活基础，自身的生命体验则是所有问题得以融汇为艺术整体的情感酵母。

四

萧红在艺术上是非常前卫的。

她的艺术修养有着多个源头，童年和祖父学诗的音韵启蒙，早年乡土生活、民间艺术的熏陶，在国际化大都市哈尔滨读书时期，20世纪美术新潮的影响，还有学习外语的过程中，对域外民族艺术的涉猎，都影响着她的写作。她一生学过四种外语，中学读的是英语班，和萧军一起学习俄文，在上海学了世界语，在旅日期间又学了日语。这些语言中渗透着不同的艺术思维方式，形成多维的参照系，启发着她对汉语的独特领悟。

一般来说，她早期的作品明显受到域外先锋美术的影响。《生死场》几乎是一组富于象征性的画面，鲁迅当年"略图"与"叙事写景胜于人物的描写"的评价，就有保留地说出了她的特点。而身体的装饰性，则以儿童式的想象带给小说以新鲜明丽的视觉效果，"刑法的日子"一节，毫不相关的三个女人生产的场面明显带有先锋美术的构图特征，夸张地放大了女人独特的苦难。而她所有作品中都具有前卫艺术感觉主义的表现特征，以散文集《商市街》最充分。在1937年的《萧军日记》中，记叙了他们之间一次有趣的争吵，起因是为了一个细节描写的分歧，萧军认为萧红的写法不是小说的方式，而是诗的方式，自己的写法才是小说的方式。两个人争吵不休，萧红气得哭起来。鹿地亘来访，弄清原委之后说，你们俩写得都很好，一个是客观的正确、古典的优美，另一个是感觉主义的新鲜。可见，萧红是有相当艺术自觉的，而且当时她刚旅日归来不久，日本民族对于感觉的重视也和西方前卫的美术潮流合拍。

她晚期的代表作《呼兰河传》则主要是以中国古典诗歌为主要的艺术源泉，这是它被更多的中国读者所激赏的原因。音韵的自然流露、节奏的复沓，都暗示和强化着乡土人生的悲凉主题。成长在失乐园的经历也因此而格外清晰，邻近生命终点的时候，她以这样的挽歌形式，祭奠了自己的童年，也祭奠了所有的乡土故人。

萧红的时间形式也适应着错动的历史，表现出多种不同的形式。

她的历史时间是断裂的,《生死场》以日军入侵为界限分为前后两段且相隔十年,近于蒙太奇式地剪辑出乡土人生的故事。晚期从《后花园》开始的乡土叙事,基本的时间形式则是农耕民族封闭循环的文化时间,适应了对于单调生活与重复人生的喟叹。而《呼兰河传》则在封闭循环的传统文化时间框架中,楔入了钟表所象征的现代文明的时间形式,既与中国近代的历史相契合,又与成长的过程相适应,容纳了不同的生命周期。乡土人生与大的文化时间框架同构,表现为生老病死的无穷循环。而叙事者则跳出了这时间形式之外,隔着断裂的历史时间,以回顾的方式审视记忆中的家园,追问"人生何如?"最终超越了左翼文学以阶级论为核心的立场。

这样丰富的艺术创新,促进了汉语写作的现代化过程。萧红在对民族与民众的苦难认同中,以血书写了生命的诗篇,在错动的历史中完成了自己精彩的文学飞翔,超越了自己的时代,这就是她永生的价值所在。

当年,萧红曾经想以《呼兰河的女儿》命名她的传世之作《呼兰河传》。2011年是她来到这混乱世间的100周年,以这个名字命名追寻她匆忙离去身影的著作,也许是最切近她文学理想的描述,至少是笔者最诚挚的祭奠。

萧红身世之谜*

对于萧红身世的考证，以往最大的问题集中在她是不是张家的女儿。造成这一谜团的原因，最早来自她1933年对萧军的自述，以及1945年，她的胞弟张秀珂对萧红自述的怀疑。萧军当年曾经以她的讲述为素材，虚构了小说《涓涓》，他在1981年黑龙江人民出版社再版《萧红书简注释录》时，将这一说法加了进去，由此引发了巨大的争议。经过哈尔滨几代学人，特别是呼兰学人多年的调查，据张家后人与萧红母系姜氏后人的回忆，这一谜团基本澄清，萧红就是张廷举与姜玉兰的头生女儿，而且是经过父母之命，媒妁之言，举行了正式的婚礼。这种关于身世的说法来自萧红当时心理的症候，因为与家庭决裂，而且处于战争和法西斯统治的恐怖中，病痛、孤独使她已经接近精神分裂的边缘。所有青春期和父母关系紧张的女孩子，都可能会怀疑自己的身世，至于生父是贫农而被和母亲勾搭成奸的张姓地主害死，带着她和弟弟嫁到张家的推想，则是以阶级论为核心的左翼意识形态致幻的结果，当时她生活在左翼文化人的圈子里，基本的意义空

---

* 本文最初发表在《新文学史料》2011年第2期，此后陆续有新的资料出现，特别是从2013年开始，萧红未婚夫旧影浮现，关于他的家世、离开东兴顺旅馆之后的行踪多有披露，为笔者以前的推想提供了佐证，也提供了相反的叙事例证，经过与原有资料的对照并加以仔细辨析，在去伪存真的同时，也使以前忽略的一些细节有了深入推测的契机。本文基本观点没有变化，但是补充了新资料，以及对旧资料的深度解读。因为只限于几个重大问题，更为详细的考辨已经写入拙作《呼兰河的女儿——萧红全传》（2015年修订版），所以没有充分展开论述。

间决定了她想象的倾向。本事则是在福昌号屯听来的别人故事[①]，在感同身受的情感体验中，混淆了真实与猜想的边界。《涓涓》中"乱伦"一节更是夸张的艺术虚构，即使出于萧红的自述，也是女孩子在极度幽闭的环境中产生的性幻觉。张秀珂的怀疑主要是由于生母死时，她还年幼，继母又忙于生育理家，从小没有得到母爱，加上家中佣工的挑唆，童年时就形成了寄人篱下的心理阴影。她在1942年病逝之前，就已经推翻了自己的怀疑。[②]

由于这一说法引发争议，不少学人在广泛调查的过程中，也获得了新的资料，对于萧红身世的其他问题也多有澄清。但是，由此也带来了新的疑难，在推翻旧的结论的同时，一些新的问题又涌现出来，仍然需要仔细考辨。目前尚待解决的几个大谜团是生日、订婚时间与未婚夫家情况以及她与萧军的孩子的下落。笔者根据对各种资料的综合分析，在尽可能还原历史文化氛围的前提下，对照萧红文本的自述，与虚构文本互读，特别是那些一再被强调的细节，将一些疑惑写在下面，以就教各地的萧红研究者。

一　生日禁忌：端午节的咒语

关于萧红的生日，最早的说法是1911年6月1日。这一天是农历的端午节，东北乡间称之为五月节，因为民间有祭日出生的孩子不

[①] 参见王化珏等《"生死场"琐议》，《呼兰学人说萧红》，哈尔滨出版社1991年版，第175页。

[②] 参见张抗《萧红身世释疑》，孙茂山主编《萧红身世考》，哈尔滨出版社2003年版，第17页。

祥的说法，所以家里把她的生日向后推了一天。① 有学者由此得出结论，萧红一出生就受到旧文化的歧视，连真正的生日也不能公开。

这一说法，最早被铁峰先生所推翻。他在20世纪50年代后期，结识萧红父亲张廷举的老友、萧红称之为三姨父的于兴阁，确证是端午节后一天，在自己的《萧红传》中采纳了这一说法，又在《萧红生平事迹考》中进一步强调之。而且，于兴阁是在20世纪50年代末，张廷举到哈尔滨，两个人喝酒的时候，于兴阁亲耳听张说的。这一说法，又得到了萧红少年密友、二伯父之女张秀珉的旁证，似乎已经铁证如山。张秀珉比萧红小三岁，曾经在呼兰张廷举家吃住三年，与萧红朝夕相处、一起上学，直到萧红离家到哈尔滨上学为止。据她隐约记得萧红是在端午节后过生日，具体哪天则不甚清楚。② 这一说法，也引发了呼兰学人的质疑，根据他们对一些当地老人的调查，得出的结论是呼兰民间没有祭日出生的孩子不祥的风俗信仰。

但是，萧红在《呼兰河传》第二章，以风俗画的方式展现了民间的信仰，其中，七月十五盂兰盆会、放河灯是精神壮举之一。萧红特意写道：

> 七月十五是个鬼节，死了的冤魂怨鬼，不得脱生，缠绵在地狱里便是非常苦的，想脱生，又找不着路。这一天若是每个鬼托着一个河灯，就可以脱生。……所以放河灯这件事是件善举。……
>
> 但是这其间也有一个矛盾，就是七月十五这夜生的孩子，怕

---

① 这一说法，据铁峰的《萧红生平事迹考》披露，最早是由端木蕻良说出来的，当为萧红对他的自述。参见《萧红全集》（第三卷），哈尔滨出版社1998年版，第1396页。

② 参见王化珏《访萧红堂妹张秀珉老师》，孙茂山主编《萧红身世考》，哈尔滨出版社2003年版，第42页。

是都不大好，多半都是野鬼托着个莲花灯投生而来的。这个孩子长大了将不被父母所喜欢，长到结婚的年龄，男女两家必要先对过生日时辰，才能够结亲。若是女家生在七月十五，这女子就很难出嫁，必须改了生日，欺骗男家。若是男家七月十五的生日，也不大好，不过若是财产丰富的，也就没有多大关系……但在女子这方面可就万万不可：若是有钱寡妇的独养女，又当别论，因为娶了这姑娘可以有一份财产在那里晃来晃去，就是娶了而带不过财产来，先说那份妆奁也是不少的。假说女子就是一个恶鬼的化身，但那也不要紧。"平常的人说的，有钱能使鬼推磨。"[①]

七月十五的盂兰盆会也是佛道两教祭祀鬼神的节日，和清明、端午、十月十五下元节并称四大鬼节。其中，清明和十月十五是家祭，一个是扫墓、供奉食物以飨祖先与亡灵；另一个只烧纸，或者是烧纸质的衣物，有些地区则用纸包着烧，名曰烧包子，都体现送寒衣的象征意义。而端午和七月十五中元节（盂兰盆会）则是公祭，前者是祭奠公众人物，后者是纪念那些无家可归、无人奉飨的孤魂野鬼，故有放河灯的仪式。端午祭奠的对象有说是屈原、有说伍子胥，还有说曹娥，只有在江南的广大地区，有祭祀百越人图腾——龙的传说。总之，几种说法都和水有关系，所以有赛龙舟的习俗。此外，中国文化理念崇尚阴阳平衡，端午节是五月初五，五是阳数，因为是重五，两个阳数叠加有极阳之意，所以被纳入恶月恶日。从先秦开始就有恶月恶日辟邪避毒的说法，甚至有这一天出生的孩子不祥，男要杀父、女要杀母的传说。虽然，不是普遍的鬼节，但也是著名的祭日，由此而形成意义相关的风俗。就其祭日而言，和七月十五盂兰盆会的意义是有交集的。既然呼兰民间有鬼节出生的孩子不吉利的信仰，同是祭日

[①] 萧红：《呼兰河传》，《萧红全集》（上卷），哈尔滨出版社 1998 年版，第 140—141 页。

的端午节出生的孩子有类似的文化禁忌,也就顺理成章了。张家把萧红的生日推后一天,也就在情理之中。张廷举对朋友言之凿凿的确认,已经是在萧红不幸早逝十六七年之后,而且萧红9岁时丧母,这一年五四运动爆发,次年萧红就进了呼兰县立小学新设立的女生部,也都"应验"着命运不济与不祥的古老谶语,使他更忌讳道破天机。尽管她是一个无神论的新式知识分子,但要顾及整个家族与社会关系的舆论,自然也不愿犯众怒。

呼兰学人的调查是在20世纪80年代,距萧红叙事的年代有四十余年,距离小说本事发生的年代至少有六七十年,因为萧红讲述的是学前的童年见闻,那时五四运动还没有爆发。在多半个世纪的历史变迁中,发生了政权的频繁更迭、战争导致的文化溃败、官方意识形态的激烈沿革,特别是1949年开始的移风易俗、破除迷信的各种政治运动,"文化大革命"更是要"扫除一切牛鬼蛇神",他们调查的对象就是80岁以上的老人,也很少有亲历,并且很难保留早年的记忆。就是在呼兰学人的著述中,也还保留了民间至今仍然流传的"男莫占三六九,女莫占二五八",以及"三六九,往南走"[1]等不详的时间禁忌的命运谶语。姜家人关于族亲在张家的命运也有类似的说法,姜玉兰嫁到张家十一年病逝,萧红离开家十一年病逝,张秀珂是回到故乡十一年病逝。[2]可见,这种数字耦合的神秘宿命的原始信仰,至今也仍然有深广的文化心理的关联域流传在民间。所以,没有统计学基础的调查是不能作为证据的。

萧红自己的叙事对家庭也充满了怨愤,祖母用针扎她的手指[3],

---

[1] 李重华等:《漫论萧红》,李重华主编《呼兰学人说萧红》,哈尔滨出版社1991年版,第9页。

[2] 参见王化珏《访萧红亲三姨93岁老人姜玉凤》,孙茂山主编《萧红身世考》,哈尔滨出版社2003年版,第53页。

[3] 参见萧红《呼兰河传》,《萧红全集》(第三卷),黑龙江大学出版社2011年版,第48页。

"母亲并不十分爱我"①,"九岁时,母亲死去。父亲也就更变了样,偶然打碎了一只杯子,他就要骂到使人发抖的程度"②。在《家族以外的人》中,她还记叙了母亲对她的打骂。在张氏后人的叙事中,姜玉兰也是极为重男轻女的,一直不让萧红读书上学,只让她在家看孩子做家务。③ 至于继母,则更是她少女时代的克星。除此之外,她自己几乎避讳谈起生日,在自述的文字中没有具体的显示,只说"1911年"出生,"二十岁的时候就逃出了父亲的家"。但是,在虚构的文本中,五月节(端午节)总是与灾难和求生的抗争联系在一起。《生死场》第七节题目就叫"罪恶的五月节",极端主观的修辞体现着对时间性质的格外强调。在这一节中,萧红主要叙述了两件事情,都与杀子有关。第一件事是王婆服毒,原因是她当红胡子的儿子被官府杀死。第二件事则是生意赔本的成业,暴怒中摔死自己刚出满月的女儿小金枝。萧红在哈尔滨读中学时期,一心想当画家,广泛搜集涉猎中外美术的资料,④ 想必看过俄罗斯巡回画展派的代表画家列宾的名画《伊凡杀子》,启发了她取材的向度。这杀子故事设置在五月节特定的时间里,就有了献祭仪式的意味。王婆的儿子是因为没钱过节去抢劫,成业也是因为无钱办节日必需的物品而气急败坏,起因都是没有财力献祭。这两个死去的孩子,便都有了祭品的替代意味,男性是自己献祭,女婴是被父亲献作祭品。端午节又名女儿节,因为是祭奠为寻父投江的曹娥,也可以解释为以女儿为祭品的节日,这和萧红关于家里

---

① 萧红:《感情的碎片》,《萧红全集》(第4集),黑龙江大学出版社2011年版,第163页。

② 萧红:《永远的憧憬与追求》,《萧红全集》(第4集),黑龙江大学出版社2011年版,第165页。

③ 参见张抗《萧红家庭情况以及出走前后》,孙延林主编《萧红研究》(第一辑),哈尔滨出版社1993年版,第62页。

④ 李丹等的《萧红知友忆萧红》,王化珏的《访沈玉贤同志》,陈俊民口述、何宏整理的《我的同学萧红》等文章,都提到萧红醉心美术。孙延林主编:《萧红研究》(第一辑),哈尔滨出版社1998年版。

为攀高亲给自己订婚的自述，有着深层语义的聚合，萧红熟读《红楼梦》，自然掌握将真事隐去的虚构策略。五月节之后，才有金枝到都市去的逃亡求生，连老实本分的二里半在家破人亡之后，跟着李青山投奔人民革命军，也是在次年五月节的第二天。后来的创作中，也出现了粽子这样端午风俗的标志性物质细节，用在孤苦儿童遭日军迫害之前的情节中。[①] 作为一个精神强迫式的时间刻度，五月节在她所有的文本中都是一个划分生死的时间符码。萧红在青岛写作《生死场》中的这些段落的时候，刚从伪满残酷统治的哈尔滨逃出不久，到达那里的第二天就是端午节。[②] 在她的身后，朋友纷纷入狱，此后又有不少为国牺牲。这个日子像是命运的咒语，划分着生与死的界限，一再呈现在她的叙事中，在强烈的心理暗示作用下，无意识中是否有对自身命运的不祥之感，心理的纠葛转换在文本的语言结构中得到释解。1936年，她在日本写给萧军的信中，有"什么人什么命"的话；1939年在重庆，她对好友张梅林说："我总是一个人走路，以前在东北，到了上海后去东京，现在到重庆，都是我一个人走路。我好像命定一个人走路似的……"[③]可见，作为左翼作家的萧红，是不排斥天命一类传统文化的信仰的。而她对写作怀着"宗教式"的感情[④]，也近于献祭的行为，短暂生命化作的文字便是特殊的祭品。

综上所述，萧红出生于1911年6月1日这个最早说法，论者所谓一生下来就受到传统文化歧视的观点，笔者以为都是可信的。

[①] 参见萧红的小说《莲花池》。
[②] 又一说萧红到达青岛的当天就是端午节。铁峰：《萧红生平事迹考》，《萧红全集》（下），哈尔滨出版社1998年版，第1468页。
[③] 梅林：《忆萧红》，王观泉主编《怀念萧红》，黑龙江人民出版社1984年版，第152页。
[④] 参见端木蕻良《我与萧红》，曹革成《我的婶婶萧红》，时代文艺出版社2005年版，第240页。

二 神秘婚约："将军之子"

萧红订婚的时间，是萧红身世中至今没有彻底解决的最大疑团。

最早的说法是3岁订婚，这一说法流传甚广，以至于最早的出处几乎被遗忘，应该是张家长辈所言，萧红向人转述。其次，则是14岁读高小的时候订婚。① 这两种说法都因为萧红二伯父之女张秀珉的最新说法而被推翻，因为她是萧红少年时代的密友，在呼兰读书期间从未听说她订婚的事情，所以具有了权威性。据她说，是萧红18岁的时候由六叔张廷献做媒，与汪恩甲（亦名汪东海）订婚。张廷献与汪恩甲之兄汪恩厚（亦名汪大澄）是阿城第三师范的同学，上学时两个人在一起演戏，过从甚密。毕业以后，汪恩厚在哈尔滨道外教育系统工作，张廷献到北京国民大学读教育系，毕业后回到哈尔滨，先在教育界供职，后任道外税务分局局长，两个人离得不远，续上了同窗之谊。汪恩厚在张廷献家见过萧红，欣赏她沉静有礼的气质，便托张廷献为弟弟提亲。②

尽管这三种说法时间相差很大，但是订婚对象却都是一个人——汪恩甲（也有作汪殿甲）。令人疑惑的是他的身世，由于哈尔滨沦陷之后汪恩甲突然失踪，而且此后很长的一段时间没有任何消息，几乎是人间蒸发了，所以带来很大的麻烦。张秀珉的说法明显有漏洞，张廷献出面把自己的侄女介绍给同学的弟弟，这就意味着自己要比同学

---

① 参见张抗《萧红家庭情况及其出走前后》，晓川、彭放主编《萧红研究七十年》（上卷），北方文艺出版社2011年版，第292页。

② 参见王化珏《访萧红堂妹张秀珉老师》，孙茂山主编《萧红身世考》，哈尔滨出版社2003年版，第42页。

低了一辈，这在20世纪30年代的东北是不合礼法的，张家是极要脸面的乡绅人家，不可能这样行事，就是同意这门亲事，也要找两个家族以外的人充当介绍人。

14岁订婚的说法，除了萧红直系后人的确认之外，铁峰也做了深入的调查，上文提到的于兴阁自称就是当年的介绍人。但是由此带来的新问题是订婚对象的姓氏发生了变化，汪恩甲变成了王恩甲，但是此人后来的履历却一如既往。已知汪恩甲家是哈尔滨顾乡屯的富商地主，或者小官吏，而于兴阁充当介绍人的婚约中，男方家长却是颇有权势的呼兰驻军帮统王廷兰。有清一代，黑龙江一直是军政合一的管理体制，到同治元年（1862）才设置最早的民治机构。加上近代边患严重，就是在辛亥革命之后，东北军人的权势也是不得了的。于兴阁与张、王两家都有交情，又与王廷兰一起在马占山帐下为将，双方家长都有意，王廷兰托他出面做媒合乎情理，但因为当时萧红只有14岁，所以没有正式举行订婚仪式。

但是，这种说法也因为王廷兰个人情况的逐渐清晰而瓦解。王廷兰一直是马占山的心腹爱将，1933年，代表马占山到齐齐哈尔会见国联李顿调查团代表，为日本特务逮捕后坚贞不屈，被装入麻袋从楼上扔下而壮烈殉国。作为抗日英烈，他的家世一目了然。于兴阁出面保媒的是王廷兰的次子，而所有的调查都证明王廷兰只有一子王凤桐，比萧红大三岁，16岁的时候与呼兰北街开皮铺的孟家女结婚，次年生子。父亲殉国之后，他们不堪日本特务的骚扰，逃进关里投奔张学良抗日，后人延续至今。尽管由于订婚主角缺席，这种说法自然瓦解，但是，也还有值得推敲的疑点。首先，于兴阁没有必要编谎，关于萧红的生日，也是出自他之口，他与张廷举20世纪50年代后期还有来往，自称萧红称他三姨父可见关系非同一般，熟悉张家往事。1929年，萧红祖父80大寿，马占山与王廷兰都来赴宴。时任黑龙江省骑兵总指挥的马占山将军赠送了一块"康疆逢吉"的匾额，并当场提议把张家大院北面的胡同改为长寿胡同。张家择地造屋的时候，那里还很荒凉，没有道路的标志，统称龙王庙路南。龙王庙路是指龙王庙前的一条东西之路，1913年，因为英顺驻防呼兰，公馆设在龙王庙路西头，而改名英顺胡同。① 这一次，因为张维祯的80岁大寿而再次更名，可见马占山将军对张家的厚爱。张廷举当时只是呼兰县一所小学的校长，和军界不搭界，何来如此大的排场？萧红时年17岁，次年（1929）1月，与汪恩甲正式订婚。寿宴同年，张廷举连续升迁，6月，任呼兰县教育局局长，9月任黑龙江省教育厅秘书（相当于现在的办公室主任）。而当1931年，萧红第二次出走北平求学，引起社会舆论大哗，王家提出退婚，张廷举立即以教子无方而被撤去教育厅秘书的职务，外放到巴彦县教育局任闲职督学，可见，这桩婚姻是带有政治联姻性质的。出于给爱将王廷兰壮声势，马占山将军亲自赴宴便在情理之中。此外，除非他是张家旧交，有一种说法，萧红祖母的哥哥是某地的督军。长期以来，还流传着王、汪两家是亲戚，汪恩甲本姓王的说法。② 萧红订婚时间的主要难点就是汪恩甲的神秘身世，萧红与他同居就是在马占山将军组织江桥抗战，"打响武装抗战第一枪"之后，汪恩甲的人间蒸发则是在王廷兰殉国前后。

由此联想到萧红升学的阻滞，主要来自其父亲和大伯父。她16岁小学毕业之后，全班绝大多数同学都升学了，只有两三个在家中等待出嫁。张廷举身为五四运动的急先锋，提倡女学而不许自己的女儿升学，这实在匪夷所思。他这样做要面临两个方面的巨大压力，教育界的同人会嘲笑他"伪新党"，姜家人会谴责他亏待前房的孩子，而

---

① 参见王连喜《萧红故居与文物综合考》，孙茂山主编《萧红身世考》，哈尔滨出版社2003年版，第335页。

② 参见曹革成《我的婶婶萧红》，时代文艺出版社2005年版，第45页。

且他不做任何解释。大伯父的理由是女学生太荒唐,看不惯她们搞自由恋爱,祖父的央求与继外祖母的求情,都无法动摇兄弟俩的决心。萧红对于大伯父的质疑,也是以婚恋自由为逻辑①,可见尽管她省略了本事,无意中也还透露出心理病灶,14岁订婚一说不能彻底推翻。

  萧红正式订婚的这一年祖父去世了,她便决定从此不要家。② 当年,萧红关于自己的婚事讳莫如深,对朋友也不肯露一点口风,是否也是顾及马占山将军与王廷兰的关系,还有自己家族的利益。她所有自述的文章中,都说自己家人的不是,而从来没有对汪家吐露丝毫不满,最多只是说汪恩甲没有情趣,还是萧军转述的(见小说《烛心》)。还有一些蛛丝马迹值得查考,萧红当年曾对同窗好友徐淑娟说,自己很小的时候,就被家里订给了豪门,能够让她出来读书,也是为了攀这门高亲。③ 徐淑娟关于萧红的叙述基本都是准确的,比如很早死了亲娘、与父亲和继母关系不好、在家里只与祖父和弟弟亲。因为她和萧红是单纯的同学关系,不涉及几个家族之间的利益与心理纠葛,所以没有顾忌。已知汪恩甲的父亲是一个富商地主或小官吏,再有钱也谈不上是豪门,更像是门当户对,只有与王廷兰结姻可以算得上高亲。骆宾基在《萧红小传》中,转述她的自陈,家里定的亲也是一个将军的儿子。王廷兰时任骑兵团长,临危受命之前,被马占山将军授予少将军衔。④

  于兴阁的说法最大的疑点,是张家祖训是子弟只许读书经营农商而不得入仕,英豪如萧红大伯父张廷蓂也"视宦途如河海"(见《东

---

  ① 参见萧红《镀金的学说》,《萧红全集》(下卷),哈尔滨出版社1998年版,第1166页。
  ② 参见萧红《祖父死的时候》,《萧红全集》(下卷),哈尔滨出版社1998年版,第1173页。
  ③ 参见李丹、应守岩《萧红知友忆萧红》,孙延林主编《萧红研究》(第一辑),哈尔滨出版社1993年版,第35页。
  ④ 参见铁峰《萧红生平事迹考》,《萧红全集》(下卷),哈尔滨出版社1998年版,第1431页。

昌张氏宗谱书》），张廷举与张廷献尽管违背祖训，两个人学的却都是教育，也只是做教育和税务系统的官。张廷举是受过五四新文化洗礼的知识分子，在家里崇尚科学民主的风气，何苦为女儿早早定下一门虚无缥缈的亲事？① 就是想定亲，以耕读传家的乡绅之家也不可能与军界联姻，传统文化的偏见是"好铁不打钉，好汉不当兵"。查《东昌张氏宗谱书》，几乎没有联姻军人的记录，可能有也不愿意显示，而大伯父娶阿城义兴泉孔公女则写进了家谱，可见以之为荣耀。如果萧红祖母的哥哥确实是督军的话，这个矛盾就迎刃而解了。所有亲属关于萧红祖母范氏的叙述，都是精明强干，神神道道，请神赶鬼，无有不信，好走动，而且很神通……萧红父母的婚事就是她一手包办的。以范氏的性格，在家里说一不二，是会干出这种糊涂事的，所以3岁订婚也不是空穴来风。萧红厌恶祖母，可公开的原因是3岁时祖母用针扎了她的手指，但是据张廷举的后人说，只是为了吓唬她。② 姜氏后人也回忆，姜玉兰严厉管束萧红的原因，是觉得她被祖父惯坏了。③ 有洁癖的范氏当初只是为了阻止她捅窗户纸，拿针等在窗外吓唬她，没想到弄假成真，给她留下最初的创伤记忆。不仅如此，《生死场》中有两个孩子死于3岁，而且都是由于家长的原因结束生命，王婆自述第一个孩子3岁时因自己疏忽而死；北村老婆婆因为独子抗日牺牲了，因生活无着而和3岁的孙女菱花一起吊死。这显然也是将真事隐去的红楼笔法，带有神秘咒语性质的时间数字是沉入无意识的婚约强迫，置换替代在诗性的语词结构中，不可言说的深层婚约宿命，在后设的表层创伤记忆叙述中象征转喻出来。

---

① 参见萧红《北中国》《小城三月》等以家庭为环境的小说。
② 参见张秀琢《重读〈呼兰河传〉回忆姐姐萧红》，王观泉主编《怀念萧红》，东方出版社2011年版，第38页。
③ 参见李重华等《萧红外传》，李重华主编《呼兰学人说萧红》，哈尔滨出版社1991年版，第258页。

这也是萧红在叙事中经常使用的修辞手法。她在《呼兰河传》中用了整整一章，叙述小团圆媳妇的悲惨命运，应该也有对于自身命运的自喻，特别是听到她被虐待的哭声，就感到无比恐惧，赤身被开水烫的情节，也是她被囚禁在福昌号屯期间，无依无傍身心双重受虐的转喻。1933年她写作并发表了叙述在福昌号屯日常生活的小说，以"出嫁"为题目，是否也有神秘婚约导致精神强迫的恐惧，因为与题目相关的段落占的比重不多，而且是以窥视到的内容剪辑连缀，故事是听来的三言两语，主角新娘却是缺席的，因为害怕老婆婆哭红了眼，怕人笑话而裹在被子里。裹在被子里与扒光了衣服，两项极端对立的叙事，是女孩以身体自卫来掩饰对性的恐惧。

　　由此出发，扑朔迷离的所有说法应该可以理出头绪。萧红大约是在祖母生前定下的婚约，很可能两家已经吃了订婚席。而且按照风俗定制，张家可能多年来接受王家的财货，像小团圆的婆婆每年给她的娘家送"头绳钱""腿带钱"等，就是在祖母范氏过世之后，也仍然继续。旧日东北乡间的婚配礼俗，通常实行的基本步骤，首先是托媒人提亲，女方家长同意之后，男方按照定制送女方彩礼，两家在一起吃订婚酒，议定婚期，然后举行婚礼。萧红父母的结合，最初议婚不成是在1900年的庚子之乱中，张家跑毛子躲在乡下时，再次提婚已是在四五年之后，女方家长口头同意了，张廷举的二哥等带了"大布""小布"等订婚彩礼到姜家，双方议定结婚日期，在当年的秋后举行了婚礼。如果定的是娃娃亲，则更要履行风俗约定的制度。民间把各种婚姻仪式看作天道一样神圣的规约，不要说是豪门，就是普通人家也不可反悔，一直到20世纪80年代，东北方言骂不守信用的人，经常的说法还是"你家有一个姑娘也得许两个婆家？"

　　在这样的情形中，作为过继子的张廷举在养母生前死后，都无法做主，也无法向别人解释，对于一个新式知识者来说，这毕竟是一桩难以启齿的家丑。朋友与家族后人都不明就里，以为是当时的举动。特别是汪恩甲的身世之谜，作为同事朋友的于兴阁或许还略知一二，小于萧红3岁的张秀珉则更无法知道这个家族旧事的谜底。就是知道也要隐瞒，以免对方追究当初的欺骗行为。14岁提亲与18岁的正式订婚，更可能是旧话重提，行伍出身的王家崇尚早婚，王凤桐就是16岁结婚，次年生子。王家请于兴阁给张家过话时未提前因，而张家以年龄太小婉拒，一如萧红外祖父最初答对媒人一样，大户人家的姑娘出嫁早了让人笑话。而张廷献更可能是给汪恩厚提供相看萧红的机会，另有别人担当介绍人的职责，也给两个年轻人提供会面的场所。汪恩甲也是受了新式师范教育的人，当时在道外教会系统的三育小学任教师，如果没有见过萧红，怕也不会贸然接受这桩婚事。萧红所谓家里为了攀这门高亲才同意她到哈尔滨来读书，大概早在两三年之前，双方家长就有秘密协商。而她在自述中忽略了向家庭施行骗术的关键情节，就不仅仅是当修女一类泛泛的说法，大概还有让她到哈尔滨上学就答应初中毕业成婚的承诺。所以，她初中将毕业，提出退婚、到北京读高中的时候，全家人愤怒至极。

据于兴阁的叙述，他与张廷举提及此桩婚姻的时候，张家也有意，只是以年龄为理由，没有答应立即成婚。新式知识者张廷举面对这个棘手的难题，年龄是唯一有力的遁词，而基本同意的态度，除了不可违抗的养母约定之外，还与此时萧红的精神状态有关。萧红这一时期有一次伤心欲绝的初恋，并且抑郁生病半年。她发表于1933年的《叶子》，详细地记叙了这个过程。尽管是第三人称，但是环境明显是张家老宅，有东西屋与后花园，人物也和其他家族叙事相吻合，管家也叫王四[①]。女主人公叶子显然是萧红的艺术化身，男主人公莺

[①] 萧红有一篇小说题目就是"王四的故事"。

哥称叶子的父母为舅舅、舅母，应该是姑表兄。小说以叶子对即将放假回来的莺哥的思念开始，叙述了和他在后花园中亲密谈笑的幸福时光，以及莺哥离去后的落寞与抑郁寡欢，父母请医求药不见好转，只是以翻日历等待与他相会的时间。莺哥终于回来了，但靠打柴为生的父亲带来叔叔给他订婚的消息，没有母亲的莺哥睡在没有火盆的房子里，终夜不眠地咳嗽，盼望着叶子来看他，而叶子受到母亲的呵斥，理由是他是定了亲的人，不能走进他病卧的房子，直至他死去，看着他的父亲跟在棺材后面远去。没有过少女情窦初开的初恋悲情，是写不出这样灵动哀怨的文字的。莺哥是靠舅舅的资助读书，假期的时候都是住在舅舅家。萧红有三个姑母，其中一个二姑嫁到呼兰本地韩家，而且迅速败落了。关于姜玉兰的死因，姜家的说法即与之有关。1920年，韩家失了一把火后投奔张家，一心好强治家的姜玉兰困于家事又无法疏解，毒火攻心一病不起身亡。[①] 没有母亲而家道败落，莺哥当为她二姑的儿子。在《呼兰河传》中，为祖母奔丧的只有两个姑母，乘坐豪华马车来的二姑母带着一个叫兰哥的儿子，应该和莺哥属于同一个素材原型。当时来了不少男孩子，萧红只是提到兰哥，可见后设的诗性叙事中，也是对早年难以忘怀的朦胧初恋的转述方式。张廷举同意于兴阁的提议，大约也有帮助萧红从贫富悬殊的恋情中解脱出来的用意，而且早些订婚也可以杜绝"莺哥"的"非分之想"。小说只有莺哥订婚的情节，也就遮蔽了叶子抑郁生病与莺哥病亡的真正原因。

18岁正式订婚，张家也有类似的焦虑。萧红在1928年的"反五路"爱国学生运动中表现很活跃，此后，不少男学生找她，特别是已有家室的远房姑表兄陆哲舜与她来往密切，引起双方家长恐慌，害怕

[①] 参见李重华等《萧红外传》，李重华主编《呼兰学人说萧红》，哈尔滨出版社1991年版，第258页。

惹出绯闻,"有损张家门庭"[①],急于给她订婚。而汪恩甲公开的父亲病重来日无多,希望早日看到儿子婚姻大事的定局也在情理之中,所以双方家长紧锣密鼓,以新的介绍方式,把遥远的口头婚约通过正式的订婚仪式公开、固定下来,也有杜绝别人觊觎萧红的意思,还有平息流言的目的。

所以,笔者以为萧红很可能是在3岁的时候,由祖母范氏定的亲,张廷献当时还没有与汪恩厚同学的后缘,所以不犯辈分的礼法。张家人隐瞒萧红的生日,祖母早早给她订婚,就不仅是出于攀高亲的目的,而且还想把这个不祥的孩子早早打发出去,订给鬼神忌惮的军门,成了别人家的人,也就不会妨母亲了。而民间认为鬼神怕恶人,权势炙手可热的军门之子命硬,不用害怕恶鬼投胎的小女子。而且萧红写作的年代,由于日伪当局的残酷迫害,王廷兰殉国以后,王家的家道确实迅速败落,而且和小团圆媳妇的婆家一样不知去向,汪恩甲本人则神秘失踪,如果按照鬼节信仰的文化逻辑,完全可以赖到隐瞒了恶鬼身份的童养媳身上,而且他们没有举行正式的结婚仪式,也就属于《呼兰河传》第二章盂兰节风俗中民间所谓的"望门妨"。皆是借别人的酒杯,浇自己心中的块垒。以至于当汪恩甲在21世纪旧影浮现的时候,汪家后人干脆否认正式订婚的说法,连萧红的未婚妻身份也要抵赖,如果想强行否认婚约的话,也只有1932年法庭判离婚的旧案勉强可以成立,但是时间差是无法抹杀的。而铁峰先生听信张家的一面之词,坚持说汪恩甲玩弄萧红,则说明张廷举其实知道汪恩甲后来成家、赴欧洲留学、回国赋闲,新中国成立初期通过哈尔滨市文职人员考试,最终在1949年死于狱中的下场。可见政治场域、历史情境、家族关系与文化禁忌的多重话语彼此缠绕纠结,使萧红的身

[①] 王化珏:《访萧红继母亲妹妹梁静芝老师及丈夫马天浩老师》,孙茂山主编《萧红身世考》,哈尔滨出版社2003年版,第69页。

世遮蔽在层层的话语迷雾中，旧案未结又出新案。[①] 14 岁的重提与搁置、18 岁的正式订婚，都是这桩娃娃亲变相通融的方式。这也符合张廷举维新家风的处事办法，在传统和现代之间折中，而作为当事人萧红的意愿与感觉则是不被尊重的。家族的仇恨与亲属的恩怨，实在比党派政治的争斗更持久。

三　儿子下落：生死不明

萧红与萧军同居 6 年，在即将分手的时候才怀上孩子。1939 年，她在江津唯一的一家小医院中生下这个孩子。关于这个孩子，多数传记资料中都说是死婴，因为罗烽给端木的信中写道："生一子已殇。"[②]

这一说法，在 20 世纪 90 年代被动摇。1996—1997 年，笔者为了写作《萧红传》走访了一些 20 世纪 30 年代的左翼作家及其后人。罗烽与白朗的养女、晚年的秘书金玉良女士谈起，这个孩子生下来是活的，和萧军长得一模一样。过了三天再去看，萧红就说死了。梅志先生接受笔者的采访时，也坚持这个说法，只是致死原因比较明确，是药物的作用。1998 年，梅志先生出版了《花椒红了》，在其中收录的

[①] 参见曹革成《萧红的第一个恋人》，《世纪》2014 年第 2 期。如果未婚妻的身份确实不存在，也只可能是在 1932 年法庭判离婚之后，但是早年的婚约与 1929 年的订婚仪式则是无法否认的；还有东北网《与萧红的一次精神约会》，2013 年 3 月 26 日初次发表，还承认其父是高级将领，目前也被删除。两份资料的反复无常，大概都是源于汪家后人的不满，因为她引动着这个家族的灾难记忆，后人明确表示不愿提及这些不堪回首的往事，接受采访的是堂侄女和儿媳妇，都是转述死去长辈的叙述，多数人拒绝采访。

[②] 端木蕻良：《我与萧红》，曹革成《我的姐姐萧红》，时代文艺出版社 2005 年版，第 239 页。2011 年复旦大学出版社再版时，这条资料和其他的不少资料都被删除了。

回忆萧红《爱的悲剧》一文中写道:"就这样,她结束了做母亲的责任和对孩子的爱。""这当然是萧红的不幸!但她绝对不是不愿意做母亲,她是爱孩子的。是谁剥夺了她做母亲的权利?爱自己孩子的权利?难道一个女作家还不能养活一个孩子吗?我无法理解。不过我对她在'爱'的这方面更看出了她的一些弱点。"[①] 1999年6月《香港文学》登载了金玉良女士《一首诗稿的联想——略记罗烽、白朗与萧红的交往》,她在文中说:"一天,萧红对白朗说牙疼,要吃止疼片。白朗给她送去德国拜尔产的'加当片',这是比阿司匹林厉害得多的镇痛药。第二天一早,白朗很早就去医院,萧红告诉她孩子夜里抽风死了。白朗性格率直爽朗,遇事少转脑筋。听到这突然的消息马上急了,说,昨晚孩子还好好的,怎么说死就死了?她要找大夫理论。而萧红死活阻挡不让找大夫……"

当时在萧红身边的只有白朗,这应该是关于这个孩子最权威的叙述,结论让人毛骨悚然。梅志欲言又止的说法,最早的出处也应该是来自白朗,而逻辑推导的前因则是萧红一直不想要这个孩子,所有人都是这样回忆的。在武汉的时候,萧红又曾和梅志一起找医生非法打胎,终因费用昂贵而作罢,所以,她们认定这个孩子之死与萧红有关,进一步的推论是因为端木蕻良不愿意接受这个孩子,迫使萧红出此下策。

但是,最初听到的死因是推论的句式:"不是……就是……"并不那么言之凿凿。这一说法出现的时候,白朗已经去世三年。而且她曾经有过两次精神分裂的病史,一次是在延安整风期间,失语一年半,满嘴的牙都脱落了;另一次,是在"文革"中患上了严重的精神分裂症。她晚年的叙事应该属于后设叙事的推测,精神状况对叙事的准确

---

① 梅志:《爱的悲剧——忆萧红》,梅志《花椒红了》,华侨出版社1998年版,第23页。

度会有影响。梅志有过长期被监禁的经历，金玉良女士文中所言婴儿致死原因最早出于她们之口，长期政治迫害导致的心理取向也会影响叙事的可靠。根本的问题是谁也没有看见死婴，连医生在内，所有的资料都未显示死婴。这种主角缺席的叙述值得怀疑，萧红原本体弱，产后更是疲乏不堪，新式医院为了防止产后感染要输入消炎药，那更是生不如死的难受，她将如何处置死婴？即使孩子真的死了，也还有其他的可能，小婴儿是十分脆弱的，如果照料不周是很容易夭折的，比如盖得过于严实也会导致窒息。但是，无论如何应该有尸体。医院的医疗档案没有保留下来，所有的资料又都未显示死婴，所以无法确认这个孩子的生死，只能判断他一开始是活的。

因为和萧军的情变，萧红一直不想要这个孩子。在回武汉的火车上，就和端木蕻良表示，到了武汉就设法打胎，原因主要是要和萧军一了百了，不愿再有任何瓜葛。[①] 她乘船奔逃重庆，行至宜昌时，同行的李声韵突患重病被送进医院，她在码头赶船的时候，被缆绳绊倒，盼望着这个孩子跌出来，因为实在拖不起了。然而只是先兆流产，孩子还是安然无恙。萧红临终的遗嘱之一，是让端木蕻良帮她找回自己与汪恩甲所生的那个女孩。对这个孩子，则一直闭口不谈。[②] 可见，也仍然有不可言说的隐衷。

根据以上辨析，笔者以为这个孩子更可能是被萧红偷偷送人了。因为要彻底阻断和萧军的联系，谎称死了，以杜绝萧军寻访的打扰。当时的那些朋友，几乎都是萧军的铁哥们，在她情变的问题上无一例外地站在萧军一边，所以，她对朋友也不肯透露实情。这就是白朗回忆中，她当时脾气很坏，对什么都好像怀着报复的心理，和好

[①] 端木蕻良：《我与萧红》，曹革成《我的姐姐萧红》，时代文艺出版社 2005 年版，第 237 页。

[②] 同上书，第 212 页。

朋友也不肯交心，而且分手时坦言"我将孤寂忧悒以终生"[1]。再一次经历失去孩子的大悲，而且无人可以倾诉，是她忧悒的根本原因。这是命运的又一个咒语，她只有躲避原先的朋友，才能在拼命的工作中遗忘。

---

[1] 参见白朗《遥祭》。

永不陨落的文学星辰[*]

萧红是一个伟大的作家,像一颗明亮的星辰在民族危难的暗夜倏然升起,至今闪烁在人类艺术的苍穹。

一

1911年6月1日,萧红出生于黑龙江呼兰城东南隅龙王庙路南一个破落中具有维新倾向的乡绅地主家庭。这一年是革命的辛亥年,这一天是端午节,萧红似乎承受了革命与文学的前定,在历史急剧错动的混乱中来到世间。因为民间认为祭日出生的孩子不祥,家里对外把她的生日推后一天,并且3岁的时候,祖母就把她订入鬼神忌惮的军门。作为过继子的父亲张廷举虽然是新式知识者,但是在养母生前死后都无法做主,萧红的苦难宿命与生俱来。1919年,母亲去世,继母过门,萧红和父亲的关系更加紧张,只有与祖父和胞弟张秀珂亲近。

1920年,五四新文化运动的风气传到呼兰,呼兰的小学校开办了女生部,担任小学校长的张廷举立即把萧红送进离家最近的龙王庙小

---

[*] 本文为2012年现代出版社出版的《经典萧红》的序言。

学读书。萧红读书用功，又有读过十几年诗书的祖父辅导，成绩很好，业余好读书，而且以作文和绘画名。1924年秋，萧红升入高小，未婚夫家托人提出完婚，张廷举以年龄太小而拖延；与此同时，萧红初恋的姑表兄也因为家庭做主订婚，在贫病中抑郁身亡，萧红因此陷入极度的抑郁症半年，张廷举把她转到另一所学校。在这所学校，萧红参加为五卅运动死难工人的募捐和义演，带给家庭负面的影响。1926年秋，萧红高小毕业，想到哈尔滨继续学业，受到父亲等家长的阻挠。她消极抵抗，又抑郁生病，在双方家长的暗中协商之后，她最后施行骗术，终于争得到哈尔滨读书的机会。

1927年秋，萧红入哈尔滨东省特别区区立第一女子中学校，被编在主修英语的4班。她在这所学校，受到新式教师的引导，开始阅读新文学作品，以悄吟的笔名在校刊发表作品；课余热衷于绘画，广泛搜集中外美术的资料，梦想将来当画家。她狂热地投身于1928年11月9日开始的学生爱国运动，反对日本强修五路的侵华暴行，自告奋勇地担任宣传员，次年又参加了为中东路遗属募捐的佩花大会。因为在学生运动中表现激进，受到校方的惩处，又因为与男学生多有交往，特别是与远方姑表兄陆哲舜来往密切，也引起几个家族的恐慌，出面为她正式订婚。她家住哈尔滨顾乡屯的未婚夫汪恩甲师范毕业之后，当时已经在哈尔滨道外的三育小学任教。萧红一开始不置可否，与他交往一段之后，发现他吸食鸦片等恶习，遂产生退婚的想法，并想到北平继续升学，激起家长的愤怒。在同窗好友的鼓励下，私自随陆哲舜出走，入北平女子师范大学附属中学高中部。舆论由此大哗，三个家庭同时施压，受到经济制裁，两个年轻人被迫于寒假结束的时候败退回哈尔滨。在舆论的压迫下，她的精神几近分裂，假意同意完婚，3月底，再次出走北平，希望恢复学业，终因无力应对各种规章制度而未果。未婚夫汪恩甲追到北平，把她带回老家。4月，随继母搬到阿城县福昌号屯的张家老宅，过了半年被软禁的生活，于九一八事变之后的混乱中，搭乘了一辆往阿城送白菜的马车逃了出来。

她在寒夜的街头踯躅，亲戚不给她开门，要好同学家搬走了，被一个老妓误以为同道收留，昏睡两天之后，穿着仅剩的夹袍和漏孔的凉鞋走进风雪。在东省第二女子中学读书的堂姐妹收留了她，和校方疏通，让她插班读书。她激情投入反日游行，写下大量诗文。由于经济问题，她不辞而别，住到一个同学家，白天外出寻找工作。堂姐妹去探望，动员她回家，遭到婉言相拒，连送去的钱也不要。她路遇堂弟，以"不愿意受和我站在两极端的父亲豢养"为由，回绝了动员她回家的好意。寒冬来临的时候，战火烧向哈尔滨，她去找未婚夫，两个人住进道外的东兴顺旅馆，靠赊欠度日。未婚夫回家要钱，被哥哥扣住，要退掉这门婚事，萧红去找，被他们骂了出来。萧红告上法庭，控告他代弟休妻，汪恩甲临时变卦，声言是自己要离婚，被判离婚而败诉，与家族的矛盾也因此不可调和。她已经怀孕，只好继续和未婚夫住在旅馆。1932年初，哈尔滨沦陷之后，未婚夫说回家取钱，从此杳无音信。他们欠下400多元，萧红临盆在即，老板逼债，扬言要把她卖入妓院。万般无奈中，萧红投书《国际协报》文艺编辑裴馨园，得到后者的大力帮助，一群左翼文学青年经常去看望她，但是无法帮她还上巨额欠款，她仍然无法摆脱被囚禁的处境。萧军受裴馨园之托，为萧红送文艺书刊，两个人一见钟情陷入热恋。8月初，哈尔滨在洪水中倾城，萧红趁着混乱，搭乘了一只救生小船逃出来，住到裴馨园家。8月底在医院早产一个月，生下一个女婴，随即送人。因为无钱缴纳住院费，而被扣作人质，不予治疗。直到9月中才出院，先住在裴家，因为萧军与他家人的口角而愤然离开。暂住欧罗巴旅馆，开始正式新婚生活，后搬到商市街25号，由萧军教房东儿子武术充抵房租。一度靠当家庭教师和借贷为生，他们在生死线上挣扎。

萧红在极端病痛和贫困中，走上左翼文艺之路，参加募捐画展、话剧排练等活动。1933年元旦，发表了第一篇小说《王阿嫂的死》，之后一发而不可收，成为靠稿费生活的职业作家，一千字得稿费一元，也算是穷而后工。9月，她和萧军的合集《跋涉》自费出版，被誉为两颗文学亮星。同时也引起日伪当局的注意，很快被查禁了，她陷入了精神的大恐怖。1934年6月1日，她和萧军一起经大连乘船到青岛，与友人舒群夫妇同住观象路一号。萧红参与了《新女性周刊》的编务，完成了《生死场》。由于舒群夫妇被捕、萧军供职的报社出问题，他们于11月底逃往上海。在贫困中坚持写作，萧红完成了《商市街》。在鲁迅的帮助下，她逐渐敲开上海文坛之门，以萧红的笔名自费出版了《生死场》，成为引人注目的抗日作家。由于和萧军的情感纠结，1936年7月17日，她独自越洋到东京，一边学日文一边写作。10月19日，她无比敬仰的鲁迅逝世，消息传来，她痛苦无比。心灵的打击还没有平复，萧军又发生了"没有结果的恋爱"，萧红只得放弃住满一年的计划，于1937年年初回到上海。和萧军的关系并未因此缓和，萧红一度离家出走，进白鹅画院，又被萧军的朋友找回。她独自北上到北平，不久，又被萧军以身体有病为名招回上海。

1937年7月7日，卢沟桥事变爆发，拉开全民抗战的序幕，萧红从个人情感的痛苦中挣扎出来，迅速投入抵抗外来暴力的解放斗争。她置生死于度外，为援救鹿地亘夫妇奔走、为胡风创办的《七月》撰稿，并由此结识了端木蕻良。9月，战事吃紧，《七月》同人纷纷撤离，萧红随萧军到武汉，住小金龙巷21号蒋锡金家，开始写作《呼兰河传》。端木蕻良受到萧军的热情邀请，随后也来与他们同住，三个人的关系很微妙。1938年1月，他们被山西民族革命大学聘为文艺指导，奔赴临汾任教，与丁玲带领的西北战地服务团会合。2月，日军进逼临汾，在去和留的问题上，两萧爆发激烈的争吵，蓄积已久的矛盾终于发展为彼此分手。萧红随丁玲去了西安，途中受丁玲之约，和塞克等人共同创作了一个表现民众奋起武装抗日的话剧《突击》，上演后轰动一时。她在这个时期和端木定情，已经怀了4个月的身孕。

5月，他们回到武汉，重又住进小金龙巷21号。萧红想打胎，因为费用昂贵而作罢。他们在汉口的大同酒家举行了婚礼，萧红表示没有过高的要求，只是希望过普通老百姓的日子，没有不忠、打闹和讥笑。以往的朋友因为对端木蕻良有成见，而质疑她的抉择，这使萧红和他们心生隔阂。8月，日军开始包围武汉，所有人都在设法向重庆撤退。因为船票难买，朋友只搞到一张，也因为重庆的住房紧张，萧红让端木先走去找房子，自己托人搞船票，和朋友一起走。8月10日，日机开始轰炸武汉，萧红怀着七八个月的身孕，挤住到"中华全国文艺界抗敌协会"的临时机关，在炮火中坚持写作。直到9月中旬才搞到船票，和朋友一起离开武汉。船到宜昌，朋友突然生病，被送到医院。萧红没有赶上船，在码头上被缆绳绊倒，独自躺在地上，被一位陌生人扶了起来。走了十天左右的水路，萧红才到达重庆。端木蕻良在码头接到她，住进端木蕻良的亲戚家，稍事休息，又开始写作。

11月初，萧红的预产期临近，住到江津白朗家。下旬，生下一个男孩，三天后，她告诉朋友孩子死了，而且阻止医生的追查。她回到重庆辗转住进歌乐山云顶寺下乡村建设所的招待所，端木此时在北碚复旦大学任教授、编刊物。不久怀孕的池田独自来到重庆，邀萧红与她同住米花巷1号，不久绿川英子也来与她们同住。萧红照顾池田，三个人在战争的间隙中享受和平生活，直至池田的丈夫鹿地亘到达。萧红回到歌乐山继续写作，还到建在山腰的歌乐山保育院义务工作。5月3—4日，日军连续轰炸重庆繁华街区，12日，她下山办事，目睹劫后的废墟，又遭逢日机轰炸，躲在公园的铁狮子下面免于一死。不久，他们搬到北碚，先住黄桷树苗圃，后又搬到秉庄的复旦大学教师宿舍。萧红在这里开始写作《马伯乐》，完成了一组纪念鲁迅先生的文章，参加了各种团体的文学活动。

日军的轰炸越来越频繁，萧红和端木的身体都已经吃不消。1940年1月17日，萧红和端木飞抵香港，住九龙尖沙咀。萧红在这里完成了哑剧《民族魂鲁迅》、长篇小说《呼兰河传》《马伯乐》（第一、二部）和一部革命者的婚恋小说（稿子后来丢失了），发表了《小城三月》等三部短篇小说，还有一些散文。1941年12月8日，太平洋战争爆发，日军攻占香港，萧红辗转病榻，又被庸医误诊，于1月22日10点钟，满怀遗憾地离开了这个她无比留恋的世界，年仅31岁。一部分骨灰埋葬在浅水湾，回归了大地母亲的怀抱，与蓝天碧海永处。

萧红生前一共出版了十本书，短短十年写下近百万字，文体遍及诗歌、小说、散文、戏剧和评论。纪念她的文字则有上千万字，根据她的作品改编的文艺作品源源不断，传记至今，新作迭出。《生死场》在世纪之交搬上首都的话剧舞台，轰动海内外，她至今是民族精神的象征，感动了一代又一代读者，网上关于她的信息有几十万条，而且有褒无贬，成为信息时代的文学星辰。

二

萧红生长在中国历史急剧动荡的时代，现代性劫掠的外族入侵导致了传统文化的迅速崩溃，民族危亡一开始就是她成长的意义空间中最严峻的问题。而维新的乡绅之家的特殊文化环境，又使她得以进入应对溃败的新文化潮流。由于神秘婚约的束缚，她与家庭的关系由紧张到彻底决裂，更前卫的新派知识者的思想启蒙，都使她天然地易于接受激进的左翼思潮。她中学的历史教师姜寿山毕业于北京大学，而她出入的哈尔滨左翼文化沙龙牵牛坊中多有革命志士，她的创作一开始就以"意识到的历史内容"引人注目，而且是从民间的视角、以民间的记忆与民间的方式叙述。溃败是她历史意识的基本主题，家族的溃败、乡土的溃败与文明的溃败，以各种人生溃败的生命故事为焦点，连缀起大跨度时间中的历史图景，表现现代性劫掠中整个民族所经历的巨大苦难，特别是在外族入侵的危难情境中，历史时间倏然断裂，带给乡土社会急剧震荡。《生死场》以一组人物的命运故事，表现了在外来文明的猛烈冲击下，乡土人生从失败的变革到奋起抗争的完整过程，为断裂的历史留下最初的遗照，萧红以地方的小历史丰富国族的大历史，因此而成为民族历史的书写者，她的创作和其他东北作家的创作一起，成为全民抗战的先声，带有民族集体记忆的特殊意义。

关注民间思想，是萧红自觉的艺术追求。萧红文学中充满了大量的仪式，根据俄国民间文学研究家弗拉基米尔·雅科夫列维奇·普乐普的观点，神话与故事都是仪式的准确换位。在《生死场》的《罪恶的五月节》中，她叙述了两桩杀子的故事，俄国巡回画展派的主要代表作家伊利亚·叶菲莫维奇·列宾《伊凡杀子》是潜在的文本，中学时期为了画家梦，她大量搜集中外美术的资料，完全有可能看过这幅世界名画。但是她把杀子的时间锁定在中国四大鬼节之一的五月节（端午节，也有些地区称之为女儿节，为纪念寻父投江的曹娥），这两个被杀的孩子因此而带有了祭品的性质，这显然是野蛮人祭仪式的风俗在她作品中的准确换位。不仅如此，在她所有的文本中，五月节都是划分生死的时间符码,这与她的生日禁忌重合,也同样带有自我指涉的替代性质。这个时期文化人类学正在兴起,连她所敬仰的鲁迅也在写取材神话的《故事新编》。她在上海的1936年,鲁迅完成了这部著作,作为泛文本的学术背景也是启示,会影响到她的创作。萧红一开始就进入了人类最前卫的文化思潮,也进入了人类最前卫的艺术思潮。她以民间的历史视角连缀起的破碎历史图景中,浮雕一样凸显着掩埋在重大历史事件中的民族心理的原型,以及对人与历史、文明关系的普遍性思考。

萧红的文学思想成熟得很早,1939年她在《七月》杂志召开的座谈会上,明确地表示:"作家不是属于阶级的,作家是属于人类的,过去和现在,作家都要永远对着人类的愚昧。"[①] 这使她超越了左翼文学以阶级斗争为核心的创作法典,也超越了狭隘的种族立场,以开阔的视野审视法西斯战争带给全人类的灾难,以及形成这灾难的人性根源。这和她早年在五方杂处的国际化大都市哈尔滨的经历有关,她世界观的构型、艺术观的核心与所有的叙事动机基本都形成于那个时期。逃离法西斯统治之后,在上海又广泛接触了东西方的左翼文化人;1936年旅居日本时期,亲历了军国主义的猖獗,目睹了现代性的灾难性后果。这使她一开始就站在了人类的前沿,被历史塑造的同时,作为著名的作家也影响着历史的发展,心灵在与历史的互动中完成了精彩的文学飞翔。

身为女性,萧红一出生就受到传统文化的诅咒,被认为是不祥的孩子,在升学、婚恋等一系列问题上阻力重重,而且开始写作的时候,仅仅23岁就已经经历了一个女人可能经历的所有苦难。这使她对女性的生存有着特殊的敏感,女儿性与母性的精神从始至终覆盖着

---

① 萧红:《一九二九年底愚昧》,《七月》1937年第1卷第15期。

她所有题材的写作,取材最多的都是女人与鳏寡孤独们的命运故事。展示女性的特殊经验,是她民间的历史视角中最触目的景观,第一篇小说《王阿嫂的死》叙述的就是失去丈夫的孕妇与孤儿的悲惨命运。而女性的文化处境也是她洞察历史的基点,《生死场》中未婚先孕的金枝被同胞男性所强暴,种族立场和性别立场发生了抵牾。而女性生物学的局限又使她以赤裸裸的笔触表现生殖的种种苦难,她先后写了六起生殖的事件,在融合痛苦与欢欣的自我凝视中,把拉伯雷食与性的身体狂欢推进到人类延续生命的基本情境,也把托尔斯泰和巴金们对于生殖无奈的厌烦与恐惧转变为繁衍生命的泛人类学主题,这是两性共同的伦理命题,因此成为有史以来最伟大的歌咏生殖的悲情诗人。她对朋友说"女性的天空是低矮的"[①],正是在这无可规避的物种延续的基本伦理层面,得到淋漓尽致的形象诠释。这使她的女权思想超越了一时一地的具体问题,深入生命的原始悲哀,具有永恒的人性价值。

对于各种文化制度的质疑,则使萧红文学的泛文本背景具有了开阔的文化史空间。她的创作一开始就建立在人与自然的关系上,展现了各种不同的文化信仰,萨满教的大背景中融合了儒、释、道各教与各种民间的淫祭,表现了无有不信的混融信仰方式。而近代思想则是通过对祖父、伯父与父亲,以及殖民城市中洋商家庭的基督教信仰,全景式地展现出来。而以对"天命"的不同理解,表现民族原始思维的巨大凝聚力,她以生命为核心的伦理诗学就是建筑在这深广的文化莽原中。萧红是在近代思想的启蒙中,重新发现民间的善良精神,借助朴素的天命观完成精神的自我确立。《呼兰河传》中,唯一一个健康的人性故事就是非婚结合的夫妻冯歪嘴子和王大姑娘的生命故事,

---

[①] 聂绀弩:《在西安》,王观泉《怀念萧红》,东方出版社2011年版,第127页。

尽管贫贱，尽管受歧视，却满怀希望、坚韧不拔地生活。这样深厚的泛文本背景，使萧红文学带有文化史、思想史和心灵史的重要意义。

萧红处于多种话语体系当中，却能够保持一个完整的自我，许多次濒临崩溃的时候，都能把自己重新建设起来。她在和外部世界抗争的同时，也坚持不懈地和自我角力。对"人生何如"的价值追问，接近莎士比亚与托尔斯泰们的思维深度，而悲凉的诗性情感基调则是整个民族在外来暴力的威胁下，在溃败中共同体验的历史情绪，她以病弱的身躯承担着个人、女性、种族，乃至人类的所有苦难。"向着温暖与爱的方向，怀着永久的憧憬与追求"，则是对人类情感价值的顽强坚守，《呼兰河传》在一片萧条冷寂的氛围中，借助乌鸦的叫声与孩子的歌谣，呼应着逐渐转暗的火烧云，寄托了人类微茫的希望。萧红不是一个虚无主义者，她在艰难跋涉中，终于借助一个贫穷磨倌的生命故事，建构了再生的女性——母性的自我。接近生命终点的时候，她写作的《后花园》赞美了超越于所有文化制度之上的基本的两性之爱，认同了普通人承受命运打击的泰然与坚韧，也表达了对地母一样的女性安详精神的激赏，以及人类专注于工作的永恒伦理价值。

农耕文明的乡土文化背景、女性的生殖处境与母性的安详，使萧红文学以生命为核心，沟通了宇宙自然的博大系统。她一开始就把人置于所有物种之中，表现人在宇宙自然中的渺小与无助，使不同物种的生命形态互相映衬。《生死场》中"人和动物一起忙着生、忙着死"，是对物种延续的幽默联想，《小黑狗》对于动物的母性感同身受的痛苦抒发，是对所有生命的悲悯。从中可以看到萨满教原始自然观的泛神信仰，也可以看到佛教生死轮回中众生平等的观念，都寄托着对大自然的敬畏与依恋，这是人类最永恒的情感，在环境日益恶化的当今世界，尤其显示了她可贵的思想光彩。由此，萧红以生命的价值为轴心建立起自己博大的伦理诗学，隐含生态人类学的基本理念，体现着最基本也是最永恒的人文价值。

这一切，都是她至今被广大读者接受、理解的重要原因。

三

萧红一生都以艺术的方式和历史对话，和世界对话。她是一个孜孜不倦的探索者，勤苦耕耘在艺术的园地，而且从来不迷信权威，始终走着自己的路。她认为艺术上没有高峰，不承认所谓的小说学，连终身敬仰的鲁迅也要超越，"有各式各样的生活，有各式各样的作家，就有各式各样的小说"[①]。而且她的幸运在于生长在一个全球文明交融的时代，生活在城乡接合部的边陲小城，传统文化、民间文化与外来文化同时作用于她的思维感觉，足以建立一个自我完足的艺术世界。

萧红的追求并不能为她同时代的朋友所理解，深刻的寂寞成为她临终的主要遗憾。她当年就受到朋友们善意的批评，因为左翼阵营以现实主义为圭臬，写实的人物是艺术创作的核心，社会学范围中的"典型环境中的典型性格"是至高的美学理想。为此，她和萧军经常争吵，日本左翼作家鹿地亘曾经概括他们的差别，一个是客观的正确、古典的优美，另一个是感觉主义的新鲜，[②]应该说是切中肯綮。萧红明显受到西方20世纪初前卫的美术思潮的影响，而且是在可塑性最强、接受能力也最强的少女时代。她中学的美术教师高仰山是刘海粟的学生，迎合世界潮流是后者公开的艺术主张。她的泛文本背景

[①] 聂绀弩：《回忆我与萧红的一次谈话》，聂绀弩《高山仰止》，人民文学出版社1980年版，第100页。

[②] 参见萧军1937年6月26日日记，《萧军全集》（第18卷），华夏出版社2008年版，第15页。

中有新建筑、新美术，也有中外文学大师的新探索。以身体的装饰性构图的表现主义美术，以意识的流动表现心理的意识流文学，以举隅法为主要修辞特征的意象派诗歌，以众声喧哗的杂语叙述的现代戏剧手法，电影的蒙太奇技术等，都对她的艺术产生启发性的影响。当然，感觉主义的哲学也影响着她的表现内容，对于非理性生命本能的重视，以身体推动叙事的策略，都是她的艺术世界中尤其醒目的部分，鲁迅所谓"越轨的笔致"应该指的就是这些。这都可以从《生死场》里金枝盲目受孕，成业对她的需要只是成熟男人的性本能，以及王婆的身体像土地一样贯通所有群体的空间中看出来。

对她早期创作产生重大影响的应该说是先锋美术，她早期的短篇小说如《出嫁》等，构图和色彩都带有印象派绘画的特征，《生死场》中"刑罚的日子"里三个无因果关联的生产场面，对于女性身体的展现与联想也是集中的体现。当年，鲁迅对她"明丽与新鲜"，以及"叙事写景胜于人物的刻画"等评价，就准确地概括了她的美学特征。影响她最深的应该说是德国左翼版画家凯绥·珂勒惠支，后者经常以表现主义命名，《母亲》（亦称《献祭》《献祭的母亲》）与组画《农民起义》，从内容到形式都影响了《生死场》前半部的写作。《农民起义》第五幅取材于真实历史人物"黑色安娜"的农妇，显然是王婆的原型之一，后者前后失去了三个孩子，也是一个献祭的母亲。而《生死场》前半部情节与场景的设置，也耦合于《农民起义》由起事到失败的过程，只是具体详尽地表现了因果的逻辑，把静态的画面连缀成动态的完整过程。

萧红少小和祖父学古诗打下了音韵的良好基础，也开启了对宇宙人生的感悟。她在中小学接受的语文教育基本以古文为主，刚刚能够阅读，就遍览家中的唐诗宋词，包括《红楼梦》在内的古典小说，中学期间学习书法篆刻，一度迷恋郑板桥的书法，这些都影响了她的创作，她晚期的小说对人生无奈的慨叹，明显渗透着古代的时空观念。生前最后发表的短篇小说《小城三月》，明显地受到宝黛爱情悲剧的启发，但是翻出了新意，表现文化震动中处于两种文化夹缝中的乡土女性无奈的情感悲剧。传统文化为她的世界观提供了基本的观物方式与时间形式，用以容纳溃败历史中多种文化犬牙交错中的空间形式与混乱的心灵感受。《呼兰河传》第一章从冬天的早晨开始，结束于秋天的傍晚，呈现为时空同体的无限流转，心灵感应着宇宙自然生命与人生的万古循环，因此比音韵更集中地体现着古代诗歌的精神。民间文化则使她在五四新文化运动平民文学的思潮中获得启蒙，从《生死场》开始，萧红对民间思想的关注，就包括对民间艺术的激赏，叙事中有多首民谣，《呼兰河传》第二章系统地介绍了各种民俗，有价值的批判，也有艺术形式与精神的心仪。民间艺术使她的乡土经验与现代艺术彼此交集，和传统诗文的精神一起，构成她的诗性生长的深厚土壤。

此外，萧红一生学过四种外语，除了中学主修英语之外，在哈尔滨期间和萧军一起学了俄文，在上海学过世界语，到日本又学了日文。各种语言构成多维的参照，使她对汉语细微奥妙的感悟更加敏锐细腻。她的文字渗透着感觉，或许是感觉主义美学潮流的启发。她的叙事节奏感很强，而且根据人物与情节的需要而富于变化，儿童主人公的叙述语言单纯而简短，老年妇女的则频率快而语气强烈，如《生死场》中倒反天戈的王婆说话斩钉截铁；《梧桐》中流亡四川的东北老太太的则节奏紊乱，表现出絮叨的言语特征。其他如意境的营造、意象的剪辑、复沓的节奏与低回婉转的韵律感，都可以看到语言形式的精美，而且是不露痕迹的舒卷自如。萧红创造性地继承了汉语的诗文传统，对现代汉语的艺术写作做出了杰出的贡献，并且以语言的神奇魅力增加着整个族群的情感凝聚力，成为新文学的传统与日月一起流转，至今影响着中国汉语写作的发展。

四

萧红自小生长在维新的乡绅之家，而广大的乡土社会又通过血缘的关系构成深重的阴暗底色，女性家长的精神强迫与男性家长的维新启蒙、新式学校的文化教育彼此冲突，都使她的世界处于分裂的状态。她在新与旧的夹击之中，深刻地感受到现代中国人精神心理的大分裂，自我完足的世界被打破，所有人都面临认同的危机。这种强烈的精神危机感直接物化在她作品的人物处境中，形成了一个夹缝式的基本情境。她作品中不少成年的主人公都处于这样的尴尬境地，带来文化身份认同的紊乱。有二伯和王四的身份都处于主仆之间，金枝处于种族立场与性别立场的两难境地，置身中西文化之间的小知识分子马伯乐既是马又是伯乐，翠姨在乡土社会与现代文化的空间中都处于边缘的位置，徒有进入新生活的愿望而找不到抵达的门户……这些人物的尴尬处境都是现代中国伦理史的经典话题，一如鲁迅在《野草》中所表达的"中间物"的思想，是整个民族共时性的集体性格类型。萧红认同他们的处境，一开始就把自己从鲁迅那一代要"改造国民性"的精英知识分子中区别出来。她对朋友表达了自我分裂的感觉：我想飞，可是又觉得会掉下来，闹不清这样想的是我，还是那样想的是我。[1] 她用心灵承受了整个民族精神分裂的痛苦，并且把它形式化，在抒发自己困惑的同时，也诠释了无数人的迷茫。

---

[1] 参见聂绀弩《在西安》，王观泉：《怀念萧红》，东方出版社2011年版，第127页。

萧红身处国破家亡的动荡时代，她短暂的一生几乎都是在流亡中度过，无论是抗婚出走求学，还是逃避法西斯迫害，或者躲避情感困扰及至逃离战争的威胁，最终还是死于战火倾城的香港，精神的抗争也以渴望回家作为失败的象征。因此对于失去家园的流亡者，她有着情感的深刻共鸣。这使她笔下的人物多是流亡者，分布于男女两性、各个阶层、各个种族、各种党派和各种年龄段。身为最早沦陷的东北籍作家，萧红对于流亡异乡的东北同胞有着不言而喻的情感亲和，发表的两篇纪念九一八事变的文章，都是以书信的方式致东北流亡者。近代中国革命与战争频繁交替，导致了几代人的动荡人生，流亡也是民族历史命运的艺术折射。现代性带来的种族的频繁迁徙与全球性交往，使流亡也成为一部分人类的共同命运。而且在任何时代也都会有因为各种原因，自愿或者被迫的流亡者，因此这个主题也超越了所有的时代。萧红文学最基本的行动元叙事模式就是流亡，而且在具体的情节设计中，经常是与死亡两厢对立。《生死场》的下半部分基本就是各种逃离死地的故事叙事，《马伯乐》则是以逃离开始与失败的回归轮番交替的游记式结构，其他如《索菲亚的愁苦》中客居哈尔滨的高加索移民、《亚丽》中流亡的朝鲜族革命者，都是以流亡开始，以流亡结束……流亡的生涯是溃败人生挣扎循环的基本曲线，覆盖了所有流亡者的人生轨迹，这样的行动元叙事模式使萧红文学带有了泛人类学的普遍形式特征。

萧红身处动荡的时代，流亡的生涯、居无定所的命运，都使她的心灵感应着时代的混乱光影，并且以艺术的方式营造为可触可感的时空体形式。现代性对时空的重新规划带给主体对时间形式的新感觉，心理化是整个现代主义文学共同的美学特征。从鲁迅开始，所有中国的现代知识者都有时间的焦虑。萧红文学充满了对于时间的诗性感悟，也由此带来深刻的紧张，而空间则是鬼魅一样身形飘忽，这两者透露了她内在的焦虑，而且时间和空间的关系也呈现出超稳定状态与混乱的交替与回归。一如巴赫金在《小说的时间形式和时空体形式——历史诗学概述》中所定义："文学中已经艺术地把握了的时间关系和空间关系相互间的重要联系，我们将称之为时空体"[1]。萧红在探讨人与具体时空各种关系的特殊形式时，建构了各种时空体形式，而且其中充满了诡谲的矛盾，是她感应历史内容的独特心灵形式的物质外化。她运用了多种时间形式，营造出动荡时代犬牙交错的文化景观。沉滞的乡土社会是时空同体无限流转的超稳定自然时序，只有历史时间倏然断裂之后的混乱激流，把破碎的空间卷入自己凶险的旋涡。楔入传统文化的大都市的时空是短暂的稳定与长久的飘移，带给主体的混乱呈现为心理时间形式的跳荡与紊乱。混乱的时空体形式彻底改变了乡土社会生和死的形式，生命周期的循环也失去了原有的秩序。这就是经历着革命与战争轮番交替的现代中国人共同体验着的心灵混乱，萧红以诗性的方式呈现出来，她的文学便带有中国现代心理史的独特形式特征。

五

在萧红文学民间的历史视角中，身体是基本的视点，牵引着叙事的发展，人生的所有苦难都呈现为血肉之躯孤绝的生存困境，才得以集结为"生的坚强与死的挣扎"。生物学层面生老病死的自然循环，意识形态层面多种文化制度的束缚，政治迫害的囚禁和战争的杀戮，

---

[1] ［苏联］巴赫金：《小说理论》，白春仁、晓河译，河北教育出版社 1998 年版，第 274 页。

形成了萧红文学独特的政治文化的身体视点，在和宇宙自然生命大系统的互喻中，连缀出个体在特定的历史文化情境中的生命故事，身体也因此具有了隐喻的修辞功能，最终凝缩成重重禁忌中的生命困厄，将个体心灵隐秘的情结也置换在文本的语言结构中，揭示了人在宇宙自然与文化之间的两难处境与无法挣脱的宿命困境。

萧红最早发表的两篇作品《弃儿》与《王阿嫂的死》，都是以孕妇肚子的突兀而醒目，并且由此出发推动叙事的发展。《生死场》中女性生产时丑陋痛苦的身体，使生殖由此成为一个母题反复变奏，概括了女性生殖的所有可能，这显然融合了她自身生命的体验，凝视中也有着欲望的投影。疾病也是她特别敏感的身体问题，这和她曾经患有多种疾病的经历有关，痛经、头疼、便秘、痔疮、气管疾病和家族遗传的心脏病都常年折磨着她，还有过抑郁症的病史，甚至传言她被家族囚禁期间患了精神病。[1] 此外，她少小时还经历了瘟疫的威胁，最小的弟弟被感染，在外国医生野蛮的医疗暴行之后丧生。[2] 在她的文本中，疾病成为最接近死亡的叙事，如《生死场》中月英惨不忍睹的病相、《商市街》中自述的各种病痛、《小六》中像大蜘蛛一样营养不良的病弱孩子等，都传达出她的内在焦虑。伤残则最体现苏珊·桑塔格所谓"疾病的隐喻"，成为萧红以身体为焦点的叙述方式中重要的修辞手法。《生死场》最先出场的二里半一家都有残疾，一个跛足、一个罗圈腿、一个麻面，而且全部叙事都结束于二里半踮着跛足，伴随着羊的叫声，走上抗日敢死之路的远去背影，跛足隐喻着民族精神的不健全。她在叙述日寇入侵之后的死亡威胁下乡村丧失了基本的时间形式，比喻整个村庄都患了传染病昏昏沉沉，既呼应了战前瘟疫的

---

[1] 参见李洁吾《萧红在北京的时候》，孙延林主编《萧红研究》（第一辑），哈尔滨出版社1998年版，第70页。

[2] 参见萧红《牙粉医病法》，《萧红全集》（中卷），哈尔滨出版社1998年版，第925页。

灾难景象，又隐喻着民众精神的紊乱。而随处可见的爬虫一样的伤残乞丐，则是战争残酷后果最直接的感性显现，伤残的身体成为残酷历史的隐喻性细节。而精神性的疾病则是历史罪恶在心灵中的极端反映，《旷野中的呼喊》《汾河的圆月》中的老人，都是因为儿子投身抗日牺牲而陷入精神的迷乱，这是整个民族创伤性的精神异常。

各种文化制度对身体的禁忌，更是萧红文本中反复讲述的故事。《呼兰河传》中小团圆媳妇仅仅因为发育早、走路快、吃得多和不害羞，而无意识地触犯了千百年来文化禁忌的天条，而被虐待致死，而且是当众赤身裸体地被开水烫。而《叶子》中的出嫁场面，新娘用被子把自己包起来，是因为害怕老婆婆哭红了眼而怕人笑话，这和赤身裸体两厢对应，正是女性身体恐惧与自卫的极端形式。对于"自我的病"则是文化震动时期的心灵戏剧，用苏珊·桑塔格的说法，就是"自我背叛了肉体"。萧红文学中有两起叙事，主人公都是因为接受了自由恋爱的新文化思想，又受着旧的婚姻制度的阻滞而抑郁身亡，《叶子》中的莺哥终夜咳嗽，应该是肺结核的症状；《小城三月》中的翠姨也是肺结核，而且这两个人都和她有亲属关系。对于民族国家的话语，萧红借助不同种族的文化制度对女性身体的规训，也表达了深刻的质疑，金枝被同胞强暴，日侨女主人与水兵"军民合作"[①]。五四的人道主义话语也被她柔性地嘲讽了，新式知识者以嫖娼来研究社会科学，批判"人血红唇"的新文学编辑一旦得到她的爱情，"人血红唇的妖魔"就"美若天仙"[②]。至于革命话语的身体强迫，更使她惊怵万分，《渺茫中》和《亚丽》中都有对不出场的能干政治女性的憎恶，她们对异性同志的性挑逗与性虐待都使她厌恶与恐惧。总之，所有的话语体系在她的笔下都呈现为男权意志建立的意义，作为意义承载者

[①] 萧红：《马伯乐》，《萧红全集》（上卷），哈尔滨出版社1998年版，第394页。
[②] 萧红：《夏夜》，《萧红全集》（中卷），哈尔滨出版社1998年版，第633页。

的女性身体始终都处于被压抑与奴役中，一如米歇尔·福柯所谓，话语是社会性权力的体现，只代表权力，而不代表真理。女性其实一直都处于失语的状态，萧红以身体推动叙事就把沉默的女性从各种话语的挤压中解放出来，以感性的生命体验，跳出了所有意识形态的话语陷阱。

萧红以身体为基本视点，对外部的自我与内在的自我，分别以外部视点和内在视点的交替叙述，犀利地解构了所有既成的话语体系，由此形成自己基本的叙事角度，这就是心理的角度。她的叙述方式不以故事的完整见长，而是以表现心理的深度卓然不群，惨烈的历史事件对生命的戕害，严密的文化制度对自我的压抑，痛苦的生存记忆、情感的波动与不安分的思想，都内化为心理活动，延续着新文学开拓者们的中国经验，在纯粹的意识流中流淌。她的自述性文本，基本是内心活动的诗性展示，而虚构性的文本则经常借助对象的心理活动转述出自己的感受，而她的经历又联系着大历史的运动，在自我表现的同时也表达了一个时代人们的共同感受。正如荣格所谓，一个诗人无论他多么傲慢，实际上都代表着无数的声音在说话。萧红文学是民族心理史的一块鲜活切片，对民间思想的凝视使她有能力揭示民族集体的意识与无意识，由此出发表现一般民众对重大历史事件如庚子之乱、十月革命、中东路事件与日军入侵等的心理反应与记忆方式。此外，对男性的无意识心理、女性的文化心理、知识者的心理、异族移民的心理及恋爱着的男女们的心理、儿童的心理、老人的心理等，也以各种手法准确生动地表现出来。社会的众生相在她笔下，呈现为众多心灵的悸动与呓语，容纳了比事件更鲜活的生命内容。她几乎是以各种心灵的感应作为叙述历史的基本素材，完成自己对"意识到的历史内容"独特的表述。

一般认为萧红是靠着天才的直觉写作，实际上这只是艺术还原的

结果，她"对着人类的愚昧"的写作态度与对溃败历史的高度自觉，都再度还原为高度感觉化的文字，感觉是萧红文学基本的艺术手法。她以这样的方式将逻辑思维与生命体验整合为浑然一体的艺术世界，借助各种意象丰满地呈现出思想的肌肤。首先，对于各种身体的感觉，比如饥饿、寒冷、孤独、幽闭、恐惧、疼痛等，都以通感与联想可触可感地传达出来，这在《商市街》中表现得最充分。其次，则是以主观化的感觉赋予对象以独特的比喻，而且是以儿童的联想方式选择意象，形成自己独特的修辞系统，鹰隼等猛禽用来形容中老年人、植物与小动物用来形容女人和孩子、无机物用来形容衰老者；牛马一类大牲畜是指涉男人的意象，而鱼则是女性专有的喻体，延续着"鱼水交欢"等传统语用中的谀辞，反其意而用之。还有一些指涉则带有任意联想的特点，《弃儿》中以"脏包袱"和"垃圾箱"形容怀孕的芹病弱无力的身体；而《滑竿》中形容脱落着毛的驴子像是穿着破烂的棉袄等，都是以极其个人化的感觉带来陌生化的效果，而情感的趋向便也由此彰显。历史、文明、人生与人性，都在她独特的感觉中获得血肉丰满的有机生命。

六

死亡一开始就是萧红写作的重要母题，和生殖一起反复变奏，驱动着她艺术思维的内在情绪。第一篇小说《王阿嫂的死》仅仅六千余字，叙述了三起死亡，王阿嫂丈夫之死、王阿嫂之死与初生婴儿之死。这和她创作伊始，已经经历了不少至亲之死有关，祖母的死、母亲的死、弟弟的死、祖父的死、初恋情人的死，还有未婚夫的生死不明。生和死的问题一开始就是她包裹在阶级意识、民族意识、文明意识和性别意识中的核心母题。早期写作时尚处于贫病中的求生挣扎，感奋于民族民间抗争的伟大力量，而借助写作来完成坚强的自我巩固。《生死场》是一部在死亡之地挣扎求生的书，虽然中间隔着十年，但是叙事以生长的季节夏天开始到夏天结束，这就是她向朋友所自陈的，她的人物比她高，她不配悲悯他们，倒是他们更应该悲悯她才对咧。[①]《呼兰河传》则是死亡之书，所有的人物都是以死亡结束。其他写于晚期的小说，也都结束于死亡，只有《后花园》中的冯二成子坦然接受了亲人的相继离世，沉静地继续着他的工作。这些故事大多发生在辛亥革命之后与抗战之前，而萧红讲述故事的时代则是在全球性反法西斯战争即将开始的前夜，自己的生命也已经接近尾声。她远离故土，隔着断裂的历史时间，眺望沦陷了的家园，叙述乡土故人的生命故事，也回顾着自己成长的踪迹，借助悼亡故人抒发自己行将离世的悲哀。

死亡在萧红的文学中并不都是悲剧，在萧红文学关于死亡的叙事中，悲剧往往在死者身后。孤寡老人、幼小的孩子，都是死亡最悲惨的承载者，老无所养与少无所依是萧红伦理诗学中最伤情的触目景象。《生死场》中北村老婆婆因为儿子敢死牺牲，生活无着只好和孙女菱花一起吊死。还有因此延伸出的民间对灵魂的信仰中，对死后情景的想象，孤贫的有二伯最无法忍受的是死了连个打幡送葬、上坟烧纸的人也没有；死于难产的王大姑娘大庙不收、小庙不留，但却有一个弱小的儿子为她打幡送葬，这个健康的人性故事仍然保留了传统伦理的信仰内容。在她的笔下，还有一类死亡带有解脱自我的性质，《叶子》中的莺哥困于情感与婚约的苦难，理智不足以克制情感，爱

[①] 参见聂绀弩《在西安》，王观泉：《怀念萧红》，东方出版社2011年版，第127页。

情近似谵妄，自我的病只有以死亡的形式获得解脱。而且，这样的解脱有时对无奈的主人公来说也是幸福的极致，《小城三月》中的翠姨以自我折磨的方式不治而亡，成功地逃离了旧式婚姻制度的强迫，她满怀幸福的原因是"我所求的都得到了"，因此死而无憾。在这些作品中，萧红赋予死亡以自由精神的升华。

溃败、流亡、死亡、病痛与孤苦、贫困，是萧红文学中最触目的内容，由此悲凉也成为基本的情绪基调。即使是激愤，即使是嘲讽，最终也淹没在无法挣脱的无边悲凉中。萧红关于自己的叙事都延续着传统闺阁诗人的情感特征，感叹身世孤零不幸的断肠愁绪，因此她的悲凉也是中国女性历时性的集体情绪，对于没有爱、没有家和没有乡土的忧愁，也是亘古的忧愁。而面对国破家亡的历史劫难，她以诗的节奏反复吟唱的悲凉，则是现代性劫难中整个民族的共时性的历史情绪。《呼兰河传》中的第三、第四两章，中心词是荒凉，每一节都是以"我家是荒凉的"，或者"我家的院子是荒凉的"开始，展现破落中的家园景象，也展现出家族以外溃败的人生场景，房客们完全没有希望的生存状况与阴暗的心理状况，以及各种愚昧残酷的精神现象。这显然都带有举隅的修辞性质，以家族的溃败概括乡土的溃败，以一组人物的精神现象概括老旧中国的灵魂，也是她互文性的叙事策略。这个层面的情绪勾连着从鲁迅开始，具有变革意愿的现代知识者的集体悲凉，是五四感伤主义思潮的余绪。

萧红文学中充满了各种仪式，其中以丧礼居多，契合着悲凉的基本情绪。有些是显性的，有些是隐性的，显性的作为死亡叙事的终点，不时出现在从第一篇小说《王阿嫂的死》到最后由骆宾基记录整理的《红玻璃的故事》中，坟墓是一个反复出现的意象。而《生死场》中容纳着民族民间壮阔顽强抗争精神的盟誓，则是在极端的危难历史情境中爆发出来的特殊仪式。隐性的则借助物品与气氛替代出来，如《放风筝》中以风筝代替幡、《北中国》以凄清的阴冷天气烘托亡忧与骊歌的气氛。还有一些反常的仪式，如《生死场》中"传染病"一节，整个村庄一片死寂，人死了不哭。而且反常的仪式在文化震动的时代，在接受新思想的文化种属中则是革新的标志，一如《呼兰河传》中的童年叙事拒绝成长的反成人礼性质，以及所有婚恋中的无仪式叙事，都是她自觉对抗传统文化制度的表述。还有一些仪式属于民间淫祭的性质，比如《呼兰河传》中，各种折磨小团圆媳妇的偏方野药，直至将其赤身用开水活活烫死的示众。这些与死亡相连的仪式，使萧红文学带有明显祭祀的性质，而且她是把如林黛玉《葬花诗》式的自祭与他祭相交融，经常借助他人的酒杯浇自己心中的块垒，如小团圆媳妇的命运折射着她最初的文化身份与后来被娘家、婆家共同抛弃的孤苦处境等，置换出内心深处深刻的死亡焦虑。这些都使萧红文学的基本文体呈现为哀祭文，只是主题变了，祭悼山川灵物变成祭悼寻常乡土，祭悼伟大人物变成祭悼寻常百姓，语言形式变了，"呜呼哀哉"一类的程式化语词转化为诗性的白话，但是哀祭的功能没有变。萧红从小学到中学接受的语文教育基本是古文，她的伯父辅导她读的古文中有唐代张华《吊古战场文》[1]，自然熟悉这个文体，当年应对别人反对她散文的形式，她说："我散文的形式其实是很旧的。"[2] 其中也包含自觉运用这个文体的创作甘苦。正是充分发挥了哀祭的功能，和溃败与死亡的主题相适应，萧红以她的天才与勤奋，创造性地完成了汉语写作的现代转型。

她生前大致发表过近百篇文章，绝大多数是哀祭文，而且几乎覆盖了哀祭文的所有种类。情感强烈的祭文在萧红文学中占据了不小的部分，她对于亲友的哀悼、对自己的祭奠大致都属于祭文；"借古人

---

[1] 参见萧红《镀金的学说》，《萧红全集》（下卷），哈尔滨出版社1998年版，第1166页。
[2] 《七月》1938年1月号。

史古事以咏怀"的吊文,在萧红文学中大多用作对亲历的重大历史事件的凭吊,诸如《又是春天》中中东路事件遗留下的废弃军舰、《放火者》中日军对重庆大轰炸之后的废墟,以及后来自己死里逃生的经历等。吊文抚今追昔的叙述手法也大量存在于她关于自己与他人的叙事中,《弃儿》中的芹孤独地躺在病房中追忆亲人离世;《生死场》中王婆要"捉住昨日那些痛苦的日子";赵三坐在昔日那些英勇的朋友坟前,感叹自己衰老了,只能悲愤不能敢死了,都是庄严的凭吊。《叶子》与《小城三月》是典型的哀辞,主人公都是"身遭不幸与童稚夭亡",所有被家长有意无意杀害的孩子,也都属于这个文体范畴。情感强烈的《拜墓诗》是典型的"哭",而纪念金剑啸殉国一周年的诗《一粒土泥》则是典型的"告"。她关于鲁迅的所有叙事,无论哑剧《民族魂鲁迅》,还是散文《纪念鲁迅先生》,都是有褒无贬的诔文,后者融合了行状文……萧红借助哀祭的基本文体,凭吊历史,超度亡灵,把现代主义的两个基本主题衰败和死亡,以传统的文体演绎得淋漓尽致,也因此确立了自己溃败历史中女祭司的写作身份。

七

萧红文学的伦理诗学是建立在宇宙、自然和生命的大系统中,具有超越历史理性的情感逻辑。人在这个大系统中与其他生物、与自然及宇宙,彼此依存又彼此对抗。她以民众的精神为焦点,寻找混融的实用性信仰中潜在的民族健康的远古精神,以民族民间艺术思维的基本范式,在溃败的农耕文明、强势的机械文明与浮华的商业文明之间,建立起象征的心灵模式,并且渗透进语词的缝隙,在互文的关系中，以比喻、隐喻、转喻等种种修辞手法，呈现出一个博大有机的生命图式。而童年的乡土生存经验则使她的想象力，呈现出儿童近于原始思维的特征，如泰勒所谓，"用自己所熟悉的人类行为的解释来类比事物"[①]。萧红的童年经验世界中的宇宙自然生命系统，最熟悉的是"那些表现出秩序与规律的"乡土生活的世界，这个世界为她的艺术想象提供着丰富的细节。民族民间的原始思维、儿童的想象力与"表现出秩序与规律的"乡土生活的世界，这三者彼此重合，使萧红文学的象征体系以新鲜的自然生命为镜像，反衬着所有文化制度的残缺，并且把童话的文体结构置换在故事叙述的深层结构中，表现了人类普遍的心理原型。并由此置换出无助的孤女、老巫婆式的女人如继母和女皇式的女校校长等。一如弗拉基米尔·雅科夫列维奇·普乐普分析民间童话中恶毒的老巫婆，丧失了女性的生命功能却法力无边地掌控着森林里所有的生命，是衰老与死亡的象征。她晚期的作品中，出现了各种好母亲的形象，其中有着她对家长的理解，也有着母性心灵的共通逻辑。女儿性则使她恐惧厌恶那些严厉的成年人，幼小生命的成长本能必然厌恶反抗压抑扼杀生命的异己力量，同时也寻求庇护，祖父和鲁迅在她的笔下是民间故事中白发仙人形象的置换变形。她象征的心灵模式直接外化在文体形式中，近似灵魂的城堡，以艺术的方式抵御着外部世界的残酷侵扰。

在萧红的象征修辞的喻体中，有一些是明显的定位指涉，是沿用传统文化的语用习惯，比如以牛马比喻劳动者与实干的精神、以鱼比喻女人等。萧红经常在传统语用中引申出自己的独特语义，赋予自然物以新的象征意义。《生死场》是以一只羊开始叙事，引出它的主人二里半，结束于羊伴随着二里半远去身影的茫然叫声，具有整体象征

---

① 转载自《神话理论》，刘象愚译，外语教学与研究出版社 2008 年版，第 197 页。

的丰富语义，羊既是农人情感的载体，又是乡村和平生活的象征，它的失而复得，盟誓时被主人献祭而又用一只鸡替换下来，直至主人临行前欲杀掉它而终于下不去手，将之托付给邻人照看，都表现了农人对和平生活的留恋。一直到《民族魂鲁迅》中第一场的结尾，在无数猫头鹰眼睛的背景中，最终遗留在舞台上的也是一只茫然的羊，因此，羊本身又是善良无助的民众之象征。萧红有一些修辞的喻体则是任意性的自我指涉，没有传统文化语用的泛文本依据，是萧红赋予之独特的语义，比如以野兽比喻被本能驱使的男人、以垮塌中的房屋比喻衰老孤苦的老人、以机器比喻话语的绞杀等。在萧红文学的表意系统中，一般来说，新鲜的植物与幼小的动物都是用来形容孩子的，无机物则是用来形容枯萎衰老的生命，定位指涉的传统语义和自我指涉的联想语义，由此交集整合，使萧红文学象征表意系统深植于博大的汉语体系当中。而生与死的两厢对立，进一步派生出繁华与荒凉的两厢对立，使她向死而生的伦理诗学具有了广泛的文化心理的关联域，与自然生态重合为基本的生命价值。她的文学就是以各种象喻修辞方式，完成鲁道夫·布尔特曼所谓"对自我的理解"。

在萧红象征的心灵模式中，儿童的想象力决定了她总是以孩童式的纯真质疑着历史、文明与人生人性，却始终不懈地寻求着世界人生的终极价值。追问由此成为萧红文学意义生成的基本句式。一开始她的作品中就多以设问句式表达主人公孤绝处境中的情感危机，而且常常以惊叹号强化质疑的语气。孤女小环站在王阿嫂的新坟前连续追问自己的未来，《商市街》中在饥饿的逼迫下，追问"桌子能吃吗?"等，《呼兰河传》中"人生何如"与"人生为什么这样凄凉"的追问，都是典型的例子。萧红以各种方式设问与回应，以追问的基本句式完成意义的演绎。这样的表意结构可以上溯至屈原开创的"天问"传统，寄托了一代代思想者的怀疑精神。而萧红追问的语义是以生命为核心，质疑历史文明与人生人性，这就使她的追问具有伦理诗学的独特情感矢量。

萧红调动各种不同的叙述方式，完成这终极的追问。对话是经常使用的叙述结构，《牛车上》的叙述主要是以五云嫂和车把式的对话完成，在场的"我"几乎是一个倾听的记录者；在《黄河》的叙述中，真正的叙事人"我"几乎不出场，只有艄公和阎胡子彼此交谈。这一类对话都是语义确定的，对话双方处于同样的语义心理场域。而《小城三月》中的对话则是错着位的，有着留白的悬念，尽管伤逝的主题以其他的方式表达，但是疑问始终保留在情节的漏洞中，所有人都不明白翠姨是为什么死的，真正的知情人叙事者"我"又只能保持无奈的沉默。《北中国》的家变故事是以两个工人的对话开始，悬念则几乎贯穿始终，牵引着主人公的反常行为直至死亡，情节的开放性更加明显。还有一些对话是自问自答，这在她自述性的散文中尤其普遍，对上一代人价值观念的质疑，经常结束于自己的结论，比如《镀金的学说》中的自问，以"伯父相信的是镀金的学说"结束。而还有一些自问自答，是以反复追问的形式，但是以标点符号的反常使用，而将疑问句转变为陈述句，代替明确的答案。比如《呼兰河传》中，回应"人生何如？"是进一步的追问"人生为什么这样凄凉"，以句号代替了问号的语义转变，意味着人生就是这样凄凉。对话的结构体现着20世纪全球文明交汇、人类思维方式变革的历史趋势，也体现着文化震动时代民族精神内部的分裂与差异，开放的结构则使语义的生成具有了多种可能性，体现着新的认知模式，也衔接起传统艺术含蓄留白的形式特征。这就是萧红的敏锐之处，把心灵的基本问题直接外化于具体可感的语言形式中。

萧红笔下还有一些对话是以形象的逻辑演绎完成的，表现两种不同精神的碰撞，因此而带有了复调的性质。《后花园》中的冯二成子

质疑传统的人生价值代表了男人富于超越性的理想精神，而地母一样的寡妇老王则代表着最质朴的生存真理，冯二成子是在老王的启发下走出了精神的迷惘，哈姆雷特和安德烈·包尔康斯基式的连续追问，也由于和老王切实而平凡的生活，而承受了所有人生的宿命苦难，在沉静的工作中升华出人类永恒的伦理精神，复调的对话终结在和谐的平凡生活中。早年激愤的追问发展到晚期最终弥合的复调结构，萧红基本已经消解了自己的困惑，完成了新的精神建构。

萧红文学大量运用了戏剧观众的叙述视角，以倾听的叙事伦理，让所有人都获得自己的话语空间，杂语的众声喧哗构成她表义的重要形式，而追问的基本句式则以良知的沉默或声音的细弱，将无奈的精神处境呈现出来。《呼兰河传》中大量运用了这样的叙述策略，几个遭受舆论压迫的主人公都在杂语的喧哗中处于无奈的失语状况，或者如小团圆媳妇的痛苦哭喊，或者如有二伯的无奈大骂，王大姑娘自始至终没有说话。而言说者的自私、势利、无耻、刻薄、无聊便跃然纸上，同时他们话语的意识形态与知识谱系的脉络也清晰地呈现出来。在这样庞杂的话语体系中，主体的追问显得多余，力量对比的悬殊使思想的挣扎苍白无力，只有死亡的自然淘汰，使话语的洪水流失在时间的荒野中。萧红基本的哀祭文体中，便有着对这流失了的话语洪水的杂语者的集体超度。她以追问的基本句式容纳了一个跋涉者不懈的精神追求，以对话的方式沟通了不同心灵的情感源泉，以复调的结构弥合善良精神之间的差距，以杂语的众声喧哗保留了新旧杂陈时代各种话语方式的丰富文化资料，控诉了意识形态的邪恶力量与人性的黑暗。她的文学因此成为照彻历史荒原的星辰，在话语洪水流失的尽头，照亮新的伦理精神的源泉。

萧红文学的悲凉情绪一开始就建立在没有家的苦难中，这和她1931年之后与娘家决裂、1932年未婚夫失踪、和萧军同居之后居无定所的流浪生涯有直接的关联,以自己第一个学名张秀环命名的小环承载着"天然的流浪者"的语义,是第一篇小说《王阿嫂的死》中曲折的自我指涉,《弃儿》中对于芹和蓓力的比喻是"两个折了巢窠的雏鸽"。同时,也覆盖了所有没有家的流亡者的苦难,特别是在外来暴力的野蛮杀戮中,所有失去家园的中国人共同的历史苦难,也延续了中国从古至今知识者的家国情怀。"诀别家"是接受了五四新文化精神启蒙的不少知识女性人生奋斗的起点,因为"不愿受和我站在两极端的父亲的豢养",她拒绝了堂弟"回家"的劝告,和家庭的决裂,她是主动的一方。易卜生的"娜拉"是一个泛文本的原型,这使她的离家出走汇入了世界性的女权思潮,而区别于那些因为家园破碎而被迫流亡的民众。没有家的悲哀和流亡的基本行动元叙事模式一样,也是萧红文学超越阶级、种族与时代的普遍性人类主题,表达了所有失去家园的人们共同的情感,特别是没有家园的现代人基本的文化处境。而"诀别家"则是所有叛逆者的共同选择,当家已经不足以安身立命,诀别家就是挣扎求生的共同行动元模式,衔接着流亡的起点。对于女性来说,也是嫦娥奔月原型的置换变形,比娜拉的原型具有更深广的心理关联域。

但是,"诀别家"之后,萧红经历了更多的磨难,她回应祖父"长大就好了的"安慰,是"长大是长大了,但没有好起来"[①]。接近生命终点的时候,在全民抗战的历史语境中新文化运动不同思想派别的分歧得到缓解,她和父亲的心理对抗也转变成血浓于水的惦念与理解,家族叙事从早期借助阶级论的意识形态包装,转变为以民族国家和五四文化革新话语为支撑,有单纯发泄对家长的不满,也隐含忏悔之意。写于皖南事变之后的《北中国》里的耿大先生,当以她的父亲

---

① 萧红:《永久的憧憬与追求》,《萧红全集》(下卷),哈尔滨出版社1998年版,第1179页。

张廷举为原型,他因为惦念离家抗日的儿子(此时,萧红的胞弟张秀珂正在新四军中生死不明)而精神错乱被烟火熏死,当起源于萧红的一个噩梦。《小城三月》以自己家为环境的叙事,更是突出了家庭维新开放的文化特征,连继母都通情达理、善解人意。《呼兰河传》中的小团圆媳妇死后变作大白兔的传说中,她哭喊着"我要回家"。这显然是萧红潜意识的浮现,和所有不顾家人反对离家出走的现代女作家一样,经历了无数情感的创痛之后,才能理解家人对自己的爱。临终的时候,她对朋友的嘱托是把自己送回父亲家,这回我要向他投降了,因为我的身体垮了。[①] 这其中有与自我角力的疲惫,独立自主艺术创造的人生理想以身体的病痛终结,而像冯二成子似的向平实生活的精神回归;还有爱情的一再受挫,转向对亲情的依恋,重回生命的原点成为疗治自我的唯一可能。而这样重返的心灵曲线也覆盖了许多探索者的人生轨迹,像结束了特洛伊战争的奥德修渴望回家过平民生活,也像艾略特所谓"终点是我们出发的地方"。

"回家"实在是人类永恒的梦想,不仅是地理的家园,而且还有精神的家园。但是,小团圆媳妇无家可回,娘家把她卖给了婆家,婆家已经败落得不知去向。萧红也无家可回,关山阻隔,战火纷飞,家园已经被割裂为异国,而且"在那块地方成为日本人的之前,家对于我来说就不存在了"[②]。父亲早就把她开除出了祖籍,而且在异族的严密统治下,家道正在迅速地败落;婆家不仅不知去向,而且法庭的一纸离婚判决,也解除了他和她的关系。"回家"更多是她的想象,象征的意义也由此而生,对于所有没有家园的人来说,"回家"只是一种伦理的诗情。对于丧失了安身立命之本的现代人来说,"回家"就是向神的祈祷,如贝克特的"等待戈多",再如塞林格的《魔术般的

[①] 参见骆宾基《萧红小传》,黑龙江人民出版社 1981 年版,第 99 页。
[②] 萧红:《失眠之夜》,《萧红全集》(下卷),哈尔滨出版社 1998 年版,第 1185 页。

猫耳洞》中的一个士兵念咒语一样祈祷回家。基督徒们面对残酷的现代性生存,询问的是"上帝在哪里"而无神论者们询问的是"何处是家园"。只有路人答应"明天,我送你回去……"白兔(小团圆媳妇)才能拉过耳朵擦擦眼泪转身消失,否则就要一直哭到天明。这简直就是一个招魂的仪式,像盂兰盆会的荷花灯一样为孤魂野鬼照出回家的路。萧红以哀祭的文体,为自己,也为所有寻找灵魂栖息地的现代人招魂,在传统和现代之间建立起象征的心灵桥梁,"回家"是最朴素,也是最永恒的祭文。

这就是呼兰河女儿萧红的启示,她遗留给我们的丰富遗产,永远滋养着生生不息的心灵。

写下这些心得,权当序。

萧红年谱

1911 年（一岁）

历史纪事：10 月 10 日武昌首义，各省响应，辛亥革命爆发。

地方纪事：1910 年，东北地区爆发鼠疫，大范围的蔓延被遏止住之后，呼兰县内仍有流行，萧红舅舅的未婚妻全家于这场鼠疫中丧生，连个收尸的人也没有。夏天，连降暴雨，洪水泛滥。

6 月 1 日：萧红出生于黑龙江省呼兰城东南隅龙王庙路南张家大院。这一天是旧历五月初五——中国四大鬼节之一的端午节，民间有祭日出生的人不祥的说法，故长辈一直隐瞒萧红的生日，对外声称 6 月 2 日，也是在这一天为她过生日。祖母范氏为她起乳名荣华。

张家是乾隆年间逃荒到东北的破产农民，祖籍山东省东昌府莘县长兴社十甲梁丕营村。始祖张岱携妻子章氏经辽宁、吉林辗转至黑龙江扎下根，历经几代人的艰苦奋斗，于道光年间发展为东北著名的汉族工商大地主，在吉、黑两省的众多县份拥有大片田产、房屋、牲畜、作坊与杂货铺。到光绪年间，适逢边患严重、匪祸连年，外来资本又迅猛侵袭，传统的生产和经营方式迅速垮塌，国运衰退，大家族内部矛盾重重，开始分崩离析，张家已呈颓势。萧红近亲的一支，则顺应历史大势转型开拓，得以中兴。

萧红的祖父张维祯生于道光二十九年二月初五（1849 年 2 月 27 日），死于民国十八年（1929 年 6 月 7 日），农历五月初一。他是张岱次子张明贵的长子张熹的独子,根据《东昌张氏族谱书》记载,他"幼读诗书约十余年,辍学时适逢家业鼎盛之际,辅助父兄经营农商"。其妻范氏生于道光二十五年三月十四日(1848年4月17日),死于民国六年(1917)农历五月二十一日。据说她的娘家颇有势力,有一个哥哥是某地督军。所有关于她的回忆,都是跳神赶鬼、无有不信、神神道道,喜欢走动,很神通。分家以后,张维祯分得呼兰的田产和房屋、当铺、烧锅等产业,于19世纪末带领妻子儿女搬到呼兰。张姓的这一支门庭祚薄,唯一的儿子夭折,三个女儿相继出嫁,过继堂弟张维岳之三子、12岁的张廷举为嗣,并且以供他到齐齐哈尔读书为条件。

萧红的父亲张廷举字选三,生于光绪十四年(1888)四月十七日,死于1959年。他3岁丧母,12岁过继给堂伯父张维祯。他毕业于黑龙江省立高等小学堂,因成绩优异,奖励廪生(有奖学金),保送上黑龙江省立优级师范学堂,21岁毕业时,被授予师范科举人、从七品虚衔官职的中书科中书衔。读书时,他秘密参加国民党,毕业后还曾想到北京去留学。他长期就职于黑龙江的小学教育界,民国时期历任小学校长、呼兰县教育局局长、黑龙江省教育厅秘书等职;日伪时期被胁迫出任呼兰县协和会副会长,光复以后担任呼兰县维持会会长,人民政府时期以开明士绅的身份被选为松江省参议员。到张廷举成年时,家道已经开始败落,仅有的二百多亩地没有太多的进项,主要靠工资和少量商业股份维持全家生计。因为直系兄弟们还没有分家,他和福昌号屯的亲属来往密切,逢年过节的粮食、肉类与柴草要由那面供应,而福昌号屯的子侄不少也住在他家读书。张维岳去世早,长兄如父,张廷举的大哥张廷冀经常来给他管家。张廷冀生于光绪八年(1882)十一月二十日,《东昌张氏宗谱书》记载,他"幼年读书,颇有心得。仪容端方，举止庄严，身体魁伟，望之凛凛焉。喜围猎，爱枪马，尤长于管弦之属。……视宦途如河海，精通俄文，尚义侠之举"。他是张家中兴的功臣，也是顺应历史大势，在经济转型中开拓进取并挽救颓败家道的维新之祖，在张家具有举足轻重的地位，实际上当着张廷举一半的家。

萧红的母系家族也祖居山东，世居呼兰城北泥河边的姜家窝棚屯，拥有千亩以上良田。外祖父姜文选是著名塾师，人称姜大先生，为民国初年参议员。萧红之母姜玉兰（1886—1919）为其长女，通文墨，诵诗书，精女工，擅珠算，恪守儒家妇道，同时也信佛，被视为名门之女。她与张廷举生一女三子：萧红、富贵（夭亡）、连贵（张秀珂）、连富（夭亡）。《东昌张氏宗谱书》记载："夫人姜氏玉兰呼邑文选公之女，幼从父学，粗通文字，来归十二年，勤俭理家，躬操井臼，夫妻伉俪最笃，唯体格素弱，不幸罹疫逝世。"

1912年（两岁）

历史纪事：1月1日，孙中山在南京就任中华民国临时大总统；2月12日清王室发布退位诏书，结束了清王朝的统治。3月10日，袁世凯在北京就任中华民国临时大总统。

1月（辛亥年腊月）：由母亲抱着第一次到姜家窝棚屯的外婆家，参加舅舅姜继业的婚礼，受到外婆全家的喜爱。

1913年（三岁）

5月2日，美国率先承认中华民国；7月12日，孙中山发起二次革命，讨伐欲称帝的袁世凯。

由祖母范氏做主，与呼兰游击帮统王廷兰次子订婚，此子公开的父亲姓汪，家在哈尔滨顾乡屯，为一小官吏，家道殷富。①

在张家老宅的后院和房间中玩耍，是她对世界的初始印象。夏天，随祖父在后花园里嬉闹，生发出对大自然与自由生命的热爱；冬天，在张家老宅的炕上玩耍，因为用手指捅祖母雪白的窗户纸，而被她用针刺痛手指，形成最初的创伤记忆，从此与祖母不睦。在张家老宅开启了空间的感觉，对于祖母房子里的器物倍觉新奇，特别是三座不同造型、装潢的钟表，启发了她对中外种族与文化的最初意识；翻检祖母和母亲的储藏室，在陈年旧物与祖父祖母的回忆中，感受到生命的消逝。由此，开启了对多种时间形式的感知。

1914年（四岁）

历史纪事：第一次世界大战爆发，日本出兵侵占山东。7月8日，孙中山在日本东京成立中华革命党。

大弟富贵出生，萧红由祖父照看。

随母亲到外婆家小住。夏天，见识了山地乡野的风光。冬天，把苞米茬子饭中的芸豆挑出来，用小细棍串起来，放在窗外冻硬了再吃，说是小冰糖葫芦，模仿与联想的能力，都已经初步形成。

1915年（五岁）

历史纪事：1月18日，日本向袁世凯提交"二十一条"，旅日学

---

① 由于资料匮乏，萧红未婚夫的身份和家世都没有彻底搞清楚，这里沿用的是最早的说法。至于其人与王廷兰的准确关系，只好存疑。萧红在《生死场》中叙述了两个被家长弄死的孩子，年龄都在三岁；《呼兰河传》中有三岁时祖母用针刺痛她手指的叙述，笔者以为都是"将真事隐去"的红楼笔法。萧红同学关于为了攀汪姓豪门才让她上学的转述，骆宾基关于将军之子的转述，都透露着端倪。她未婚夫的公开家世是小官吏，但一直与王廷兰有亲戚关系，以及王、汪原是一家的说法流传，都可以支持这一说法。最近披露的资料（东北网2013年3月26日登载《与萧红的一场精神约会》，这条资料后来被删去，目前同一份文件的说法已经完全否认这个说法），已经肯定汪恩甲的生父是一个高级将领，故最早的说法是准确的，当为王廷兰之次子。

生和国内民众发起抗议运动，5月袁世凯接受丧权辱国的"二十一条"，国内群情激奋，各大城市爆发反日游行；9月15日，陈独秀创办《新青年》的前身《青年杂志》，新文化运动开始。12月12日，袁世凯称帝，孙中山等纷纷发表讨袁宣言，不少省份相继起义。

大弟富贵夭折。

继续后花园中的自由时光，随祖父和有二伯在后花园中奔跑、嬉闹与休憩。受祖父牵连，经常受到祖母的斥骂。捶打板壁吓唬坐在炕上熬药的祖母，不是出于报复心理，只是觉得好玩。

在外婆家玩民间女孩儿的玩具嘎拉哈（猪、羊或鹿的后腿的关节骨）①，有时和表姐妹们一起玩，有时自己玩。她还喜欢剪纸，独创了"穆桂英大战天门阵"的游戏，用嘎拉哈摆成战阵，剪些纸人去攻城，对外祖父说，自己是穆桂英，能破天门阵，受到外祖父的称赞。民间女英雄的传奇滋养出她与众不同的自我镜像，很早就萌发出艺术想象的创造力。

1916年（六岁）

历史纪事：3月23日，袁世凯被迫取消帝制。

二弟（张秀珂）出生。

独自走出自家大院，想到街上的商店买皮球，迷路后被一个好心的洋车夫送了回来。停车时为了引起注意，蹲在车厢里模仿民间笑话"乡巴佬蹲东洋驴子"，摔了下来，祖父在情急之中，打了车夫一记耳光，理由是有钱人家的孩子是不受气的，带给她对贫富差别最初的困惑与反感。

父亲为她准备了字块，让她识字。祖父按照张家的族规，为她取

---

① 大概是满语，猪和羊腿上的关节骨，关里汉族称之为拐。

了学名张秀环。张家从第四代开始，按一首诗的字序排辈：维廷秀福荫，鳞凤玉芝华，道成文宪立，树德万世佳。秀字辈的名字中要含玉字边，所以给她起名张秀环。夏天，到外婆家，二姨姜玉环因为萧红的名字和自己重字，执意要她改名。外祖父遍查《说文解字》和《康熙字典》，为她取名张迺莹，"迺"通"乃"，是秀字的下半部，莹含玉字，符合张家的规约。

1917年（七岁）

历史纪事：1月，胡适在《新青年》上发表《文学改良刍议》，陈独秀发表《文学革命论》，掀起新文化运动的高潮。张勋复辟失败，护法运动开始。3月8日，十月革命爆发，马克思主义迅速传到中国。

地方纪事：东北地区因为与苏联接壤，十月革命的影响尤其直接，旧俄卢布迅速贬值，呼兰市民也参与到抢购卢布的风潮中。

7月9日祖母范氏病故。家里来了许多奔丧的亲戚，带来五六个和她年龄相仿的男孩子，带着她在院子里玩，到街上逛，一直走到南河沿。其中二姑母的儿子带来许多看图识字的书，两个人相处得很愉快。因为下雨，顶着酱缸帽子喊叫着从后院走进张家正房，被焦躁的父亲一脚踢倒，险些摔进灶坑里，被人抱起，才知道祖母死了，与父亲的隔阂也由此产生。闹着搬到祖父的房间里住，从此和祖父学《千家诗》。

1918年（八岁）

历史纪事：5月15日，鲁迅在《新青年》发表《狂人日记》。11月13日，为纪念"一战"结束，在中山公园"公理战胜"牌坊前，蔡元培发表《劳工神圣》的讲演。

母亲不许萧红上学，让在家抱弟弟。她经常拿了家里的馒头、鸡蛋和黑枣之类的食物，偷着跑出去和其他孩子分享。由此，发现了贫穷房客们的生活，有了一个观察社会人生的视角，也因此经常受到母亲的打骂。

随母亲到泥河边省亲，又结识了一批小伙伴。跟着他们在山上乱跑，到"双龙泉"的水塘中抓蛤蟆，把去皮的蛤蟆腿撒上盐，裹在大麻叶子里，用麻皮缕系住，放在火中烧熟，一起分享这鲜嫩清香的野食。

1919年（九岁）

历史纪事：5月4日，反帝爱国的五四运动爆发，风气迅速传播全国各地。

地方纪事：学界响应五四运动，张廷举率先砸掉祖师牌位。

1月初：三弟连富出生。

7月底，姜玉兰患心血管急症，张廷举为她遍请名医治疗。

8月26日（农历闰七月初二），姜玉兰不治而亡。张廷举集聚财力发送，扶着姜玉兰的描金大红棺材捶胸痛哭，摸着萧红姐弟的头说，苦命的孩子……

12月16日，姜玉兰逝世百日之后，张廷举迎娶梁秀兰（1898—1972）。她是呼兰城京旗之家梁三爷的长女，因为名字中秀字和张家晚辈重字，张廷举为她改名梁亚兰，生三子（张秀琢、张秀玮、张秀琬）二女（张秀玲、张秀珑）。

萧红开始帮助祖父照顾弟弟张秀珂。

三弟连富送张廷举四弟张廷会。

1920年（十岁）

历史纪事：2月，北京大学第一批女生入学。3月13日，中东铁

路工人为中东铁路管理局局长霍尔瓦特拖欠工资而举行大罢工,次日,北京政府解除霍尔瓦特的所有权力与白俄护路军武装。

地方纪事:呼兰县学校设立女生部。

春,入呼兰县乙种农业学校(俗称龙王庙小学)女生班,上初小一年级。读书极其认真,课余有祖父辅导,成绩很好;热衷于绘画,立志长大要当画家。

1921年(十一岁)

历史纪事:1月4日,沈雁冰、郑振铎等发起成立文学研究会。7月23日,中国共产党在上海成立。

地方纪事:呼兰驻军枪毙逃兵。

升入初小二年级。

三弟连富感染鼠疫,又因遭受外国医生的医疗暴行而夭亡。

1922年(十二岁)

历史纪事:2月28日,中国政府收回中东铁路,随后,将沿途地区划为东省特别区。4月29日,第一次直奉战争爆发,张作霖败北。5月5日,张作霖宣布满蒙独立,后在全国民众强大舆论的声讨声中放弃。

升入初小三年级。

弟弟张秀珂入龙王庙小学读一年级。

1923年(十三岁)

历史纪事:4月,张作霖创办东北大学;8月,鲁迅第一本小说集《呐喊》出版。

升入初小四年级,遍读家中藏书,主要是古代诗词,《西厢记》

《红楼梦》等传奇，大伯父为她讲解古文。为邻里姑娘媳妇设计女红花样。

1924 年（十四岁）

历史纪事：10 月 23 日，冯玉祥发动北京政变，继而逼宫，11 月 24 日，末代皇帝溥仪被逐出紫禁城。第二次直奉战争爆发。

夏，初小毕业（因为学制由春季入学改为秋季入学，萧红在初小读了四年半）。

秋，入北关初高两级小学校女生部，读高小一年级（因为学校设于城北二道街祖师庙内，也称祖师庙小学）。

张廷举出任该校校长。

未婚夫家托人，希望完婚。张廷举以年龄小为由，委婉拖延。

因与二姑家表哥的朦胧初恋，抑郁生病半年。

1925 年（十五岁）

历史纪事：5 月 30 日，上海日本纱厂老板枪杀中国工人代表顾正红，引发五卅血案，全国各地爆发反日爱国游行。

地方纪事：为声援上海工人的抗议活动，呼兰各界游行、募捐、义演。

2 月，二姑家表哥（因为家道破落，表哥一直是靠舅舅张廷举资助读书，假期也住在张家）寒假归来，因获悉家中为他定亲，在贫病交困中抑郁而死，萧红伤心欲绝。

夏初，转入呼兰第一女子初高两级小学校（即后来的县立第一初高两级小学校的女生部），插班读六年级。

5 月 30 日，五卅惨案震惊中外，全国人民反帝抗日的爱国热潮高涨，萧红激情投入这一社会活动，积极参加募捐，勇敢地到城东南隅

的富豪人家募捐。

7月末，参加在西岗公园举行的义演，在反封建婚姻的《傲霜枝》中饰演一个小女孩。剪掉辫子，还动员帮助其他女孩剪辫子。

1926年（十六岁）

历史纪事：1月11日，张作霖通电全国，宣布东三省与北京政府断绝一切行政关系；25日，东三省正式宣布独立。3月18日，段祺瑞执政府卫队枪杀游行的爱国青年，制造了"三一八"惨案，天津、上海等地民众集会抗议。7月，国民革命军誓师北伐。

地方纪事：5月3日，夜里降暴雨，呼兰城里不少民房倒塌，穷苦人流离失所。秋天，与萧红同班、已升入齐齐哈尔师范学校的田慎如被父亲许配给教育局局长为妾，从学校被骗回，激烈反抗之后，为不连累家庭，到呼兰天主堂当修女，此事轰动呼兰。

5月，大雨之后，听一个同学讲述自己邻人小屋被淹，男人抱着孩子逃命，不慎滑进大水坑，双双被淹死，只留下一个寡妇，感叹天下如此之大，竟没有穷人的立足之地，并以此事为蓝本，用文言完成老师布置的作文《大雨记》，生动细致，感人至深，受到老师的表扬，轰动全校。

6月，完成毕业考试，成绩上乘。校长不按照实际成绩，把她的名次排为第一名，并让她代表毕业生上台讲话，引起同学纷纷议论，尴尬处境可想而知。

毕业以后，向父亲提出到哈尔滨继续升学深造，受到父亲和继母的坚决反对。和家庭爆发激烈冲突，持续冷战终于病倒，卧床半年。祖父一再求情无效，亲友说项，张廷举不做任何解释扭头就走，舅舅也不肯再过问此事。同学绝大多数升学，写信传来学校的新鲜信息，使萧红更加郁闷。

1927 年（十七岁）

历史纪事：4月12日，蒋介石发动政变，屠杀共产党人，国共合作破裂。7月25日，日本首相上呈天皇"田中奏折"，企图征服满蒙、中国和世界。8月1日，南昌起义。9月4日，沈阳6万人示威反日。9月9日，秋收起义爆发。12月11日，广州起义爆发。

春节期间大伯父回来，张家大宴宾客。继外祖母劝说大伯父，让他动员张廷举同意萧红到哈尔滨上学。被伯父凛然回绝，不用上学，家里请个老先生念念书就行了，理由是哈尔滨的女学生太荒唐，自由恋爱、交男朋友，他看不惯。两个人的关系也迅速恶化。

对寒假归来探望的同学说，如果父亲不让她到外地上学，她也去当修女。消息传开，祖父以死相要挟，引起两个家族的紧张，暗中协商之后，父亲终于让步。萧红"对家庭施行了骗术"，可能还有一些不为人知的内容。

秋，入哈尔滨"东省特别区区立第一女子中学校"就读，该校前身为私立从德女子中学，编入主修英语的4班。

本年，未婚夫汪恩甲于阿城吉林省立第三师范学校毕业，在道外三育小学任教，其兄汪大澄为道外教育界官吏，与萧红六叔张廷献为阿城吉林省立第三师范同学，曾一起演戏。张廷献此时为道外税务分局局长，与汪大澄过从甚密，汪大澄在张廷献家见过萧红，欣赏她沉静有礼。萧红最初也是在张廷献家见到汪恩甲，基本认可，对婚姻则不置可否。

在这所有共产党人任教师的新式学校，萧红接受了左翼思潮的影响。在毕业于北京、上海名校的新式教师引导下，她开始阅读新文学著作，涉猎外国文学名著，练习文学写作，以悄吟的笔名在校刊发表诗文，取悄悄地吟诵之意；热衷于绘画，被老师发现列为重点培养对象，参加野外画会，广泛搜集中外美术资料，梦想当画家；喜欢体育锻炼和户外活动，热心社会运动，立志要做"自觉的革命者"；完成了世界观的构型，艺术观也具雏形。

1928 年（十八岁）

历史纪事：6 月 4 日，张作霖被日本特务胁迫签署了《满蒙新五路协约》之后，乘专车途经皇姑屯大铁桥时，被日军炸得重伤而死。张学良出任东三省保安司令，在日本军阀的胁迫下被迫承认张作霖签署的协约。消息传出，舆论大哗，东北境内掀起反日护路运动。

地方纪事：11 月 9 日，哈尔滨市成立"学生维持路权联合会"，发起反日护路请愿游行，史称"一一·九"学生爱国运动。12 月 29 日，张学良宣布东北易帜，中国从此完成形式上的统一。

3 月 15 日（农历二月初五），祖父张维祯八十寿辰，黑龙江"剿匪总司令"、东北陆军十二旅中将旅长马占山和上校骑兵团团长王廷兰、呼兰县县长廖鹏飞等人前来祝寿，马占山赠送题为"康疆逢吉"的匾额一块，并由他建议，将张家大院所在的英顺胡同更名为"长寿胡同"。萧红回到呼兰，参加了这次盛大的寿宴。

6 月，张廷举出任呼兰县教育局局长。

9 月中旬，张廷举升任黑龙江省教育厅秘书。

11 月，萧红狂热投入"一一·九"学生运动，参加游行，主动担任宣传员，和学运的积极分子表哥陆哲舜站在同一战壕，萌发出彼此的欣赏。在运动结束之后，还和同学到中长铁路护路军司令部外墙贴反日标语。受到校方的惩治，险些被开除学籍，一度躲在呼兰家中，过着隐居的生活，秘密写作。因来往男生较多，和远房姑表兄陆哲舜（已有家室）过从甚密，引起几个家族紧张，商议订婚事宜。

1929 年（十九岁）

历史纪事：1 月 10 日，张学良秘密处决父执重臣杨宇霆和常荫槐，建立起在东北的真正权力与威望。不久，就中东路和苏联谈判。6 月，哈尔滨特别区长官张景惠受命借故查抄苏联领事馆，中东路事件拉开了序幕。11 月，战事以苏军攻占满洲里和扎兰诺尔结束。

地方纪事：在中东路事件爆发之后，在校方领导下，东特女一中占领了一所苏联子弟学校为女生宿舍；冬天，东特女一中校方又组织为中东路战争死难将士家属募捐的佩花大会。

1 月初，双方家族为萧红与汪恩甲举行正式订婚仪式。不久，汪恩甲公开父亲去世。在继母梁亚兰的带领下，以未婚儿媳的身份，戴重孝参加汪父丧礼，得到婆家 200 元赏钱。萧红为汪恩甲打毛衣，两个人来往频繁，不久，汪恩甲入法政大学夜校读书。

年初，80 岁的祖父病重，萧红请假回家，守护着已经糊涂了的祖父，想象失去祖父的悲凉处境。

6 月 7 日，祖父去世，回家奔丧，在后花园中独自饮酒，回想母亲去世之后的十年间，自己和父亲与继母的争斗，下决心此后不要家，到广大的人群中去，"人群中没有我的祖父"。

夏天，在中东路事件紧张暧昧的气氛中，在俄式房间中埋头阅读美国左翼作家辛克莱的《石炭王》等左翼文学作品。

11 月 11 日，狂热参加校方组织的佩花大会，为中东路阵亡将士的家属募捐。但是，不能理解这项运动的意义。

1930 年（二十岁）

历史纪事：3 月 2 日，中国左翼作家联盟在上海成立，7 月，中国左翼美术家联盟在上海成立。12 月，中央苏区第一次反围剿胜利。

年初，发现汪恩甲吸鸦片，与他疏远，萌生了退婚的念头。

4月，陆哲舜从哈尔滨法政大学退学，就读北平中国大学。

上半年，向父亲提出毕业以后到北京升学的要求，遭到严词拒绝，舅舅也参与到父亲和继母的话语暴力中，激烈反抗无效。

初夏，随学校到吉林旅游，写下《吉林之游》，发表在校刊上。

夏，初中毕业。家里准备让她完婚。在同学徐淑娟的鼓励下，决定抗婚出走求学。

初秋，假意同意与汪恩甲完婚，骗得置办嫁妆的钱，随陆哲舜到北平，租住二龙路①西巷一小院，分屋而居，请女佣照顾生活，入北平女子师范大学附属女子中学读高中一年级。和徐淑娟、沈玉贤保持通讯联系，她们把信写在一个练习簿上，一个地方一个地方寄，不断有人加入，一直坚持到九一八事变之后，沈玉贤写了最后一封信，里面有这样的句子："我们要当亡国奴了，我们高唱《满江红》放声大哭。"哈尔滨三育中学在京的校友也由于陆哲舜的关系，周日到西巷聚会，一群年轻人在一起畅谈世界大势、国家命运、文学艺术与人生理想。

他们的出走引起呼兰舆论大哗，在几个家族中产生了连锁反应，张廷举因教子无方而被解除教育厅秘书的职务，下放巴彦教育局任督学，张秀珂也因为受不了舆论的压力而转学巴彦。汪家要求解除婚约，张家托人斡旋。陆家以断绝陆哲舜的经济供给相要挟，陆哲舜陷入颓丧，向家庭妥协，两个人的关系也发生隔阂。

1931 年（二十一岁）

历史纪事：1月17日，左联五烈士被捕遭秘密杀害。9月18日，沈阳日本关东军制造"柳条湖事件"，九一八事变爆发。11月4日，

---

① 原始文件是二龙坑，乃当时北京的垃圾场，当为笔误。

马占山将军组织指挥江桥抗战，打响武装抗日的第一枪，因寡不敌众撤退。19日，黑龙江省会齐齐哈尔沦陷。11月7日，中华苏维埃共和国成立。11月30日，蒋介石提出攘外必先安内的通告。

地方纪事：由于黑龙江战局吃紧，哈尔滨所有学校都提前放寒假。

1月中旬（寒假结束的时候），回到呼兰，遭家庭软禁，精神在极度的痛苦中濒临崩溃。

2月下旬，独自返回北平，想继续女师大附中的学业，终因经济等各种原因而未果，汪恩甲随后追到北平。

3月初，两个人一起返回哈尔滨，萧红先在徐淑娟家小住，后回到呼兰家中。

4月初，随继母搬到阿城福昌号屯，遭六个月的软禁。除了女性家人的话语暴力之外，后期还遭大伯父拳脚相加的身体暴力，只能躲在七婶的房间，吃饭由人送。作诗歌《可纪念的枫叶》《静》《偶然想起》《栽花》《公园》。

10月4日，趁着九一八的混乱，在姑姑和七婶的帮助下，乘一辆向阿城送白菜的马车逃离福昌号屯，在阿城坐火车逃往哈尔滨。深夜，敲响陆哲舜家的门，里面不回应。到同学徐淑娟家，发现徐家已经搬走了。在寒夜卖浆汁的小摊旁，被一个操皮肉生意的老太婆误以为是"野鸡"，领到自己的小屋中，昏睡了两天。她去找在东省特别区立第二女子中学校读书的堂妹张秀珉、张秀琴，住进她们的宿舍，经她们与校方交涉，插班在高中一年级读书。其间，参加抗议九一八的游行示威活动，写作并散发诗文。十几天后，不辞而别。

10月下旬，萧红住到哈尔滨同学沈玉贤家，白天在外寻找工作的机会；晚上回到同学家借宿。堂姐妹去劝说回家、送钱都被拒绝；与堂弟在路上相遇，回绝了他回家的动员，因为"我不愿意受和自己站

在两极端的父亲的豢养"。

11月间，萧红和汪恩甲两个人住进道外十六道街的东兴顺旅馆。

12月下旬，萧红发现自己怀孕了。她写下了短诗《春曲》（一），满怀做母亲的喜悦，为即将出生的婴儿缝织衣衫，使她的同学们失望于"做起了贤妻良母"。但是，汪家的态度已经不可动摇，汪大澄骂弟弟懦弱，坚决让他解除这桩婚姻。

1932年（二十二岁）

历史纪事：1月，张景惠发表"独立宣言"，公开投敌。日军阴谋经长春进犯哈尔滨，东北军于月底成立吉林自卫军总司令部。2月1日拂晓，自卫军在双城十里铺击溃伪军，3日，在三棵树等地奋起阻击，打响哈尔滨保卫战，因寡不敌众而于5日撤出哈尔滨。入夜，哈尔滨沦陷。2月16日，张景惠、臧式毅和熙恰等各省汉奸在沈阳召开建国会议，赶在国联李顿调查团到来之前，成立"东北行政委员会"妄称独立。3月1日，日本军阀扶植溥仪就任伪满洲国执政，年号为大同。5月，马占山成立黑龙江省抗日救国军。

地方纪事：5月，马占山授予王廷兰少将军衔，秘密派往齐齐哈尔会见李顿调查团的代表。王廷兰被日本特务逮捕，严刑拷打，威武不屈，被装进麻袋从楼上扔下，壮烈殉国。

4月初，汪恩甲回顾乡屯家中取钱，被母亲、哥哥、妹妹扣住。萧红找到汪家，被汪家人骂了出来，汪大澄正告她必须和自己的弟弟解除婚约。萧红气恼之下跑回呼兰继母娘家，汪恩甲追到了呼兰，把萧红带回东兴顺旅馆。中旬，两个人协商之后，萧红向法庭提起诉讼，控告汪大澄"代弟休妻"，张廷举和梁亚兰出庭做证，她的同学刘俊民也出席助阵。汪恩甲临时变卦，声言是自愿离婚，萧红败诉，法庭当场判离婚。萧红气愤至极，跑出法庭，汪恩甲追出来一再解释，法院判决不算数，是假离婚，萧红不听，一气之下和汪家永远断绝了来往。汪恩甲追到旅馆，两人和好如初。张廷举口头开除萧红族籍，严禁子女与她来往。

5月，两个人欠旅馆的钱款已经累计400余元，汪恩甲以回家取些钱还账为由离去，从此杳无音信。①

6月，因欠旅馆巨款，萧红被扣为人质，老板威胁要把她卖进妓院抵债，断绝伙食供应，一度要饭。② 萧红将《春曲》投寄《国际协报》副刊主编裴馨园，未被采用，但是对她文笔的细腻真挚印象深刻。萧红不见报社回音，又向《东三省商报·原野》投稿，含蓄叙述自己的困境，编辑方未艾觉得诗写得不错，对自述未引起重视。

7月初，萧红对汪恩甲的归来已经不抱希望，又获知旅馆老板已经找好买她的圈楼妓院。

7月9日，她向裴馨园发出十万火急的求救信。

7月10日，裴馨园看到萧红署名悄吟的信，拿给大家看，所有人

---

① 目前有了比较确切的消息，汪恩甲的舅父被日军抓捕，他去打探消息。过继给别人的孩子通常叫自己的生父为舅舅，他可能听说了父亲王廷兰的凶信去打探消息，瞒着怀孕的妻子。至于他以后遭遇的事情，目前没有准确资料显示。但是，已知他到法国留学，通七门外语。后来回到故乡，日伪时赋闲在家，做些翻译工作，1949年前后死于监狱。关于入狱的罪名传说不一：一是事伪，网上公开的资料则是得到一张国民党的委任状，未去上任，被人告发而入狱；曹革城、曹建成兄弟发表的调查结果《萧红的第一个恋人》（见《世纪》2014年2月），则是他1945年由同学帮助得到国民党接收大员的空头职务，因其父死于苏军攻克苏家屯的战斗，不得不辞去公职，回家管理家族土地产业；1946年，通过哈尔滨市文书人员考试，进入政府单位工作；在土改期间，因为不承认自己是大地主，反抗批斗而入狱，后犯大烟瘾死于狱中。在当时严峻的历史情境中，以他复杂的血缘背景，马占山必须对他的安全负责，就是绑架也得把他带走，绝对不允许他再回旅馆。他在水灾的混乱中逃出来，到旅馆去找过萧红，但是她已经走了。汪恩甲于1933年前后结婚，彼时萧红已经和萧军喜结连理，纪念两个人爱情结合的诗歌专辑已经发表在《东三省商报·原野》上，在文化人圈子里流传，而汪恩甲为晚辈所取名字中用了萧红本名中的"迺"字，萧红则临终遗言让端木找回她与汪恩甲的孩子，可见这一对夫妻劳燕分飞的原因完全是历史劫难的罪恶。

② 还有一大块的信息漏洞至今不明，旅馆老板是否受到日伪当局的胁迫，以汪恩甲的身世背景，在当时混乱残酷的局势中，萧红的人质身份就不完全是经济的原因，很可能有政治因素，或者更重要的是政治因素。

都震惊，决心尽全力搭救。

7月11日，萧红直接给裴馨园打电话诉说困境。裴馨园决定立即去旅馆探视，邀萧军同行被拒，就和孟希等四人前往。当晚，邀萧军等众朋友吃饭，商量搭救之办法未有结果。

7月12日下午，萧红又给裴馨园连续打了两次电话，裴馨园不在，萧军接听，没有兴致搭话。下午，裴馨园邀请舒群等二人，再次探望萧红。舒群回来以后，谈起萧红的气质、言语和近于癫狂的神态，打动了萧军的心。大家爱莫能助，决定先把她的情绪安定下来。孟希回到租住的公寓（楼下为道里税务所，在四十六道街路南、靠近新城大街），和往日相谈颇为投契的所长之兄乡绅谈起此事，没有想到他一反常态扭头就走，后来他才知道这位乡绅就是悄吟的父亲张廷举。①

7月13日，复致电裴馨园，要求送几本新文学的书籍，以消难耐的寂寞。黄昏，萧军受裴馨园之托，给萧红送书到旅馆，两个人一见钟情。当夜，萧红写下《春曲》（二）。次日，萧军再来探视，两个人迅速坠入爱河。萧红陆续写下《春曲》（三）至（六）。

7月30日，萧红得知萧军暗恋年轻貌美、家世优越、能歌善舞的文学沙龙女主人李玛丽，陷入悲伤，写下诗歌《幻觉》。

8月7日，松花江决堤，哈尔滨洪水倾城，道外成为泽国，旅馆一层陷入汪洋。

8月8日黄昏，舒群带着馒头和烟，泅水前往旅馆探视，萧红请求把自己带走，舒群全家几乎都沦为乞丐，爱莫能助。

8月9日上午，在一个老茶房的提醒下，搭乘一艘救生船逃离旅馆，住进裴馨园家。萧军雇小船去接不遇。不久，两个人与裴家人发

---

① 这也可以作为一条旁证，张廷举住在张廷献家，应该也有观望萧红处境的动机。

生矛盾，裴馨园夫妇搬走，萧红只能睡在土炕上。

8月底，临盆阵痛，萧军在大雨中连夜送她进哈尔滨公立第一医院，医生诊断预产期还有一个月，回到裴家，又阵痛难耐，复送进医院，强行住进三等产妇病房。次日凌晨，生下一个女婴，送给市立公园的看门人。

10月初，朋友资助付清了住院费，萧红得以离开医院，回到裴馨园的家。

11月初，因为萧军与裴馨园夫人发生口角，搬出裴家，住进欧罗巴旅馆，开始正式的新婚生活，萧军作三首七言绝句，作为定情诗相赠。两萧这个时期的诗歌，经方未艾之手在《东三省商报·原野》上发表。在贫困的愁苦中，靠萧军做家庭教师与借贷为生。

11月中旬，搬进商市街25号一间半地下室的阴暗耳房中，萧军以教房东儿子学武术抵房租。靠萧军四处当家庭教师维持穷愁困苦的生活，萧红操持家务，身体略好就外出求职、借贷、典当，做家庭教师……

12月，为赈灾义卖作水粉画两幅，一幅是萧军教武术穿的靸鞋和山东硬面烧饼，另一幅是两个萝卜。她由此结识金剑啸，参加他倡议的"维纳斯画会"，在金剑啸创办的天马广告社当助手，为中共地下党秘密刊物《东北民众报》刻钢板，倡议组织剧团，进入哈尔滨左翼核心沙龙牵牛坊，结识各种政治倾向的反满抗日人士，包括职业革命家和武装抗日战士；多数是新派的文艺青年，还有专攻俄文、熟悉苏俄文学的学人。

12月底，在朋友的鼓励下，作短篇小说《王阿嫂的死》。

1933年（二十三岁）

历史纪事：1月30日，希特勒出任德国总理，德意志法西斯的第三帝国形成。2月6日，国联（联合国前身）通过决议，不承认满洲国。2月7日，德国发生国会纵火案。3月，富兰克林·罗斯福出任美国总统。4月27日，国联会议谴责日本在东北的暴行是侵略，日本政府宣布退出国联。4月22日，北京教育界公葬李大钊，遭军警镇压。5月30日，中日签订《塘沽协定》，激起各界强烈反对。6月8日，中国民权保障同盟副会长、总干事杨杏佛遭国民党特务刺杀身亡。7月14日，德国禁止除纳粹之外的所有政党。8月1日，全国各界支援慰劳抗日将领马占山，捐款达两千多万元，马在沪公布仅收到700万元。9月25日，蒋介石对中央苏区发动第五次围剿。11月17日，罗斯福宣布美国政府正式承认苏联政府。

1月1日，《王阿嫂的死》（短篇小说）发表于1933年元旦《国际协报》特刊。[①] 反响极好，萧红一发而不可收，开始职业作家的生涯，以悄吟的笔名发表作品，每千字获稿费1元。

4月18日，完成《弃儿》（散文），发表于长春5月6—17日《大同报·大同俱乐部》。

6月9日，《看风筝》（短篇小说）发表于《哈尔滨公报·公田》。

夏天，罗烽在《大同报》创办文学副刊，萧红为之起名《夜哨》。

7月，参加星星剧团的活动，在白薇的话剧《娘姨》中扮演病妇。开始和俄罗斯姑娘佛民娜学习俄文，直到1934年6月离开哈尔滨为止。教俄人 B. H. 罗果夫汉语，讲解《阿Q正传》等新文学作品。

7月18—21日，完成《腿上的绷带》（短篇小说），发表于1933年《大同报·大同俱乐部》。

[①] 此文是萧红在朋友的鼓励下，响应《国际协报》"新年征文"而作（参见萧军《萧红书简存注释录》，黑龙江人民出版社1981年版，第156—157页）。因为未发现原发报纸，收入《跋涉》时，文末又注明：5月21日。因晚于《弃儿》发表日期，有学者不将其作为发表的第一篇文章。笔者以为当为结集时的修改日期，比较两篇文章，《王阿嫂的死》从篇幅、文辞与章法来看显然都短小稚拙，也适合报纸的发表要求，故萧军的说法可信。

8月1日，完成《小黑狗》（散文），发表于8月13日《大同报·夜哨》。

8月4日，《太太和西瓜》（短篇小说）发表于《大同报·大同俱乐部》。

8月6日，《两个青蛙》（短篇小说）发表于1933年8月6日《大同报·夜哨》。

8月13日，《八月天》（诗歌）发表于《大同报·夜哨》第一期。

8月27日，《哑老人》（短篇小说）发表于9月3日《大同报·夜哨》第三、四期。

8月27日，完成《夜风》（短篇小说），发表于9月24日—10月8日《大同报·夜哨》第七—九期。

9月20日，完成《叶子》（短篇小说），发表于10月15日《大同报·夜哨》第十期。

完成《广告副手》（散文），收入《跋涉》。

10月4日，与萧军合集《跋涉》由朋友认股集资、赞助，由哈尔滨五日画报社印行，萧军署名三郎，萧红署名悄吟，内收作品12篇，附萧军《书后》一篇。其中萧红作品六篇：《春曲》（一）、《王阿嫂的死》《广告副手》（首次发表）、《小黑狗》《看风筝》《夜风》。

10月中旬，因日伪当局的政治高压，主要演员失踪，"星星剧团"解散。

10月下旬，宁波姑娘陈涓（原名陈丽娟）随朋友到商市街，拜访萧红和萧军。

10月29日，《中秋节》（散文）发表于《大同报·夜哨》第十二期，署名玲玲。

冬，中共磐石游击队政委傅天飞到哈尔滨，在商市街25号向两萧讲述抗日武装斗争的事迹，为他们的成名作《八月的乡村》和《生死场》提供了丰富的素材。

11月5—12日，《清晨的马路上》（短篇小说）发表于《大同报·夜哨》第十三、十四期。

11月15日，《渺茫中》（短篇小说）发表于1933年11月26日《大同报·夜哨》第十六期。

12月，《跋涉》因反满抗日倾向被查禁，两萧陷入精神的大恐怖中，计划离开哈尔滨。

12月8日，作《烦扰的一日》（散文），发表于1933年12月17日、24日《大同报·夜哨》第十九、二十期。收入重庆1940年6月大时代书局初版《萧红散文》时，改篇名为《一天》。

12月24日，《夜哨》因为文章触犯伪满当局而被迫终刊。

12月27日，作《破落之街》（散文），收入1936年11月上海文化生活出版社出版的短篇小说、散文集《桥》。

本年，因萧红作品中的地主都姓张，又多有揭露长辈隐私的内容和关于身世的极端假想（萧军的相关著作中更有对其父张廷举不堪的叙述），"思想和行为超越了封建阶级所能允许的极限范围"（张秀珂晚年语），激起整个家族的愤怒。张廷举以"大逆不道，离家叛祖，污辱家长"的罪名，宣布开除萧红祖籍，严禁张家子女与之来往。在齐齐哈尔读高中的张秀珂，通过报社和萧红取得联系，两个人开始偷偷通信。萧红和萧军路遇张廷举，父女两人冷眼相向。

1934年（二十四岁）

历史纪事：3月1日，日本军阀改满洲国为大满洲帝国，溥仪登基，年号康德。9月19日，苏联加入国联。10月10日，中国工农红军开始长征。11月7日，东北人民革命军第一军正式成立，杨靖宇任军长。

地方纪事：大致是 7 月，张家被日本特务查抄，经亲友从中斡旋躲过劫难，张廷举被迫出任呼兰协和会副会长，出于对家族成员的安全考虑与自保的需要，严禁子女和萧红联系。

1 月，舒群离开哈尔滨，到青岛寻找组织关系。

1 月 18 日，白朗开始编辑《国际协报》副刊，创办《文艺》。其后，她与报馆协商，以特约记者的名义，给萧军和萧红每人每月 20 元哈大洋。有了固定的收入，他们不必再当家庭教师，可以安心写作。

1934 年 2 月 13 日，作《离去》（短篇小说），发表于哈尔滨 1934 年 3 月 10—11 日《国际协报·国际公园》。

1934 年 3 月 6—7 日，作《夏夜》（散文），发表于哈尔滨《国际协报·国际公园》。

1934 年 3 月 8 日，作《出嫁》（短篇小说），发表于 1934 年 3 月 20 日哈尔滨《国际协报·国际公园》。

1934 年 3 月 9 日，作《患难中》（短篇小说），发表于哈尔滨 1934 年 3—5 月《国际协报·文艺》（目前仅发现发表于 5 月 3 日的最后一部分，署名田娣）。

3 月中旬，舒群来信，邀两萧去青岛。

1934 年 3 月 16 日，作《蹲在洋车上》（散文），发表于哈尔滨 1934 年 3 月 30—31 日《国际协报·国际公园》（收入 1940 年 6 月重庆大时代书局出版的《萧红散文》时，改篇名为《皮球》）。

《麦场》（小说）首发于 1934 年 4 月 20 日—5 月 17 日《国际协报·文艺》（该篇为 1935 年 12 月上海荣光书局初版的《生死场》前两章"麦场""菜圃"）。

5 月间，因病在乡下萧军友人家养病 13 天。

6 月 12 日，与萧军乘火车悄然离开哈尔滨，去大连。

下半年，张秀珂从齐齐哈尔转学到哈尔滨，希望离姐姐近一点，到商市街 25 号找萧红，才发现人去房空。

6 月 13 日，到达大连，在萧军的友人家住了两夜。

1934 年 6 月 14—28 日，作《镀金的学说》（散文），发表于哈尔滨《国际协报·文艺》，署名田娣。

6 月 15 日，乘日本轮船"大连丸"号的三等舱，驶向青岛。

6 月 16 日（端午节），到达青岛码头，被舒群和新婚妻子倪青华接到倪家。这一天，是萧红的 23 岁生日。

6 月 17 日，搬进舒群事先租好的观象山一路 1 号，住一侧两居室。不久，舒群夫妇搬来住在另一侧。萧军在《青岛晨报》副刊任编辑。萧红参与《新女性周刊》的编务，业余继续写作《麦场》。萧红和倪青华共同操持炊事，两家人一起吃饭。

夏天，萧军在报馆结识张梅林，三个人一起买菜、吃饭、唱歌、游玩、洗海水浴。《进城》（短篇小说）发表于《青岛晨报》副刊（只存篇目，发表日期与署名不详）。[①]

9 月 9 日，完成《麦场》（中篇小说，1935 年 12 月由虚拟之上海荣光书局出版时，胡风改书名为《生死场》）。

《去年今日》发表于哈尔滨 1934 年《国际协报》副刊（只存篇目，文体、发表日期、署名均不详）。

9 月 23 日（中秋节）倪青华和她的哥哥、弟弟一起被捕，萧军与萧红因事未赴倪家节日聚会而侥幸逃脱。以青岛市市委书记高嵩为首的青岛中共地下党组织成员被一网打尽，高嵩、倪青华和其兄是蒋介石钦定的要犯，押解南京之后，交陆军监狱定罪，青岛一片白色恐怖。

[①] 此篇目是根据张梅林的回忆，很可能是《麦场》(《生死场》)的第十四节"到都市里去"中金枝进城一段，因为当时她正在写作《麦场》)。

10月初,和萧军一起给鲁迅写信。

10月中旬,得鲁迅回信,立即寄出两人合影、《跋涉》和《麦场》手稿。

10月下旬,报社发生问题,业务彻底瘫痪。所有朋友匆匆离去,他们和张梅林受命处理报社善后杂务至本月底。

11月1日,乘"大连丸"号的四等舱逃离青岛,驶向上海。次日抵达,在码头附近的小旅馆住了一夜。

11月3日,住进拉都路上的一个亭子间,立即给鲁迅写信。

11月4日,得鲁迅回信,开始和鲁迅频繁通信。萧红勤奋写作,为萧军誊写《八月的乡村》。

11月30日,和鲁迅一家在一咖啡馆见面。

12月,经鲁迅大力推荐,生活社有意出版《麦场》,送国民党中央宣传书报检查委员会审查。

12月19日,鲁迅携全家以为胡风的儿子做满月的名义在梁园豫菜馆设宴,为两萧介绍可靠的朋友,得以结识茅盾、叶紫和聂绀弩夫妇。

1935年(二十五岁)

历史纪事:6月18日,瞿秋白在福建长汀就义。7月中旬,中共陕甘根据地正式建立。12月9日,"一二·九"学生运动爆发。

1月26日,作《小六》(散文),由鲁迅推荐,发表于上海1935年3月5日《太白》第一卷第十二期。收入《萧红散文》时,改名为《搬家》。

3月,开始写作系列散文《商市街》。

3月5日,鲁迅在萧红、萧军和叶紫的联名要求下请客,席间支持他们成立奴隶社的设想,赞许自费出书的计划。

夏，开始和萧军一起学习世界语。

4月2日，搬到拉都路351号。

5月2日，鲁迅全家来访。

5月15日，完成《商市街》。

6月1日，散文《饿》发表于《文学》第四卷第六号。

6月，国民党中央书报审查委员会审查《麦场》，结果是不准出版。鲁迅把它介绍给《文学》社，不久，因"稍弱"被退了回来。鲁迅又交给胡风，让拿到《妇女生活》试一试。

6月中，搬到赛坡赛路190号，住在萧军朋友唐豪律师家二楼的后楼。

7月，罗烽、白朗到达上海，挤住在两萧处。

7月下旬，舒群来到上海，先住塞克处。赛克因组织狮吼剧团，排演《流民三千万》，触怒当局而失业，舒群自己租住华美里亭子间。后来，罗烽、白朗搬去同住。

7月28日，《祖父死的时候》（散文）发表于长春《大同报·大同俱乐部》。

8月，张廷举集各地族人之资，编撰印刷《东昌张氏宗谱书》，编入从张氏始祖张岱至"维、廷、秀、福"四世族人，姜玉兰条目下只写有"生三子"。

8月5日，《三个无聊的人》（散文），发表于上海《太白》第二卷第十期。

10月，得鲁迅信，知《麦场》正式出版无望，胡风改名《生死场》，决定自费出版。

11月6日，如期第一次赴鲁迅家宴。

11月14日，鲁迅为《生死场》作序。

12月中，《生死场》作为"奴隶丛书"之三，假托虚拟的"荣光书局"自费印行，署名"萧红"，内收鲁迅《序言》和胡风的《读后记》。

本年，李玛丽到达上海，萧军旧情复燃，示爱被委婉回绝。萧红陷入情感的烦恼，与萧军发生隔阂。

1936年（二十六岁）

历史纪事：1月28日，东北抗日联军成立。10月19日，鲁迅逝世。12月12日，张学良、杨虎城兵谏蒋介石，西安事变爆发。

1月5日，《初冬》（散文）发表于上海《生活知识》第一卷第七期，署名萧红。

1月19日，在鲁迅的支持下，与胡风、萧军、聂绀弩等人共同编辑的《海燕》出刊，当日销售2000册。鲁迅夫妇携海婴在梁园豫菜馆设宴庆贺。萧红的《访问》（散文）发表于上。

春，陈涓携幼子到达上海，住其兄赛坡赛路16号。2月里的一天，和妹妹一起到赛坡赛路190号看望两萧，引起萧红巨大的情感创痛。

3月1日，《广告员的梦想》（散文）发表于《中学生》第六十三期。此后，又连续发表多篇，都是以随笔"三篇"或"两篇"的小辑连发。

3月中，与萧军搬到北四川路永乐坊。

3月23日下午，在鲁迅家结识史沫特莱。此后，又结识了日本左翼文人鹿地亘和夫人池田幸子，还见过冯雪峰。

4月10日，《索菲亚的愁苦》（散文）发表于上海《大公报·文艺》第一百二十五期，署名萧红。

4月15日，《手》（短篇小说）发表于《作家》。

5月6日，完成《马房之夜》（短篇小说），发表于上海1936年5

月 15 日《作家》第一卷第二号，署名萧红。

5 月 16 日，鲁迅病重，频繁出入鲁迅家。

6 月 15 日，在鲁迅、茅盾和巴金等 67 位作家联合签署发表的《中国文艺工作者宣言》上签名。

本月，作组诗《苦杯》，共计 11 首，收入自编诗集。

下半年，张秀珂高中毕业以后，考上满州国的官费留学生，赴东京入早稻田大学读书。

7 月中，决定东渡日本，萧红期待在东京与张秀珂会面。萧军则去青岛，两人约定一年后回上海会合。

7 月 15 日晚，鲁迅设家宴，许广平亲自制馔，为萧红饯行。

7 月 16 日，黄源设宴为萧红送行，饭后，到照相馆三人合影。

7 月 17 日，乘船赴日。

7 月 18 日，到达神户，给萧军发信告平安。

7 月 21 日，转陆路车行到东京，住黄源夫人许粤华处。几天以后，在东京麴町目富士见二丁目九一五中村家楼上租下一间房，独自居住。和弟弟联系不上，听信误传，以为张秀珂已于 7 月 16 日回呼兰家中了。张秀珂尚在东京，因为受到日本特务的监视，而不敢来和姐姐会面。

8 月中，散文集《商市街》出版，作为巴金主编的《文学丛刊》第二集第十二册，由上海文化生活出版社出版，署名悄吟。内收散文 41 篇：《欧罗巴旅馆》《雪天》《他去追求职业》《家庭教师》《来客》《提篮者》《饿》《搬家》《最后一块木桦》《黑列巴和白盐》《度日》《飞雪》《他的上唇挂霜了》《当铺》《借》《买皮帽》《广告员的梦想》《新识》《"牵牛房"》《十元钞票》《同命运的小鱼》《几个欢快的日子》《女教师》《春意挂上了树梢》《小偷、车夫和老头》《公园》《夏夜》《家庭教师是强盗》《册子》《剧团》《白面孔》《又是冬天》《门前的黑影》《决意》《一个南方姑娘》《生人》《又是春天》《患病》《十三天》《拍卖家具》《最后一个星期》，后附郎华（萧军）的《读后记》。

8月9日，作《孤独的生活》（散文），发表于上海1936年9月5日《中流》第一卷第一期，署名悄吟。

8月14日，作《异国》（诗歌），写于致萧军书信中。①

生重病，由许粤华带领到医院看病。养病期间，和房东5岁的儿子处得很好。

8月底，许粤华回国。在孤独中勤奋写作《家族以外的人》。

9月初，身体恢复，独自看电影三次。作《红的果园》（短篇小说），发表于上海9月15日《作家》第一卷第六号，署名萧红。

9月12日，遭日本刑事（警察）入室盘查，因气愤焦虑生病，此后又被跟踪了一段时间。不久，唯一相识的沈女士也搬到市外居住，萧红陷入孤独的焦虑。

9月14日，进入"东亚补习学校"学习日语。

9月中，《商市街》再版。

9月中旬，萧军回上海。萧红打消一度想回国的念头，准备坚持住满一年。

9月20日，《王四的故事》（短篇小说）发表于上海《中流》第一卷第二期，署名萧红。

10月1日，《牛车上》（短篇小说）发表于上海《文学季刊》第一卷第五期，署名萧红。

10月19日，鲁迅病逝。三日后，萧红知悉，陷入极度的哀伤。致信萧军。

10月下旬，萧军与许粤华发生恋情。萧红坚持写作，完成《家族

---

① 参见萧军《萧红书简辑存注释录》，黑龙江人民出版社1981年版，第98—100页。

以外的人》，酝酿构思《呼兰河传》。

10月29—30日，《女子装饰心理》（散文）发表于上海《大沪晚报》第七版，署名萧红。

11月2日，萧红去听郁达夫的讲演。

11月5日，致萧军信，以"海外的悲悼"为题，以萧军恋人的名义发表于《中流》第一卷第五期。

11月29日，《感情的碎片》（散文）发表于上海《大公报·文艺》第二五七期，署名萧红。

12月12日，西安事变爆发。萧红写作小传《永久的憧憬与追求》，发表于上海1937年《报告》第一卷第一期，署名萧红。夜宿女友沈女士家，次日，听说事变，惊惶一日。

下旬，得萧军信，解释他与许粤华之间的感情瓜葛。

1937年（二十七岁）

6月，东北救亡总会在北平成立。7月7日，卢沟桥事变爆发。7月29日，北平、天津沦陷。7月28日，上海文化界救亡总会成立。8月4日，周恩来、朱德和叶剑英赴南京出席国防会议，国共逐步开始第二次合作，全民抗战拉开序幕。8月13日，历时三个月的淞沪会战爆发。8月14日，日军轰炸南京。8月25日，红军改为八路军。9月25日，平型关大捷。10月12日，新四军成立。11月13日，上海沦陷。12月20日，国民政府宣告迁都重庆。12月13日，南京沦陷，日军开始六个星期的大屠杀。

1月2日，得萧军信，为了结束没有结果的恋爱而召她速回上海。同时得张秀珂信，知道其已经从秦皇岛辗转到上海，找到了萧军。

1月4日，致信萧军，报平安。

1月9日，车行到横滨，乘"秩父丸"号邮轮的三等舱，启程回上海。在船上，巧遇哈尔滨旧友高原，两个人畅谈甚欢。

1月13日，到达上海汇山码头。哈尔滨时期牵牛坊的老友黄田设宴，与萧军等朋友为她接风洗尘。住吕班路256弄一家俄国人经营的公寓顶楼。

中旬，拜谒鲁迅墓，回来作《拜墓诗》。发表于上海1937年4月23日《大公报·文艺》第三二七期，署名萧红，收入自编诗集。

3月15日，组诗《沙粒》发表于《文丛》第一卷第一期，将与萧军的情感危机公之于世。共计37首，《文丛》发表的是其中的34首，署名悄吟。后收入1937年《好文章》第七期，其中的36首收入自编诗稿。

4月间，与萧军关系恶化，出走进一犹太人开的画院，旋即被朋友找回。两萧与哈尔滨时期的旧友关系恶化。

4月23日夜，乘车去北平。住中央饭店，找萧军旧友和自己的同学都不遇，辗转找到李洁吾。

4月25日，搬到李洁吾家，她大方的举动，引起李妻误会。为李家夫妇调解纠纷、看孩子。

4月26日，搬入李洁吾为之联系的灯市口北辰宫旅馆。其间，与李洁吾夫妇、舒群来往密切，和舒群一起游览长城，看富连成小班的京剧表演，逛东安市场。赠舒群鲁迅校改的《生死场》手稿，和东北旧友尽释前嫌。

5月，《牛车上》（短篇小说散文集）收入巴金主编的"文学丛刊"第五辑第五册，由文化生活出版社出版，署名悄吟。内收作品5篇：《牛车上》《家族以外的人》《红的果园》《王四的故事》《孤独的生活》。

5月10日，《两朋友》（短篇小说）发表于上海1937年《新少年》第二卷第九期，署名萧红。

5月下旬，萧军放弃北上计划，声言旧病复发，萧红再次被召回上海。参加《鲁迅先生纪念集》的资料搜集和整理工作。黄源和许粤华离婚，萧红和萧军关系勉强维持，与鹿地亘、池田夫妇来往密切。

6月20日，为纪念金剑啸殉国周年，作《一粒土泥》（诗歌），收入上海1937年8月1日夜哨丛书出版社出版的《兴安岭的风雪》附录中。

7月7日，卢沟桥事变爆发，国共两党第二次合作，中国开始全民抗战。

本月，张秀珂带着萧军给红军中熟人的介绍信，离开上海奔赴西安，投身于武装抗战的行列，后又随改编之后的八路军东渡黄河，转战山西各地。

7月19日，得李洁吾信，记叙北平的情况，萧红作节选加按语，发表于《中流》第二卷第十期，署名萧红。

8月1日，作《日记》，在1937年10月28日汉口《大公报》副刊《战线》第三十六号、10月29日第三十七号连载，署名萧红。

8月2日，作《日记》，载1937年11月3日汉口《大公报》副刊《战线》第四十一号，署名萧红。

8月间，作《在东京》（散文），发表于武汉1937年10月16日《七月》第一集第一期，署名萧红，收入《萧红散文》时，改名为《鲁迅先生记》（二）。

8月13日，淞沪战争爆发。次日，作《天空的点缀》（散文），发表于上海1937年9月11日《七月》第一期，署名萧红。后刊于武汉1937年10月16日《七月》第一集第一期。

8月17日作《窗边》，发表于上海1937年9月25日《七月》第三期，署名萧红。

8月22日，《失眠之夜》（散文），发表于上海1937年9月18日

《七月》第二期，署名萧红，后刊于武汉 1937 年 10 月 16 日《七月》第一集第一期。

8月中下旬，置个人安危于度外，奔走援救因左翼亲华的身份而陷于中日两国冲突中的鹿地亘夫妇。

8月底，胡风出面邀请萧红、萧军、曹白、艾青、彭柏山、端木蕻良等作家，商议创办刊物。萧红提议刊物名叫《七月》，得到普遍赞同。在此次聚会上，初识端木蕻良。

9月28日，和萧军一起，在上海西站乘车，向武汉三镇撤退。在江汉关的检疫船上巧遇萧军在哈尔滨时的故友、检疫官、诗人于浣非，经他介绍结识诗人蒋锡金，住进他位于武昌水路前街小金龙巷21号的住所，与叶以群为邻。

10月18日，《万年青》（散文）发表于武汉 1937 年《战斗旬刊》第一卷第四期"鲁迅先生周年祭特辑"，署名萧红。收入《萧红散文时，改名为《鲁迅先生记》（一）。

10月20日，《逝者已矣!》发表于汉口《大公报·战线》第二十九号。

10月下旬，端木蕻良应萧军之约来到武汉，住进小金龙巷21号。

萧红开始写作长篇小说《呼兰河传》，完成第一章。

应蒋锡金之约，参加"战斗书店"（时调社）诗歌朗诵活动，每周数次约15分钟，在汉口广播电台现场直播。

11月间，国民政府的部分机构从南京迁至武汉，大批文化人蜂拥而来，武汉成为战时政治、军事和文化的中心。张梅林到达武汉，与两萧时相往来。结识漫画家梁白波，她是蒋锡金的童年密友，也是金剑啸早年的恋人，也搬到小金龙巷，和他们同住。

11月1日，《火线外》（散文，此篇包括《窗边》和《小生命和战士》），发表于武汉 1937 年《七月》第一集第二期，署名萧红。

11月27日,《一九二九年底愚昧》(散文),发表于武汉1937年12月1日《七月》第一集第四期,署名萧红。

12月5日,日军下令进攻南京,中国军队浴血奋战7天,至13日,南京沦陷。叶浅予随着逃亡的人到武汉,带走了梁白波,他与梁白波是同居关系。

12月10日,与萧军、端木蕻良遭当局逮捕。次日,在多方斡旋之下,三人获释。

年底,两萧搬进冯乃超位于武昌紫阳湖畔的寓所。

12月27日,《一九二九年底愚昧》(散文),发表于武汉1937年12月16日《七月》第一集第五期,署名萧红。

1938年（二十八岁）

历史纪事：7月24日,武汉会战拉开序幕。10月24日,蒋介石下令放弃武汉。12月29日,汪精卫公开投敌叛变。

1月3日,《〈大地的女儿〉与〈动荡时代〉》(书评)发表于1月16日《七月》第二集第二期,署名萧红。

1月16日下午,参加《七月》杂志社以"抗战以来的文艺活动动态与展望"为主题的座谈会,表达自己对抗战文学题材多样的见解,反对战场高于一切的主张。

1月27日,与萧军、聂绀弩、艾青、田间、端木蕻良等人离开武汉,前往临汾民族革命大学,受聘为文艺指导。

2月4日,抵达潼关。

2月6日,抵达临汾,当天晚上就赶上师生批判斗争托派分子张梦陶。不久,丁玲率领"西北战地服务团"到达,与之建立深厚友情。

不久,崔嵬、塞克等人随"上海文化界抗日救亡演剧一队"也辗转来到了临汾，和"西北战地服务团"会合，为陕西抗日部队演出。萧红由此结识了塞克等一批新朋友，置身于浓厚的艺术氛围中，与聂绀弩谈文论艺，陈述自己对鲁迅的理解，第一次陈述了关于小说的成熟理念：不相信所有的艺术圭臬，"有各式各样的作者，有各式各样的小说"。

2月间，听说弟弟张秀珂在洪洞前线，转去一封信。

2月20日，完成《记鹿地夫妇》（散文），发表于武汉1938年5月1日《文艺阵地》第二期，署名萧红。

2月中旬，日军攻陷太原，兵分两路进攻临汾。民族革命大学决定撤到晋西南的乡宁一代，丁玲带领"西北战地服务团"奉命向西安方向转移，先到运城待命，萧红有意到延安看一看。校方决定让招聘来的作家或者留下，或者随丁玲走。在去与留的问题上，两萧爆发激烈争吵。萧军执意留下打游击，萧红随丁玲乘火车去运城。

2月下旬，到达运城。24日，给高原写信，告知随丁玲去延安的计划。

3月1日，到达潼关。丁玲接到总部命令，取消回延安的计划，转赴西安，去延安的计划遂作罢。不日，到达西安，住民族革命大学的招待所。

3月16日，途中与端木蕻良、塞克和聂绀弩合作的剧本《突击》，在日机的轰炸声中公演，轰动整个西安，连续三天七场，场场观众爆满。不久，搬到七贤庄八路军办事处（梁府街女子中学大院内），与端木蕻良过从甚密。

4月1日，《突击》（三幕剧本，与塞克、端木蕻良、聂绀弩等共同作于1938年初，由塞克整理完成），发表于武汉1938年《七月》第二集第十期，署名萧红、塞克、端木蕻良、聂绀弩。

4月初，萧军随丁玲、聂绀弩回到西安。与萧军正式分手，其后明确与端木蕻良的恋爱关系。

4月下旬，与端木蕻良一起回到武汉，先住在池田幸子处，后住进小金龙巷21号。和梅志一起找医生询问打胎事宜，因费用昂贵而作罢；后又托蒋锡金联系医生，蒋锡金得知是萧军的孩子而极力劝阻，又告知只认识一个医生于浣飞，遂迅速拒绝。

4月29日下午，出席胡风召集的以《现时文艺活动与〈七月〉》为议题的文艺座谈会，发表自己的文艺观点："作家不是属于某个阶级的，作家是属于人类的。现在或者过去，作家的写作的出发点是对着人类的愚昧。"

5月15日，《无题》（散文）发表于武汉1938年5月17日《七月》第三集第二期，署名萧红。

5月下旬，与端木蕻良在汉口大同酒家举行婚礼，胡风、艾青、池田幸子等人出席。

8月上旬，因船票紧张，只搞到一张，又听说重庆房屋紧缺，端木蕻良只身先期去重庆，寻找落脚之地。

8月6日，完成《黄河》（短篇小说），发表于汉口1939年2月1日《文艺阵地》第二卷第八期，署名萧红。

8月20日，完成《汾河的圆月》（短篇小说），发表于汉口1938年8月26日《大公报·战线》第一七七期，署名萧红。

9月18日，《寄东北流亡者》（散文，端木蕻良代笔）发表于汉口1938年《大公报·战线》第一九一期，署名萧红。

9月10日起，日机开始轰炸武汉，次日，萧红搬到汉口三教街"中华全国抗敌协会"总部，与孔罗荪等人住在一起，在混乱中坚持写作。

9月中旬，与冯乃超夫人李声韵结伴去重庆。行至宜昌，李声韵不幸大咯血，由同船《武汉日报·鹦鹉洲》编辑段公爽送至医院。萧红在码头上被缆绳绊倒，许久，被路人扶起，没有赶上船班。次日，乘另一班船去重庆。她大约走了10天水路。由端木接到亲戚家。

10月间，完成《孩子的讲演》（短篇小说），后收入重庆上海杂志公司出版的《旷野的呼喊》。

10月31日，《朦胧的期待》（短篇小说）发表于重庆1938年11月18日《文摘战时旬刊》第三十六期，署名萧红。

11月，在江津唯一一家小医院产下一男婴。三天后，告知白朗，孩子夜里抽风死了。几天以后，白朗把她从医院直接送到码头，离开江津返回重庆。先在朋友家小住，后入住歌乐山云顶寺乡村建设所的招待所，山下为宋美龄创办的歌乐山孤儿养育院。除了写作外，萧红还参与养育院的日常工作，和院长曹孟君探讨儿童教育的问题。应新华社之约，为纪念世界语创始人柴门霍夫的专刊，完成散文《我之读世界语》。

12月，与池田幸子、绿川英子住米花巷1号。

12月22日，在塔斯社重庆分社，接受苏联记者 B.H. 罗果夫的采访，回答鲁迅与瞿秋白的关系等问题，还介绍其他与鲁迅关系密切的人，为计划写作鲁迅传做准备。

12月29日，《我之读世界语》（散文）发表于重庆1938年《新华日报》副刊，署名萧红。

1939年（二十九岁）

历史纪事：5月3日，日军开始轰炸重庆；英法对德宣战。9月1日，德军闪击波兰，第二次世界大战爆发。

1月9日，作《牙粉医病法》（散文），因有反日倾向不能发表，后收入《萧红散文》。

1月21日，《逃难》（短篇小说）发表于重庆1939年《文摘战时旬刊》第四十一期至第四十二期合刊，署名萧红。

1月30日，完成《旷野的呼喊》（短篇小说），发表于香港1940年4月17日—5月7日《星岛日报·星座》第二五二号至第二七二号，署名萧红。

春，作《滑竿》（散文）、《林小二》（散文），收入《萧红散文》。

3月14日，致许广平信，以《离乱中的作家书简》，发表于上海1939年4月5日《鲁迅风》第十二期，署名萧红。

4月，作《长安寺》（散文），发表于上海1939年9月5日《鲁迅风》第十九期，署名萧红。重发于上海1940年8月1日《天地间》第二期。

5月3—4日，日机连续轰炸重庆繁华街市，死伤4000余人，10万人无家可归。

5月12日，下山进城，遭逢日机轰炸，躲在公园的铁狮子附近逃过一劫。13天后，铁狮子毁于日机的炸弹，几百名无辜者死难。

5月间，和端木蕻良搬到嘉陵江畔的黄桷树镇，住进复旦大学苗圃，勤奋写作，身体出现肺结核的病象。写作《马伯乐》。复旦大学教务长孙寒冰有意聘她为教授，担任几个课时，被直率谢绝。

5月16日，《莲花池》（短篇小说）发表于重庆1939年9月16日《妇女生活》第八卷第一期，署名萧红。

6月9日，作《放火者》，发表在《文摘战时旬刊》第五十一—五十三期合刊，署名萧红。后改名《轰炸前后》，发表于上海1939年8月20日《鲁迅风》第十八期，署名萧红。

7月20日，完成《山下》（短篇小说），发表于1940年《天下好文章》第一号。

7月24日，完成《梧桐》（小说），发表于8月18日《星岛日报·星座》第三七五期，署名萧红。

8月5日，《花狗》（短篇小说）发表于香港1939年《星岛日报·星座》第三七一号，署名萧红。

8月28日，作《茶食店》（散文），发表于香港10月2日《星岛日报·星座》第四一九号，署名萧红。

秋，和端木蕻良搬到秉庄复旦大学教工宿舍的二层筒子楼中。写作一部以华岗情感经历为素材的革命者婚恋的悲剧小说。

9月10日，和端木蕻良一起到黄桷树王家花园，出席胡风等发起的"中华文艺界抗敌协会北碚联谊会"成立活动，结识了一批新朋友。此后，又应"火焰山文艺社"之约，为壁刊撰稿，为文艺爱好者做讲座。

9月22日，《鲁迅先生生活散记——为鲁迅先生三周年祭而作》（回忆录），发表于重庆1939年10月1日《中苏文化》第四卷第三期，署名萧红。重发于新加坡1939年10月14—28日《星洲日报·晨星》。再发武汉1939年11月1日《文艺阵地》第四卷第二期。

10月18日，《记忆中的鲁迅先生》（散文），发表于香港10月18—28日《星岛日报·星座》第四二七—四三二号，署名萧红。后改为《鲁迅先生生活纪略》（散文），重发于1939年12月《文学集林》第二辑《望——》。

10月19日，参加纪念鲁迅逝世三周年的集会。再次会见B.H.罗果夫，指导他读鲁迅等新文学作品，直至年底回国，临行前向他们告别。B.H.罗果夫在萧红的讲解下，理解了《阿Q正传》。

10月20日，完成《记我们的导师——鲁迅先生生活的片段》（散文），发表于重庆1939年《中学生》战时半月刊第十期，署名萧红。此篇是在《鲁迅先生生活散记》的基础上改写。

10月26日，《回忆鲁迅先生》脱稿，寄上海，请许广平审定。

11月，与端木蕻良应邀参加苏联大使馆在枇杷山举行的十月革命纪念节的庆祝活动。B. H. 罗果夫表示要翻译他们的作品，希望允许并且予以协助，萧红和端木欣然同意。后来，B. H. 罗果夫翻译的《中国短篇小说》中，收录了萧红的《莲花池》。结识曹靖华，相谈甚为投契。

12月中，重庆北碚不断遭受轰炸，与端木蕻良商议离开重庆，征求华岗意见，决定去香港。

1940年（三十岁）

历史纪事：3月30日，汪精卫中华民国政府在南京成立。8月20日开始百团大战。

1月17日，与端木蕻良飞抵香港，住九龙尖沙咀金巴利道纳士佛台3号。

2月5日，"文协"香港分会在大东酒家举行全体会员聚餐会，热烈欢迎萧红与端木蕻良。

3月3日晚，参加在坚道养中女子中学举行的座谈会，讨论"女学生与三八妇女节"。

3月，《旷野的呼喊》（短篇小说集），列入郑伯奇主编的《每月文库》第一辑之十，由上海杂志公司出版，署名萧红。内收短篇小说7篇：《黄河》《朦胧的期待》《旷野的呼喊》《逃难》《山下》《莲花池》《孩子的讲演》。1946年5月，上海杂志公司再版时，因有八路军战士的形象，删去了《黄河》。

春，搬至纳士佛台3号2楼。

4月，以"中华全国文艺界抗敌协会"会员身份，登记成为"文协"香港分会会员。

于1940年4月作《后花园》（短篇小说），发表于香港1940年4月10—25日《大公报·文艺》第八一四—八二四期、香港《大公报》

·学生界》第一一七——一一九期，署名萧红。重发于桂林1940年9—10月《中学生》战时半月刊第三十一——三十二期。

5月11日，与端木蕻良应岭南大学艺文社之邀，参加学生组织的文艺座谈会。

5月12日，与端木蕻良出席香港文协与中国文化协进会举办的"黄自纪念音乐欣赏会"。

6月，《萧红散文》由重庆大时代书局出版，内收散文17篇：《一天》《皮球》《三个无聊的人》《搬家》《黑夜》《初冬》《索菲亚的愁苦》《访问》《夏夜》《鲁迅先生记》（一）、《鲁迅先生记》（二）、《一条铁路底完成》《牙粉医病法》《滑竿》《林小二》《放火者》《长安寺》。

6月24日，致信华岗，关心他的生活工作，也通报了自己的情况，告知有一部长篇已经交生活出版社，这部长篇当为1940年重庆妇女生活社出版的纪实散文《回忆鲁迅先生》。

6月28日，完成《〈大地的女儿〉——史沫特莱作》（散文），发表于香港1940年6月30日《大公报·文艺综合》第八七一期，署名萧红。

7月，作《民族魂鲁迅》（哑剧剧本），发表于香港1940年10月21—31日《大公报·文艺》第九五二—九五九期、香港《大公报·学生届》第二三六—二三八期，署名萧红。

7月7日，致信华岗，有回内地打算，只是去向未定，犹豫不决。告知为华岗著作出版了解到的信息，诉说与胡风关系恶化的烦恼等。

本月，《回忆鲁迅先生》（回忆录）由重庆妇女生活出版社出版，《后记》为端木蕻良作，附录收许寿裳的《鲁迅的生活》和景宋（许广平）的《鲁迅和青年们》。

下半年，反复给张梅林写信，空气紧张的时候，就告知正在买飞机票，打算回重庆，托找合适的房子；紧张空气一过，又因《马伯乐》未完成和有病，取消返回计划。

7月28日，致信华岗，打消了近期离港的主意，在通报事物性消息之后，谢绝向胡风解释的建议，告知八月间要完成革命者婚恋悲剧的长篇小说（后来文稿遗失[①]），当为以华岗与前妻葛琴的情感纠葛为内容。还寄上了《马伯乐》的第一章，并请转交曹靖华。

8月3日下午3时，出席在加路连山举行的香港各界"纪念鲁迅先生六十生诞"纪念会，报告鲁迅生平事迹。晚上，出席在孔圣堂举行的晚会。

8月28日，致信华岗，祝贺华岗《中国民族解放运动史》出版。

9月1日，长篇小说《呼兰河传》开始在《星岛日报·星座》第六九三号开始连载，署名萧红。

12月20日，《呼兰河传》完稿，连载结束于12月27日《星岛日报·星座》第八一〇号。此时，萧红还计划写一部《泥河》的长篇，是关于移民开发北大荒的长篇小说，当为她的母系家族史。还有十个短篇的计划，都属于构思的"呼兰河系列"。此外，还酝酿写一部表现哈尔滨1928年"一一·九"学生反日护路爱国运动的长篇，题目已经拟好，名为《晚钟》。[②]

冬，结识"国兴社"的社长胡愈之，通过他结识民主活动家、"东北抗敌协会会长"周鲸文。后者为他们在自己办的刊物《时代批评》上提供了大量版面，并且出资合作创办大型文学期刊《时代文学》，与端木蕻良同时担任主编，由端木全权负责。还设想请萧红出任《时代妇女》的主编，被直率婉拒。

[①] 端木离港时，箱子中所有东西都被盗，这部手稿也在其中。参见曹革成《我的婶婶萧红》，时代文学出版社2005年版，第218页。

[②] 参见曹革成《我的婶婶萧红》，时代文学出版社2005年版，第169页。

1941年（三十一岁）

历史纪事：1月4日，皖南事变爆发。6月5日，重庆发生隧道惨案，万人死于空气窒息的防空隧道中。6月22日，德国入侵苏联。12月7日，日军袭击珍珠港，罗斯福宣布对日作战，另有二十余个国家宣布对日作战，太平洋战争开始，第二次世界大战全面爆发。12月8日，香港保卫战开始。12月9日，中华民国政府正式对日本国宣战。12月25日，香港沦陷。

1月，《马伯乐》（第一部）（长篇小说）作为"大时代文艺丛书"，由香港大时代书局1941年1月出版，5个月后再版。

1月4—14日，皖南事变爆发，国共两党关系紧张。惦记在新四军中的弟弟张秀珂和呼兰家中的亲人，开始写作《北中国》（短篇小说），表达与父亲及家人的和解。

1月29日，致信华岗，告知正在阅读他的《中国民族解放运动史》第二部，诉说对家园的思念。

2月1日，《马伯乐》（第二部）在香港《时代批评》杂志第六十四期开始连载至第八十二期第九章结束，因病终止。

2月初，和端木蕻良搬至九龙乐道8号二楼。

2月14日，致信华岗，为端木蕻良主编的刊物约稿，称赞华岗的著作"写得实在好。中国无有第二人也"。

2月17日，主持"文协"香港分会等文化团体在思豪酒店欢迎史沫特莱、宋之的、夏衍、范长江等人的茶会。

3月初，史沫特莱到家中探望，告知战争的态势，港英当局已经在做三个月的战斗准备，秘密转移英国妇女儿童到澳大利亚，建议他们去新加坡，并且帮助建立撤退的联系。她为萧红联系玛丽医院，希望萧红全面检查身体，收费可以优惠。她邀萧红到香港主教罗纳德·霍尔（中文名字为何鸣华）的玫瑰园别墅同住。写作《马伯乐》（第二卷）。

3月26日，完成《北中国》（短篇小说），发表于香港4月13—29日《星岛日报·星座》第九〇一—九一七号，署名萧红。

4月初，回到乐道8号家中。

4月中旬，茅盾和夫人来港，和史沫特莱一起前来乐道8号探望，动员大家一起去新加坡，茅盾因工作不能成行，只好滞留香港。

5月5日，《骨架与灵魂》（散文）发表于香港《大公报·灯塔》，署名萧红，重发同日《华商报·华灯》第二十一号。

5月下旬，史沫特莱回国前来辞行，索要著作带回美国翻译出版，交给她《马房之夜》，并托她带给辛克莱《生死场》，不久，辛克莱写来感谢信，寄来近作《合作社》。

5月30日，《呼兰河传》（长篇小说）由上海杂志公司（桂林）以"每月文库"第二辑之六出版。

6月，胡风到港，前往探望，面对她对旧日朋友的怀念、流露出的平和哀音，极力劝导其安心养病，来日方长，还可以做许多事情。

7月1日，重抄旧作《小城三月》（短篇），发表于香港《时代文学》第一卷第二期。

8月，因失眠、咳嗽加剧，为治疗痔疮，到玛丽医院诊治，全面检查之后，确诊为肺结核，需要住院治疗。周鲸文赞助了昂贵的住院医疗费用，地下党出了药费，得以安心治疗。坚持写作《马伯乐》，直至第九章完。

9月，作《马房之夜》，由斯诺前妻海伦·福斯特翻译成英文，发表于自己主编的《亚细亚》月刊，并来信向萧红约稿。

9月20日，《"九一八"致弟弟书》（散文）发表于香港《大公报·文艺》第一一八六期，署名萧红。重发于桂林1941年9月26日《大公报》副刊。

与周鲸文等374人在《旅港东北人士"九一八"十周年宣言》

上签名。

10月5日，端木蕻良接到骆宾基电话，称是内地来的青年作家，困在旅馆，需要帮助。此后，端木蕻良尽力相助，安排好住宿，又撤下自己的稿子，在《时代文学》连载两期他的长篇小说《人与土地》，萧红为其设计肥大高粱叶子的刊头画。骆宾基称曾与张秀珂同学，萧红请他到家中，热情款待畅谈。

10月19日，由东北抗敌协会副会长、地下党员于毅夫接回乐道8号家中。

10月20日，柳亚子前来拜访。此后，经常来和萧红聊天，并有诗歌唱和。为她延请名医，募集医药费用。

11月初，茅盾、巴人、杨刚、骆宾基、胡风等前来探视。

12月7日，得海伦·福斯特寄来《马房之夜》的200元港币稿费。手续未办完，珍珠港事件爆发，萧红最终没有得到这笔钱。

12月8日，日军偷袭珍珠港，对英美宣战，进攻九龙。炮火中，柳亚子前来探望，骆宾基来电话辞行，端木蕻良挽留其帮助照看萧红。是夜，于毅夫来，带领诸人从九龙转移至香港。

12月9日，住进思豪酒店。端木蕻良随于毅夫出去了解情况，萧红一直由骆宾基照顾。

当夜，廖承志接到周恩来密电，安排滞港文化人向南洋和东江撤退。后又接到电话，布置向桂林撤退的方案。过几天，要在格罗斯打大酒店的地下室，具体布置撤退事宜。此后，端木蕻良打算服从地下党安排，跟随中共地下党指定的人员一起撤退，萧红因病行动不便则另由专人负责转移。端木蕻良回来告之撤退的决定，并且正式向她告别，又匆忙走了。萧红受到极大的伤害，以为自己被端木蕻良抛弃，认为他不能共患难。骆宾基要到九龙去抢救小说手稿，被萧红挽留住，希望他送自己到许广平处，最终要回到呼兰家中："现在我要在我的父亲面前投降了……因为我的身体倒下来了。"

香港陷入一片混乱，断水断电。

12月上旬，与骆宾基倾心交谈，重申自己的文学理想，相约将来续写完冯雪峰的长篇小说《卢代之死》，称之为"半部红楼"。

端木蕻良回到思豪酒家，带来两个苹果，还有柳亚子馈赠的40美金，以备逃难之需。回答有关突围的问询，"小包都打起来了，等着消息呢！"待的时间不长，又匆匆离去。入夜，萧红致电柳亚子，感谢馈赠之谊。

12月中旬，炮火愈加猛烈，端木蕻良和有关方面沟通，改变撤退的计划，回到思豪酒店，两人关系得以缓和。其间，于毅夫、杨刚及文协同事、《时代批评》同人，都经常来看望。

18日，在炮火中，向骆宾基重申自己的小说理念，叙述《红玻璃的故事》，后由骆宾基于1942年冬追忆完成，发表于1943年1月15日《人世间》桂林复刊号第一卷第三期，注明萧红遗述，骆宾基撰。傍晚，思豪酒店中弹，骆宾基仓皇奔逃，整个酒店只剩两个人。全岛断电，日军开始登陆。物价暴涨，大街行人稀少。全岛陷入极度的惊恐。

19日，转移至周鲸文家，条件有限，无法安置，商量的结果是转移到格罗斯打大酒店。临行，周鲸文赠500元港币。日机时时盘旋空中，全岛停水停电。

23日，日军逼近，跑马地一带居民纷纷迁徙，被转移至何镜吾家落脚，再被安置到中环的一家裁缝店。不久，日军迅速占领格罗斯打大酒店，改名丰岛酒店，作为占领军指挥部。

24日，转至斯丹利街时代书店的书库安顿下来。

25日（圣诞节），香港沦陷。

月底，端木蕻良得知柳亚子和何香凝已经由中共地下党安排近日离

港，萧红听说何香凝身体欠佳，立即拿出自己的鱼肝油让端木蕻良送去。

1942年（三十二岁）

历史纪事：1月1日，26个国家一起成立联合国，世界反法西斯联盟形成。2日，日军占领马尼拉。1月11日，日军占领吉隆坡，1月19日，日军占领缅甸……

1月9日，茅盾夫妇、叶以群、邹韬奋等分两批，由东江纵队交通员安排出港，朋友几乎走光。

1月12日，住进养和医院，萧红安排自己的后事：首先，最担心自己的著作被随意删改，要求端木蕻良全权保护。要立字据，被端木阻止。其次，则是将来把自己安葬在鲁迅墓旁，目前，先要用白色绸子包裹自己，埋在面向大海的风景区。再次，是让端木蕻良将来去哈尔滨，找到自己和汪恩甲的孩子。最后是商量以《呼兰河传》的版税酬谢骆宾基的照护之谊。

1月13日，院长李树培诊断其为气管结瘤，必须手术，萧红求医心切，不顾端木蕻良的劝阻，违背常规，在手术单上签字。术后并未发现肿瘤，医生不知去向。萧红连说胸痛，精神尚好，还可以和端木蕻良、骆宾基谈话。

1月18日，端木蕻良找到朝日新闻社的记者，用汽车将萧红转至玛丽医院。下午2时，喉部刀口安装了呼吸铜管，因为气流受阻，不能说话。

1月19日夜12时，写下"我将与蓝天碧海永处，留得半部'红楼'给别人写了……半生尽遭白眼、冷遇，身先死，不甘、不甘！"

1月22日晨，玛丽医院被日军接管，病人一律赶出来，萧红被转至一家法国医院。不久，法国医院又被日军接管，随即又被送到法国医生在圣士提反女校设立的临时救护站。法国医生尽力救助，无奈条件简陋、药品匮乏,萧红生命垂危,当日6时许陷入深度昏迷。

1月22日上午10时,萧红与世长辞。没有撤退的朋友同事冒险赶来做最后的告别,张学良的弟弟张学铭、原东北军师长张廷枢、《时代批评》的同事,为萧红凑了奠仪。

当时,香港街道遍地横尸,西盘营陶淑运动场成为万人坑,供市民使用的火化场是混烧,日本人专用的火葬场则是单体火化。端木蕻良通过香港政府卫生督察马超栋,安排萧红遗体送单体火葬场烧化。

1月24日,遗体在香港跑马地背后的日本火葬场火化。

1月25日黄昏,部分骨灰安葬在浅水湾丽都酒店前花坛里(1957年8月15日,迁葬广州银河公墓)。

1月26日,剩余骨灰安葬在圣士提反女校后院山坡下(始终没有找到)。

鲁迅序言对《生死场》的经典定位之后，我们是否还有可为？

——纪念鲁迅为两萧作序八十周年

1935年，鲁迅为《八月的乡村》与《生死场》所作序言，无疑至今仍然是对这两部作品最为言简意赅的经典评论。在经典的辉煌光影之下，我们是否还有可为？限于学养与时间，这里重点讨论《生死场》的序言解读问题。希望能在与历史文献的互证与文本的互读中，开拓一下理解和阐释的空间。

一

鲁迅为《八月的乡村》与《生死场》所作序言，无疑是最早也是经典的评价，奠定了两萧在文学史上抗日作家的初始地位。尽管当时他并没有用这个词语，而是用了一个更宽泛的概念——"关于东三省被占的事情的小说"[①]。在两萧之前，已经有李辉英等一批东北作家陆续到上海，而且出版了《万宝山》等几部作品。《八月的乡村》与

[①] 鲁迅：《田军作〈八月乡村〉·序》，《鲁迅全集》（第六卷），人民文学出版社2005年版，第296页。

《生死场》都在1935年出版，早于全民抗战的1937年卢沟桥事变两年，因此，东北的抗战文学（包括沦陷区文学）就是全民抗战的先声，这与历史的进程几乎是同步的。两部作品都因此受到史诗的赞誉，究其缘由是正面或者侧面地表现了九一八事变之后的各种形式的武装抗日。比较而言，萧军是正面叙述有组织的游击队，而萧红则更多地表现胡风所谓"野生的奋起"[①]的自发反抗。

这一基本的定位，为他们打开了踏着政治史的刻度，进入文学史的时间之门，也因此而为后来的研究者因袭或者质疑。毋庸置疑，在这篇短序中，对民族危亡的忧患贯穿始终，几乎每一个段落中都夹带了对时事的评论，关于《生死场》的文字几乎是镶嵌在政论性杂文的空隙之中。这无疑是为《生死场》的阅读开辟了广阔的泛文本背景，也抒发了整个民族的历史情绪。不仅是鲁迅，包括郁达夫等现代作家在内，这个时期的文章都不同程度地弥漫着这种危机意识。鲁迅一开篇就是以对淞沪抗战的联想展开讨论，六个自然段中有五段都与山雨欲来风满楼的亡国灭种的巨大忧患有关。其中的第三、第四两段简要交代了出版的曲折过程，夹在对官方审查制度的无奈牢骚中，这就凸显了诞生于时代风雨中的《生死场》独一无二的历史价值，它首先是一个历史的文本。

第二段是点题之语，"生的坚强与死的挣扎"无疑是最基本的主题提炼，与结尾处"精神是健全的……"相呼应，重申了他一贯的文学主张，早在1934年，回答在青岛的两萧请教革命文学方向的问询，他在回复的信中就明确表达："现在需要的是斗争的文学。"[②] 同时，也把《生死场》的主题从具体的国族文学中提炼出来，也突破了左翼的话语体系，升华为人类共同的永恒文学主题。这一评价适宜所有的

[①] 胡风：《读后记》，《萧红全集》（第一卷），黑龙江大学出版社2011年版，第133页。
[②] 萧军：《鲁迅给萧军萧红信笺注释录》，黑龙江人民出版社1980年版，第2页。

左翼文学作品,也是萧红最早被文学史分类的依据。而胡风的《读后记》则是以社会学分类的"农民文学"加以归纳,后者的定位无疑是她为左翼阵营接纳而又最终被排斥的缘由,也是她被文学史家划入乡土文学的最初起点。鲁迅特别强调《生死场》"女性作家细致的观察与越轨的笔致",带来的特殊美学效果"明丽与新鲜"。这几乎是此后所有对于萧红作品风格描述的模板,直至20世纪90年代女性文学研究的兴起,才超越了这个界限,但也只是更侧重"越轨的笔致"一语,将鲁迅笼统指称的"北方人民"一分为二,更多凝视萧红笔下乡土女性的生存状态。而胡风强调了阶级、种族之后,仍然是以宏大历史主题的需要出发,称赞萧红"女性的纤细的感觉与非女性的豪迈的胸襟",大量的女性生存景观被忽略,笼而统之地纳入"蚁子一样的愚夫愚妇们","糊里糊涂的生殖,乱七八糟的死亡"中。

鲁迅的序言实在像一个大动机包,此后所有的话语体系对《生死场》及萧红文学的阐释,都只是角度的调整、侧重点的不同,论点几乎都可以追溯到这最初的阅读发现。无论强调斗争的民族国家的话语体系、左翼文学关怀民众的宗旨,以及推向极端的阶级论思维方式,女性主义的话语体系都只是在细读的基础上,对鲁迅序言基本阐释动机的展开。鲁迅的序言是里程碑,在它巨大的影响之下,我们是否还有可为?

二

首先,我们实际上对鲁迅为《生死场》所作序言解读得并不深入,更多的印象来自陈陈相因的泛泛之谈。鲁迅对《生死场》的独特评价,主要集中于第二段的第二句话:"这自然还不过是略图,叙事

和写景胜于人物的描写,然而北方人民的对于生的坚强,对于死的挣扎,却往往已经力透纸背,女性作家的细致观察和越轨的笔致,又增加了不少明丽和新鲜。"

前两个句子有保留地说出了萧红的艺术特征,和胡风"散漫的素描"的批评一致,体现了左翼文学界奉行的现实主义美学圭臬的叙事原则,对《生死场》艺术探索的质疑。一直到1938年,聂绀弩在临汾或者是在西安和萧红的谈话,都重申着这一观点。在受教于鲁迅的时期,萧红还感动于他的赞誉,鲁迅却告诉她:"那序文上有一句'叙事和写景胜于人物的描写',也并不是好话,也可以解作描写人物并不怎么好。"① 这和胡风"每一个人物的性格都不突出,不大普遍,不能够明确的跳跃在读者面前",属于同一美学范畴中"典型人物中的典型性格"的评价体系。到了西北后,萧红已经自觉地抵制这一小说学的圭臬,对聂绀弩首次表达了自己对这一现实主义美学原则的反抗,以为"有各式各样的生活,就有各式各样的小说"②。但是,鲁迅无疑说出了她的基本艺术特点,就是画面感和色彩感,显示了精深的鉴赏力。

萧红早年生活在五方杂处的国际化大都会哈尔滨,深受20世纪初感觉主义等世界前卫文化和先锋艺术的浸润,一生梦想着到巴黎去学画,加上以镜头为媒介的电影艺术的熏陶,叙事和写景的手法自然别具一格。而早期左翼作家接受的主要是古典现实主义以人物为中心、以性格为标志的艺术理念,而且是以社会学、政治学与阶级论为主要的思维表达范式,人和自然的关系很少进入他们的文学主题,萧红的叙事则一开始就建立在人和自然的关系上。左翼文艺思潮的偶像级人物、德国表现主义版画家凯绥·珂勒惠支与她的创作,作为一个

---

① 萧军:《鲁迅给萧军萧红信笺注释录》,黑龙江人民出版社1980年版,第236页。
② 聂绀弩:《回忆我和萧红的一次谈话》,《高山仰止》,人民文学出版社1984年版,第100页。

重要的泛文本背景，内化在《生死场》的叙事结构中，从内容到形式都影响明显。《生死场》的前半部以抗租为情节的高潮，李青山们聚义的组织叫镰刀会，从反抗开始到失败告终。这和凯绥·珂勒惠支的组画《农民起义》的结构几乎形成对文的关系，连工具都是农具，只是长柄的大剡镰换成了小镰刀；德国石柱圈门的民居，也置换在赵三家的东北乡村农舍中。倒反天戈的王婆，除了称谓所联系的古代中国文化中儒家妇道规范之外的女性文化符号之外，另一个重要源头是《农民起义》第五幅《反抗》中农民起义女首领的形象，而且这个形象取自德国农民起义的历史人物"黑色安娜"，也是一个农妇。而女人和孩子更是凯绥·珂勒惠支版画反复表现的主题，王婆在《生死场》中前后失去了三个孩子，更是对凯绥·珂勒惠支的经典名画《献祭的母亲》悲痛主题的强化。

而且《生死场》里表现的人物大都属于巴赫金所谓"集体的性格"，完全溢出了典型环境中的典型人物的社会学范畴，王婆是富于反抗的女性集体的性格，金枝是命运悲惨的出轨女性的集体性格，麻面婆则是乡村逆来顺受的传统女性的集体性格，三个女性代表了三种文化性格的类型，是超越地域也超越阶级的。其他诸如李青山是见多识广的民众领袖的集体性格、二里半是保守农民的集体性格，等等。这样自觉的借鉴与表现的需要，自然使《生死场》中的人物既带给前辈作家"明丽和新鲜"的审美冲击，又引起他们的犹疑，如聂绀弩转述的时评所谓"面目不清、性格不明"，正是萧红追求的集体性格的美学效果，一如契诃夫笔下大量人物的"没有性格的性格"。鲁迅是极少写景的，胡风是诗人兼理论家。前者虽然有美术的兴趣与修养，但是写作小说的时候，更多是借鉴中国古代戏剧简约象征的表现形式。后者则基本是以主观战斗精神为文学理想，不会深入细致地体会萧红的艺术追求，强化时代需要的主题的同时，也曲解了萧红的作品。

萧红一开始就把乡村溃败中租佃关系矛盾的激化置于现代铁血文明入侵的历史情境中，以农耕文化种群人与自然的依存关系为巨大的文化镜像，反衬出在现代铁血的机械文明挤压之下，历史动荡中的生命苦难。在《生死场》中，人有作为自然的奴隶的一面，也有和自然和谐相处的一面，王婆实在是一个乡村里的浪漫主义者，萧红特意表现她看到生机勃勃的夏日景象时由衷的喜乐。而且，金枝对城乡差别的感觉，除了空间景观之外，还有心理的不适："我看哈尔滨倒不如乡下好，乡下姐妹很和气，你看午间她们笑我拍着掌哩！"田间地头的闲谈、邻里之间的互助、女性聚会的和美气氛，都和混乱、嘈杂、隔绝、冰冷的超自然都市环境形成鲜明的对比，人与自然的依存关系跃然纸上，原有的苦难主要是文化制度的结果。农人有受"两只脚的暴君"奴役的时候，也有矛盾缓解的时候，《生死场》的下半部分就是表现乡村里雇佣关系的矛盾转变为残酷的民族矛盾，在第十三节"你要死灭吗"中，赵三回顾抗租的往事，面对王婆的抢白感叹："这下子东家也不东家了！有日本子，东家也不好干什么！"乡村经济的整体崩溃，最直接的原因是日军的入侵，残酷的屠戮导致劳动力的锐减，"村子里的寡妇越来越多"，战争带来的混乱扰乱了农时，大片的农田荒芜。

对照胡风的《读后记》，鲁迅的主旨可以看得很清楚。《生死场》原名是富于象征意味的《麦场》，由胡风改为《生死场》，在突出了生与死的永恒人类性主题，强调了民族危亡中确立历史主体的必然趋势的同时，也在行文中，把主题释义范围限定在乡村与底层的体力劳动者。而鲁迅使用的主语则是"北方人民"，这个概念覆盖了城乡，符合《生死场》的文本实际，《生死场》的下半部分中，出现了"女学生"一类非乡村居民与体力劳动者的外来者；而且，作为一个文化地理的概念，北方可以扩大到所有长江以北的中国领土，这和萧红的创作实际也是耦合的。《生死场》的原名《麦场》，即是北方广大麦作地区最寻常的生产空间，其文化象征语义关联着久远阔大的文化时空范围。她流亡在香港时期，以自己处于沦陷区的家事为素材创作的长达1.6万字的短篇小说，就是以《北中国》命名，突出了东北地区与人民的国族归属感，而且她写作的年代，整个中国北方已经全部沦陷，灾难还在持续四处扩散，家国情怀不言而喻。鲁迅当时在上海，法西斯的战火是从北向南蔓延，"北方人民"的概念就超出了《生死场》文本的有限地理范围，重申了为《八月的乡村》所作序言中超越文本有限结构的意义提炼："中国的一份与全部、现在与未来、生路与死路。"它使这两个作家因这两部作品具有了历史标记的性质，也成为在外来暴力威胁中，一个时代民族求生存、求解放的健全精神的象征性符号。鲁迅阅读这部作品的原稿时，名字还叫《麦场》，改名《生死场》是后事，所以取文化关联域广泛的词语"北方人民"为主语，具有超越文本结构的联想和对历史大势的前瞻性判断。

在行文中，鲁迅分别在第一、第二、第五段中，三次使用了"哈尔滨"这个地理称谓，就使《生死场》超越了具体的时代，历史时间的刻度上溯到清代的中晚期。最早出现"哈尔滨"一词的历史文献是道光二年（1822）的黑龙江将军府衙门档案，当时那里已经是一个繁华的市镇。作为一个国际化大都会，哈尔滨是晚在庚子之乱之后、中东铁路开通之时才开始形成的。胡风《读后记》中"哈尔滨"的语用显然是现代大都市的概念，所以说《生死场》的故事，"这只是哈尔滨附近的一个偏僻的村庄"，而且，相较于鲁迅"东三省"的概念，他使用的行政区划概念则是"东四省"，这是晚至1928年张学良易帜、热河独立为省之后才形成的地理称谓，时间形式的当下性更突出，这和他强调觉醒的抗争主题一脉相承。鲁迅在这篇序言中"哈尔滨"的语用，和覆盖城乡的"北方人民"的概念是统一的，沿用了最古老的地理称谓，因为其古老，时间的上限也就具有了大的历史跨度，他的忧患中

也就包括了自清代开始的外侮记忆，其中北部边疆的外患尤其严重。这个词语的运用，体现着鲁迅历史文化的深广眼界与深厚的学术功力，一如他在《估学衡》中嘲笑反对白话文的守旧派之不通："……在今不云'宁古之塔'……"① 作为清政府早期在东北的政治军事中心，在军政合一的管理体制中，宁古塔是东北最高权力机构黑龙江将军府所在地（现黑龙江省宁安县），那里并没有塔，这个词语来自满语的音转。而且哈尔滨距金代的第一个都城阿克楚勒城（今哈尔滨阿城区）不远，原本是比较开化发达的京畿之地，历来就是中国的领土。鲁迅的语用中，体现着五四时期知识者普遍持有的大历史观的时间形式，超越朝代兴亡的国族观念，而且体现着中华民国五族共荣的理念。如果按照李鸿章的经典论述，则是"三千年来未有之大变局"，是文化史的断代方式。鲁迅短序中"哈尔滨"的语用，则还包括了革新者们以抗争为主要精神的理想中，应对"奇劫巨变"，寻求改革、救亡图存的基本历史意图。

两位评家具体概念的选择使用差异，除了审美意识形态的原因之外，还有一个重要的学理根源，是鲁迅读过《跋涉》。两萧到上海之前，在青岛就把《跋涉》和《麦场》的手稿，以及两个人的合影寄给了鲁迅。② 《跋涉》中的一些篇什是以城市为环境的，比如《两只青蛙》，涉及青年知识者因言论获罪而无端被监禁，以及被杀戮的可能，北方人民自然就包括这些日伪奴役下的城市居民。而且五四时期的"劳工"概念中包括各行各业的脑力劳动者，这在蔡元培为庆祝"一战"胜利在中山公园"公理战胜"牌坊前的演讲《劳工神圣》中，表述得很清楚。只是传统的民之排列顺序发生了颠倒，"士农工商"变

---

① 《鲁迅全集》（第一卷），人民文学出版社2005年版，第398页。
② 参见萧军《鲁迅给萧军萧红信笺注释录》，黑龙江人民出版社1980年版，第30页。

成了农工商士（包括所有的脑力劳动者）[①]。到 20 世纪 30 年代全民抗战的历史语境中，特别是左翼文化思潮的影响下，人民的顺序则排列成"工农兵学商"。鲁迅短序中"哈尔滨"作为文化地理概念的语用，也就重合了历史与现实的双重指涉范围，历时性与共时性两种时间形式得以整合统一。此外，鲁迅逐字逐句阅读了《麦场》的手稿，还做了一些技术上的修订，他的短序虽然提纲挈领，但却是建立在整体的感觉之中，有着文本细读的基础。

第五句中"力透纸背"一词的语用，最早可以追溯到颜真卿《张长史十二意笔法记》，鲁迅用来形容《生死场》也合乎萧红的文化修为，书法篆刻也是她自小学开始一生的艺术实践。不仅是课内课外的作业（当时黑龙江的小学语文都是以古文为教材，小学生要以文言作文，用毛笔书写），而且还有她自发的爱好与选择。据她的同学徐薇回忆，初三的时候，她迷上了郑板桥的书法，经常自己琢磨布局。[②] 而郑板桥乱石铺阶似的不规则字体与错落有致的布局，对她《生死场》叙述方式的故事布局也产生了明显的影响，17 个自然段长短不一、参差不齐，而整体的表义结构又极其完整，叙事从二里半和他的山羊开始，又以二里半和他的山羊结束，表现了普通农民在外来暴力的屠戮中"野生的奋起"的历史根源。此外，对于未完成式的推崇也是那个时代左翼文化的美学潮流，比如，鲁迅对毛边书的偏爱（《跋涉》就做成毛边书的式样）、萧军对《生死场》封面设计的建议，都体现这一审美理念。

在鲁迅对《生死场》的评价中，存在一个悖论，这也是所有的批评家都可能遭遇的尴尬，在内容、主题、风格方面激赏她的才华与成

[①] 转引自陈明远《文化人的经济生活》，文汇出版社 2005 年版，第 8 页。
[②] 参见李丹、应宋岩《萧红知友忆萧红——访徐薇同志》，孙延林主编《萧红研究》（第一辑），哈尔滨出版社 1998 年版，第 38 页。

就，而在艺术表现的手法上则有迟疑。这个悖论是理论与创新之间的张力，20世纪80年代的中国小说文体革命就是以萧红对小说学成规的反抗为理论资源；至20世纪90年代，《生死场》人与物之间的互喻修辞被研究者关注，因为顺应了生态意识成为前卫艺术的标本，也成为新兴的身体叙事理论的典范之作。这是一个铁律，富于创造性的作家总是给理论提供范例，差的作家则是按照理论编故事。

"女性作者细致的观察和越轨的笔致"，是萧红最为突出的，也是最为人乐道的特征。画家的眼睛自然善于捕捉景物细节和人物的神态，这是顺理成章的事情。而"女性越轨的笔致"在《生死场》中最集中地体现在性的描写、生殖的场面，还有女性的生活与话语空间中近于暴露式的描画。在中外文学艺术中，至今仍然是空前绝后的。金枝从被引诱盲目受孕，家破人亡之后，躲过日军的骚扰，却被一个中国男人强暴。这个情节也可以追溯到凯绥·珂勒惠支版画《农民起义》的第二幅《凌辱》，一个农妇被反剪着双手仰卧在田野里。凯绥·珂勒惠支以一朵野花含蓄地表现这个主题，而萧红则以准确、生动、细致的笔触叙事曲折的过程，加以着重的表现。在改写中引申的思想变异，是性别的问题与文化的差异，显然超越了凯绥·珂勒惠支的阶级论范畴，带有更多人类学的普遍性。至于生殖的主题，则是连凯绥·珂勒惠支也不曾涉及的女性生命的隐秘领域，而且一开始就成为她写作的一个母题，反复出现，贯穿始终。第一篇小说《王阿嫂的死》就是叙述一个工人孕妇被地主踢了一脚之后，早产而死于农田，婴儿也相隔五分钟死去。至《生死场》已经登峰造极，而场景的连缀与修辞的主观幽默，都使她的生殖叙事在人与动植物的生命互喻中，表达了人类不能彻底脱离动物界的终极宿命，女性在人类种族延续中所承受的原始悲哀，所谓"女性的天空是低矮的"，最集中地体现在生殖的主题中。生物性的物种设定前提，使她最终建立起将自己置于宇宙自然

系统中的大生命伦理诗学。

所谓明丽是色彩的修辞概念，而新鲜则是从题材到修辞的整体感觉，其中地域性、女性的生命体验与时代的历史内容是主要的因素，而表现主义绘画的技法、顽童式幽默的联想与感觉化修辞等艺术形式的前卫性，则带来审美经验的新鲜感。而最后一句"精神是健全的"，则是激赏《生死场》向死而生的抗争主题，也是胡风所谓"这是用钢戟向晴空一挥似的笔触，发着颤响，飘着光带，在女性作家里面不能不说是创见"。《生死场》在萧红的全部创作中，确实是一部基本摆脱了中国女性诗文的哀怨基调，充斥着愤怒力度的作品。以至于她与萧军情变之后，与《七月》同人交恶疏远，从茅盾到胡风都以《生死场》为标尺，对她后期的创作多有非议，而且是以左翼文学的话语体系为准则。

不得不承认，鲁迅对《生死场》的评价尽管简略，尽管有保留，却准确地说出了萧红创作的基本特征。只是在漫长的历史遮蔽中，不少评家遗忘了原点，也忽略了文本自身的大量细节所蕴含的丰富信息。进入鲁迅的切口，对照文本的结构，搜索泛文本丰富的历史文化蕴藏，是我们理解这篇序言重要文献价值的必经之路。

三

除了深入理解经典文献，我们是否还能发现鲁迅序言框架之外的意义？不妨试一试。

事实上，在《生死场》松散的语言结构中，萧红始终自觉地避免情节"向着中心的发展"，不想让读者得到"紧张的迫力"。华莱士·马丁在《当代叙事学》中，引用J. 希尔斯·米勒的话，"我们关于叙

事和历史的概念依赖于一整套有关因果性、统一性、起源和终结的共享假定,他们是西方思想所特有的"[1]。《生死场》大的时间框架显然是符合中国近代文化史,特别是东北近代文化史进程的,本事发生的时间和叙事的时间基本吻合。多数人的苦难都是历史的苦难,特别是作为文明主体的男性。老实本分、懦弱迷信的二里半在妻儿被杀之后,终于放弃了心爱的山羊,一瘸一拐地走上了敢死的道路;成业是由于畜力运粮的经营方式被风雨无阻的铁路运输挤得破产之后,暴怒之中摔死了自己刚满月的女儿;北村老婆婆是因为独子去敢死牺牲了,没了生计而与三岁的孙女菱花一起上吊自杀……但是,《生死场》的"力透纸背"不是由于因果律的无懈可击,而是由于场面描画的震撼人心,比如月英的病相、金枝等三个女性的生殖场面等,很多枝蔓横生的故事与历史的必然性无关。比如金枝被中国男人强暴,逃进尼姑庵的打算又破碎在尼姑随木匠私奔、尼姑庵关闭的结局中,致使她犹疑于种族立场与性别立场之间、种族话语与宗教话语之间,最终落实到伤心处:"我恨中国人呢?除外我什么也不恨。"性别的话语颠覆了种族的话语,民族国家的主题也受到了质疑。王婆获悉最后的亲生女儿的死讯之后,追问死因,得到的只有"黑胡子""弄着骗术一般"的闪烁其词:"死了就死了吧!革命就不怕死……"萧红接下来的叙事带有间离效果:"王婆常常听到他们这一类人说'死'说'活'……"受到宗教改革领袖路德自由主义思想影响而起义的黑色安娜们,是在路德转向皇室贵族的立场之后惨遭镇压,农民们因此而称他为"骗子博士"。萧红的修辞渗透着跨文化背景中的历史经验,在王婆的困惑中,寄托了对掌握着话语权力者的道义质疑,《生死场》中民族国家的主题并不那么绝对神圣,民间的立场动摇着精英的立

---

[1] [美]华莱士·马丁:《当代叙事学》,伍晓明译,北京大学出版社1989年版,第89页。

场，牺牲的代价中隐含对生命的伦理坚守，对生与死的价值与意义的追问是更隐秘的主题。正是这些旁逸而出的情节，颠覆了历史因果的铁律。在萧红的身后，中国人吃尽了"铁的逻辑"的苦头，萧红是一个先行者，她笔下的生命故事超越了历史理性的逻辑，更多的文化心理功能是凭吊历史、超度亡灵。

而且西方思想特有的逻辑因果，也并不是《生死场》推动叙事发展的主要意识形态力量。乡村里的改革家赵三或许还可以变得像官吏似的晃着脑袋，逢人便宣传爱国，有明确的民族国家的意识，但是就连他也始终分不清自己的阶级属性，只知道自己是中国人。至于那些参加爱国军的村民，则根本不知道爱国有什么用，他们只是没饭吃。而李青山领导的敢死武装，则是以天命为号召盟誓。就连瘟疫肆虐的时期，村民们都是以天问的方式抗议人世的罪恶。事实上，萧红思想一生都犹疑在阶级、革命、种族、民族国家与性别、亲情、天命、生命伦理之间，也就是处于外来思想与传统文化观念的夹击中，进行着艰难的选择。最终使她理解民族民间善良顽强精神，并且完成自我认同的，是中国古代原始的天命观。1936年旅居日本的时候，她回复萧军节选《生死场》哪段翻译为外文为好的询问，就有盟誓一段[1]，可见主题的重心在民间抗暴的求生挣扎，而不是民族国家的抽象观念。这对启蒙立场也是一种质疑，胡风在《读后记》中对村民们"愚夫愚妇"的指认无疑是违背萧红创作意图的。1940年，萧红在香港写给华岗的信中，发泄对胡风的不满，就有"那就是他不是糊涂人，不是糊涂人说的话，还会是不正确的吗？"[2] 表达了对于绝对论思维方式，也就是话语方式的反感。在萧红的文本结构中，民众领袖李青山是在经历不少抗日武装之后，有辨别地投奔革命军，当不少人跟上爱

---

[1] 参见萧军《萧红书简寄存注释录》，黑龙江人民出版社1981年版，第96页。
[2] 《萧红全集》（第4卷），黑龙江大学出版社2011年版，第408页。

国军走的时候,他不去,因为他知道那是土匪的武装,红胡子尽胡来。萧红从向死而生的大生命伦理诗学的角度出发审视各种意识形态,无论是民族国家、左翼思潮、党派政治,还是包括女权话语,她都保持了审慎的态度,对所有的绝对论思想体系都保持着警惕与心理的疏离,所有掌握着话语权力的人在她的文本结构中都是可怕且可憎的。

《生死场》以连缀表现力极强的场景,完成叙事的表意策略,无疑顺应着近代前卫艺术对传统叙事模式的革命性质疑与颠覆。华莱士·马丁认为,"十九世纪的科学粉碎了人们对于这个故事(指圣经在一个统一的神定计划中囊括了全部时间,从开端直到启示录中描写的结局)的确信……根据结尾来解释开头的思维方式一直牢牢存在于我们关于历史、生活和虚构的观念之内"[①]。《生死场》松散的叙事结构的开放性,开辟了艺术表现的新维度,而这个新维度适应了萧红叙述历史的需要。鲁迅在序言中已经注意到了《生死场》的时间跨度:"五年以前"(当为距他写序的1935年11月14日的1931年九一八事变之后),"以及更早的哈尔滨",则符合萧红以蒙太奇手法剪接出两个时代断面的文本实际。《生死场》分前后两截,中间相隔十年,第十段题目就叫《十年》,简要叙述了恒常的自然景观和长大了的孩子们,只有"没有娘"的童谣,转喻国土沦丧、村民们成亡国奴的悲惨处境。前半部的本事应该发生在1920年前后。在第一节"麦场"中,王婆就看见"村前火车经过河桥,看不见火车,听见隆隆的声响。王婆注意着旋上天空的黑烟"。接下来,便是她的家道迅速滑坡,老马卖进屠场、抗租失败之后,赵三卖掉耕田的青牛,丧失了基本的生产资料,平儿沦为放羊娃,赵三以编鸡笼中兴又因为市场饱和而再次破

[①] [美]华莱士·马丁:《当代叙事学》,伍晓明译,北京大学出版社1989年版,第89页。

产。现代性的入侵导致了租佃关系的紧张，乡村传统的自然经济迅速全面垮塌。中东铁路开通是在 1901 年，《生死场》本事的前因还可以上溯 20 年。火车是一个重要的历史标记，也是非线性因果逻辑的叙事中，以村民的眼睛看见的象征性历史，就和逃往城市的金枝最早看见高耸的烟囱一样，是文化心理疏离感的表义。而日军对乡村的骚扰，也最直接地凸显为汽车、飞机和飘洒的传单，呼应着"传染病"一节，白衣白帽、戴着口囊的外国医生，像修理机器一样的治疗方式和拉进城市的隔离措施，都是现代文明带给乡土民众的惶惑与恐惧。而萧红以"传染病"形容日军入侵之后乡村的混乱与民众的惶惶不可终日以及思想的混乱，以至于王婆想要"捉住过去那些痛苦的日子"。再痛苦也还是可以过下去的日子，而"王道乐土"中的生存几乎是晨昏颠倒，所有的人的日子都没法过了。事实上，这是萧红历史叙事的重要策略，把她所有作品本事发生的年代顺序排列，就是一部东北的近代史，所有重大历史事件几乎都以器物的标记做了提示，主人公也因此成为活的历史标记。萧红这种以地方的小历史丰富国族大历史的艺术贡献，鲁迅在序言中以对"哈尔滨"语用的一再强调，已经在短小的篇章中保留了开放的阐释空间。因此，这使我们有可能在经典的评价之后，尚可以发现更多的意义。

其他，如基本的文体、修辞的特征、掌握世界的心灵模式、完整而复杂的象征表意系统、情感基调的变化、与中国文学史的血肉联系、终极的主题等。鲁迅作序的时代，萧红还刚刚登上文坛，只出了一本半书，其他的大量作品尚未出版，或者还没有完成。但是，世界观的构型基本完成，其中的历史观顺应着时代的主潮；艺术观也基本成熟，所有的叙事动机都已经萌芽，此后只是生长和展开的过程。而且随着读者的认可，她已经成为经典作家。而鲁迅简要而精到的评价，如谶语一样的直觉解读，正需要后人在与历史文献的互证中，借助新的

理论与方法，整体地描述她的文学语义系统，进行深入的解读与扩展的释意。事实上，已经有很多人在做这项工作，沿着鲁迅开启的方向，贴着文本的语言结构，深入细致地发掘萧红文学的全部心灵矿藏。

无论我们走多远，都不会遗忘鲁迅序言的启示。

第二辑

扫描文学史

80年代文学的转型场景

随着历史的急剧转折,改革开放的迅速铺开,中国新时期的文学也开始了艰难而急剧的变革,而小说、戏剧也随之转型。1985年是一个关键的节点,但是在这之前,有一个漫长的潜伏期,逐渐积蓄起哗变的趋势,而且越来越快,彻底冲击着十七年——"文革"期间的文学规范,随着评奖制度的推动与评论界的迅速命名,出现了潮头迭起的发展态势。周克芹与古华这些20世纪60年代起步的作家还是一个缓慢的过渡,而寻根文学则以知青作家的群体崛起,标志着小说观念的大幅度跨越。随之而来的是先锋小说与新写实小说,成为20世纪80年代文学史重要节点的转型场景。戏剧则在这个此消彼长的过程中,发生着同步的变化,构成20世纪80年代文学繁盛的一翼。

一 周克芹与古华的新乡土小说创作

周克芹与古华都是新时期在全国有着广泛影响的著名作家。他们都出身于普通农家,毕业于农业学校,又回到基层乡村工作,与农民有着骨肉相连、休戚与共的紧密联系,这决定了他们取材与价值取向的情感矢量。他们的创作都是开始于20世纪六七十年代,贯穿着几十年中国乡村的历史变迁，在新时期的历史转机中破土而出，成为新一代著名的乡土作家。他们的创作适应了拨乱反正的历史需要，重新建立起与赵树理和柳青一代作家确立的革命现实主义传统的联系，同时又随着改革开放历史大势的发展，有所变通与革新。而中国乡村的政治经济结构、中国农民的命运与精神情感、乡土青年的奋斗与发展等，始终都是萦绕着他们心灵的基本主题。他们自觉继承现代地域文学的久远传统，又借鉴世界范围的艺术成就，应该称之为新乡土小说。他们承前启后，是老一代乡土作家的传人，又是莫言、刘震云等新一代乡土作家的开路先锋，最集中地体现着20世纪80年代中国乡土文学的新形态。

周克芹1937年生于四川简阳贫苦农家，1953年考入成都农业技术学校。毕业以后，历任农民、民校教师、生产队长、大队会计、农业技术员。1978年入党，1979年调入四川作协任专业作家、四川作家协会常务副主席、中国作家协会理事、全国政协委员等职务。20世纪50年代末开始发表作品，出版短篇小说集《勿忘草》《石家兄妹》，长篇小说《徐茂和他的女儿们》《乡下强人》（又名《饥饿年代》）、《秋之惑》等。短篇小说《勿忘草》获1980年全国优秀短篇小说奖，《山月不知心中事》获1981年全国优秀短篇小说奖，《徐茂和他的女儿们》获首届茅盾文学奖。1990年辞世，享年53岁。墓碑两侧的对联是"重大题材只好带回天上，纯真理想依然留在人间"。

周克芹的小说一开始就属于十七年文学的社会主义现实主义规范，他1959年发表的小说《秀云和支书》，对于党的基层干部予以理想主义的刻画，对农村少女的心灵世界有着细腻的描摹。他延续的是赵树理的传统，对于乡村中的保守农民常常采取漫画式的处理，而对于新型的知识青年则充满了激赏，比如《希望》中的老冯由于思想的麻痹而被坏人利用，损害了集体的利益；而勇于学习进取的乡村女青年小玉则具有力挽狂澜的魄力与智慧。柳青也是他思想艺术的一个源头，他笔下的知识青年除了勤劳、朴实之外，多数具有变革的探索精神，不少从事着科学研究的艰苦工作，徐茂和柳青《创业史》中的梁三老汉之间有着自私保守的精神血缘联系，而所有的知识青年几乎都具备良好的思想品德和淳朴的情感，热爱集体是他们共同的品质，也可以归入梁三宝系列的社会主义新人形象画廊。他们甚至具有拯救的力量，譬如描写乡村改革的《秋之惑》里流落到果园当技术员的青年知识者华良玉，与保守、狭隘、固执的果园主人江路生之间的思想分歧，最终是华良玉的理智与知识取胜。而中间人物的转变更是十七年文学的重要话题，徐茂最终幡然悔悟是最直接的表现。他还接续起现代巴蜀文学的传统，《徐茂和他的女儿们》以一个家庭为细胞解剖"文革"带给乡村与农民的历史灾难，可以看到巴金《家》的结构特征，而对于保守农民和反派人物的刻画，以及方言的运用则可以看到沙汀风俗画式写作的浸淫。正是这个更久远的传统，使他的小说突破了十七年文学的模式，徐茂的四姑娘徐秀云，受尽造反起家的郑百如的凌辱，悲惨的命运是当代乡土文学中最触目惊心的画面。而她在党的干部帮助下，终于与鳏居的大姐夫、一心建设社会主义新农村、被排挤迫害的好干部金东水，缔结了有情人终成眷属的喜剧式传奇，则回归了《小二黑结婚》的反封建主题，也体现着当代文学排斥悲剧的基本美学准则。

　　周克芹的创作不以故事的叙述见长，而是以刻画人物心理的细致入微而感动读者。浓郁的乡土情感渗透在对人物心灵世界的阐释中，民本的基本立场、变革的历史要求与传奇的情感模式，都以对乡村青年的婚恋为核心，铺展出风俗画一样的情节，而历史变动中的精神躁动更是其中最着力的笔触。他获奖的两个短篇，都是以乡村女性的内心惶惑，来表现错动历史对乡土社会的冲击，现实主义的创作手法由此而得到了深化，他的作品因此具有在历史转折时期，乡土人生心灵备忘录的特殊性质。

古华，原名罗鸿玉，1942年生于湖南省嘉禾县石桥镇二象村。1961年冬结业于郴州农业专科学校。历任农业工人和农村技术员，在五岭山区一小镇旁生活了14年，劳动、求知、求食，并身不由己地被卷进各种各样的运动洪流里，坚持自学并业余写作。1962年发表第一篇短篇小说《杏妹》，此后十余年间陆续写了一些中短篇小说，大多塑造了乡村社会主义新人，顺应十七年的文学主流。1975年秋，入郴州歌舞团任创作员。1985年当选为中国作协理事、湖南省作协副主席。现旅居加拿大。著有长篇小说《山川呼啸》（1976）、《芙蓉镇》（1981），短篇小说集《爬满青藤的木屋》（1983）、《金叶木莲》（1983）、《礼俗》（1983）、《姐姐寨》（1984）等。其中《芙蓉镇》获首届茅盾文学奖，《爬满青藤的木屋》获1981年全国优秀短篇小说奖。

古华的家乡嘉禾是著名的民歌之乡，那些饱含着痛苦、忧伤、欢乐和憧憬的民歌，给了古华最初的艺术熏陶。寒暑沧桑交替的自然景致，偏远古老的山区小镇，苍莽林区的日常生活，淳朴的民风，石板街、吊脚楼一类独特的建筑，红白喜庆的仪式，以及鸡鸣犬吠的民间生活场景，构成了古华对世界最初的印象与深厚的创作基础，形成他小说独特的民俗风韵，也是他作为新乡土小说家最为显著的特征，而且具有生态学的广阔视野。古华阅读兴趣广泛，中外古今，文野雅俗，文史哲均在涉猎之中，影响了他世界观的构型，其中苏俄文学的影响是一个明显源头。与农民长期的共同生活，养育了他深入血脉的乡土情感，对于农民命运的关注是他和所有乡土作家共同的心理基础，而对于极"左"思潮的批判则是他格外犀利的思想触角。特别是1978年以后，随着历史的转折，对乡村的当代历史生活有了新的深刻认识，艺术上也找到了自己的路子。对于乡村权力结构的剖析、对于新生邪恶势力的愤怒、对民族前途的探寻，都借助特定的人物关系的伦理兴衰表达出来。《芙蓉镇》中小镇上的劳动妇女胡玉音，靠劳动致富而备受造反起家的李国香和运动根子王秋赦的迫害，浓缩了中国当代政治历史的所有症结。而《爬满青藤的木屋》中的王木通则是愚昧、野蛮的保守势力的代表。这些残暴、落后、阴暗的历史力量，戕害着人民的健康情感，也毁灭着民族的家园——自然的生态和精神的生态。在劫难之后的复苏中，寻找成为他小说情节的潜在结构，或者是一种濒于灭绝的物种（如《金叶木莲》），或者是一首失传的民歌等。其中蕴含文化再造的期望，由此延续起沈从文的文学精神。而希望之所在，也和所有当代的乡土作家一样，寄托在青年知识者身上，《芙蓉镇》中的右派秦书田、《爬满青藤的木屋》中的知青"一把手"李幸福，都体现着他的寻找。

  古华小说的艺术实践中，通体象征的运用常常以人物的身体为中心推动叙事的发展。《芙蓉镇》中的芙蓉仙子胡玉音的丈夫、普通农民黎青青患有不孕症，而她和秦书田的非法爱情则因怀孕暴露，这个基本的情节可以追溯到苏联作家格里高利·叶菲莫维奇·拉斯普京《活着，但是要记住》，寓意则要丰富得多。全然属于乡村传统的合法丈夫没有创造生命的能力，而属于现代文明知识体系、有创造生命能力的爱人则不合法，这和一系列的平反冤假错案、对知识分子重新评价的历史转机，具有隐喻性的对位关系。同时也隐含犹疑，《爬满青藤的木屋》中的李幸福只有一只手，和《芙蓉镇》结尾处对于工业污染的描写相呼应，透露出对全民现代化狂热的质疑，环境意识是他作为当代乡土小说家的新锐之处。芙蓉仙子胡玉音和盘青青（《爬满青藤的木屋》的女主人公）这些美丽又历尽苦难的乡土女性，就不仅是社会学意义上的典型，而且与情节层面的寻找结构相适应，如鲍里

斯·列奥多维奇·帕斯捷尔纳克的《日瓦戈医生》中的娜娜一样，是中华母亲文化精神的象征。沈从文的忧患一直流淌到这个湖南农民儿子的血液中，文化恋母的情结置换在小说的人物关系里，超越了历史理性的强硬逻辑，释放出浓浓的乡愁，文体因此而具有寓言的性质。

周克芹的乡土心灵备忘录与古华文化恋母的寓言，都使他们超越了赵树理和柳青那一代乡土作家，开启了后来者更为澎湃的乡土情感的诗性书写。

二　贾平凹、韩少功与寻根文学

1982年，贾平凹发表了《卧虎说》，表达了对茂陵霍去病墓前卧虎石雕的激赏，借此宣告自己的艺术理想：其一，是对汉唐恢宏文化精神的崇拜；其二，是对古典美学理想的感悟，"重精神、重整体、重气韵，具体而单一，抽象而丰富"，从此确立了自己的文学方向。呼应着汪曾祺回归传统的呼唤，一代人文化寻根之旅由此开始。其实，这也是社会性的文化思潮，域外新儒学的迅速传播，民间社会对家族制度的重新修复，学术界的文化史研究的趋向，美术界以袁运生与陈丹青为代表从内容到形式对生命价值的重新发现与寻找，都是文学寻根运动的整体背景。

1985年是中国小说的革命年，文学寻根运动也正式拉开了帷幕，一系列的文章刊载在重要的刊物上：韩少功的《文学的根》、阿城的《文化制约着人类》、李杭育的《理一理我们的根》等，一个共同的趋向都是基于对狭小窒息的当代文化的精神反抗，回身反顾，寻找失落的绚烂文明，也寻找文学创作的深厚土壤。这一批作家都属于知青这一文化种群，回城之后的尴尬处境与精神的失落，特别是历史急剧的转折，都使他们的生存与创作面临危机，需要新的精神依托，经历过文化断裂的浩劫之后，重新建立与传统的合理联系。另一个因素，是在此之前的几年，拉美20世纪60年代文学爆炸中的大批作品被介绍过来，其中获诺贝尔文学奖、哥伦比亚作家加西亚·马尔克斯的《百年孤独》，于1984年同时由北京十月文艺出版社与上海译文出版社翻译出版，带给中国文坛大规模的震动。首先帮助中国作家克服了民族的自卑感，发现政治经济不发达的国度也可以产生使整个世界为之震动的伟大作品，从对欧美发达国家文学的崇拜中冷静下来；其次则是拉美文学激活了中国青年作家的乡土经验，发现小说也可以这样写，带动了文学观念乃至小说文体的革命，把中国文学彻底从俄苏文学的魔咒中解放了出来。1985年，《西藏文学》推出了"魔幻现实主义"专号，是最显豁的标志。从内容到形式，文学寻根都是一场浪漫主义的运动，是中国人的民族集体无意识对全球化浪潮的本能反抗。

寻根文学以大批优秀作品显示了创作的实绩。在理论宣言之前，这批作家其实都已经在文坛崭露头角，不少作品荣获全国中短篇奖，因此获取了话语权。1983年，贾平凹发表《商州初录》，1984年发表第一部小长篇《商州》，以自己的故乡为基地，凝视和抒发对传统的理解；阿城此前已经发表了使整个文坛瞠目结舌的《棋王》，继而发表《树王》和《孩子王》，以及以"遍地风流"为总题的一批采风式笔记体小短篇，借助发现民间社会普通人的英雄主义抒发自己对于历史、自然与文化的整体感悟，建立起自己和传统的独特联系，完成了文化认同的自我确立。郑万隆的《异乡异闻录》陆续发表，以东北山林中的移民生活为载体，寄托对先民传统的敬意，大有"礼失求助于野"的文化心理需求。李杭育以《最后一个渔佬》等作品名世，"葛川江系列"基本搭建完成。何立伟的《白色鸟》《一夕三逝》，张炜的

《一潭清水》，矫健的《老霜的苦闷》《老人仓》，都引起了读者和批评界的激赏。还有鄂温克族作家乌热尔图的《七岔角公鹿》等以鄂温克族逐渐消逝的森林狩猎生活为题材的小说，连续获得全国优秀小说奖，以抗拒遗忘的写作姿态，借助萨满教原始的自然观抵抗现代化进程对自然的野蛮掠夺、对环境的破坏，特别是对山林民族的情感戕害。张承志则以《黑骏马》等一批表现草原民族生活的作品，回应现代派的文学潮流，表达对西亚地区各民族精神情感的理解与认同。总而言之，都是对文化失范的抵抗。

呼应寻根文学的宣言，不少作家的创作发生逆转。韩少功迅速写出了《爸爸爸》《女女女》《归去来》和《蓝盖子》等一系列作品，后以"诱惑"为题结集出版。1985年，王安忆发表了《小鲍庄》，以寓言的形式表现自己对民族历史生存的结构性认知。莫言的《透明的红萝卜》和一批短篇小说发表，高密东北乡的界石由此奠基。藏族作家扎西达瓦一改写作风格，在藏民族的生活转变中发现不变的信仰诉求，发表了《系在皮带扣上的魂》和《西藏，隐秘的岁月》。另一个藏族作家阿来则从诗歌创作，转向以藏民族的传统生活与历史命运为内容的小说写作，发表了《旧年的血迹》等一系列作品。其后，李锐以吕梁山为背景的《厚土》系列，源源不断发表的作品，都是寻根文学的产物。1986年，作家出版社推出的第一辑"文学新星丛书"七种，一多半是寻根作家：阿城、莫言、何立伟和阿来。张辛欣从自我体验的内心独白式写作，到对当代都市人生活的纪实性故事写作的极端转向，总标题是具有特定历史文化关联域的"北京人"，其中的象征、讽喻与无言的喟叹，也是寻根思潮的精神折射。铁凝从书写青春故事与伦理主题，转向生殖主题的深层生命抒情，是借助乳房一样的麦秸垛的意象，整合出蒙昧的生殖气氛。他们几乎分割了中华文化的所有版图，整体上构成一个时代民族精神所有内在的挣扎、迷惘、抗争、憧憬与灿烂的绽放。

而且这股思潮至今方兴未艾，随着当年的青年作家进入壮年，文体以中短篇发展为鸿篇巨制，比如矫健的《河魂》、张炜的《古船》和《九月寓言》等一系列总题为"你在高原"的长篇、莫言由《红高粱家族》开始的十来个长篇小说、阿来的《尘埃落定》与《空山》等。还有文体的变革，比如李锐长篇一改中短篇的叙事风格。

作为这股思潮的最初实践者，贾平凹的创作带有贯穿始终的文学史意义。他1952年出生于陕西省丹凤县棣花村一个乡村知识分子家庭，1967年初中毕业后，一度在家务农。1972年入西北大学中文系，毕业后分配到陕西人民出版社任文艺编辑，1980年调到西安市文联，任《长安》文学月刊编辑。1973年在陕西《群众艺术》发表第一篇作品《一双袜子》，开始对平凡人生的叙事。著有长篇小说《浮躁》《废都》《秦腔》《古炉》等十余部，中篇小说《小月前本》《鸡窝洼人家》《腊月·正月》《黑氏》等数十部和大量短篇小说，《贾平凹全集》二十余卷，获国内外多种重要文学奖项。

他早期作品大多写平凡人物的田园爱情，明显受到孙犁一代的革命乡土文学传统的影响，风格清新醇厚。中年开始关注社会历史与农民的命运，特别是乡村妇女的命运，并尝试各种外来的现代小说形式技巧，第一部小长篇《商州》明显受到马里奥·加尔巴斯·略萨结构现实主义的影响。此后，在回归中国古典美学传统的同时，也以中国古典哲学的生命意识完成文化认同的自我确立，自觉地对抗西方科学主义与技术主义的世界观与人生观（《浮躁》是集中的表达），逐渐在明清小说中寻找到叙事范式（《废都》是典型）。他回归自然母体的基本写作冲动，外化在对乡村家族制度的凝视，以多部作品完整地记录了现代化潮流中溃败的过程（以《秦腔》最集中），以及农民作为一个最大的文化种群命运的变迁，由乡土开始写到流落城市的农民工，与他们休戚与共地歌哭，晚近又回望早年的乡土生涯，寓言式地借助一个村庄的历史表现整个民族的历史命运和文化性格，风格也逐渐老道浑厚，语言在质朴中蕴含灵动，实践着《卧虎说》中的美学理念。

寻根文学另一个领军人物韩少功，则是知青出身。他1953年出生于湖南长沙，1968年初中毕业之后，赴湖南省汨罗县插队务农，1982年毕业于湖南师范大学中文系，后任编辑等职，1988年迁调海南省。1974年开始文学写作，著有长篇小说《马桥词典》《报告政府》，中篇小说《风吹唢呐声》《爸爸爸》等多部，短篇小说《西望茅草地》等多部，另有米兰·昆德拉《生命中不能承受之轻》译著等，《韩少功文集》（十卷）获得国内外多种文学奖项。

韩少功承袭了中国现代知识分子的忧患意识，始终关注民族命运、民生的问题与民族精神的发展，人道主义的基本准则贯穿他的全部创作。他的寻根意识通过凝视乡土社会来解读民族文化心理的遗传密码，把历史的反思带入久远的古代及至在当代的转型。他在《文学的根》中，悲愤地感叹"绚丽的楚文化到哪里去了？"他和那些希望重建与传统联系的同时代人不同，寻找失落文明的努力以末世的孤愤回应历来思想者的质疑精神，而在叙事范式上则继承楚文化神话般的艺术形式，转换在文化寓言式的写作中。"我们有民族的自我"，"我们的责任是释放现代的热能，来重铸和镀亮这种自我"。

《爸爸爸》以一个山寨的文化结构与命运，来转喻民族文化的宿命与精神困境，从生殖、巫术信仰到历史宗教的整体，都与人类的现代文化进程脱节，除了接受器物的细节与礼仪形式和话语方式的转换，几乎没有精神的创造能力，只能以混合着宗教（祖先崇拜）和艺术（简）的历史记忆来自我巩固，解构是他基本的方法。一直到《马桥词典》，以一个一个词语连缀起来的生命故事，呈现的是在主流意识形态之下，人性的种种丑恶与生存的各种苦难，以及适应这苦难生存的种种邪恶智慧，古老的意识形态比现代的所有话语体系都更加强有力地控制着村民们的思维。《归去来》以意识错乱式的叙事结构，表现群体话语的暴力对自我的绞杀，借助主人公之口，他无奈而悲愤地呼喊："妈妈，我累了，永远走不出那个巨大的自我。"以寓言的方式，转喻出人类寻找自我的徒劳，真实的自我消解在语言的牢笼中。《女女女》则是对于传统与现代两种文明中女性处境与极端文化角色的对比，表达自己无所认同的尴尬。因为不能生殖的文化心理压力而一味善良、终成"人鱼"的幺姑，与全无规范约束、自觉放弃生育权利的老黑之间，存在生命伦理的永恒疑难，生殖的主题反复出现在他的作品中，有着更深层次的忧患，人作为一个物种的原始悲哀与民族文化制度的畸形，和对民族精神出路的探寻异曲同工，都是无奈的审视，用诗一样的语言呼唤质朴的生命创造，"远古一次伟大的射精，一次划开天地的临盆惨叫"，来反抗所有荒谬的文化制度对基本的生命伦理的压抑与覆盖。其他的多数篇章，也都以存在的现实困境，探讨人类精神的种种问题。

韩少功小说的语言意识植根在哲学意识之中，因此有着超越故事本身的本体意味，叙事语言带有元语言的功能，不断地描述解构着各种方言俚语的文化符码，而抒情的本性则常常压抑不住地喷涌出来，早期语言多书面语的精致与工整，而开始寻根之后，则趋于简洁质朴，诗的精神更多地体现为方言口语中渗透着楚音的文化韵味。他的种种努力，从文学精神、心理情感、小说文体到语言形式，都为20世纪80年代小说艺术的嬗变，做出了自己杰出而独特的贡献。

三 汪曾祺、张承志与史铁生的小说创作

在20世纪80年代的文学转型中,汪曾祺、张承志与史铁生的小说创作有着特殊的意义。他们都出生或长期生活在政治文化的中心北京,感受着世界文化的八面来风。张承志和史铁生还都在"文革"前接受了精英教育,是北京历史悠久的名校、红卫兵运动发源地清华附中的毕业生,受到良好的文化教育,青春期的浪漫情愫适逢历史动乱的契机,满怀政治理想地投身于上山下乡运动,以不同的方式回到被历史"陌生化"了的故乡城市。他们随着文化主潮的颠簸与命运的巨大转折,都经历了精神的危机,并最终获得精神重构的愉悦,以宗教为媒介找到了精神的家园——真诚的信仰。他们为中国小说乃至中国文学开辟出新的精神维度的同时,也创作了独特的个人风格,对小说的文体提供了革命性的贡献。

(一) 汪曾祺的小说创作

1980年10月,《北京文艺》改版为《北京文学》,首期为小说专号,其中有一篇名为《受戒》的短篇小说,引起了读者意外的惊喜,如横空出世、石破天惊一般,刷新了当代读者的阅读视野,也使批评界感到无从置喙的尴尬。这位小说家像出土文物一样,引起青年作家的惊讶,原来小说也可以这样写。《受戒》的作者就是汪曾祺。此后他以故乡旧日生活为素材的创作源源不断,其中《大淖记事》获1981年全国优秀短篇小说奖。

汪曾祺(1920—1997)出生于江苏高邮一个具有维新倾向的儒商

地主之家，1943年肄业于西南联大中文系。从事过中学教师、博物馆馆员、文学编辑、戏剧编剧等职业。1958年被错划为"右派"，下放张家口沙岭子劳动四年，"文革"中参与"样板戏"《沙家浜》等的创作。出版小说集《邂逅集》《羊舍的夜晚》《晚饭花集》《汪曾祺文集》（五卷）、《汪曾祺全集》（八卷）等。

高邮因秦代驿站邮亭而得名，地处大运河之畔，交通便利、历史悠久、人文荟萃，历来能得风气之先，是训诂大师王念孙、王引之父子，婉约派词宗秦少游，北曲之冠王盘等的故里，苏东坡、施耐庵、王世贞等都留下有关诗文；而且民间艺术发达，风气开放。这样的乡学传统，自幼熏陶了汪曾祺的文化性格。加上汪氏一族祖上源自桐城派的故乡安徽，对古典诗文传统情有独钟，父辈又都顺利地接受了转型后的现代体制的学校教育，家学渊源奠定了他兼容古今的文化基础。他四岁就进入县立幼稚园，一开始受的就是五四以后的新式教育。在西南联大期间，又师从沈从文等现代文学大师，深受五四精神濡染，同时接受了最前卫的西方意识流等感觉主义的文艺思潮，形成了独特的艺术观。这些思想艺术的源流，汇聚为文学的创造精神，经历了近四十年的埋没与压抑，在思想解放的时代如泉喷涌，成为文化史上的绝唱。他以作品引起文坛震惊的同时，也以自己"回到现实主义，回到民族传统"的理论宣言，在外来文化与文学冲击下，为飘摇躁动的汉语写作输入定力。

《受戒》结尾注明"记四十三年前的一个梦"，时间的刻度在日军侵入高邮的前夜，地域性的题材因此而带有了乡土乃至民族集体记忆的历史乡愁性质。田园诗一样的风俗画，是整个民族遭受外来暴力之前伊甸园式的原始风景，而两个纯真少年的朦胧恋情，则是汪曾祺恋乡情结的艺术替代，小英子无疑具有象征的意义，像牧歌一样带有诗性的神圣，汪曾祺由此接续起沈从文开创的文学传统。而《异秉》

《三姊娌》等一些对旧日人物带有揶揄性描写的作品，则接续起鲁迅国民性批判的主题。《故里三陈》《故乡人》等作品中，大量风俗场景细节的渲染；《鸡鸭名家》《戴车匠》《艺术家》《落魄》《三姐妹出嫁》等以文化遗民一样的能工巧匠们为主人公的作品，则是对消逝了的传统文化记忆的艺术强化。以象征性的隐喻结构完成历史的叙事，以浮世绘一样的整体风格还原消逝了的时间，更是所有现代文学史上抒情大师们共同的艺术追求，由此接续起诗化小说的传统。汪曾祺大量改写了民间故事，比如高邮民间故事《鹿井丹泉》，对《聊斋志异》中故事的改写，更是在拉美魔幻现实主义小说的启发下，对志怪叙事传统的重新发现与为我所用的艺术改良，这些鲁迅故事新编式的改写，寄寓着他以人道主义反封建礼教的一贯思想，也以自己的方式，和起自晋代干宝《搜神记》的志怪叙事传统重新建立起联系。这个传统的源头还可以上溯到远古的神话，是最古老的叙事样式之一。

汪曾祺的小说中还有一些人物是他内心深处真实自我的寄托，比如《老鲁》中的老鲁、《徙》中邑中名士谈甓渔、《鉴赏家》中的大画家季匋民、《名士与狐仙》中的杨渔隐等，都体现着老庄哲学的精神风貌，晚年更是坦言自陈对老庄的心仪。哲学世界观的背景中，也体现着一个久远的叙事传统，即南朝刘义庆《世说新语》所开创的品藻人物的志人传统。其中，这个传统从他复出之始就置换出不同的内容。1979 年，他发表《塞上人物记》，是最初的实践，风流名士被民间奇人所取代，和他早年笔下意识流动中的能工巧匠们如出一辙，只是文体形式返璞归真了。

至于儒家的诗教传统，更是他复出以后文学观念（包括小说观念）的核心，一再强调作品"要有益于世道人心"，尽管在创作手法上，常常犹疑于现实主义与现代主义之间，但是对文学乃至小说的教化功能却没有动摇，孟子所谓"修辞立其诚"，是他所遵循的基本准则。这是京派文人共同的特点，蔡元培"以美育代宗教"的主张是一次现代转型，而汪曾祺则有着转身回归的倾向，是京派传统直截了当地返祖归宗。出于这样的文学理念，他的作品中出现了不少体现着儒家精神的传统知识分子，比如《故乡人》中的王淡人、《徙》中的高北溟等。他不仅在思想上认同儒家，而且在世俗生活场景中发现儒家现世的伦理精神之美，一直推演到小说文体的层面。他认为，《论语》中叙述的孔子是一个很可爱的人，许多段落具备了小说的基本要素：人物、故事与对话。

不仅是在主题思想方面，而且在小说文体方面，他也试图建立与多个传统的联系。在早年的选择试验中，东西方各种小说的文体，特别是短篇小说的文体，广泛进入了他的视野。俄罗斯的契诃夫、英国的伍尔芙、西班牙的阿左林都是他心仪的小说家，而这些小说家又都以文体的舒卷自如，适应着他对中国叙事传统的个人化选择。最早发表的象征主义小说，题记为"一个写给孩子看的故事"，以仇雠和解为主题，曲折地表达自己对党派政治与种族仇恨的见解，寺庙与和尚的内容更使佛教"冤亲平等"的观点形象化，而改写时题记则改为庄子的话"复仇者不折镆干，虽有忮心，不怨飘瓦"。他使隐蔽的寓言文体，从象征主义的诗体中呈现出来，庄子寓言是一个更直接的文体源头。而且诗的意念也返璞归真，他一再引用高尔基的话，"民俗是一个民族集体创作的抒情诗"，在原始风景一般的风俗画中，表现民族集体的心灵世界，彻底打破了十七年庸俗社会学影响之下，以典型人物为中心，以具体事件叙述情节冲突的故事范式，因此也常常被归入散文化小说的范畴。

汪曾祺一生致力于小说文体的探索，并且以文体家自况，追求创造"不今不古，不中不西"的文体。仔细考察他的小说文体，则是"亦今亦古，亦中亦西"，其实还是古典叙事文学的传统起着骨干作用，只是与外来的文体混融了血肉。他的小说几乎兼备了中国古代所有叙事文学的样式，作为专门叙述英雄故事的"传"，他有《骑兵列传》；《大淖记事》是典型的传奇，相对于升华了的"梦"，历来是男女情爱的专有文体；《受戒》则是典型的"梦"，一如"临川四梦"《红楼梦》，其中的抒情性则是现代抒情小说的艺术基因。志人志怪则如上文所论述，是他小说中大量运用的文体。甚至连历史演义也偶尔出现，如取材于扬州八怪之一的《金冬心》、计划中的小长篇《汉武帝》。神话、寓言、民间故事、方志等形式要素，都是他小说文体所大量采用的。而他最心仪的文体是笔记，越近晚年，越是挥洒自如。大量三篇一组的小短篇、并列词组题名的作品，以及以人物命名的（如《祁茂顺》）、系列小说（如《当代野人系列》）等，几乎都是典型的笔记体小说。此外，古代的其他文体也经常直接或间接地化入他小说的文体形式，例如，古代专为墓志铭等备用的传状文，体现为他小说人物塑造的基本手法，以一两件事情便勾勒出人物的精神风貌，以《云致秋行状》最典型；哀祭文也是他经常化用的文体，比如《徙》《钓鱼巷》等。至于诗歌、骈文、论说、杂记等，也自然地渗透在他的小说文体形式中。正因为如此，他的小说和散文之间几乎难以划分边界，体现着他"个体兼备，又自成一家"的艺术追求。

京派文学诗教传统派生出来的第二个传统则是美文的传统，集中体现在对于语言的高度重视。汪曾祺的小说语言淳朴自然而又富于变化，根据内容的需要而调整语体风格。总的来说，他的小说语言简约：很少用长句子；透明：高度地感觉化；具体形象：很少用抽象的词汇；自然：句式富于变化。汪曾祺对语言的运用深植于他对汉语的整体领悟中，他多次论述汉语的特征，比如形象性、整体性、节奏性、流动性以及音韵的特点等，同时又以感觉为中心，强调小说语言的独特性，比如，他认为小说中人物的对话和叙述语言的关系，应该像果子生长在枝叶中一样自然。他曾谈到早年沈从文先生对他小说习作人物对话的批评：那是在说话吗？那是两个聪明的脑壳在打架；他分析契诃夫小说语言的例子：菌子没有了，而菌子的气味还飘在空气中，都可见他对小说语言的高度自觉。

从内容到形式、从文体到语言，汪曾祺的小说以各种方式，建立起与多个文化与艺术传统的联系，回应着 20 世纪的文化思潮，为这个文体的现代转型与发展做出了杰出的贡献。他因此而成为承前启后的一代宗师，开启了寻根文学的先河。

（二）张承志的小说创作

张承志原籍山东济南，1948 年生于北京一个回族革命干部的家庭。1967 年高中毕业后，到内蒙古牧区插队。1975 年毕业于北京大学考古学系，1981 年毕业于中国社科院研究生院民族历史语言系，获历史学硕士。曾任职于中国历史博物馆、中国社科院民族研究所、海军政治部创作室、日本爱知大学等。1978 年开始发表小说，著有长篇小说《金牧场》《心灵史》，短篇小说集《老桥》，中篇小说《黑骏马》《北方的河》《奔驰的美神》《黄泥小屋》等，作品多次获得全国重要奖项。

张承志在 1978 年发表的短篇小说《骑手为什么歌唱母亲》中写道："母亲——人民，这是我们生命的永恒主题。"作为他的文学宣言，这个主题一以贯之地在他三十多年的文学活动中反复变奏，从政治迫害的写实到宗教迫害的历史追寻，以及由此导致的民族心理创伤，外化在他小说世界残破的家庭与血腥杀戮的场景中，西北各民族底层大众坚韧的生存与神圣的精神信仰，浮雕一样凸显在雄壮的冰山、苍凉的草原、雄浑的江河与风沙弥漫的黄土高原，抒发出苍凉而豪壮的历史情绪，历史的伦理质疑、情感的归属与精神的认同，都借助小说中独特的生命故事演绎出来，灌注其中的是对命运的亘古抵抗和对精神价值的永恒守望。

作为革命之子，这样的主题来自张承志从家庭到学校的基本教育背景，20世纪的左翼思潮是思想罗盘的主要指针，切·格瓦拉是精神抵抗最醒目的旗帜，他是20世纪60年代左翼学生运动中最显赫的组织"红卫兵"的命名者，而且始终和世界左翼知识分子息息相通。这使他和同时代人都有国际化的视野，自觉不自觉地回应着世界性的政治与文化思潮，他的边缘民族的底层写作，在有限的具体形象中便浓缩了丰富的泛文本历史内容，浮出水面的冰山一角以共时性的语言结构，置换出广大悠久的历时性心灵内容。宗教领袖的形象是文化记忆的密码，解读是在一个被世俗化覆盖的时代，孤独而顽强的自我巩固。张承志的小说无疑是沙漠一样沉默着的广大世界中，骤然喷涌出来的泉水，代表着无数个重复祈祷着的简单声音执着地言说，因此而具有了诗歌的品格，而且是史诗一样结构简单的诗句，但是装饰了精美的西亚式风格的词语。

张承志最早的艺术源泉也和这样的教育背景密切相关，是苏联文学中的边缘民族作家的创作激活了他的艺术灵感，艾赫玛托夫是一个显著的源头，对于淳朴人性与自然神话一样的诗性叙事，以简洁而流动的象征性语言营造画面，都影响到他最初的现代派尝试，《黑骏马》和《查密莉亚》之间可以找到明显的艺术传承痕迹，蒙古族民歌长调则为故事的叙事提供了基本的框架，叙事的简约与诗性的抒情则因此而融入了起伏跌宕的旋律感中。他最初呈现现代派小说创作实绩的三个短篇《绿叶》《老桥》和《大阪》，都是以诗情淳朴与宁静回应着艾赫玛托夫的心灵呼唤。第一个不算成功的长篇《金牧场》，则明显地受到拉美文学大师略萨被称为结构现实主义的影响，通过不同场景中的记忆切换还原，以金牧场的总体意象强化一代人的精神追求。只有他获得宗教信仰的皈依之后，他才真正返璞归真。《心灵史》重归史传文学的古老传统，而且有着从圣经到《古兰经》共同的质朴简约的箴言式叙事风格，只是结尾处按捺不住，重归早年夸张的自我独白。

和这一代所有杰出的知青作家一样，张承志具有高度的语言自觉，而且以书面文学语言的精确运用而完成自己的风格。这和他青少年时代的精英教育有直接关系，现代汉语规范化的运动是他成长时代重要的文化史事件，他语文教育的起点就是处在这个事件的开端。一方面锻炼了他的文字规范，另一方面也规定了他没有母语的写作处境。而且他很少像其他知青作家那样，对方言有特殊的兴趣，经常以标准的普通书面语解释方言，表达自己对民间社会发现与认识的惊奇。文字的音位功能在他的作品中被推向了极致，单纯的抽象、干净利索而又质朴的形象，留给人联想的丰富空间，而语义的关联域则因此而超越了书面文学语言的结构，具有广大的覆盖性。这和他热衷北方民族语言的学习有关，也和他热衷于绘画有关，前者锻炼了他对文字的敏感，后者培养了他对形象、色彩和构图的熟练把握，特别是一度对凡·高的酷爱（《金牧场》的封面用的就是凡·高的名画《播种者》），感觉主义的主观性、整体性，都影响到他的艺术构思与修辞习惯。而且这样的语言风格适应了他超越世俗的诗性理想，也适应了他皈依宗教之后的追求——"清洁的精神"。

张承志在一路寻找精神伊甸园的孤独长旅中，留下了一串扎实的脚印，在打开文学的信仰之维的同时，也创造了现代标准语文写作的诗性文体，为中国小说的文体提供了新的类型。

（三）史铁生的小说创作

史铁生1951年生于北京，原籍河北省涿县。1969年赴延安插队，1972年双腿瘫痪回到北京。1974年始在街道工厂做工，七年后因病

情加重回家疗养，2001年病逝。他1979年开始发表文学作品，著有长篇小说《务虚笔记》《我的丁一之旅》，短篇小说《我的遥远的清平湾》等，荣获国内外多种重要文学奖项。

青春年华而遭身体瘫痪的沉重打击，这对史铁生的文学创作具有决定性的影响。他的活动范围有限，经验世界也有限，取材范围只能限于自己早年的经历与身边的人事，但是可以有比别人更充裕的时间读书思考。这使他的小说创作带有冥想和哲思的显著特征，而他所思考的又是生命价值，以及信仰与生存的关系等形而上的时代命题。20世纪西方的哲学美学是他主要的思想资源，从罗素到存在主义哲学、从高尔基到形式主义文论，都对他的创作产生极大的影响。他近乎狂热地参与了新时期所有文学话题的争论、参与了民族与世界历史转型期的文化再造，并且留下一系列睿智的作品。

质询历史的伦理是他创作的起点，在浩劫之后全民的感伤主义思潮中，他最早引起文坛关注的短篇小说《法学教授和他的夫人》，就是追寻造成灾难的原因，中篇小说《关于詹牧师的报告文学》则是以犀利的解构颠覆虚妄的意识形态信仰，其出发点也是生命伦理的基本法则。在20世纪八九十年代之交，一系列重大国内国际历史转折带来的巨大精神困境中，他发表了中篇小说《钟声》，表达了自己对真诚信仰的祈祷，也完成了自己的精神建构，基督教是主要的媒介。他的两部长篇小说都是对人生价值的伦理质疑，延续着中短篇小说对生命意义的思考，出发点都是两性真诚的情爱、永恒的生命价值。此外，人生与人性、生和死的问题一开始就困扰着他，疾病的折磨使他多次萌生自杀的念头，都是在亲友的温爱中振作起生的勇气，写作是他抗拒死神诱惑的主要方式，在成功地克服了自己精神危机的同时，也解决了一个时代人们普遍遭遇的问题。此外，时间的问题、主体与客体的关系问题等，也是他思考的内容，而且以完美的表达呈现在他的小说世界中。这使他开启了先锋写作的源头,获得了大量的读者,具有精神旗帜一样的影响力,大大超过他为数不算多的作品。

出于这样的思维向度,史铁生的小说不是以人物形象为中心,而是赋予形象以哲理的诗思,彻底摆脱了当代文学以"典型环境中的典型人物"为终极目的的庸俗社会学圭臬,他有些作品中的人物干脆以字母命名,有着卡夫卡《城堡》式高度抽象的整合意味。他也摆脱了数千年的教化传统,在回应时代文化思潮的同时,和更广大的人类息息相通。正是这一点,使他为中国小说提供了一个从未有过的沉思冥想的哲理化类型。尽管其中也勾连着多个叙事传统,比如京派文学的美文传统、五四以后的抒情传统、梁启超一代人开始的启蒙传统和古典文学的诗文传统等,但主要是西方现代欧美的美学与文学东移之后的结晶。

史铁生的小说数量不多,但是文体绝不重复,每一篇都是一个独一无二的语言结构。但是大致可以分为两大类型——故事与寓言。大量写实意味浓郁的小说大多冠以故事的题目,比如《插队的故事》等,而承载他哲思的作品则多数是寓言,比如《毒药》《命若琴弦》等。而且两大类文体,承担着不同的表义功能,故事多用于解构,寓言则多用于建构。在具体的文体中,渗透着神话、童谣、抒情诗、传记、笔记、电影、风俗画、话剧等多种叙事元素,服务于编码的需要。而且意象纷呈,以不同的叙事方式表现为单纯的丰富,整体构成饱满的叙事画面。他的小说虽然以哲思为主题,却绝无西方同类小说的思辨铺陈,以形象之间的关联建立起容纳伦理意义的思维模式,而且文气贯通,使所有的意象都和谐地融合在浓浓淡淡、如烟如雾的情绪氛围中。史铁生是一个具有高度语言自觉的作家,他曾多次谈到语言问题。20世纪初,俄国形式主义文论的影响是显著的,如关于陌生化、关于"语言的整体结构"、关于"形式即内容"等。语言在他的意识中是作品结构的整体、是思维方式的显现，带有本体论的特色。他对于书面语的运用准确而又富于弹性，是主要的叙事语言。人物对话则会出现方言，方言也是书面语解构的对象，适应着叙事语言的元语言功能，和形象一起承担起主题演绎的功能。

史铁生以病残之躯，经过四十年的精神跋涉，发现了平淡而至福的精神乐土，为世纪之交所有迷惘的灵魂提供了皈依的可能，也为中国当代小说文体的革命，提供了独创性的经验与成果。

四　先锋派小说与新写实小说的创作

先锋文学和"新写实小说"都是在城市改革全面铺开之后，涌现出来的文学现象，时间刻度当在1986年前后，是中国小说观念哗变的两个截然不同的美学向度。但是对当代中国小说社会主义（或革命现实主义与革命浪漫主义相结合）现实主义的颠覆，对欧美古典现实主义的反叛，却是一脉相通的。这些作家告别了浪漫主义的寻根运动，不再试图寻找通往传统的精神隧道，他们从自己的生存体验出发，寻找完全属于自己的言说方式。而且他们大多出生在20世纪50年代的中后期，最年长的出生于1953年（如马原、残雪），最年轻的则是1960年后生人（如格非等），适逢"文革"的动荡与经济大潮的冲击，属于在文化裂谷中成长起来的一代人。他们有着截然不同于前几代作家的生活阅历、文化构成和文学观念，接受能力最强的年龄适逢外来文化的迅猛冲击，拥有了选择的自由，很容易告别少年时代僵硬的文学观念，加上整个文坛从内容到形式都处于创新求变的整体氛围中，很快得到批评界的集体命名。

先锋派小说亦称实验小说，是 20 世纪 80 年代中期在"现代派"讨论的文化氛围中破土而出，并且逐渐形成阵容。1984 年，马原发表了中篇小说《冈底斯的诱惑》，两个内在的自我——具有科学理性认知冲动的自我和充满牧歌情调的抒情自我，外化为小说的两个主人公，呈现出叙事生成的心理动机与功能，立即引起批评家的激赏，以"叙事的圈套"概括他对于小说真实性理念的颠覆。次年，残雪也以无聊而无奈的生存本相来呈现被囚禁的灵魂痉挛，引起文坛的震惊。随之而来的是洪峰、余华、苏童、格非、孙甘露、北村、吕新、皮皮等一大批作家，也有论者把莫言归入先锋派。他们都是以自我为中心的形式探索，以决绝的姿态告别了 20 世纪 80 年代初的所有理论观念，文体的自觉表现为充分个性化的叙事方式，用以表达自己对世界、人生与人性的思考。

马原，1953 年出生于辽宁锦州，当过农民、钳工，现为同济大学教授。1982 年辽宁大学中文系毕业后进西藏，任记者、编辑，同年开始发表作品。著有长篇小说《上下都很平坦》《牛鬼蛇神》，中篇小说《冈底斯的诱惑》等，短篇小说《错误》等。

残雪原名邓小华，祖籍湖南耒阳，1953 年 5 月 30 日生于长沙。她小学毕业后因"文革"失学在家。1970 年起，当各工种的工人、赤脚医生，开过裁缝店。1985 年开始发表作品，著有中篇小说《黄泥街》《思想汇报》等，短篇小说《山上的小屋》《公牛》等。

洪峰本姓赵，1957 年 11 月生于吉林省通榆县，祖籍东北。毕业于东北师范大学中文系、鲁迅文学院研究生班，曾任文学编辑。1983 年开始创作，著有长篇小说《东八时区》等多部，中篇小说《瀚海》等多部，短篇小说《生命之流》《湮没》等多部，现居云南。

余华，1960 年 4 月 3 日生于浙江杭州，祖籍山东高唐。后随家迁居海盐县。中学毕业后，曾当牙医五年，弃医从文后进县文化馆工作，两度进入北京鲁迅文学院进修深造，定居北京十余年，现居杭州。著有长篇小说《在细雨中呼喊》《兄弟》等多部，中篇小说《偶然事件》等多部，短篇小说《鲜血梅花》等多部。获多项国内外文学奖。

格非原名刘勇，1964年生于江苏丹徒。1981年考入上海华东师范大学中文系，毕业后留校任教。2000年获文学博士学位，并于同年调入清华大学中文系。著有长篇小说《欲望的旗帜》等多部，中篇小说《褐色鸟群》等多部，短篇小说《青黄》等多部。

苏童本名童忠贵，1963年生于苏州，毕业于北京师范大学中文系，现居南京。著有长篇小说《米》《黄雀记》等多部，中篇小说《一九三四年的逃亡》等多部，短篇小说《第八个是铜像》等多部。曾获多项文学大奖。

孙甘露，1959年7月10日出生于中国上海，祖籍山东荣成。1977年进入当地邮政局工作，1986开始发表小说，著有《访问梦境》《我是少年酒坛子》《信使之函》和《请女人猜谜》等多部。

先锋派彻底放弃了社会历史的宏大叙事，放弃对外部世界的完整把握，放弃因果逻辑清晰的故事叙事，专注于内心的感受，以破碎杂乱的各种意象拼接个人经验为艺术表现的主要内容。例如，马原借助西藏构筑的叙事探险凸显小说的虚构本质；残雪以大量梦魇般的无意识场景展示面对苦难生存的灵魂痉挛；苏童在对人性的欲望书写中选择了窥视者的叙事人形象，寻找回归之路，是一个艺术化了的自我形象；格非面对文字构筑的历史与现实之间无法接榫的迷茫，借助充满阙疑的故事叙事，对语言文字的质疑发展为对主体认知能力的质询；余华书写在符号断裂的语言迷宫中无奈的漫游，只有以逃避杀戮的本能找回存在，也只有在先验的意义被遗忘之后，才有真实的存在；洪峰对于故乡苦寒中的生存惨状的表现，以愤怒的直述表达："到那里去寻根，还不如去寻死！"孙甘露干脆以梦境命名自己的作品，以呓语一样的句式结构容纳破碎的幻想经验，存在的体验中有被搁置的深层主体情感。

他们的这些精神维度，主要连接着西方的现代哲学美学。比如弗洛伊德以文学艺术为白日梦的观点、从海德格尔到萨特的存在主义哲学，当然还包括最早的接受者鲁迅"绝望的抗争"，还有19世纪到20世纪初西方人文学科的语言学转向，等等。残雪就公开宣言，"我的故乡在西方"，创造性地接续起鲁迅开创的各种主题，比如灵魂的孤独（如残雪）、比如衰败（苏童）、对传统文化价值的质疑与反抗（如格非）等。甚至比鲁迅走得更远，苏童宿命式故事的乱伦情结规定了所有人徒劳的抗争与奔逃，余华如对圣经故事改写一样血淋淋的兄弟相残的冷静叙事，等等。

先锋派小说家赋予小说的形式以独立的价值，"形式即内容"的文论理想被他们以各自的方式实践着，形成无法替代与模仿的叙事方式。其中可以看到卡夫卡的梦魇和博尔赫斯的迷宫式叙述方式的影响，川端康成感觉化的演述方式的启迪，马尔克斯式神话思维的叙述方式，还有法国新小说的理念，等等。甚至比他们还要极端，尤其是孙甘露被称为"反小说"的写作，完全是瞬间个人联想的词语之流程。对于文学的现实真实性，从社会历史到单一的因果逻辑，从外部世界到内心情感，都去质疑直到彻底的颠覆，余华干脆宣称想象比现实更真实。

形式文论"陌生化"原则，在他们的小说语言中得到了充分的实践。每一个作家高度个人化的叙事语言，都是无法模仿的。而且他们几乎排斥对话，也排斥方言，更不在古汉语中寻找资源，只是把现代书面语借助感觉的方式，进行高度的浓缩与提纯。而且不限于词汇，更关注话语方式。马原《冈底斯的诱惑》中基本都是简洁的当代书面语普及之后的口语习惯与简单的陈述句式，残雪则干脆以对书面语汇中话语方式的反动建立起自己反讽的艺术语用，吕新称汉字"虎背熊腰"，等等。这样普遍的语用，适应了他们对基本生存的艺术观照，也适应了他们对文体形式的重视，带有与烦琐而华丽的古典艺术诀别的意味，为小说的语言提供了新的风格。此外，每一个人都有自己不同的对于时间形式的运用，意识流的心理时间形式被普遍地接纳，瞬间与永恒的关系以不同的方式被强调，都是他们独特的贡献。

新写实小说稍晚于先锋派小说，而且艺术探索的向度与之相反。1986年，刘恒发表了《狗日的粮食》，次年，刘震云的《塔埔》《新兵连》，池莉的《烦恼人生》和方方的《风景》相继发表，立即引起了批评界的关注，迅速予以命名。

刘恒本名刘冠军，1954年5月生于北京，祖籍北京郊区斋堂镇。当过兵、工人、文学编辑。1977年开始发表作品，计有长篇小说《黑的雪》《逍遥颂》《苍河白日梦》等，中篇小说《伏羲伏羲》《白涡》《虚症》《天知地知》等，短篇小说《狗日的粮食》《小石磨》《教育诗》《拳圣》《伤心自行车》等，另有五卷本《刘恒文集》。其中部分作品获多种文学奖。

刘震云，1958年5月生于河南省延津县，当过兵、中学教师、记者，毕业于北京大学中文系、鲁迅文学院研究生班。著有长篇小说《故乡天下黄花》《故乡天下流传》《故乡面与花朵》《一句顶一万句》等，中篇小说《单位》《官场》《温故1942》等，短篇小说《塔埔》等多部，另有《刘震云文集》。荣获多项重要文学奖项。

方方本名汪芳，祖籍江西省彭泽县，1955年生于江苏南京，成长于湖北武汉。毕业于武汉大学中文系，当过装卸工、电视台编辑。著有长篇小说《乌泥湖年谱》《水在时间之下》等，中篇小说《风景》《奔跑的火光》等，另有《方方文集》。多部作品荣获各种文学奖项。

池莉，1957年出生于湖北仙桃，毕业于冶金医学院（现武汉科技大学医学院），当过知青、医生。著有长篇小说《来来往往》等两部，中篇小说《你以为你是谁》《看麦娘》《怀念声名狼藉的日子》等，短篇小说《绝代佳人》等。荣获多种文学奖项。

和先锋派小说极度关注自我的艺术表现相反，新写实小说极度关注现实，民生问题是他们共同敏感的问题，平等的意识是他们根深蒂固的精神向度。民食的问题、性的问题、文化环境的问题，贫困导致的失学、权力的压抑等，整体构成了恶劣的生存本相。他们接续起五四以后平民文学的传统，也沟通了中国士人源远流长的民本思想。而且二十多年来，这些作家随着时代的发展，始终敏锐地发现生存中普通人生新的生存困境。

刘恒和刘震云更关注农民的生活命运，即使表现都市生活也以下岗工人、农民工等底层社会的民生为基本内容，以及进入城市的乡村青年的文化处境，乡村是他们审视世界最基本的视角。他们的作品中，都有一种很忧伤的乡土情感，比如刘恒的《天知地知》《伤心自行车》都是继《狗日的粮食》之后，对转型期的乡村艰难民生的悲情叙事。刘震云的《塔埔》和《新兵连》，则是以乡土青年无奈的处境，完成仪式一样的哀愁注目。这诗性的忧伤来源于中国近代以来乡村溃败的历史土壤，是一种历史的情绪，因此而建立起与鲁迅、沈从文、萧红、汪曾祺一脉文学传统的联系。刘恒以城乡的不断闪回，完成对时代变迁的心灵记录，而且具有人类学的潜在视角；刘震云则以现实与历史的闪回，发现城乡共同的权力关系，具有结构性的历史意识。方方和池莉则更关注城市新老市民的生存处境和精神情感，工人、职员和知识分子的生存与心灵。方方随着年龄的增长，把对艺术世界的外延向历史拓展，叙述自己生活的城市的文化记忆，人物也丰富多

样。而池莉则始终有一种抒情的倾向,各个时代的青春故事是她观察表达历史变迁的重要方式。

这样的思维向度,使新写实小说呈现出一种新的叙事伦理,这就是作家和小说人物处于平等的地位,同时也容纳多种声音,让人物按照自己的性格逻辑顺乎自然地推动叙事的发展。先锋文学仍然属于表现的艺术,所有表现的艺术都属于浪漫主义的基本范畴。而新写实文学则完全从浪漫主义的审美意识形态中退出来,回归普通人的日常生存状态,以写实的手法审视和还原粗糙而琐碎的日常生活场景,关注普通人在历史错动中的命运。客观而冷静的主体态度也区别于古典现实主义的手法,更是彻底摆脱了当代文学关于现实主义的种种教条。

新写实小说的作家也放弃了对世界的整体把握,这和先锋派的作家是一样的,但是仍然重视人物与故事,只是叙事方式发生了变化。不再以自我为中心建筑精神世界的完整图像,而是以人物为中心,叙述从前现代化到全球化、商业化的时代,面对急剧变动的命运和支离破碎的生活场景,叙述自己发现的故事。而且他们的故事不少带有传奇性,因此建立起与传统小说文体的联系,也和张爱玲"写普通人的传奇与传奇中的普通人",有着文学精神传承,嘲谑与反讽是他们经常使用的修辞方式。

五　80年代的话剧

中国20世纪80年代的话剧,和所有的文学体裁一样,是随着整个民族的历史转机而勃兴。在此之前,话剧舞台只有《风华正茂》等几出有限的剧目,和一些宣传政策的独幕剧。在一片萧条的废墟上,话剧工作者开始了筚路蓝缕的探索，由题材到形式，形成了蓬蓬勃勃的局面。

20世纪80年代的话剧的发轫期应该上溯到20世纪70年代末，对"文革"期间帮派文艺的大胆挑战顺应着政治上拨乱反正的历史需要，以勇闯题材的禁区为探索的主要方式。知识分子的启蒙理想与对政治品格的呼唤，使艺术的触须深入社会生活的政治领域，反映了全民族对极"左"政治的愤怒与狂欢般的嬉戏。1977年，上演了任景愚编剧、主演的《枫叶红了的时候》和白桦编剧的《曙光》，一个喜剧，另一个悲剧，体现着民族情绪的两个侧面。1978年，宗福先的《于无声处》公演，为"四五"英雄平反而呐喊；苏叔阳编剧的《丹心谱》适应了"四五"运动以对周总理的怀念为主题的民众抗议运动，都成为政治反拨的先声。随着思想解放运动的兴起，话剧舞台极为繁荣，一般都是与全民族政治生活的转折相适应，形式上重新接续起十七年话剧的现实主义传统。主题也在明显地深化，题材则在拓展，虽然主流仍然是对极"左"政治的控诉与斗争，如1979年，李云龙编剧的《有这样一个小院》和赵寰、金敬迈编剧的《神州风雷》；1980年，苏叔阳编剧的《左邻右舍》等。一批反映现实生活、揭示社会问题的剧作涌现出来，比如1978年，崔德志编剧的《报春花》；1979年，赵梓雄编剧的《未来在召唤》、赵国庆编剧的《救救她》、刑益勋编剧的《权与法》；1980年，中英杰编剧的《灰色王国的黎明》等。涉及出身、平反冤假错案、失足青年、权大于法、封建残余等亟待解决的重大社会问题，标志着20世纪80年代现实主义戏剧鼎盛期的到来。题材的禁区不断被艺术家们所冲击，比如《爱情之歌》《原子与爱情》等对爱之权利的呼唤，1979年，吴祖光编剧的《闯江湖》表现旧艺人的生活、陈白尘编写的历史剧《大风歌》、曹禺编剧的《王昭君》，以及布莱希特的主要代表作《伽利略传》翻译上演，都使话剧的题材领域大为拓展。而且老一辈无产阶级革命家的形象也出现在话剧舞台上，在《曙光》《西安事变》（程士荣、郑重、姚云焕、胡耀华、黄景渊编剧，1978年上演），《陈毅出山》（丁一三编剧，1979年公演），《转战南北》（马融编剧，1980年公演），《彭大将军》（王德英、靳洪编剧，1981年公演）等剧作中，贺龙、周恩来、陈毅、彭德怀、毛泽东等领袖人物成为主人公，而且逐渐把他们从理想化的神化和个人崇拜中解放出来，逐渐趋于人化。在创作手法上接续起十七年的话剧模式，没有明显的创新。但在勇闯禁区的革命性探索中，有着高度自觉的公民意识。

尖锐地针砭现实之作则引起广泛的争论，如沙叶新、李守成、姚明德编剧的《假如我是真的》，以一起真实的事件加以虚构，知青李小璋因为回城名额被高干子弟以不正当的手法顶替，又迫于家事的纷扰，冒充高干子弟到处招摇撞骗，最后因为农场场长的检举信而被揭穿身份，在法庭上，他说："我错就错在我是个假的，如果我是个真的……那我所做的一切就将会是完全合法的。"剧作针对封建特权问题，尖锐揭露、讽刺了执政党内某些腐败的现象，因此而引起波及全国的争论。

为此，1980年1月23日—2月13日，中国戏剧家协会与中国电影家协会联合召开"剧本创作座谈会"，就传统的戏剧结构、重建现实主义手法等问题，围绕着话剧《假如我是真的》，电影文学剧本《在社会档案中》《女贼》《苦恋》和中篇小说《飞天》等作品，讨论对当前文艺创作的估价，针对如何认识时代，理解文艺的真实性；如何看待展开文艺批评等问题展开争论。时任中宣部部长的胡耀邦到会，做长篇讲演，就"如何看待领导我们的我们自己的党"；"如何正确看待这个社会"；"如何开展文艺批评"；"如何看待占绝大多数的体力劳动和脑力劳动的人民"；"如何看待解放军"；"如何正确地看待毛主席，看待毛泽东思想"；"如何看待社会的阴暗面"等一系列问题发表意见。

20世纪80年代初，话剧的创作开始降温，主要原因是由于社会环境变化，经济活动日益成为主导，大规模的改革开放之后，外来文化的八面来风，电视的覆盖率越来越广泛，人们的休闲方式发生了极大的改变，观众群开始缩小。加上创演体制的陈旧，戏剧艺术从观念到形式的单一，都迫使戏剧工作者开始新的探索。20世纪80年代的中国话剧受到两个传统的推进，一是五四至十七年正反两个方面的经验教训；二是外国现代主义戏剧影响的冲击。归根结底，话剧本身就是外来的艺术形式，本身具有接受的传统，只是长期的隔绝之后，与世界戏剧潮流发生了阻隔，所以两个传统其实是一个源头。

1982年前后，出现了戏剧观的争鸣，是在西方现代派文学对中国广泛影响的背景中发生的。除了五四时期曾经被介绍的梅特林克、霍普特曼、约翰·辛格、斯特林保、凯泽、托勒、奥尼尔，未来主义玛丽蒂尼、基蒂等剧作家再次被介绍，20世纪五六十年代在法国兴起、席卷全球的荒诞派戏剧家贝克特、尤内斯库、阿达莫夫、让·日奈、品特、阿尔比等人的作品也陆续介绍进来。1979年，中国青年艺术剧院上演《伽利略传》的时候，就尝试将布莱希特与斯坦尼斯拉夫两大表演体系相结合。1981年，上海青年话剧团在沪演出了萨特《肮脏的手》。1983年5月，北京人民艺术剧院演出了阿瑟·米勒亲自执导的《推销员之死》。与此同时，各种戏剧理论被介绍过来，对剧作和舞台表演产生广泛深刻的影响。文学领域对现代派的介绍与此同步，首先引发了诗歌领域的大规模争论，同年，高行健出版了《现代小说技巧初探》，引起一些中青年作家的关注。1982年徐迟《现代化与现代派一文》发表，掀起关于现代派的争论，高行健、刘心武、冯骥才和李陀，是争论的先锋派主将，被称为"四只小风筝"。现代派戏剧的各种理论，激发了中国戏剧界重新认识话剧传统、重新估价中国传统戏剧遗产。由此产生的争鸣，主要集中在对长期流行的易卜生"社会问题剧模式"和斯坦尼斯拉夫体系创造生活幻觉的第四堵墙模式的反叛。相对于现实主义传统的戏剧观念，黄佐临在20世纪60年代提出的"写意戏剧观"又被重新提出。这场讨论一直延续到20世纪90年代，其中高行健、陈恭民、谭霈生对于戏剧本质分别提出了"动作说""外延模糊说"和"情境说"。童道明着重阐述了戏剧假定性思想；林克欢等人则对剧场性观念给予高度的关注；对现实主义与现代派的关系，多数论者选择了开放的现实主义立场。戏剧观念与形式明显分流，现实主义与先锋派戏剧平分天下。

首先，探索戏剧与理论研讨同步崛起，最早引起关注的是马忠骏、贾鸿源、瞿新华编剧，1984年4月上演的独幕剧《屋外有热流》，大胆借鉴了象征主义、表现主义和荒诞派的戏剧技巧，如现实与梦幻交错、时空自由转换、人鬼同台对话等。这部话剧获奖之后，大大推动了话剧探索运动。1984—1985年，戏剧探索达到了高峰。其中1981年，宗福先编剧的《血，总是热的》，颜海平编剧的《秦王李世民》，陈白尘编剧的《阿Q正传》，马中骏、贾鸿源编剧《路》；1982年，高行健、刘会远编剧的《绝对信号》；1983年，高行健编剧的《车站》、刘树刚编剧的《十五桩离婚案的调查剖析》等；1984年，王培公编剧的《周郎拜师》等；1985年，刘树刚编剧的《一个死者对生者的访问》等，产生极大反响。小剧场运动的复兴也是先锋戏剧的重要表现形式。1982年，北京人民剧院上演的《绝对信号》是一个显著的标志，重新接续起20世纪20年代"爱美剧"的最初实践，也沟通了欧美一百多年的小剧场戏剧的历史。其后，上海、哈尔滨、广州、南京、大连、沈阳等各地都出现了小剧场的演出剧目。1988年是小剧场话剧的丰收年，1989年4月由中国戏剧家协会和南京市文化局联合举办的"中国第一届小剧场戏剧节"在南京举行,来自全国9个话剧院、团上演了16个剧目,显示了小剧场戏剧的实力。

坚守现实主义传统的戏剧创作也在苦苦支撑。1981年,白峰溪编剧的《明月初照人》、梁秉堃编剧的《谁是强者》、李杰编剧的《高粱红了》;1982年,漠雁编剧的《宋指导员的日记》、魏敏编剧的《红白喜事》、李龙云编剧的《小井胡同》等剧作,适应了整个民族历史反思的需要。在现实主义的基础上,尽可能吸收现代派手法的变革势在必行,1985年之后,这一类剧作也大量涌现。例如,1986年,罗剑川编剧的《黑骏马》、锦云编剧的《狗儿爷涅槃》、沙叶新编剧的《寻找男子汉》;1987年,李龙云编剧的《洒满月光的荒原》,孙惠、费春放编剧的《中国梦》,余云、唐颖编剧的《二十岁的春天》,杨利民编剧的《田野又是青纱帐》,郝国忱编剧的《榆树屯风情》;1988年,陈子度等编剧的《桑树坪纪事》、何冀平编剧的《天下第一楼》、苏雷编剧的《火神与秋女》;1989年,徐频莉编剧的《芸香》;1990年,郑振环编剧的《天边有一簇圣火》等。

在20世纪80年代的话剧繁荣与艺术嬗变中,沙叶新与高行健是两个引人注目的剧作家,他们以各自不同的艺术实践,典型地体现着中国话剧两个不同向度发展形成的张力。

回族作家沙叶新1939年生于江苏南京,中学时开始发表作品,毕业于华东师范大学中文系,1961年被保送至上海戏剧学院戏曲创作研究班,1963年被分配至上海人民艺术剧院。他的戏剧创作始于20世纪60年代,新时期的十年中,发表了《约会》《假如我是真的》(与人合作)、《风波亭的风波》(与人合作)、《论烟草之有用》《大幕已经拉开》(与人合作)、《陈毅市长》《马克思秘史》《寻找男子汉》《耶稣·孔子·披头士列侬》《东京的月亮》《尊严》等剧作。其中不少剧目引起争议,是话剧领域令人瞩目的作家。

他是一个坚守现实主义精神的形式探索者，中国士人感怀伤世的情怀，"每每动笔，总是为事，忧国忧民"，所有的剧目的创作无不起于对现实的感兴，多有针砭时弊之动机。比如《假如我是真的》，以骗子之口道出民众对封建特权的愤怒；《陈毅市长》则借对老一辈革命家的崇敬，"寄深意于现实"，呼喊现实中的改革者；《寻找男子汉》则是借助于求偶的大龄女青年，表达自己对民族精神萎靡涣散的忧患……他的所有剧目的形式都别具一格，打破了十七年话剧结构的格局。《陈毅市长》由十个小故事分为十幕，像冰糖葫芦一样串联起陈毅的事迹，从不同方面表现他的崇高情操和作为人的丰富性格情感。《马克思秘史》则兼有悲剧、喜剧和正剧的多种要素，表现伟人丰富而矛盾的精神世界；《寻找男子汉》更是加入闹剧和荒诞的成分，而且无场次，时空自由转换，道具也以象征性的白色立方体以一当十。《耶稣·孔子·披头士列侬》则以拟神话的形式，寄寓对文化偏执的批判和理想文明的期望。沙叶新的探索，为现实主义的戏剧传统注入了活力，开辟出广阔的道路，深化了所有的主题。

在新时期的话剧舞台上，高行健以极其前卫的姿态探索戏剧的形式。他1940年出生于江西赣州，1962年毕业于北京外国语学院法语专业，先后当过翻译、中学教师，1975年调入《中国建设》杂志社任法文组组长，1977年调入中国作家协会对外联络委员会。1979年开始发表小说，1981年出版《现代小说技巧初探》，引起较大反响，同年调入北京人民艺术剧院任专职编剧。他执笔的《绝对信号》上演之后，引起强烈反响，在北京创下百场爆满的纪录。此后，陆续发表《车站》《现代折子戏》《野人》《彼岸》等。1985年，由群众出版社出版《高行健戏剧集》。

高行健的剧作不仅在形式上突破了十七年乃至五四以来的戏剧形式，而且在思想上也多受西方当代思想的影响。萨特的存在主义、巴赫金的复调理论、荒诞派戏剧等，都是他戏剧形式探索的重要思想资源。而且他关注的是全球性的问题，比如环境问题，比如现代生存的危机，比如人的异化等，这使他获得世界性的声誉。在从事戏剧创作的同时，高行健提出了一系列理论主张。1988年，中国戏剧出版社出版了他的《对一种现代戏剧的追求》。他提出参照"西方当代戏剧家们的探索"，"从东方传统的戏剧观念出发"，探索"一种现代戏剧"。他的艺术创新主要是强调"戏剧是一种综合的艺术"，"歌、舞、哑剧、武打、面具、魔术、木偶、杂技都可以熔于一炉，而不只是单纯的说话的艺术"；"戏剧是剧场的艺术"，必须"承认舞台的假定性"，强调戏剧的剧场性、叙述性，"不受实在时空的约束"，根据剧作的艺术需要建立各种各样的时空关系。《野人》与《彼岸》，都突出地体现了他的艺术主张。

高行健从实践到理论的探索，为中国的戏剧艺术提供了有效的经验。

寻根文学的历史语境、
文化背景与多重意义
——三十年历程的回望与随想

　　1985年4月,韩少功在《作家》发表了《文学的根》,是为"寻根文学"的历史刻度。同年,李杭育《理一理我们的根》,发表于《作家》6月号;郑万隆的《我的根》,发表于《上海文学》7月号;阿城的《文化制约着人类》,发表于7月6日《文艺报》。张炜、郑义、王安忆、李锐等知青作家也都有相关文章陆续发表。随着批评界的迅速命名,"寻根文学"声势浩大地展开。这一年也是中国小说的革命年。文学观念的多元化趋势迅速形成,冲击着传统现实主义与现代主义平分天下的旧有格局,紧随寻根文学之后,先锋小说和新写实文学几乎同时兴起。在这一次文学哗变中,由知青作家推动的寻根思潮是其中最强劲的一股美学风暴。主要作家都已经有著作发表,不少作品赢得了国家级大奖,拉动了中国小说创作的整体转向。而且至今作品源源不断,以2012年莫言荣获诺贝尔文学奖为高潮。2015年,是"寻根文学"发动的第三十个年头,回顾当年的缘起与演进,是文学史写作的重要环节。

寻根文学的历史语境、文化背景与多重意义

一

"寻根文学"的序曲可以追溯到 20 世纪 80 年代初。1980 年《北京文学》第 10 期的小说专号上，颇费周折地低调发表了汪曾祺的《受戒》，引起了出乎意料的轰动。1982 年《北京文学》第 4 期，发表了汪曾祺的创作谈《回到民族传统，回到现实主义》；同年，贾平凹发表了《卧虎说》，表达了对茂陵霍去病墓前卧虎石雕的激赏，借此宣告自己的艺术理想：其一是对汉唐恢宏文化精神的推崇，其二是对古典美学风范的感悟："重精神，重整体，重气韵，具体而单一，抽象而丰富"，从此确立了自己文学创作的方向。还应该提到的是两位少数民族作家，20 世纪 80 年代初，鄂温克族作家乌热尔图陆续发表了《一个猎人的恳求》《七岔角公鹿》等以山林狩猎民族生活为题材的短篇小说，顺应着整个民族感伤主义历史情绪的同时，也完美地表达了原始的自然观，以及瓦解过程中民族精神心理所承受的巨大苦痛，以抗拒遗忘的决绝姿态引起广泛的激赏。回族作家张承志以《黑骏马》等中短篇小说，表现草原牧民的生活命运，以丰沛的视觉形象与类似蒙古长调的饱满起伏的情感旋律，以及富于中亚装饰风格的精致语言形式，赢得众多的读者。他们无疑是最早的寻根作家，汪曾祺在 20 世纪 40 年代以现代派的前卫姿态登上文坛，经历了三十多年沉浮坎坷的历史命运之后，以对抗战之前原生态乡土生活的诗性回顾与风俗画的抒写，迅速完成艺术转身，接续起五四以后沈从文、废名、萧红一脉乡土文学的诗性挽歌传统，也衔接起中国叙事文学的多种文体。来自乡村的贾平凹，试验了各种外来方法之后，回身反顾重新发现了被自己抛弃在身后的乡土，在现实的激变中寻找回归自然母体的精神通道。他们直接启发了经典寻根作家们的美学自觉，而且都以鲜明的地域文化的特征与民族情感的独特心灵方式，呈现出独一无二的艺术风格。

他们的创作和历史的巨大转折同步。1976年10月，"四人帮"倒台，历史迅速急转弯。次年高考制度改革，由推荐改为考试入学。1978年12月，十一届三中全会决定结束使用阶级斗争为纲的口号，把工作重点转移到经济建设上来，并且对一系列重大历史问题重新评价，大规模地平反冤假错案。关于真理标准的大讨论推动着伟大的思想解放运动，马克思主义作为人道主义被重新阐释。在这样的意识形态背景下，农村经济改革迅速铺开，实行联产承包制。城市经济的所有制有所宽松调整，个体户大批涌现。中美关系明朗化，政治外交全面解冻；设立特区，广泛引进外资，各大都市的空间由此迅速改观，涉外的大饭店大批兴建，不同肤色的人种混杂行走在商业大街上，巨大的广告牌在街头闪烁。知青大批返城，带着历史的创伤与对新生活的憧憬，迅速进入一个新旧杂陈的世界。

经历了漫长的文化禁锢之后，改革开放、实现现代化、借鉴学习成为新的历史语境。国家大批派遣留学生，允许自费留学。外国文艺团体频繁来华演出，轻音乐兴起，邓丽君的歌声风靡全国，外国电影占领大份额的票房。外国美术作品大批公开出版，凡·高的《向日葵》点燃了青年一代的如火激情。民办刊物《今天》创刊，《星星画会》短暂展出，朦胧诗在青年中流行，美术界率先寻根，袁运生的壁画引起争论，高行健引进小剧场戏剧……一系列新艺术的潮汛冲击着传统艺术的堤坝。外国文学大批翻译出版，特别是长期被封杀的20世纪现代主义文学解禁，卡夫卡、海明威等欧美作家成为最早的世界现代文学思潮标记，学习现代派的技巧成为艺术探索的主要趋向。

1981年,《长春》(即《作家》的前身)发表了宗璞的《我是谁》,在"伤痕文学"的感伤潮流中悄悄开启了精神心理写实的向度与政治迫害中自我丧失的记忆。与此同时,沈从文、钱锺书、张爱玲的著作以各种方式再版,像出土文物一样从尘封的文学史中赫然涌现。而川端康成、辛格等东西方边缘种族的诺贝尔获奖者,则校正着中国作家的美学罗盘,克服了对欧美文学的迷信与盲目追捧。福克纳以故乡邮票大小的一块地方走向世界,更是鼓舞了中国乡土作家的文学壮志。特别应该提到1984年,北京十月文艺出版社与上海译文出版社同时出版哥伦比亚作家马尔克斯获诺贝尔奖的长篇小说《百年孤独》,轰动了中国文学界。如果说前寻根时期的两位少数民族作家,主要是在艾赫马托夫等苏联少数民族作家的抒情象征中汲取诗性的灵感,而经典的寻根作家几乎无一例外地受到马尔克斯与其他拉美作家的影响。毫无疑问,拉美作家把中国作家从俄苏文学的魔咒中解放了出来,也从文学的欧美现代化精神强迫中解放了出来。文化人类学成为普遍的学科基础,宗教意识、生命哲学、叙事方式的借鉴等成为新的艺术革命向度。追寻民族生存之本,以生命伦理反抗文化制度的残酷压抑,对于民族民间原始思维的重新发现,拓展文学的表现领域,推进文学形式的变革,都冲撞着过于狭窄的旧有文学观念,形成一代归来者抵抗现代化焦虑的艺术反叛姿态。

历史的转机开启了一个浪漫主义的文学时代,伤痕文学、反思文学、改革文学,都是以对社会历史的感性抒发记录民族心理的苦难历程。主要的向度还是在题材领域闯禁区,随着政治反拨的幅度亦步亦趋,感应着时代巨变而抒发个体的也是整个民族的情绪。对于艺术手法的探索,则是以现代派为起点,但多数作家策略性地解说为技巧问题,以1982—1983年"四只小风筝"的通信引起的风潮为典型事件。另一种策略则是以现代化的必然趋势论证现代派的合法性,以徐迟的

《现代化与现代派》最为典型。尽管如此,所有的艺术探索还是受到了不同程度的打压,经历了这一令人眼花缭乱的历史晕眩期的青年作家,本身也面临创作上的惶惑,1984年11月下旬,《上海文学》《西湖》杂志社和浙江文艺出版社,在上海—杭州联合召开了由新锐青年作家和评论家与会的关于文学创作的研讨会。寻根文学的宣言就是在这之后不久纷纷发表,多数作家的创作也因此面目一新,主要的寻根作品迅速发表。他们汇聚了现代派的形式革命,在东西方八面来风的冲击下,试图在民族生存之本的历史深层,开掘文化再造与艺术表现的精神、艺术资源。

经典的寻根作家几乎都是知青出身,在20世纪70年代开始写作,有的早有作品发表,比如韩少功、张炜,有的只是在朋友中流传,比如阿城。急剧起伏的人生曲线使他们对世界的感受尤其错杂,昔日的家园已经面目全非,生存的窘困、没有家园的失落感都需要心理的调整,与城市的心理疏离与时代的隔膜,也需要精神的自我巩固。用朦胧诗人梁小斌的诗句概括,就是"中国,我的钥匙丢了"。知青经历形成了民间生活记忆的经验世界,这使他们不约而同地在时空都较为稳定的乡土生活中,以审美的凝视获得精神心理的稳定感,在历史的震荡、时代的纷扰与大都市的混乱生存中,完成艺术精神的自我确立。这是"寻根文学"出现的重要心理根源,也是几代结束了放逐归来的知识者共同的心理需求,获得读者的热切反应便是历史的必然。此后不久,"弘扬民族文化传统"进入了国家意识形态,学术界兴起了文化热,大批的文化学术丛书编写出版,成为20世纪80年代中后期最醒目的意识形态特征,也是寻根文学被接受与驳难的最基本的文化背景。

二

寻根文学的主要美学贡献，是把中国文学从对欧美文学的模仿与复制中解放了出来，克服了民族的自卑感，使文学回归于民族生存的历史土壤，接上了地气。尽管每个人的意向各有差异，但是都是以民族生存为本位，形成审美表现的基本视角。而对狭小窒息的当代文化的失望与批判，对民族精神再造的努力则是一样的。韩少功浩叹："绚丽的楚文化到哪里去了？"李杭育面对当代文化的尴尬，设想中国文化如果不是遵循儒家的规范，依照具有"宏大宇宙观"的老庄一脉浪漫主义潮流发展将会多么灿烂？！跨越文化断裂的精神探求，是在外来文化的参照下，重新发现文化传统自身的魅力，以现代意识镀亮传统文化的精神，是他们共同的愿望，尽管每个人的抉择不一样。

寻根作家另一个共同的意向，是对于民族传统文化与文学本末关系的清理，由此完成向文学本体的回归。韩少功说："文学有根，文学之根应该深植于民族文化的土壤。"阿城的《文化制约着人类》更是深入阐释了文学与文化之间的宿命关系，而且这样的关系是所有母语写作者无法逾越的限制，接受限制是艺术创作的前提。这样的意向使中国的文学观念，逐渐大踏步地向着世界观的高度攀升，克服"头痛医头脚痛医脚"急功近利的肤浅文学观念，向着历史的纵深层面拓展的同时，也向着整体把握世界的艺术理想挺进。

作为自我巩固的艺术行为，寻根的宣言中还包括艺术自我确立的各自感悟，并且由此迅速开辟出自己的文学地理版图。郑万隆的《我的根》宣示以东北故乡山林中先民们古朴的价值观念与道德坚守，完成对浮躁的现代社会心理的抵抗,《异乡异闻录》系列结集以《生命的图腾》为名出版,凝聚着他的美学理想。阿城继《棋王》之后,相继发表了《树王》《孩子王》和《遍地风流》系列,以第一人称的见闻,表现自己对民间社会的发现,对普通人英雄主义与质朴健康生命状态的敬佩与欣赏,而且他笔下的主人公都是文化英雄:下棋、护林与学文化。《棋王》叙述了一个以弱胜强的故事,以之探讨普通人和历史的关系;《树王》表现了普通人和自然的关系,树死人亡就是天人合一的境界;《孩子王》探讨了普通人和文化的关系,一个普通劳动者对文化的向往与接受文化的艰辛,基本构成了个性鲜明的世界观整体。据说还有一部《车王》邮寄丢了,是探讨普通人和交通的关系吗?估计某一天会从潘家园的旧货市场中冒出来。李杭育的"葛川江系列"逐渐成熟丰满,张炜的《古船》等一系列以山东乡村为背景的小说引起持续轰动,矫健的大量作品、何立伟的《白色鸟》等一系列作品,都是以质朴恬淡的生存景观抵抗人欲横流的现代化进程,记录这些和谐的生活场景瓦解破碎的过程,大有"礼失而求诸野"与"知其不可为而为之"的共同趋向。

当然,这些寻找回归传统文化精神通道的悲壮努力并不都是有效的。韩少功的《爸爸爸》等一批以湖南山地民间生活为内容的作品,以《诱惑》为名结集出版,可见对于无法抗拒的文化宿命感体验之深刻,表达了在落后愚昧的乡村传统与浮华浅薄的现代都市生存之间,精神心理挣扎的艰难,以新的方式演绎着"我是谁"等哲学人类学的命题。他的寻找以文化价值认同的失败与美学回归的成功为结果,楚文化无疑为他提供了自《楚辞》开始的精神情感表达的独特心灵形式,所谓"末世的孤愤",精神的矛盾与认同的危机都寄予在完整的渗透着楚音的语言形式中。王安忆在寻找自己来历的同时,也探索着民族历史生存内在的稳定结构,以及转换为当代话语的方式,《小鲍

庄》是探讨乡土中国社会结构的文化寓言，《长恨歌》则是探讨"海上繁华梦"金钱至上的意义空间；《纪实与虚构》记叙、回顾了在这样两种空间的身份转换中个体的心路历程，以及在血脉的寻绎中，通过边缘身份的确立而完成繁难的文化认同。对于乡土与现代大都市的双重心理疏离，是她表达认同危机的主要方式。

他们以不同的方式回应着自己时代的文化思潮，建立起属于自己的艺术世界，抵抗着全球化浪潮的滔天洪水，固守着精神的方舟。

三

寻根文学的思潮拉动了中国文学的发展。不少作家的创作因此而面目改观，史铁生由"伤痕文学"感伤主义的潮流中脱身而出，以《我的遥远的清平湾》和《插队的故事》等知青题材的小说重新审视乡村生存。张辛欣从自我出发的写作中掉头，纪实性的《北京人》系列以对当代中国人生存的个案搜集扫描出民族生存与心灵的当代史切片。铁凝从青春写作的格局中跳转，以《麦秸垛》为象征，表现乡土人生原始蒙昧的生殖气氛。1885年，《西藏文学》推出了"魔幻现实主义"专号，藏族作家扎西达娃发表了《系在皮带扣上的魂》与《西藏，隐秘的岁月》，由表现藏民族剽悍的原始生存状态，改为关注这个民族的精神失落、迷茫与无望的寻找，以及世代循环的生存模式。李锐迅速写作发表了《厚土》系列，带给文坛意外的惊喜。连先锋作家刘索拉在完成了精神的反叛与情感的抒写之后，第三部中篇《寻找歌王》也以对民族民间原始艺术精神的寻找，表达对浮躁的现代生存的心理抵触。也有的作家是以反驳的方式回应这股思潮，譬如马原以

《冈底斯的诱惑》登场，在展现小说虚构本质的同时，表达了科学理性与牧歌情调的冲突，矛盾的自我分裂外化在两个主人公身上。洪峰的《瀚海》干脆宣称："到那里（故乡）去寻根，还不如寻死痛快！"尽管反动的是艺术主张，而写实的审视则是一样的，只是放弃了对于整体结构的把握，而专注于审视生存的本相与表现心灵的体验。

此后不久崛起的先锋小说和"新写实"作家，也是以个体精神的体验与民众生存之本的表现刷新了读者的阅读经验。他们和寻根文学的学科基础有着交集，苏童对于乱伦宿命的强调，对世界不可知的感受，明显可以看到对韩少功们哲学思考的深入。余华的大量作品表现了无法抗争的命运，还有在迷宫一样的文化价值罗网中别无选择的尴尬与存在的遗失；格非表现了语言自身的混乱空洞与主体的有限性，都是对历史、文化与个体认知能力的质疑；孙甘露的《信使之函》以碎片化的情节与精粹的诗性联想，表达着对世界人生的个体感悟，延续着寻根作家主题多义的叙事实践。刘恒的《狗日的粮食》是对民生问题的悲情叙事，《伏羲伏羲》中被扭曲的不伦之性与杀父的故事，明显可以看到文化人类学的学术视野。刘震云基于民本立场的历史追问，池莉对于窘困生存的琐碎叙述，方方以亡灵的视角不动声色地展现底层市民生活的凄惨景观，都可以看到寻根文学凝视民间生活视角的延展与推进。这些作家的创作在宣告了一个浪漫主义文学时代完结的同时，也传递着新时期人道主义的文学基因，对于个体生命的关注，尤其是对物质生存与精神生存的双重关注。而对民间社会的审视，则调整开拓了寻根文学的视野，当下的生存依然非常严峻，存在的困苦消解了宏大的主题与浪漫的诗意。

影响最大的要数莫言，1985年之前，莫言的创作追求唯美的效果，可以看到沈从文等京派文人的遗韵，比如《乡村音乐》。从《秋水》开始，他完成了艺术自我的确立，也完成了小说文体的革命，

"高密东北乡"的文学地理版图迅速开疆破土、日益壮大，至今势头不减。当然，他的艺术转变是克服创作困境的内在突破，不完全是寻根文学影响的结果，但是寻根作为一股思潮，是20世纪80年代中期文坛的主潮，所有的写作者都不能无视。而且他艺术确立的基本情感矢量和寻根作家是一致的，其文化背景也有着广泛的重合与交集，比如对川端康成的激赏，在福克纳的启发下立志把故乡"高密东北乡"写成"中国的缩影"和"世界史的片段"，以及《百年孤独》的决定性影响等，使其成为新一代世界主义的乡土作家。特别是他三十年持续不断的成功探索，主要是以乡土民众的生存为基本视角，在中国叙事传统中汲取文化资源，应该说是延续着寻根文学开辟的方向发展。当多数经典寻根作家放弃或者转变创作方向的时候，莫言却比别人走得更远，使中国小说彻底回归它古老的源头：边缘性、民间性与世俗性。究其原因是写作者的身份决定的，知青和农民之子的差异决定了叙事立场与文化认同的差异，童年经验的初始记忆也是文化资源择取向度差异的根源，以至于几乎无法对莫言进行文学史的归纳。"强大的本我"既浸润在潮流之中，又游离于潮流之外。

四

寻根文学本质上是一场浪漫主义的文学运动，在冲决了为政治与政策服务的狭窄轨道之后，完成了文学自我回归的嬗变。尽管寻根作家的意向差别极大，但是整体完成了文学从庸俗社会学僵硬躯壳中的成功蜕变，也挣脱了膜拜欧美发达国家现代主义文学，亦步亦趋模仿学步的精神桎梏。根据荣格的集体无意识理论，一个诗人无论他多么傲慢，其实都代表着无数个声音在说话。选择何种社会制度、制定何种发展战略，都属于历史理性的范畴。文学显然是非理性的，它更多的是一个民族的精神情感与广大无意识领域中的真切感受。实现现代化，与世界接轨，是中国人的历史理性经历了漫长曲折的痛苦磨难之后，在20世纪80年代初形成的全民共识；而20世纪80年代中期的"寻根文学"则是中国人的民族集体无意识，是对全球化浪潮一次本能的抗争，是对百年来现代化强迫症与文化乌托邦的艺术反动，更是改革开放之初民族精神情感与广大无意识领域中真切感受的艺术呈现。所以，它是民族精神心理的重要历史标记。

寻根文学的作家跨越断层的方式，其实接续着晚清至五四一代知识者的共同努力，梁启超以小说新民，在从事政治革命的同时，也希望复活中国古代善良之思想；鲁迅试图以文学来改造国民性，早期借助进化论，主张"拿来主义"，晚期在古代神话的意义空间中完成民族精神的发现与自我确立。韩少功《爸爸爸》中的丙崽，被批评界迅速将其与阿Q类比，当成同一系谱中的人物是典型的泛文本联想。阿城对民间英雄的讴歌，则是鲁迅思想一翼的延续，其"忧愤深广"，其"沉忧隐痛"的内在情绪也是近代以来知识者共同的历史情绪。李杭育"葛川江系列"和张炜、矫健等作家的创作，对于民间社会的凝视继续着五四新文化运动开辟的维度。王安忆对乡土民众的关注与对市民社会的心理疏离，也是鲁迅等一辈文人共同的创作主题。究其终极的历史根源，是现代性的文化时间焦虑在全球空间中的迅速蔓延，使一些最基本的主题延续至今，譬如溃败，譬如文化抵抗，譬如民族精神再造等。无论怎样和世界接轨，有三道坎都是近代以来的中国知识者无法逾越的，这就是民族国家的问题、民生的问题与文化认同的问题。所以，无论寻根的结果如何，如一些批评家所讥讽的"寻根变成了掘根"，但是他们悲壮努力的思想史意义是不容忽视的。

寻根既是对民族精神之根的寻找，也是对文学之根的寻找，不仅是对文化精神的认同，也是对艺术形式的继承。经典的寻根作家在寻找寄托自己心灵世界相对应的外部世界的同时，也在寻找适应自己的叙事表达方式，而且试图和文学传统重新建立独特的联系。除了在主题学领域，他们衔接起现代作家们的抒写，而且在艺术风格领域也延续着他们的革命性贡献，就连他们对边缘种族文学都不约而同情有独钟，也继续着周氏兄弟当初翻译被压迫的弱小民族文学的动机，基本历史处境的相似性无疑是接受外来文化艺术的心理基础，只是具体的历史情境发生了明显的变化，选择认同的标准也随之变化，20世纪实在是一个人类苦难深重的大劫难。五四引诗文入小说带来叙事模式的转型，几乎是文学史转折的形式标记，经典的寻根作家几乎都继承了这个传统。譬如使所有人都瞠目结舌的《棋王》，就其文体来说继承了司马迁开创的史传文学的传统，以弱胜强的类型故事，是抒写少年英雄的古老叙事传统；《树王》也是英雄的故事，但却是一个失败的悲剧英雄，故事寄寓在吊文的形式中，结束于对肖疙瘩墓的凭吊；《孩子王》则是一首骊歌，送别的仪式感极强。这样的更续关系，使他们沟通了更久远的文学传统，也把诗文的精神升华到宗教的高度，具有超越情感的世界观与人生观意义。现代叙事学的传播，又使不少作家自觉地运用了叙事传统中的原型，王安忆最突出，《天仙配》是典型，建立在两种世界观差异上的故事叙事，置换出张爱玲式无奈的反讽语义。庄子的哲理寓言转换为文化寓言，也是寻根作家所普遍使用的形式，最典型的是张炜的《九月寓言》。莫言干脆以神话的基本思维方式不断地置换变形，容纳汪洋恣肆的想象力，接续起志怪、唐传奇、宋人平话、元曲、明清戏剧与小说，以及近代兴起的地方戏等一派富于想象力和文辞华艳的叙事传统。当然，他们的继承关系都不是单一

的，而是多元复合、中外古今混融一体，因而艺术探索也就沟通了更加久远的文学与文化传统，文化史的意义是显而易见的。

寻根文学的作家都有着语言的高度自觉，每一个人择取与提炼的方式又各不一样，但都把文学语言提升到艺术本体也是生存本体的高度。贾平凹对母语陕南方言的自由运用，成为质朴恬淡的心灵世界最直接的外化；李杭育强调小说语言的文化韵味，以语体风格容纳地域文化的风俗；阿城对书面语延伸出来的当代口语的精准把握，显示着感觉的独特与饱满，对话成功消解在叙述语言中的叙述策略，使独立自主的艺术世界形神完备。王安忆以诗文与白话两种语言的交错融和，完成对追忆与流逝的时间形式的模塑，使文化诗学的意味弥漫在字里行间。李锐以大音稀声式的浑朴风格，描摹吕梁山的民间生存与民间思想，凸显着语言文化的世界观意味。莫言更是广采博收，在诗文、民间口语与戏剧、翻译语言等多个源头汲取营养，突出对话，并且把方言融入叙述语言，蓬蓬勃勃、枝蔓横生、莺飞草长似的语言风格最直接地体现着独一无二的艺术个性。而且经典的寻根作家都不同程度地体现着对话的精神，呈现出多种话语体系交错的复调结构，以及众声喧哗的狂欢美学特征，有的是自觉的，有的是不自觉的。正是这种对规范语言法典的成功艺术反叛，使他们的创作不仅在主题思想方面，而且在艺术形式方面都与20世纪初开始的世界新艺术潮流汇合，不仅是形式技巧的拿来，包括哲学（特别是语言学转向）背景的交集；也使中国文学史的连续性获得长足的发展。五四开始的"文的自觉"经历了长时段的断裂之后，在寻根作家经典作品的语言风格中如泉喷涌，也使被阻隔的漫长文学史暗河涌流地表。不少寻根文学的代表作已经被确立为当代经典，这是他们对五四开始的汉语写作现代化转型进程里程碑式的独特贡献。只要是用汉语写作，每一个作家都是漫长文化时间流

程中一个接力的选手,谁也无法彻底脱离母语自身的限制,创造性地继承是唯一的出路。

这就是寻根文学作为一场浪漫主义的文学运动,在历史转折的山体炸裂时刻,兴起于废墟之上多重意义的历史贡献。

历史旧梦的浮现

——寻根文学三十年回顾

寻根文学的主力军是知青作家,这一文化种群体现着20世纪六七十年代最显赫的历史现象。社会身份决定了他们写作的立场和动荡历史的特殊联系形成集体的经验世界。在寻根文学作家中,青工出身的郑万隆是唯一一个例外,但是和贾平凹一样,都属于刚刚脱离乡土的都市一代,父辈的经历和早年的乡土生活是初始场景,形成梦境般的童年记忆。同样作为都市一代的莫言是寻根文学的殿军,他汇集了此前此后的多种文学潮流,和贾平凹一样更多被归入乡土作家的范畴,成为文学史上枢纽一样的存在。

主要的寻根作家大致出生在20世纪50年代的前期,经历过"文革"前短暂的社会稳定,在体制内完成小学教育。只有阿城是一个例外,出生于1949年,是共和国的同龄人,记忆着50年代短暂的繁荣、兴旺与安定。这使他们多有相对稳定的心理结构,试图并且有能力营造完整的世界图示。而"文革"中的社会动乱与下乡的漫长漂泊,特别是家道的衰变,都使他们在人生的挣扎中渴望重建合理的社会秩序。反思"文革"、追问历史的思维向度借助民族文化的宏大主题,整合出自己的乡土经验,表达自己对民间社会惊奇的发现,寻找进入传统文化的通道,完成艺术的自我确立。这使寻根文学成为乡土文学的亚类型，接续起五四以后都市知识分子乡村写作的脉络。

寻根作家大都是在"文革"期间开始创作的，大字报与宣传队是他们最早发表和亮相的方式，当时官方对业余写作的重视，就使他们较早地熟练掌握了汉语写作的一般技巧，在通过写作改变命运的努力中，也有对汉语自身魅力迷恋的无意识智慧冲动。这就使他们很年轻就能在体制内的刊物上发表作品，如贾平凹、韩少功、王安忆等，逐渐成为三十年来中国文坛的主流作家。这也使另外一些作家以无目的的写作，保留精神情感的痕迹，阿城早期的作品都是在朋友中流传，不少作家的写作沟通了地下文学的潜流，史铁生早期作品就是发表在民刊《今天》上。这使寻根文学具有文学史的连贯性，十七年的文学教育与乡村经验的知识积累，使这些作家的创作具有承前启后的节点性质。

此后的文学，迅速开始了越来越剧烈的断裂，改革开放的全面铺开，现代媒体的覆盖与高科技信息时代的来临，国家出版制度的相应改革，都使纸本印刷的写作发表形式受到猛烈的冲击。几千年的文学书写形式和发表途径发生了根本的改变，换笔几乎是所有写作者的宿命。涉足影视是生产自救的主要方式，民间高额的评奖与广告引导的市场开始操纵图书发行，写作变成了技术工种，纯文学作家要靠商业活动解决衣食住行等生存问题。隔着二十年的文化峡谷，眺望20世纪80年代的寻根文学，真如历史旧梦的浮现，浪漫主义文学的最后一个潮头定格在历史弯道的豁口，成为20世纪80年代怀旧梦中的风景。寻根作家也形成巨大的阴影，成为后起作家挑战的对象，一如他们当年挑战20世纪50年代作家的壮举。历史在错动中和我们开了一个不小的玩笑。

少年旧梦中的乡愁

——汪曾祺《受戒》的文化史记忆

1980年10月，改版以后的《北京文学》的小说专号上，发表了汪曾祺的《受戒》。隔着三十五年的时间断崖，历经几代人的激赏与不懈解读，仍然有着吸引我们诠释兴趣的潜在意蕴。我们索解不清的心灵隐秘，也许只有通过福柯所谓"故事发生的年代与故事讲述的年代"的切分与比较，才能够略知一二。

一

《受戒》写作发表的年代，正值十一届五中全会之后，大规模地平反冤假错案、设立经济特区、公审"四人帮"等一系列重大政治事件所标注的改革开放的节点；也是汪曾祺在被控制使用编写样板戏十年，又因此被挂起来审查两年之后，终于获得政治解脱之时，无论是国家的大历史，还是个人的小历史，都处于否极泰来似的转折点，为这篇平淡蕴藉的小说的写作提供了情感的风土。

当年的发表颇费周折，在早春料峭的政治风寒中，《受戒》是像报春花一样的节气季语,传达着整个民族在百废待兴时刻的欣喜期待。这一期《北京文学》的封面是亭亭玉立于繁花丛中的春姑娘,可见,编者对时代变革潮讯的感应,表达着全民族普遍的历史情绪。因此,《受戒》的意义就不仅仅限于文学,同时标志着历经浩劫之后民族情感的巅峰曲线。

不仅如此,《受戒》引发了"沈从文热",后者以抒情小说家被文学史归纳,汪曾祺也以"抒情的人道主义者"自诩,师承中的精神血脉可追溯到五四新文学运动之始。由于对文学史的重新发现,作者与作品都被以各种文体概念命名:抒情小说、乡土文学、散文化小说等。其纵向的连接功能以不同的言说方式被强调。而其后不久兴起的"寻根文学",更是以之为开先河的典范之作,承前启后的文学史意义,也使这篇小说的经典地位不容动摇。而20世纪八九十代之交的急剧历史错动,则使这篇小说成为怀念80年代的最佳标本。

有趣的是,这篇小说也是怀旧之作,作者在文后注明:"一九八〇年八月二十三日,写四十三年前的一个梦。"一般认为,这个梦是他的初恋,在时代的浪漫主义文学美学潮流中,爱情是在思想解放的破冰之旅中刚刚被打破的禁区,具有灵魂栖居地的方舟意味,这一解读也说得通。以怀旧之作怀旧,便是以梦复梦,是对严酷生存现状的抵抗,梦的不断破碎则是古今中外文学中心灵苦难的永恒主题。《受戒》的情感矢量,也是历史活体中的一个细胞,而民族情感的喷涌流淌则是其不竭的源泉。汪曾祺以个体的心灵感应整个民族的心灵,《受戒》也就因此而沟通了整个民族的心灵史。

二

《受戒》故事发生的年代，作者标明了准确的历史刻度。据他写作的 1980 年上溯 43 年，当为 1937 年，乃是日军进入高邮之前，也是全民抗战拉开序幕的七七事变前后。故事发生的时代是战争爆发之前的年代，他的"少年旧梦"寄生在和平安康的乡土生活中，少男少女的朦胧初恋便因此超出了男女情爱的个案范畴，具有独特的象征意义。作者自陈素材取自 17 岁的他，随家人避难到乡下一个小庙的见闻，而男主人公明海也正处于这个年龄，开篇独立的两行陈述句是刻意的强调，所以是他真实自我外化的艺术形象。在本事发生与叙事完成之间的四十三年间，中国发生了天翻地覆的大变革，战争、革命、土改、合作化等各式各样的社会改造运动，直至"文革"的大混乱，意识形态的彻底翻转，使人和自然的依存关系，这一农耕民族最基本的文化精神的母体发生了病变，环境急剧恶化，乡土人生早已经面目全非。他的旧梦浮现中就不仅仅是个人少年时代的一段朦胧恋情，更深层的心理动机是对已经消逝的往昔的传统乡土人生的追忆，是与少年的初恋情怀共生的、剪不断理还乱的乡愁。

多数论者侧重对《受戒》主题风格的阐释，其实这是一篇严格遵循写实原则的小说，它在平淡的抒情中，提供了自然经济的乡土社会完整的生态系统，大量自然风物与生产生活的细节，是他有意复现的已经消逝的文化风景，是以写作的方式挽留自己也是整个民族的文化史记忆。此后，他以各种文体反复书写早年的风俗场景和与之共生的人物，有认同也有抵触，有激赏也有批判，有悲悯也有嘲谑，写作动机应该说是起于《受戒》，却再没有一篇具有这样优美淳朴的风格。他自己在晚年也承认，再也写不出这样的小说了，小英子与她的家人，实在是汪曾祺理想的淳朴美丽乡土的整体化身。作者对她家宅内外的工笔细描，呈现着一幅依水而居的小自耕农自给自足的殷实景象："因为这些年人不得病，牛不生灾，也没有大旱大水闹蝗虫，日子过得很兴旺。"勤劳整饬是这家人的基本品质，"他们家自己有田，本来够吃的了，又租种了庵上的十亩田"。"结实得像一棵榆树"，沉默、和气的全把式赵大伯是"挣钱的耙子"，而多才多艺的赵大妈则是"攒钱的匣子"，大英子的婚事体现着男婚女嫁的世俗之美，赵大娘描龙绣凤、剪纸花的技艺是植根在民间生活理想中的原生态艺术，在经历了漫长革命化的禁欲之后，实在都是最朴素的人间风情……《受戒》与其说是他朦胧恋情的追忆，不如说是他乡土之恋的转喻，而且是滋生于消逝的文化史风景中别有怀抱的乡愁。

这乡土之恋久远的人文情怀可以追溯到世俗文化多元共生的唐宋时期，科举制度的确立使大批农家子弟得以脱离乡土，进入以城市为中心的管理体制，而种种原因导致的漂泊，则使他们对家园的思念替代为对乡村世界的审美观照，不断浮现在文字中。诗文大家们都有脍炙人口的名句，孟浩然《过故人庄》之"开轩面场圃，把酒话桑麻"；范成大《昼出耕田》之"昼出耕田夜绩麻，村庄儿女各当家"；陆游《过山西村》"莫笑农家腊酒浑，丰年留客足鸡豚"……一派欣欣向荣的农家乐景象，也是自秦汉以降中国文化以农为本的文化精神的艺术呈现。只是悯农的情怀为伦理诗性的审美激赏所覆盖，也忽略了他在散文中所多次鄙夷的兵匪官绅，与结尾处明海对小英子的应诺相呼应，是陶渊明式超脱于功名利禄的归田园居的梦想，庵赵庄有桃花源的遗韵。因此，他的乡土之恋也就超越了狭义的故乡概念，也超越了本事发生的年代，文化的关联域具有更深广的时空范围，是中国文人集体无意识中

回归田园的永恒冲动,是他们精神的原乡,也是涌出社会写实的框架、士大夫集体无意识中的古老原型——心灵乐土,这篇小说的文学史意义也就超越了新文学的范畴,是从一个古老母题衍生出来的当代变体。《受戒》中的少年恋情其实承载着一个文化种群的集体梦想,挑逗、吸引着明海的小英子,也实在是淳朴、美丽、恬静、丰富多彩、生机蓬勃,而又渐行渐远的农耕文明的整体象征。他的乡愁也就是所有农耕种群集体的乡愁,"四十三年前的一个梦"首先是田园之梦。

三

作者借助主人公明海的眼睛,其实是自己的视角,从释名开始,介绍这个村子的分布形态:"……叫庵赵庄。赵,是因为庄上大都姓赵。叫做庄,可是人家住得很分散,这里两三家,那里两三家。一出门,远远可以看到,走起来得走一会,因为没有大路,都是弯弯曲曲的田埂。"他有意区别了聚族而居、具有军事自卫性质的豪强庄园,在名不副实的微妙幽默中,展现的是一个依地势水系而居、四下散落的自然村景观,近于老子"小国寡民"的理想表述:鸡犬之声相闻,老死不相往来。只是在后文叙事中出现了一些变通,农忙时换工,农闲时各顾各,基本的模本还是老子的理念。

"庵,是因为有一个庵。庵叫菩提庵,可是大家叫讹了,叫成荸荠庵。连庵里的和尚也这样叫。"在点名村子因庵而得名的同时,将对"庄"微妙幽默的语态发展为明确的嘲谑:"庵本来是住尼姑的。'和尚庙''尼姑庵'嘛。可是荸荠庵住的是和尚。也许因为荸荠庵不大,大者为庙,小者为庵。"极言其小的同时,也呈现了民间佛教性别秩序的含混，一如无比神圣的"菩提"音转成了寻常物产"荸荠"，佛教民间化的方式一目了然。"明海"由学名而成为法名，也是同一语意的强调，至于他开蒙读书的书目，学经如读书、学戏的方式，"连用的名词都一样"，以及对于前程与状元、榜眼和探花科举名次的类比，"苦中苦"和"人上人"的励志等也都如出一辙，只是话语体系与知识谱系的分野、权力系统的差别。佛教中国化的样态可谓充分世俗化，和中国人的价值体系高度协调，因此成为文化传承的重要方式——"哪有不认字的和尚呢！"而且，清闲度日与没有严苛的清规戒律等生存状态，也近于老子哲学的"无为而无不为"，佛、道两家原本是难解难分的。这也与"庄"的释义吻合，使"小国寡民"的理念内化在世俗生活的精神纽带宗教信仰的简便仪式中。

在叙事的演进中，以庙里两代和尚的生存方式互为参照，汪曾祺描绘出这个世俗化过程代际图式的同时，也展现了中国佛教在近代历史变革的递进方式。终日枯坐在"一花一世界"中的老僧，或还体现着中国早期佛教的信仰与苦修，而第二代则是形形色色的花和尚——职业和尚。大和尚仁山几乎就是个管家，经营几十亩地的庙产和法事的分工与钱财往来账目，但毕竟还没有公开娶妻；二和尚任海亦僧亦俗，夏秋之际干脆将妻子接到庙里；三和尚仁渡风流倜傥、拈花惹草，简直就是娱乐明星，与前文田地与人口配置不平衡的生态形成出家风俗的介绍互为表里，为佛教的世俗化提供着生动的例证。他们杀猪、赌博，和小行商、偷鸡贼一类"正经人"来往，只有在做法事的时候超凡脱俗，表演庄严法相，这展现了近代中国佛教改革的方式——迅速地民间化，即所谓人间佛教。而区别于世俗生活，只是在杀猪之前举行念往生咒的仪式，"来从虚空来，还从虚空去"的信仰，倒是符合原始佛教众生平等与生命形态不断转换的伦理观念，是超脱了戒律规范的原始信仰；至于仁山向明海讲述的佛门盛事——"民国

二十年闹大水，运河倒了堤，最后在清水潭合龙，因为大水淹死的人很多，放了一台大焰口……"则是佛家超度亡灵、安抚众生的社会心理功能之显现，是人间佛教最主要的职责，和小庵里配合附近寒门小户的经济能力、放半台焰口的仪式活动以及记账、秋后付款的收费方式相呼应，都体现着人间佛教对世俗人生的精神安抚功能。原始的信仰是世俗化的遁词，提供社会精神平衡的文化心理功能则凸显出来，才是其重要的文化价值，其中彰显了珍重生命的伦理准则，体现着宗教存在的合理性。其他诸如杂技一样的飞铙，为风流子弟演出的花焰口等，与合工尺的读经一样，都是借助艺术形式传播宗教思想的捷径，也呈现了传统民间社会中，文化、宗教与艺术三位一体、高度整合的完整结构。由此带来的风流传奇，则是和名伶们的绯闻一样，使佛教世俗人间的样态更加表面化。

这一文化史的奇观早已湮没不存，《受戒》写作的时代是无神论成为独一无二合法信仰的时代，对于往昔文化胜景的回顾，是对文化史辉煌巅峰与繁盛时代悼亡般的回眸，作者以受戒仪式为高潮，对佛教文化的记叙近于广陵散式的绝唱。《受戒》本事发生的当年，外来暴力的战火就烧到了这片繁华富庶的水乡，以宗教为纽带的民间文化开始了持续的衰败，小说定格在衰败之前的历史瞬间，就具有了梦忆的性质，"四十三年前的一个梦"也就是一个被历史碾碎了的文化之梦。

四

一般认为《受戒》是一篇散文化的小说，这是就笔记式松散的叙事方式与"花开两朵，各表一枝"式的故事布局而言，就其表义结构来说其实可谓煞费苦心,践行着作者多次向人宣告的"苦心经营出来的随便"。它的故事是散漫的,合乎主人公的年龄身份和性格经历,一如他的文学启蒙导师沈从文的教诲"贴着人物写",但整体的表义结构却高度整饬,充满了错综复杂的两厢对立,而且穿插勾连,具有交响结构的对话性。

首先是僧与俗的对立与渗透,这是统领全部语义的枢纽,这一点我们在上文已经比较详尽地做了分析;其次是城与乡的对立,极小的荸荠庵和极大的善因寺的对照比量是典型段落;最后是官与民的对立,明海第一次进县城,看见的热闹场景是按照从大到小的顺序编排过的:"官盐店,税务局,肉铺里挂着成边的猪,一个驴子在磨芝麻,满街都是小磨香油的香味,布店,卖茉莉粉、梳头油的什么斋,卖绒花的,卖丝线的,打把式卖膏药的,吹糖人的,耍蛇的……"由官而民,由商而艺,也就是由中心辐射到边缘;还有农与商的对立,对于"庵"的反讽释义,对收鸡鸭毛和打野兔连带偷鸡的"正经人"的嘲谑修辞,掺杂在对勤劳质朴的小英子一家男耕女织的诗情画意中,对《受戒》抒情小说的文体定位,只适用于他对农家日常生活叙事的部分。小、俗、乡、民与农是一极,大、僧、城、官、商是语义的另一极,各自负载着作者正负两极的价值理想。

统领着所有对立概念的基本对立项是文明与自然,也就是一般概括为小和尚与村姑的恋情,从明海出场开始,经历了种种的两厢对立的参照之后,定情的对话最终结束在岑寂无人的芦苇荡里。人是自然的一部分,没有被文明彻底社会化的少男少女则是自然人的体现。明海的好嗓子、小英子像喜鹊一样的无忌童言都是天籁;村姑扰乱了小和尚心的是她踩在荸荠田里的小脚丫,也是豪华落尽的本真生命之象征;而最后定情时的装束与排场繁复奢靡的庙中景物形成鲜明的对照,更是返璞归真的色彩表义:小英子黑白分明的短打衣裤和天然龙须草的草鞋，明海脱掉毕业仪式的礼服新海青、露出白短褂，都是摆脱文化桎梏的隐喻，只有小英子头上采自农家庭院、一红一白的两朵花是一个朴素的过渡，与纯粹野生的花草形成参差的互喻。他们简短的恋语省略在和谐的自然风光中："芦花才吐新穗。紫灰色的芦穗，发着银光，软软的，滑溜溜的，像一串丝线。有的地方结了蒲棒，通红的，像一枝一枝小蜡烛。青浮萍，紫浮萍。长脚蚊子，水蜘蛛。野菱角开着四瓣的小白花。惊起一只青桩（一种水鸟），擦着芦穗，扑鲁鲁鲁飞远了。"在这幅印象派的画面中，自然的恬静生机使最大的对立项迅速倾斜，人生价值中的功名利禄与儿女情长的矛盾被化解，简直就是高邮籍、婉约派词宗秦少游《淮海集》主题的变奏——"金风玉露一相逢，便胜却、人间无数"（《鹊桥仙》）。就是在所有作家都不可避免的自恋中，也渗透了乡土文脉的直白简约："妾身愿为梁上燕，朝朝暮暮常相见。"（《调笑令》）高邮乡学与风物民俗一起，融入汪曾祺的精神血脉，使他的社会写实、文化回眸与高古的精神追慕，始终都有具体而鲜活的乡土世俗的生态样貌。《受戒》的写作是汪曾祺一次美学情感的还乡，他于1939年辗转到昆明求学之后，还从来没有回过故乡高邮。

明海是这个充满对话的复杂交响结构中的主旋律，从荸荠庵到善因寺的僧侣生活，以及其承载的价值体系则是副部。迫于生计而被命运规定出家的童蒙时代是细弱的主题动机，在小与大、俗与僧、乡与城、民与官、自然与文明种种两厢对立的精神对话之后，以小儿女的人间纯情颠覆了功名利禄，细弱的主题动机逐渐强大明朗，在博大丰美的自然背景中胜出，战胜了副部，作者在对民间生存的认同中完成自我的艺术张扬。但是这认同在现实中是无法实现的，只能以艺术的方式保留人生之梦，他的乡愁无边无际，弥漫在文化史峻洁层深的沟壑中，直如秦观所吟诵的"自在飞花轻似梦，无边丝雨细如愁"（《浣溪沙》）。然而，断层中仍有种子生发为蓬勃的草木花卉，仍然有鸟啭虫鸣，《受戒》中的少年旧梦滋养出一代代纯洁的心灵，所有遭遇现代性劫掠的农耕种群的永恒乡愁，都可以在汪曾祺的文化史记忆中萌动。

小记：小文作毕，适逢雨中元宵，汪老96岁诞辰，笔者61岁生日，屈指数来，邂逅汪老于33年前。谨以此文祭奠逝者诔魂。也纪念后辈与之卅余年的神交，以寄托生徒的仰慕钦敬之情。

生殖：人类最隐秘的集体创伤记忆与历史叙事的盲点
——浮现在近代人文思潮中的中外宿命叙事
（提纲）

两性交媾的生殖是人类作为一个物种最基本也是最永恒的宿命，是人永远无法脱离动物界的悲哀，因此而成为最隐秘的集体创伤记忆被所有的历史叙事所遮蔽，成为文化的禁忌，沉入民间的巫术信仰中。近代的人文思潮以人为中心的谵妄，一方面如莎士比亚所谓"宇宙的精华、万物的灵长、自然的主宰"，空前的膨胀依然无法正视作为物种延续的这一终极宿命；另一方面男女平权作为人道主义思潮的一部分，针对女性命运的审视中，生殖的问题冲破各种文化禁忌浮现出来。但是，由于性别的问题与各种文化制度的限制，就是在人道主义的文学中，生殖的场景多数情况下也在情感叙事中被剪辑掉，只有爱情、婚姻（或者强奸）与孩子的出场。人类规避着这个永恒的心理创伤，使之成为一个历史叙事的盲点。就连前卫的女权主义者，也把生殖看作男权文化对于女人的精神强迫，把拒绝母亲的角色和拒绝妻子的角色并列，成为逃避这宿命的极端方式。比较中外古今的生殖叙事，可以看到种族、性别的不同美学形态，其中以萧红的生殖叙事最大胆卓越，覆盖范围也最广。她由此成为表现人类基本创伤记忆最伟大的悲情诗人。

一 神话中的无性繁殖

（1）中外神话的遮蔽。女娲和该亚，作为原始母亲，一个是无性繁殖（抟土造人），另一个是众神之神与儿子结合生出了六男六女创生了世界，其都忽略了生产的情节。

（2）中古宗教扭曲生殖。基督教中的众生之母夏娃触犯了耶和华的禁令，而受到生产的痛苦惩罚；佛教认为生而为女人便是恶业的结果，生殖自然也是惩罚的一部分，而只将子女视作姻缘之一种。

（3）历史的元叙事修饰生殖。《史记》记载刘邦是太公看见龙伏在其母身上而降生，梦魂的信仰的传说中则是以象征物的投胎转世的无性繁殖神话取而代之，汉武帝则是其母亲梦日而生。历史小说中也多有踩龙涎而孕的帝王神话叙事，《郑伯克段于鄢》中难产被修饰为"寤生"的命名。

（4）古代叙事以爱情阻断生殖。萨福的情歌中只有两性的愉悦而无结果，《诗经》则只有求婚与失恋，生殖以祈福的"瓜瓞绵绵"等隐语转喻，两部希腊史诗都是以婚姻为核心，文化制度的意义遮蔽了生殖的环节，叙事的发展也以两性关系的政治得失为动力。在唯美的叙事中，包括了人类集体无意识中对生殖苦难的回避，也是缓解女性生殖恐惧的心灵抚慰。

所有的叙事只有因果而无过程，其中隐蔽着人类的集体无奈，与对这一永恒创伤性记忆的恐惧。发展为极端，就是巫术等原始信仰中的处女禁忌，以及对于女性经血的嫌恶与恶性的排斥。由此可见，在进入父权制时代之后，生殖是使全人类感到尴尬的永恒创伤记忆。

二 近代人文思潮中的生殖叙事

法国大革命是近代人文思潮的总爆发，口号之一是"反对初夜权"，其中包含对处女禁忌的颠覆，对个体性权利的维护，胜利以后对婚姻制度的改革为其重要标志，离婚成为公民的权利。对希腊、罗马文化的回归要求，使女性成为人道主义思潮中最突出的命题。男女平权进入现代文明的律法，形成象征性的文化秩序，一直被遮蔽的生殖问题也浮现在各种文学题材中。其中有写实意义上的叙述，文化神学意义上的探讨，不同的性别立场表现出不同的价值取向与美学形态，但是都面对人类最隐秘创伤记忆中的宿命主题。

(1) 单方面的宿命——被诱奸的女性叙事。

出轨女性的命运是近代欧洲小说中一个普遍的故事原型，无论是被诱奸还是触犯禁律的情爱，都是作家关注女性命运的重要视角。从雨果的《悲惨世界》、哈代的《苔丝》、霍桑的《红字》、托尔斯泰的《复活》，一直到哈克纳斯的《城市姑娘》、德莱赛的《珍妮姑娘》和《嘉莉妹妹》等，形成了一个丰富的人物画廊，生殖的场景被省略，男性作家以女性的命运为遁词，无意识地遮蔽着人类这一最古老、最永恒的创伤记忆，宿命的主题被单方面地放置在女性身上，这和《圣经》中以生产的痛苦惩罚夏娃的叙述视点吻合，依然是男性的视点，只是神的名义变成了人道主义的话语，缓解着男性创伤记忆的苦痛。

(2) 聆听与凝视——写实的生殖场景叙事。

男性作家亲临现场的生殖叙事，随着身体观念的开放而逐渐增长。托尔斯泰在《复活》中，让沃伦斯基坐在安娜的房间外面，听着

她痛苦地喊叫流泪。改编成电视剧之后，表现安娜痛苦挣扎的生产场面占据了不短的篇幅，由此引起不少观众的愤怒，其中女性观众占据多数，不仅触犯了唯美主义的原则，也展现了女性的基本耻辱，触碰到人类最隐秘的创伤，颠覆了所有历史叙事遮蔽的话语方式。巴金的《家》则更为细致曲折地叙述了瑞珏生产前后所经历的精神磨难，觉新在产房外面焦躁无奈地聆听着妻子的呻吟，新生儿的哭声与妻子的死讯同时传来，他的愤怒转向混合着巫术信仰与家族权力关系的文化制度。

因为从古至今中外都有男人不得进产房的风俗，旧日是源自辟邪与不洁的观念，现代则是避免干扰，其中都有遮蔽创伤记忆的功能。只有在文化制度之外的不期然而遇，才使生产的场面暴露在男性叙述者的视野中。流浪汉是最方便的叙述者，高尔基的《一个人的诞生》与阿城《迷路的接生汉》都是在森林中为孕妇助产。情节的差异在于，一个丈夫死去，另一个由丈夫出面求助；一个具备基本的助产知识，毫无顾忌，另一个要翻阅《赤脚医生手册》，叙事者特意强调"我还是一个小伙子"，在慌乱中也透露出文化禁忌的内心恐惧；一个是独自承担助产，另一个是两个人参照《赤脚医生手册》，摸索着完成助产；一个多了埋胎衣的文化习俗，另一个以拍打孩子引起哭声证明生命的鲜活。而且两篇小说都是以生殖为基本的故事情节，主题则差异明显，高尔基是以壮阔的自然衬托生命自身的价值，而阿城则是以对革命文化的调侃来寄托人生的无奈，叙事者的自我带有古典浪漫与现代反讽的差别，但都讴歌着生命的庄严，把生殖从所有文化禁忌中剥离出来，历史的叙事也退到了背景中，人类最隐秘的创伤记忆因此具有了诗学的意味。

（3）质疑与探讨——文化神学的生殖叙事。

因为女性的生殖功能重新得到推崇，母性因此获得了文化神性的规定，在科学昌明的无神论时代，成为唯一神圣的信仰。由此，也带来新的精神强迫，受到女权主义者的诟病。西蒙·德·波伏娃认为生殖是男权社会强加给女性的精神奴役，女性真正的解放在于选择生育的自由。性别立场在生殖的问题上发生了明显的分裂，这使一部分生殖叙事上升到文化神学的层面，是作家们探讨生命、历史与文化的重要媒介。

莫泊桑的《人妖之母》是最极端的负面叙事，以生殖怪胎来获取金钱，母性的沦丧是对金钱至上的商业法则最深刻的批判。一直到帕·聚斯金德发表于1985年的谋杀故事《香水》，母亲把马普蒂斯特·格雷诺斯抛弃在鱼摊下面的死鱼堆上，并送上了绞刑架，而他以研制极品香水的谋杀也以此为起点。香水是法国文化的象征，故事由此穿越数百年，表达了作者对历史与文化的质疑。

中国的生殖叙事出现在文本中，是五四之后的事情。柔石《为奴隶的母亲》与罗淑的《生人妻》，都讲述了代母的残酷文化制度，母性的被摧残使生殖只剩下传宗接代的文化功能，而罗淑本人是难产而死。张爱玲的自传体小说《小团圆》则刻意记叙在美国非法打胎的情节，张扬着拒绝母亲角色的现代立场。而且这个主题在大陆十七年文学中逐渐被淹没，只有茹志鹃《静静的产院》叙述了革命文化制度的革新，在生殖制度中新旧杂陈的过渡。只有到新时期才又浮出水面，但也多是省略了主要场景的象征性叙事。所有涉及这个主题的作家，无论男女都没有生殖的体验，更多的是文化神学意义上的探讨，而且性别立场明显地限定着思维的向度。王安忆的《小鲍庄》中的疯女人美丽而无生育的文化功能，被其丈夫折磨至疯，在文化福音一样的洪水中丧生，后续者麻脸因能生养，故受到丈夫的宠爱。铁凝的《麦秸垛》写出了原始而蒙昧的生殖氛围，心理上与之是疏离的；《玫瑰门》中的安静生产时有着自我毁灭的狂喜近于受虐，显然也无法认同；《孕妇与母牛》则是欲望的替代，象征的意味更加明显。严歌苓近年

书写的大量地母式形象，都删除了生产的环节。韩少功的《女女女》则是以两种极端的女性生命状态与精神状态的对比完成关于生殖命题的神学思考，幺姑因为没有生育功能而被丈夫遗弃，自己也在传统文化压力的精神强迫下救赎似的终生奉献，结果变成了一条人鱼；现代女性老黑则是有生育能力而拒绝为人母的文化角色，以人工流产来证明自己的身体功能。作者对两者都保持了精神的抗拒，结尾以诗一样的语言呼唤人类质朴的生命创造："远古一次伟大的射精，一次划分天地的临盆惨叫！"莫言则将凝视的目光投入文化神学的命题，并且将生殖的叙事和历史的叙事高度整合为寓言，被有意遮蔽的宿命主题，从《食草家族》开始，在《丰乳肥臀》和《蛙》等作品中，成为历史叙事的主干，地母式的形象以血缘的方式粘连为线性时间框架上的血肉，母性的苦难以不同时代的不同方式被淋漓尽致地挥洒，成为他的大地诗学中最丰沛的源泉，生命的伦理最终集结在蛙的远古图腾中，有写实有象征，使文化神学的精神得以充分彰显。

三　悲情的宿命叙事

萧红无疑是一个空前绝后、咏叹生殖的悲情诗人。她一开始写作年仅22岁，就经历了无奈舍弃亲子的大悲，最初发表的两部作品《弃儿》与《王阿嫂的死》，都是以生殖为核心情节，而且两个产妇都没有丈夫。一直到生命临近终点的巅峰之作《呼兰河传》，也是以生殖为全部作品的叙事重心结束，在此之前，她又经历了一次生产的磨难与丧子的无奈，而且这个孩子的下落成为她秘不告人的隐私，至今仍是无法解开的谜团。生殖成为她短暂写作生涯中最基本的母题，反

复变奏出悲凉的情感旋律。

萧红一生写过七起生殖的事件，基本概括了女性生殖的所有可能。《王阿嫂的死》是母子双亡，《弃儿》是因为无力抚养而舍弃亲子，《生死场》中的金枝因丈夫不节制早产，险些丧命，五姑姑的姐姐难产生下死婴，只有愚笨的麻面婆是正常生产，可以冲破妇道的日常束缚骂天骂地骂丈夫，宣泄女人不能节制生育与被迫生养的苦难。只有《呼兰河传》中的王大姑娘和冯歪嘴子非婚的自由结合顺利生下孩子，在贫贱中不顾邻人的耻笑与歧视，满怀希望、坚忍不拔地生活，她死于第二次生育的难产，因触犯了巫术的信仰，大庙不收小庙不留，却有一个幼小的儿子为她打幡送行，这无疑是萧红建立在宇宙自然生命系统中的大伦理诗学中最为核心的人性理想，向死而生的抗争便包括了人类延续种族生命的伟大生殖活动，而且是在外来暴力的巨大危难时刻，在法西斯的空前浩劫席卷全球的时代，民族的问题由此便和人类的问题高度融合。其中有严谨的写实，有夸张的表现，有整体的象征，有深情的凝神，也有欲望的强烈投射（她临终有找回孩子的遗言），综合了所有两性作家生殖叙事的所有义素。她把拉伯雷身体的狂欢从食与性的表层深入更为隐秘的生殖层面，把两性共同的终极宿命演绎为人类终极解放的伦理主题。

而且萧红把生殖的母题作为人类的宿命来阐释，一直深入修辞的缝隙中。《生死场》中集中表现女性生殖的"刑罚的日子"一节，开篇于乡村夏日景色的叙事，其中有"人和动物都忙着生"，具体的几起生殖事件都与动物的发情、生产形成互喻的关系，幽默地表达了人作为一个物种不能彻底脱离动物界的宿命认知。而对待生殖的残酷文化制度的叙述，则是出于女性的立场与愤怒，女性的宿命与人类的集体宿命高度整合，抒发出自古至今最为隐秘、最为悲情的人类创伤记忆。一个地母一样的女祭司，填写了人类所有历史与文学书写的空白。

回归《水经注》的大游记传统[*]
——关于文化生态之旅的随想

一

中国的游记文学很发达,"肇始于魏晋,成熟于唐、宋,至明、清则成为文学散文的重要一体"[①]。一般以柳宗元的《永州八记》为起点,而早于他的《水经注》则被认为是一部地理学著作。但是,对于这部巨著的文学价值,即使是专业人士也承认"并有片段精彩的山川描绘"[②]。因为游记被限定为"模山范水,专门记游"的文体,而一向被归为杂著类。而《水经注》主要以分类水系、考察源流为目的,而且并非全部亲历,大量的第二手资料,所以一直被排除在文学游记之外。但其写作动机乃"庶备忘误之私,求其寻省之易"[③],则与所有游记的意义有交集,都带有备忘发现的功能。分野在科考与寄托情理的重心倾斜向度,而手笔之大小、形制之短长的区别,则要到一千多年之后,《徐霞客游记》的出现才能弥合。至于两者之中,兼而有之的

---

[*] 本文为出席 2013 年 10 月 27—28 日在香港中文大学召开的第四届旅游文学研讨会"生态之旅"上的发言;为出席 2014 年在香港召开的"第四届旅游文学年会"的讲演稿。
[①] 褚斌杰:《中国古代文体概论》,北京大学出版社 1998 年版,第 371 页。
[②] 同上。
[③] 《水经注·郦道元原序》,漓江古籍出版社 2013 年版,第 1 页。

风土民情、历史故事和神话传说的内容，则上承古代士子采风之传统，中袭司马迁史传文学之精要，皆为文学的品质。和西方纯粹科学主义的地理著作大有区别，整体性中体现着天人合一的宇宙观。

中国的山水文学，其人文背景与意识形态的演变大有关系，它所肇始之时正是佛教传播，禅宗盛行于士大夫阶层，所谓"老庄告退，而山水方滋"，文体则由诗而书信而散文。《水经注》的出现，与这个思想史的转折点相去不远，只是思想源头是更为久远的《易》："天以一生水，故气微于北方，而为物之先也。"而所引《玄中记》"天下之多者，水也……"[1]则是此前数百年间文学、训诂、道术数、游仙诗与风水堪舆知识的总和之硕果。郦道元对古代地理典籍的一一评点，则是他区别于纯粹诗文写作的学术旨趣。更大的差异在主客体的关系，认知考辨与兴象、理趣之差异，故为文学史家所不取。但是，他对文学的影响却从未间断，有"东方黑格尔"之誉的清代大学者刘熙载在《艺概》中说："郦道元叙山水，峻洁层深，奄有《楚辞·山鬼》《招隐士》胜境。"当代大散文家汪曾祺说："《水经注》写风景，精彩生动，世无其匹。"[2]"将一大境界纳为数语，真大手笔。"[3] 而前者至明代，则成了小品，张岱的文章是典型，精致的唯美呈示着主体的柔弱。

因此，笔者以为，《水经注》区别于短小的纯文学游记，应该称之为大游记，不独为地理学著作，而是开启了一类游记文体之先河。与狭义的游记之别，在主客体关系不同重心的倾斜中，也体现着认知主体自身的雄强，而且在风格上类似古希腊开启的西方古典美学"模

---

[1] 《水经注·郦道元原序》，漓江古籍出版社2013年版，第1页。
[2] 汪曾祺：《蒲桥集·自序》，《汪曾祺全集》（第4卷），北京师范大学出版社1998年版，第272页。
[3] 汪曾祺：《谈散文》，《汪曾祺全集》（第6卷），北京师范大学出版社1998年版，第333页。

仿自然"的艺术理想，相对于纯粹文学游记的"优美"，更近于黑格尔所谓崇高的美学境界。而且这个文体适应着全球化时代旅游热与环境保护的主题，正在为越来越多的作家所激赏，从内容到形式，都影响了几十年来中国游记文学的发展，并且诱发了文体的演变。

二

晚清开始的维新运动，使游记的文体从内容到形式都发生了明显的变化与分流，不仅是语言形式的急剧转型，白话取代文言，还包括文化精神的嬗变。坚船利炮开启了变法图强的历史潮流，科学主义成为强国梦的核心世界观，地质学称之为"人类纪"的现代铁血文明迅速改变着天人合一的自然观，直至"人定胜天""人有多大胆，地有多大产"等，自然是被征服与掠夺的对象。现代学术的严格分类，又使知识的系谱发生断裂，"分别知"是思维方式狭窄化的弊端。由此，游记可以分成明显的科考与抒情两大类。而科考一维又依照西方学术的规范，严格分类为地质学、行政地理与历史地理学、文化地理学等，彻底脱离了游记的文体，《水经注》也是在这样的文化学术潮流中，因极端推崇其科学价值而从游记文体中被分离出来。

而文人游记的考察性内容多与民族再造的历史主题相渗透，内容发生了明显的变化。域外的见闻成为游记的新内容，社会政治的主题压倒了山水性情的雅趣，梁启超的《新大陆游记》是典型。而域外游记的翻译出版也推动着这个文体的演变，1913年，北京正蒙印书局出版《元代客卿马可波罗游记》，20世纪30年代末王云五主编，由商务印书馆陆续出版的《万有文库》中，有瑞士作家埃米尔·路德维希的

《尼罗河传》，"这里面人、兽、史、地、自然和社会、过去和现在，熔冶于一炉，是一种新的探索"[1]。这些译著影响巨大，催生了科考性游记的新类型，譬如郑振铎的《西行书简》，综合记叙了平绥线的古迹、物产、风俗与各种见闻与思绪，更接近古代士子采风的传统。就是纯粹的游记文体，也以文化的内容压倒山水的兴象与理趣，朱自清与俞平伯的同题散文《桨声灯影里的秦淮河》最典型。十七年的游记则在风格上发生了明显的逆转，格调高昂、意象明媚与理趣的政治意识形态独此一家，无论是作者还是被记叙对象，都可谓山水告退，人为膨胀，除了风俗性的差异外，美学风格大同小异。直至"文革"当中，游山玩水成为腐朽意识形态的表征，主体的萎缩使这个文体近于死亡。

近三十年则呈现出向《水经注》的大游记文体回归的趋向，而且科考的自然、人文、历史、风俗与纯文学游记的兴象、理趣的综合性内容逐渐合流。使自然回归自然本身，是最初的写作旨趣，以汪曾祺与贾平凹短小的游记为典型，形制近于晚明小品，而精神追慕的却是《水经注》的胜境。其中，汪曾祺的游记将历史考据、民俗风情与身世感怀皆寄托于"我看青山多妩媚，料青山看我应如是"的古典情趣中，主客体关系的重新调整，使文风潇洒鲜明。而对于故乡与长时段生活过地方之怀想，则与回忆录的文体重合，构成他大游记的独特品格。事实上，他已经把这个文体上升到了人生观的高度，看山看水看自己，属于王国维所谓"有我之境"。而贾平凹则是在不期然而遇的发现中，寻找回归自然母体的精神通道，与方志、笔记小说等文体相融合，民俗学的视角使之偏重"无我之境"。科考性的游记与报告文学合流，以马丽华的《走过西藏》系列最丰满，文化人类学的视野使

---

[1] 陈原：《重读〈尼罗河传〉》，埃米尔-路德维希：《尼罗河传》，赵台安、赵振尧译，辽宁教育出版社1997年版。

行将消逝的风景遗留在鸿篇巨制的画卷中,自然重新成为伟大的主体,客观观照与记叙是新一代作者的历史态度。周涛的《游牧长城》则是山水告退,民俗居多。阿城的《威尼斯日记》,顺序连接剪影式的印象,山水简要、人事为重、感兴理趣凸显。叶梦的《遍地巫风》,搜寻的则是沉入民间的原始宗教的遗存,人类学与宗教学的思想背景中,蕴含对民族生存原始记忆的特殊兴趣,山水与民生的融合是残存的历史片段。此外,学者们专题性的系列散文多被归入学者散文的范畴,比如赵园的《易堂寻踪》、葛兆光的《在异乡听风看雨》、陈平原的《阅读日本》、夏晓虹的《重返现场》等,都是学术考察的副产品,偏重文化而兼及山水,成为游记文体的新品种。梁鸿的《中国在梁庄》,则是新一代的学者以崭新的知识结构与鲜活的童年记忆,以及还乡的见闻,记叙自然生态被破坏之后,乡村社会崩溃与生命伦理瓦解的惨痛景观,生态人类学视角的科考性叙述与痛彻骨髓的生命体验融合成纪实性的文体,最明显地趋向《水经注》一类大游记文体的精神境界。而大量中国作家的域外游记,则承袭着五四一代作家的思绪,只是主题更侧重于文化保护与个体生存方式的比较,山水模糊、人文显著,感觉丰富而富于个性。至于一窝蜂似的行走文学,则是游记在商业化时代辐射出来的变体。

三

在向《水经注》的大游记文体回归的过程中,现当代游记接续起前文学游记的各种体裁,也与非亲历的各种体裁相结合而诞生出新形式。比如,郑振铎的两部游记分别为书信与日记,承续的是鲍照《登大雷岸与妹书》与《徐霞客游记》的形式。徐志摩的《巴黎鳞爪》则是印象记，但是人物故事串联的幽暗场景，则带有唐代传奇的特征。隔着近三十年的严峻岁月，近三十年的游记在接续起多种文体的同时，与各种文体交叉，特别是与虚构文学样式彼此渗透，嬗变出各种新的形式。汪曾祺回忆昆明的散文如片段风景的册页，体现着京派文学唯美的传统，也沟通了更久远的古典诗文山水性灵的艺术精神，而《猴王的罗曼史》等带有科考式的游记短章，则是宋人笔记、明清小品与五四以后由西方传入的科学小品文的融合。贾平凹的《商州初录》带有方志的特点，及至他的小长篇《商周》则以一个游走的真实叙述人，串联起虚构的故事叙事。阿城的《遍地风流》采风式的笔记体，因为有故事性，而被纳入小小说的文体。马丽华的《西行阿里》，是寄寓在报告文学中的见闻录。还有不少专写自然的亲历散文，属于当代所谓抒情美文的范畴，比如李存葆的《绿色天书》等一系列环境主题的游记，明显带有启示录的性质。

游记作为一个重要的文学母体，历来是历史叙事与虚构文学借重的文体。所有的史诗几乎都是建立在迁徙与游走的时空形式中，《诗经·大雅》中的《生民》《公刘》与《緜》，是周人记叙祖先由邰到豳再到歧下的迁徙路程。两部《荷马史诗》以特洛伊战争为轴心，叙述出征与回家的历险，并且牵动了西方的流浪汉文学，从《小赖子》到高尔基的早期短篇小说和自传三部曲，美国作家马克·吐温的《汤姆·索亚历险记》等主要作品，左翼作家辛克莱的《石炭王》，20世纪后半叶影响了全球的美国作家凯鲁亚克的《在路上》，一直到现代主义的经典之作《尤利西斯》，由乡土写作开始的俄国流亡作家纳博科夫的《普宁》与《洛丽塔》，德语作家帕·聚斯金德的《香水》，都是以游记的方式叙述主人公的奇异经历。吴敬梓的《儒林外史》、晚清刘鹗的《老残游记》，都是游记体的长篇小说。现代中国作家更是广

泛地运用游记的文体，而且是在外来游记的启发下形成文体的自觉。乡土作家萧红最为人称道的《呼兰河传》，名字即受到《尼罗河传》的启发，《马伯乐》则是以游记的时空形式叙述逃难的见闻。而她的同时代人艾芜，干脆以《南行记》命名自己的小说。解放区文学也多有游记的形式，比如丁玲《我在霞村的时候》、孙犁的《荷花淀纪事》、马烽的《我的第一个房东》，都是叙述不期而遇的人物故事。知青文学几乎就是准流浪汉文学，大量篇什是以游记的线性时空形式结构故事，行止中的际遇是叙事发展的内在推动力，比如史铁生的《我那遥远的清平湾》，韩少功的《归去来》《马桥词典》，阿城的"三王"，张承志的《黑骏马》《北方的河》，王安忆的《隐居时代》，王小波的《黄金时代》等。特别应该提到的是扎西达瓦《系在皮带扣上的魂》，将寻找与朝圣的主题寄寓在游记的文体中，表现一个民族精神的失落与漂泊。一直到20世纪90年代，不少作家仍然乐于以这种文体叙述故事，王安忆的《上种红莲下种藕》、迟子建的《全世界所有的夜晚》，都是以游记的方式记叙人生际遇的故事，演绎自然生态、文化生态与社会生态的主题。而国门的洞开，也使作家的行旅范围大为拓展。台湾的作家得风气之先，陈若曦的《尹县长》将逃亡的主题纳入游记的文体，接续着萧红的起点；三毛的撒哈拉故事是典型的拟游记体小说，对于广大世界的好奇是岛居历史与经济起飞之后的普遍社会心理，延续着几代人无奈的漂泊与迁徙。张洁的《只有一个太阳》叙述了一系列乔装的西土之行，在东西方生存的比较中，表达自己的幻灭与无奈；而世纪之交的《梦到好处成乌有》则是以无目的的游走，以女性的目光质疑历史的伦理，书写灵魂的自由，由历史理性的必然逻辑转向人生偶然际遇的神秘感喟。归根结底，从古到今，都是历史的错动与人生的漂泊孕育出的各种生命故事，使纪实与虚构互为表里。第一人称是多数拟游记作品的基本特征，自我艺术外化的主人公是第三人称的拟游记的叙事人特征，而纯粹的第三人称拟游记小说的主人公，则兼有双重的视点，既是观众视点（记录所见所闻），作为主人公又是作者观察的焦点，两个视点整体构成游动的视点，而故事叙事的随机与文体的自由则以偶然性为逻辑特征连缀剪辑故事。

游记还催生了超现实的科幻文体，英国作家笛福的《鲁滨逊漂流记》、斯威夫特的《格列佛游记》，科幻作家儒勒·凡尔纳《八十天环游地球》，一直到李安最新电影《少年派的奇幻漂流》，都是以游记的方式结构故事。这些带有不同意识形态特征的神话叙事，使古老的游记脱离了与历史的准确时空对位，更多的是特殊历史文化背景中的心灵标记。航海业的发展与《鲁滨逊漂流记》、机械文明的勃兴与凡尔纳的小说、环境问题引起的人与自然关系的思考和李安的最新电影，彼此之间的潜在关联显而易见，主题的连接方式比事件的对位更重要。至于真实游记向虚构游记的转变，更是文化史和文学史之间血肉相连的重要方式。玄奘口述的《大唐西域记》是纯粹的游记，中经《大唐大慈恩寺三藏法师传》、南宋《三藏取经诗话》、元杂剧、金院本，而最终由吴承恩将纪实与传说整理成著名的长篇小说《西游记》，主人公的变化中，文体由纪实而演义，由诗歌到戏剧到小说，成为中国叙事文学的瑰宝。

将虚构的形式引入游记的文体，是近代游记的特点。生态旅游文学的大游记文体，区别于古代的游记，最大的差异就在于并非纯粹的亲历性，需要做大量的案头工作，因此接近《水经注》的大游记文体。而与口口相传的虚构文体与资料搜集、文献征引的杂感政论等文体结合，使时间与空间的形式都发生了根本的变化，主体的思绪则因此穿越有限的时空，使想象力得以自由驰骋，兴象密集而具有整体感、理趣则超越人事，更多了宇宙自然、历史人文的感慨。长处在此，弱点也在此，旅游与严格的科考毕竟不可并论。生态固然大于人

事，但有限的浮光掠影的片段印象，终归难以模范宇宙自然的雄奇神秘与博大。因此，向着《水经注》的大游记文体回归的趋向，也只是追慕先人的精神胜境而已，谁可能穷其一生从事考察探秘的写作。而且知识的准备与文体的限制，还有图像强大覆盖能力的竞争，都决定了最终还是以福柯所谓"标记"的方式，连缀起主体对宇宙自然的感兴，一如汪曾祺所言："写山水，无非是写人与自然的关系，人和山水的默契，融合，一番邂逅，一度目成，一回莫逆。"[1] 当这样的观物方式遭遇劫掠的时代，毁灭了人与自然的和谐关系，在满目疮痍之中，也只能以回想的方式抢救记忆，留住濒于消逝的风景，这就是文化生态之旅的大游记散文大量出现的历史情绪与时代风土。

---

[1] 汪曾祺：《相看两不厌——序先燕云散文集》，《汪曾祺全集》（第5卷），北京师范大学出版社1998年版，第406页。

夯实新文学经典化的基础*

新文学从溪流蜿蜒到汇聚成河,已经历时一个多世纪,但是对新文学作家的研究,则始终未进入一个扎实严谨的学理化程度。先是不断严密的政治禁忌,后有商业大潮的冲击,学术传统遭到毁灭性的破坏。新时期的历史转折,拨乱反正的宽松气氛,与平反冤假错案一起开始了对新文学作家的重新发现与评价,因此思想与主题的研究和人文思潮一同起伏消长,至今仍然是言说的重心。而方法热的接受潮流中,也带来学风的浮躁,外来思想与方法无疑警醒了几代学人的学术自觉,改良着治学的立场与理念,但静下心来做扎扎实实的研究工作还远远不够。加上各种历史条件的限制与科研制度的约束,至 20 世纪末,几乎没有一套严谨校注过的新文学作家全集。而年谱的编写则略好,但是也受到政治与亲情的种种干扰,以简略者居多。

可喜的是,随着经济的发展,科研制度有了明显的革新,国家的各种基金与奖励为新一代青年学子们创造了较为从容的治学环境,"著书皆为稻粱谋"的状况有所改善,加上文化环境的宽松使禁忌缩小。近年来不少学界的青年才俊,甘于寂寞,坐冷板凳,读万卷书,行万里路,逐渐接续起中断已久的学术传统,从各种曲学阿世的误区中走出来,协调传统学术与国际的学术规范,开始艰苦繁难的扎实工

---

* 本文是为徐强先生所著《汪曾祺年谱》而作的序言。

作，搜集佚文史料、校勘版本、编辑全集，踏查故地、考证行实、采访当事人，撰写年谱，令人赞叹钦佩。这无疑是文学研究的基础性工作，夯实了地基才能有坚固的建筑。而且中国现代学术本身就是在外来学术的影响下，以对传统学术的更续而建立起自己宏大的格局。

他们的工作也是在这个大的框架中添砖加瓦，只是对象发生了转移，这也是对文学史的延续性贡献，而且意义重大。因为新文学是中国文学的衰变期，又是无法逆转的现代性宿命，所有的新文学作家都最深重地承受着这样的宿命，无论是党派的斗争，还是民族的危亡，无论是文化的撞击，还是国际大气候的巨变，他们都在历史诡谲的风云中沉浮漂移，加上当代汉语的规范化运动，无论情愿不情愿，文章的删改与史实的谬误，都是不可避免的。还原是基本的工作假设，不仅是文字的还原，还包括历史语境的还原与当事人记忆的还原等。随着生命的不断消逝，这项工作还带有抢救资料的性质。新一代的学者独有优长，首先，他们较少地受到党派政治的束缚与个人情感的限制，能够比较客观公允地分析资料。其次，他们都在学院工作，学术条件与气氛都有益于开展深入细致的研究，加上严格的体制内教育，学术训练有素，师承关系也是传统更续的方式，可以不必艰难转身，顺理成章地进入学术轨道。

年谱的编写在中国历史悠久，通常归为谱牒学，属于史学的范畴。诚如夏承焘先生所言："年谱一体，不特可校核事迹发生之先后，并可鉴定其流传之真伪，诚史学一长术也。"现代学者攻之者甚多，著作也形制各异，简谱居多，另有文学年谱、创作年表、生平大事记等。而年谱长编则较少，大约需要下大力气，花大功夫，非短期行为所能完成。古代作家难在资料少，新文学作家难在资料多且杂芜，需要考辨者甚繁难，特别是当事人的众说纷纭，更使事迹的梳理困难重重。这就需要研究者"老吏断狱"似的考辨真伪之能力，此能力需要多方面的辅助功夫，踏查、采访、竭泽而渔似的搜集资料，翻阅各种相关文献等。除此之外，还要知白守黑，该存疑处即存疑，这也是实事求是的基本治学态度。这就是当笔者看到徐强先生所撰《汪曾祺年谱长编》时，感到的震动与诸多联想，新一代学人正以埋头硬干的精神，创造性地接续起悠久而深厚的学术传统。

首先是选题的史学价值，汪曾祺是贯穿现当代的经典作家，从20世纪40年代开始到世纪末，他一直行进在主流文学史的行列中，其教育背景则可上溯到20世纪初的五四新文化运动，而故乡的人文历史沿革、乡学传统与儒商维新的家风，则是汪曾祺形成的风土，勾连着中国文化与文学的深广源流。他生活于多事之秋的动荡时代，植根于政治史、文化史与文学史的频繁转折中，感应着东西方现代文化的八面来风，对衰变期的文学更生与创新作用独特，为汉语写作的现代化转型贡献了成功的经验。凡此种种都决定了他的经典地位，成为一个历史无法遗忘的重要作家。为他作一部翔实的年谱，就是为文化史与文学史研究铺设基石，也为深入的文本研究提供了支撑。徐强先生选择了这个题目，显示了他治学的审美眼光，也显示了他开阔的史学视域。而且他钩沉、考辨了汪曾祺不少旧文的出处，参与了校注本《汪曾祺全集》的编辑校注工作，踏查了汪曾祺的故乡，采访了众多的当事人，翻阅了大量的相关周边资料，准备工作可谓扎实周详。

在方法论方面，徐强参考了现代学者的工作，对于年谱的体例有着高度的自觉与独特的发展，以"全面、翔实地载述作家汪曾祺一生的行实、创作、交游（心态）"为目标，在编年事迹和行实勾勒，以及文献梳理（辑佚、编年、校勘、考证）方面同时下力，钩沉与纠谬相结合，确立了自己的工作方法。凡例界定了基本的精准规则，正谱之前有"谱前"，身后的影响则设"谱后"编排，而且保留了存疑的部分，将"作年暂不详的作品"附在正谱之后。在具体的行文中，徐强显示了自己良好的学养，现代文化人类学式的田野调查、谱牒学、文献学、传统训诂学的音韵与小学，都是他运用自如的手法。当然，仍有可商榷处，但是基本的治学方法无懈可击。新历史主义的理论框架也是显而易见的特色，在传主行实纪年之前，专设了"国家纪事"与"地方纪事"两项，一开始就把汪曾祺的生活与创作置于大的历史情境和小的社会环境中，为更深入的研究提供了标记性背景资料。作为汪曾祺研究的同好，尤其使笔者敬佩与感谢。

后生可畏，吾辈不敢懈怠。

是为序。

第三辑

新世纪留痕

从反叛到皈依

——论"80后"写作的成人礼叙事模式

"80后"作家是幸运的一群,他们不必经历政治历史的现实规训,不必在成年之际重返青春的躁动,借助社会政治思潮来完成精神怀疑的表述,也不必寄予于外在的思想革命讲述成熟的过程。他们依照生命周期的时序,记录身体与心灵合乎逻辑的发展过程,不仅显示出青春小说的一般特征,还完整地表现了从反叛到皈依的成长蜕变,呈现出最典型的成人礼的叙事模式。区别于一般成长的叙事,也区别于成人礼形式衍生的成人故事叙事,直面自我的基本叙事角度,将心灵蜕变过程的感受和外在成长的具体内容,血肉丰满地结合在成长的故事中。虽然这成长的故事千姿百态,但是,都不出求学、恋爱、求职的基本行动元,是青春小说中成人礼写作的典型类型。

一

青春小说是一个新兴的概念,顾名思义是以青春期的生命为主要内容。尽管无论中外,这样的内容自古不绝,但是有意识地作为一个题材则是近代以来的事情。16世纪西班牙小说《小癞子》是一个可以追溯的源头，阿·托尔斯泰整理的俄罗斯民间故事《苦儿流浪记》也是其中之一，但是都以成长的经历为主，对于成长过程中心灵的蜕变则很少涉及。"浪子回头"是中外文学艺术普遍的主题，但是总是以成功的规训为终结，无法无天的孙悟空终成正果，伦勃朗描画了回家的浪子跪在父亲面前的感人一瞬，都是经典的表现。牛虻和保尔·柯察金借助政治历史的巨大裂隙，完成青春期的反叛，顽强的思想坚守最终都不肯妥协。晚清以降的频繁文化震动，使几代人的反叛获得历史不断变革的宽松包容，至当代进入了话语方式的意识形态严格规范，有被改造好的成长叙事，而少自我觉悟的过程。曹雪芹笔下的大观园里，少男少女们的青春故事以残酷的毁灭悲剧结束，贾宝玉的结局无论是哪个版本，都没有皈依的迹象，只能进入另一个文化的空间，家族的崩溃也没有给他提供皈依的可能。萧红等一批女作家为了追求独立与家庭反目，历尽劫难之后才能够了然亲人当初爱的苦心，但是历史阻塞了她们的皈依之路。张爱玲则临了还要揭穿各种家族的情感神话，发泄对家人的不满。

"80后"作家的幸运，在于他们生长在一个相对稳定和开放的时代，使本能的反叛得以表达，并且顺乎自然地皈依于自己的感悟，社会也为他们提供了展示的平台，"新概念作文大奖赛"的设立更是他们破土而出的园圃，商业出版的各种渠道也是他们得以自由言说的生机，所以能完整记录这个过程。当然，这是文学的成人礼仪式，空间与时间都是开放的。而且每一个人都有独特的反叛和皈依的方式，显示出开放时代多元选择的文化优势。处境的差异、性别的差异、文化背景的差异、成长环境的差异、经历的差异、地域的差异，都是他们独一无二的生命轨迹，而心理气质的根本差异，则是个性得以完整凸显的内在条件。韩寒从《三重门》《一座城池》到《长安乱》，以追求自由创造的人生理想，反抗家庭的强制性文化灌输，反抗学校制度化的单调枯燥生活，反抗虚妄的文化理念，反抗历史叙事的政治价值，最终以对平民百姓的基本生活愿望的理解，完成人生的感悟，思想皈依到对人类整体命运的认同。张悦然早期小说《毁》等一系列反叛故事，基本以生活优裕的女孩儿与另类男孩儿的出走开始，到心灵的根本隔膜导致分手结束，情感出行的终结是以回家为直白的皈依方式，而且一再重复。无家可归的人则是以拼凑的家庭为依托，对抗亲情的冷漠和社会的混乱，这也是一种皈依，向质朴情感的皈依，《樱桃之远》是最典型的叙事。对于商业文化的反叛，则是以诅咒它所塑造的恶魔母亲一类自私女性，完成性别角色中质朴善良情感价值的巩固，《水仙已乘鲤鱼去》是淋漓尽致的表现。她几乎是自觉地运用成人礼的写作模式，因为写小说只是激情宣泄的方式："我只是在发散，忧伤像是一场感冒。而写作则是高烧的并发症。"[①] 每一次激情燃烧的写作之后，就恢复正常的情感状态，周而复始的过程本身也是一种不断演练的成人礼仪式。颜歌改写各种神话诉说自己不同人生阶段的感受，"声嘶力竭地，歇斯底里地，终于会达到最后的静默"[②]，写作也是不断演练的心灵成人礼仪式。她大量改写的神话故事，都是以孤寂开始，驰骋想象力颠覆原有的意义，反叛的精神出行最终回归到枯寂的现实中。连20世纪80年代末出生的蒋方舟，也以出走与回家为基本的情节框架，在《骑彩虹者》中，她讲述的就是几个青春期的初中学生，因为受不了学校的制度与家庭的管束，结伴到另一个城市，又无奈地被以各种方式送回家的故事。小饭《我的秃头老师》与之相近，以世界近代史课程为依托，以对一位老师的认识为过程，随着老师的离去与课程的结束，而回归黑暗孤独的现实世界，完成一次成人礼过程的体验。孙睿的《草样年华》及其续篇，从中学的生活开始到

---

① 张悦然：《水仙已乘鲤鱼去·着了迷》，作家出版社2005年版，第172页。
② 颜歌：《桃乐镇的春天·自序》，《桃乐镇的春天》，明天出版社2007年版，第3页。

求职，全面反抗了教育体制和社会现实，也以身体解放和经济的自立自觉完成了成人礼的过程，到《我是你儿子》则是以父子关系的强化，达到文化认同顽强的自我巩固，他高度自觉地运用了成人礼的叙事模式。郭敬明从《幻城》到《梦里花落知多少》，基本走完了对人生由拒绝成长到自信的心灵确立过程，公主王子的梦也转变为对社会文化的犀利批判，在质朴的人生与人性的发现中，完成价值的认同，这也是一种精神的成人礼。春树从《北京娃娃》开始的创作，则是从对教育体制和父辈价值观念的反叛，借助各种20世纪中外的政治与艺术的革命精神，以身体的方式进入社会，以另类的姿态藐视成人世界，最终皈依到时尚生活的潮流中。李傻傻的《红×》是在无奈的抗争与多次的挫折之后，由对现代文明之母的认同，通过更改名字而完成自我的确立，这是以脱离乡村为人生起点的人，进入现代文明特有的成人礼方式。姚摩的《亲爱的阿×小姐》中的黑明的成人礼过程，则是从身体的放纵到心灵的皈依，以对不同异性的性爱行为，来对抗混乱无序的世俗生活和孤独无助的现实生存，也以纯情超越了原始欲望与世俗的利害关系，从混沌的自我升华为自觉的自我。李海洋的《少年查必良伤人事件》，则是借助心仪的另类朋友犯罪入狱的恶性事件，使心灵的反叛终止在爱情的归宿中，这大概是青春期最普遍的成人礼形式。

作为文学写作的成人礼叙事，总是会因人物生命周期的发展而不断重复。随着这些20世纪80年代初出生、21世纪崭露头角的文学才俊步入社会，他们的人生阅历与生命周期的变化，都使成人礼的形式发生明显转变。由此出发，几乎是转向了反成人礼的写作。即使灵魂获得皈依，但是人生的苦难依然会粉碎最平易简单的生活。这以姚摩的创作最典型，《走过我的村庄》在两个心仪女性的死亡叙事中，结束了乡村与城市的双重文化镜像。这是成功逃离了衰败的乡村社会、成功进入现代文明的人们,不断重复的人生感叹,从鲁迅开始源源不绝。只有女性的精神,成为无处降落的灵魂飞毯,漂浮在人欲的罪恶与众生的苦难之上。孙睿的文本序列,几乎是叙述了80年代初来世的一代人,不断为不同形式的成人礼碾压,又不断以自己的方式反叛和皈依的过程。王欢的《爱是大海,浪也白头》,则是一个反成人礼的叙事,由身体的迷失开始结束于死亡的叙事,完成了生命意义的感悟,只是这个故事太残酷了一点,稚嫩的生命一开始就被世俗的权力网络所诱骗、束缚、挤压,没有反抗的能力,又没有进入的门径,只能以自舍来抗拒社会权力的残酷压迫。而张小琴的《树上的岁月》则揭示了另一种残酷,借助异域的人物故事讲述人类普遍的成长现实,主人公为了躲避迫害与歧视而出逃,在身体恢复成长得强健之后,却不得不回归"齐物的世界",参与凶残的现实生活。颜歌的《飞鸟怅》等大量作品也属于这样的类型,多数故事没有完美的结局,成人礼的形式终止在心灵的祭祀仪式中。"80后"的写实作品由成人礼到反成人礼,是以求学生涯的阶段性终结为节点,使青春各个时期的问题都转换在不断反抗与不断皈依的寻找之旅,典型的成人礼模式也容纳了不同生命周期的体验。

  青春期的问题是永恒的问题,因为只要地球不毁灭,人类的延续就不会停顿,青春的生命也就连绵不断。青少年在政治学的范畴被视作先锋与桥梁,在社会学的领域被名为亚社会群体,无论怎样命名与期许,都是成人社会言说的他者,就是关于自己的叙事也有文化镜像的参照、规范与暗示,这就使青春小说很少是纯粹青春的叙事,多是成人审视青春的规训故事,更接近教育小说。近代工业革命导致的频繁社会震动,文化失范导致了每一代人都处于无所皈依的历史常态,这也是文学成人礼的叙事模式难以完整的主要原因。而"80后"的写作正好弥补了这两个方面的空白,对于自身成长的反思能力、精神发

展的完整过程，都容纳在基本的成人礼叙事模式中。当然，这是一个心灵感悟的过程，而不是借着文化制度的成功规范。

二

"80后"的作家大致出生在20世纪80年代初期，正是一个改革开放时代的思想躁动期。改革由乡村包围城市，首先在生产关系上动摇了革命文化的价值观念，市场经济导致了商业化的潮流，带来生活方式的变化，接近福柯所谓"日常生活中的革命"。冷战的结束是划时代的历史断裂，传播方式与信息技术的革命，比政治革命更强烈地影响到"后革命"时代的思维，也空前地改变了整个社会的权力结构，各阶层升沉起伏的频繁更迭都使人生的轨迹更加错动，这些就是"80后"出生的一代人区别以往所有时代的成长环境。独生子女的既定国策、教育体制的改革与就业方式的变化，都使他们的成长遭遇了前所未有的机遇与困厄。父辈的经验无法指点他们的迷津，面对日常生活中的变故需要挣扎的勇气与力量，青春期的本能抗争没有革命时代政权裂隙的奔逃之地，只能在新的文化空间中寻求思想独立与行动自由的可能。所有青春期可能出现的问题，都在这样的时代环境中呈现出独特的内容。他们是幸运的一代人，特别是能够具备写作能力的人，多数基本没有衣食之虞，有足够的余裕体验自己心灵的感受，观察、思考和表现各种超越于物质生存之上的问题。

和所有时代的青年精英一样，这也是愤怒的一代人。他们的反叛首先基于社会的不公，这一点在乡土青年的叙事中尤其触目惊心。被称为"少年沈从文"的李傻傻，在《红×》中以第一人称讲述了一个乡村青年艰难的求学过程。作为贫困生要靠打工筹集各种费用，被绝境逼得试图当"鸭"，却连当"鸭"的起码财力都没有。孙睿的《草样年华》中来自乡村的女生沈丽，为了筹集学费而从事色情业。姚摩的《亲爱的阿×小姐》中的黑明，则是靠母亲卖淫维持学费与生计。至于权力导致的腐败更是让人发指，《红×》中的一个乡村青年，拼尽力气考上学校却被官员的孩子顶替，由此陷入了疯狂。姚摩的《走过我的村庄》中展示了乡村溃败的场景，农民失去住宅、矿难、凶杀，学校领导利用职权强迫青年教师李想嫁给自己残疾的侄子。颜歌的《异兽志·悲伤兽》以夸张的故事，讲述了下岗一族艰难的生存现状。王欢的《爱是大海，浪也白头》集中地讲述了一个小地方的女孩儿短暂的人生故事，她怀着美好的梦想被人引诱，进入大都市之后一再被各种权势者玩弄，只有以赤裸着自杀来报复和抗议成人世界的罪恶。在他们悲惨的人生故事中，暴露出社会崩坏的种种细节。郭敬明《梦里花落知多少》中的一个人物，愤怒于学校里的高官子弟"一个比一个能挥霍，真他妈的败类"。并且把社会的基本结构归纳为金钱与权力，"这个世界上谁都不能彻底的牛B，总有比你牛B的人，有钱的人用钱砸死你，有权的能用权砸死你"。在金钱的腐蚀下，文化殿堂也在溃烂。孙睿《草样年华》中的教师卖考卷，保研要满足老师不断膨胀的物质欲望。郭敬明的《梦里花落知多少》中仪态优雅的小茉莉居然是"鸡"，连权贵家的女儿都充当"精神妞"（高级妓女）陪客，而"小火柴"则干脆由卖淫到当"鸡头"。这一代人的生活，一开始就被金钱腐蚀得锈迹斑斑，被人欲的潮水激荡得飘摇不定。他们的愤怒直指膨胀着的特权，《梦里花落知多少》中四个权贵女儿无一有好的结局，故事几乎就是一个完整的结构，容纳了作者对权贵阶层压抑不住的仇恨和蔑视。

商业化导致的腐败，则是他们愤怒的普遍现实。姚摩在《亲爱的阿×小姐》中,无奈地感叹"生活已在商品之中"①,并且宣告"这世界在糜烂,你们逐渐死去"②。戈娅《贞洁的过去》中的大学美女明洁,由当二奶到卖淫,以身体为资本获取奢侈的生活资料。马拉的《非非之死》中的非非,是由于与具有高雅文化艺术水准的妓女小鸟的情感挫折而跳楼自杀。而商业文化的女性镜像,则带给女性成长以巨大的心理压力。张悦然《瘾爱》中患肥胖症的女生,为了减肥而节食,"我是一个被饿欺负的人,在这个富足的时代"。她穿自以为很美的怪气衣服,"我用这骄傲来维系这种疲惫不堪的生活",结果被校领导强行禁止。性别的弱势处境,就是在前卫的艺术家圈子里也不能改变,春树、张悦然都写到了女歌手被强奸的恶性事件。而且漫长的竞争是自我商品化的过程,为了适应商业社会的体制而人非人,"考研的学生过的是猪的生活,找工作的学生过的是狗的生活,不考研又不找工作的学生过的是猪狗不如的生活"。而求职的经历更是自我丧失的过程:"我有种出卖自己的感觉,我们此时已经沦为商品,而简历已经成为商品的广告,无论广告的真实与虚假,只是为了给那个作品创造一条广阔的销路,使我们成为名牌商品的抢手货。"③ 张悦然的《这些那些》中的主人公以另类相恋的姿态,反抗自己嫉恨的"恶俗的世界":"我永远在他的右手边,和他并排站着批判这个世界。"④ 物质化的恶俗潮流与全球化价值的整齐化使他们的愤怒由一己的处境上升到对人类命运的思考。孙睿在《草样年华》中以旅游商品盒中的微缩兵马俑的形象,来寄托对人类命运的忧思:看见四个做工拙劣的小泥人,"我觉得人类正和它们越来越相像,看到它们就像看到我自己

---

① 姚摩:《亲爱的阿×小姐》,云南人民出版社2004年版,第301页。
② 同上书,第147页。
③ 《孙睿作品集》,作家出版社2006年版,第245页。
④ 张悦然:《葵花走失在1890》,作家出版社2003年版,第85页。

被囚禁在盒子里，任意被商人贩卖，被游人玩弄，麻木的脸上毫无表情"[1]。姚摩在《亲爱的阿×小姐》中，像尼采宣称"上帝死了"一样，像福柯宣告"人死了"一样，感叹"灵魂死了！"

他们的愤怒还来自文化制度对于自身生命的压抑。作为独生子女，也作为数字化管理的应试一族，他们在家庭与学校高度一体的严密管束中，生活被严格规定在单调的时间形式中，心理从小处于焦虑与恐慌的状态，是没有童年的孩子。韩寒的《三重门》回顾了从小学到中学的紧张状态，他自己解题："三幢教学楼的三个楼梯走道，前后相通的，是三重门。"青春被囚禁在这"三重门"中无比漫长，学习生活可以简化为这个无主体的空洞意向，"雨翔觉得自己是那一粒棋，纵有再大抱负，进退都由不得自己"。而且，"每天晚上都是考试，兵荒马乱的"[2]。郭敬明形容学校生活就像重复倒带，随时有断裂的危险。《幻城》中的人物年龄比常态基本大上 10 倍，也是对这种单调的时间形式夸张的感觉；姚摩则精练地概括："生活，反反复复就像老一套的游戏一样。"[3] 在这样枯燥的生存方式中，年轻人的生命力与创造力都受到严重的打压，王海洋借助人物之口说："有谁不想在青春岁月轰轰烈烈地爱？"而且，原本活力四射的生命即使循规蹈矩地自我压抑，仍然不能见容于体制，"这么多年来数着自己的脚印走路已成习惯。我小心翼翼地挪动脚步，小心翼翼地活着，可是越是这样，生活却越不给你活下去的机会"[4]。不仅是学校管理方面的僵化，还有教材的乏味。他们质疑教育体制的价值准则，特别是以分数衡量学业的一般规则："学习成绩能证明什么呢？什么也证明不了，它仅

---

[1] 《孙睿作品集》，作家出版社 2006 年版，第 205 页。
[2] 郭敬明：《幻城：回忆中的城市——不是后记的后记》，《幻城》，春风文艺出版社 2003 年版。
[3] 颜歌：《桃乐镇的春天·自序》，《桃乐镇的春天》，明天出版社 2007 年版，第 134 页。
[4] 王海洋：《少年查必良伤人事件》，接力出版社 2005 年版，第 87 页。

仅是一个与你被现行制度压迫、同化的程度成正比的参数而已。"① 课程的枯燥更是激发他们怀疑的根源，"生活在齿轮……等这些生硬又毫无感情的文字里面，我感觉不到生活的意义，站在巨大的机器前，我看到人类正在放弃许多权力，把自己渐渐推入一个冰冷的世界"②。这已经是在质疑科学主义的世界观，愤怒的是全人类的处境。还有教材与方式的问题，《梦里花落知多少》里的女大学生不说成语，而"鸡头"小火柴却满口成语，"听上去如同小火柴是个大学生而闻婧是小鸡头似的，我真觉得这是对中国教育绝妙的讽刺"③。至于思想教育的灌输，更是他们无法忍受的压力，体制内的创新与反抗，只能消解在时代造就的"麻木、矫情和浅薄之中"。春树在《北京娃娃》中说："我从来不是一个有目标的人……而且被红布蒙住了双眼，我也看不到未来。"她在中学里主办的广播节目"punk rodio"，经过斗争才开播，在无声无息的结局中，只觉得像是"在严酷炮制的制度下一次可笑的小丑表演"④。"我觉得自己好像在那个学校生活了一辈子。我不会毕业的，好像永远都不会毕业。每当想起这些我就觉得好可怕。青春的尽头，青春在前面漫无边际地等在那，而我，就是不知道怎样才能渡过这一段长长的，足以致命的空白。因为只要一秒钟就足以致命。"⑤ 李傻傻《红×》中的一个人物，则劝阻同学不要考大学，"不要成为四百万无聊者之一。作用就是让不傻的变傻，白痴发达，天才自杀"⑥。而且升学竞争带来人际关系的恶化，扭曲着纯洁的心灵。孙睿的小说中，一个男孩儿的初恋竟然是着了女孩儿出于竞争动机的美人计。成绩好的学生"没有一个美丽的表情"，都丑陋极了。"得意的

---

① 《孙睿作品集》，作家出版社2006年版，第162页。
② 同上书，第193页。
③ 郭敬明：《梦里花落知多少》，春风文艺出版社2004年版，第93页。
④ 《春树四年集》，中国青年出版社2006年版，第40页。
⑤ 同上书，第118页。
⑥ 李傻傻：《红×》，花城出版社2004年版，第129页。

带着落井下石的邪恶，失意的便掺杂着些许的绝望和诅咒。没有一张可爱的脸。"张悦然写了大量游离于这种生活的另类孩子，比如《霓路》中富于艺术想象力的小野，智者的轻蔑态度与初生婴儿一样永远纯洁的心灵，使他在校园中很孤独，"事实上他已经开始畏惧这个世界。他知道他是一只濒临灭绝的动物，可是没有人会来挽救"[①]。数字化的管理比封建时代的文化制度更无情地摧残着个性。他们已经以感性的方式动摇着现代文明的制度基石。

家庭问题历来是成长环境中的重要问题，社会文化的问题会渗透到每一个细胞，"后革命"时代的独生子女的遭遇则空前严重。父和子的矛盾依然是尖锐的冲突，姚摩《走过我的村庄》中的父亲是不法的个体户、嫖娼者，在家里打妻骂子。他最终死于凶杀，这意味着文化权威的丧失，弑父的情结也转换在社会暴力的场景中。儿子则陷入暴力团伙，最终入狱。《红×》中的主人公作为乡村中的外来者，从小受到歧视，被孩子群殴，为了长个儿被迫喝母猪尿，父亲踩烂他自制的木拐……残酷的生存法则使他形成对社会很深的敌意心理。《梦里花落知多少》中堕落的"鸡头"小火柴，由于母亲难产而亡被父亲迁怒，从小承受父亲的暴力，家成了无比残酷的地狱。张悦然《黑猫不睡》中的"我"，遭遇家庭暴力和性别歧视，从家到学校都更像一个"没有资本发展为王妃的灰姑娘"，陷入严重心理自卑，只能以黑猫为伴，慰藉童年的寂寞，连优异的成绩与出色的男友都无法填补内心的悲哀。《幻城》里的月神为被暗杀的姐姐复仇而学习暗杀术，引起父母的不满，"我从小就被人瞧不起，因为我只会暗杀术，尽管我的灵力比同族的孩子高得多，可是我的父母仍然瞧不起我，他们说我是个让家族耻辱的孩子"。父母的歧视导致了无爱的童年，只能默默

---

① 张悦然：《葵花走失在1890》，作家出版社2003年版，第74页。

忍受欺负。最极端的例子是梨明的《西城巷17号》中的无意乱伦的故事，主人公因为父母的错误而成为孤儿，并最终死于花季。代沟也依然是他们不可逃避的精神境遇，春树的父亲用碗砸她，父女之间有爱而无法沟通，出现自闭的倾向，"我越来越厌恶说话和自我表现了。更不想和那么多人接触"。就是像张悦然这样从小被宠爱的富有孩子，也面临和母亲的心理距离，渴望长大的她在母亲的眼里始终是一个可爱的布娃娃。亲人的"爱"也是囚禁的牢笼，使渴望自由的心灵感到窒息。她的《葵花走失在1890》中第一人称的主人公说："我被固定在家园里。像一枚琥珀。烂目地美丽，可是一切固定了，捏合了。我在剔透里窒息。"渴望自由的心灵出走，脱离脚下的泥土和从前居住的城堡。以精神的艺术之恋来超越家园的禁锢，崇拜真正的艺术家凡·高，"他们都没有那个男人的那颗心温暖"，因此，"要去他心里居住"。

对于家庭问题引起的各种心理症结，张悦然最为擅长，她的作品可以称之为成长的心理小说。《吉诺的木马》中吉诺在拥挤的房间中，和粗汉父亲重复着机械单调的生活，仿佛"一直是一只被囚禁在动物园铁笼里的兽，沉闷得失去了语言"，这是比贫困和暴力还要难以忍受的精神煎熬。偶然出现的陌生男子则是在自己母亲的严密控制中，连自杀的可能都没有，日子就像死去的人的心电图一样是没有波纹的直线。他们都生活在上一代人复杂而阴暗的心理纠葛中，逃离是唯一求生的愿望，但是连续失败的绝望，只有悲惨的死亡是最终的解脱。《昼若夜房间》中的莫夕，一直挣扎在家人充满仇恨的心理冲突中，恶魔父亲禽兽不如，母亲忍气吞声直至病重自杀，自闭冷淡的姐姐以爱的名义实行囚禁，一连串的童年变故都是血亲之间的阴谋，被家人监禁的幽闭使她透不过气来，连渴望自由与爱情的逃离都陷落在姐姐的圈套中。消费文化造就的女性身体镜像，则导致了母女之间的心理冲突。《船》中的母亲看到自己产后肥胖的身躯，愤怒得几乎要把手里的孩子扔出去。在孩子的印象中母亲是缺席的，父亲客气而淡漠。孩子感觉到母亲的外遇，在她的裙子上打洞，来报复这个自私得只在意自己的疯狂母亲。商业文化造就的恶魔母亲，是她的小说中最触目惊心的形象。《水仙已乘鲤鱼去》中的母亲，是一个自私得无所不用其极的恶妇。女人之间的竞争不仅存在于性格相似的婆媳之间，连母女之间的敌意也起于生命之始，她们在浴室相殴，母亲把她按入浴缸。这个为了名利不择手段的女人，残酷剥夺孩子们的权益，使无爱的童年艰难而凄凉，最终还要掠夺孩子的感情。尽管张悦然透过幸福的窗口，精神优裕地审视人世的重重苦难，还是达到了心理剖析的惊人深度。在她的小说中探究了青春期的各种心理问题，都是成长过程中普遍的问题，《跳舞的人们都已长眠山下》中的次次热爱诗歌，尤其是《荒原》中死亡的诗句，喜欢音乐，喜欢摄影，被目为"古怪的人"。"喜欢自己和自己说话胜于和别人聊天，他喜欢把自己关在房间胜于出去旅游。他对于大家普遍关心的事情反应冷淡，对微不足道不值一提的小玩意儿显现出十足的兴趣。""没有朋友，连父母都习惯他的孤独幽闭沉默。"自杀便是顺乎情理的结局，因为这个时代的文化没有留给他精神生长的空间。《纵身》也演绎了自杀少女的心理，鱼的意象一再出现，都是以自相残杀、死亡、腐烂为结局。至于女性发育期特殊的心理问题，也是她格外敏感的区域。《桃花救赎》中的女孩儿，"想到'我是一个处女'就会疼"，"我终于明白对性恐惧的是我"。甚至爱也会成为灾难，张悦然在为《幻城》作的序言《如春天经年不遇》中说："四维看着自己身上那个绳索的印记，他深深地明白有一种捆绑是我们谁都无法逃脱的——爱的捆绑"，"可是他们无力反抗……都被爱捆绑和隔离起来，他们这样孤独"。"他们被一些有着爱的脸孔的灾难所吸引，终于走进一个个万劫不复。"这是独生子女一代人，被非理性的爱折磨的心灵独白。

他们的愤怒中，还有对外在的责任等强加义务的不满。郭敬明的《幻城》中的卡索，生来就被固定在王的位置上，酷爱自由的本性无法伸展。弟弟樱空释以阴谋凶杀等方式，阻止哥哥注定孤独的宿命，来实现对他的无限深爱，因为他的哥哥应该是"自由翱翔在天空的苍龙"。他以这样奇幻的故事结构，曲折地表达了对于先于存在的意义的抗拒。对于人生价值的思考中，包含了一个永恒的命题："是活在别人的想象里，还是活在自己的自由中。"韩寒的《长安乱》中的主人公也具有与生俱来的使命，在无法选择的情境中，被裹挟到江湖世界一连串莫名其妙的凶杀事件，只有以携女友隐居在远离人世的树林里来逃避，无疑转述了自己渴望孤独的自由理想。春树干脆说："你用了这句名言（在别人的痛苦面前，你怎么能够回过头去呢?），别人就把他的痛苦当成了你的责任……不，我不要这样的责任。"[①] 郭敬明《梦里花落知多少》中"雷厉风行的新女性"嘲笑母亲的贞操观念，好像世界上的女人只有处女与非处女两种。她们反抗矫情的淑女风范，张扬自己的个性。对于女作家来说，反抗传统的婚姻制度也是重要的方面。张悦然的《黑猫不睡》中的奶奶和母亲都生活在父亲的阴影中，"活得那么隐约"；《竖琴·白骨精》中的女人像"牵线木偶"，被忙于事业的丈夫冷落，只能在梦里做爱。丈夫以她的骨头制造乐器，而送给她的吊坠掉到身体里，"它把她的心脏划得满是伤口"。在这个性别文化的寓言中，女性在婚姻中除了得到"宝贝"这样一句空言，只有一无所有的空白处境，还有被无尽榨取的命运，并且是以艺术的名义。颜歌的《异兽志·荣华兽》，也是以寓言的方式，转喻出对传统的高雅女性文化镜像的悲悯与疏离，形容她们的高贵像珍稀植

---

① 《春树四年集》，中国青年出版社 2006 年版，第 307 页。

物一样"岁岁枯枯荣荣"。还有对爱情婚姻形式的质疑，韩寒在《长安乱》中说："互相不离不弃，不是男女间最高的感情。只是它的好多种而已，或者说好多种过程而已。"

所有的这些感觉都以青春期的方式表达出来，他们比任何一代人都更勇敢正视着自己的身心，这就使他们的青春写作具有超于前人的丰富生命容量。以往的青春小说极力掩盖的内容，却在他们的笔下肆无忌惮地以各种方式展现出来。春树在《海边的女人》中，记叙17岁的女友怀孕流产，并且感叹"不知道一个年轻人，要经多少痛苦，才能健康长大"。她把所有的情感与精神的危机，命名为"青春期迷恋症"并且引用王朔的话："我也追求过精神，可总是和肉体相遇。"她无奈地呼喊："呵，我的漫长的迷茫的青春期何时才能结束？而有时我在想，干脆死在这漫长的青春期里算了。也挺过瘾。"这也是"旷野中的呼喊"，已经是以理性的方式审视自己了。唯其如此，她在《你们都比我坚强》中的自我肯定，"没有什么意义的八零后，和没有什么意义的生命，于是也便有了意义"。这应该说是对"80后"的青春写作最精辟的概括，他们在自己的成长叙事中，几乎囊括了所有青春期的问题，这就是他们写作的意义所在。在《少年查必良伤人事件》中，王海洋借着主人公之口道："我希望我的青春快点过去，越快越好。因为有时青春确实是在逼良为娼！"

借助对这些基本的传统观念的反叛，一代人表达了渴望自由、渴望纯粹的情感、渴望独立、渴望崛起、渴望广阔的未知世界的心灵诉求。以春树说得最明确，"我很喜欢这样的话：'其实朋克精神就是那种很独立的精神。'"[1]"反正我就是对未知的东西感兴趣，不惜付出自己来感受一切。"[2] 张悦然在《这些那些》中的人物，对于教堂的感受

---

[1] 《春树四年集》，中国青年出版社2006年版，第191页。
[2] 《春树四年集》，中国青年出版社2006年版，第209页。

是"它没有束缚和牵绊。唯有自由才使我们和上帝靠得更近"。弥漫着阴郁心理氛围的《吉诺的木马》，在两个女人（母亲与女友）抢一个男人的古老战争故事中，最明亮抒情的片段，是儿子回忆和死于母亲阴谋的女友早年交往的快乐记忆，"我们在一个他们都找不到的地方，自由得像大森林里的小浣熊"。郭敬明《幻城》中的卡索做着自由之梦，想放弃王位也就是逃避世俗的义务，"其实，我很想走出这座城堡，走出大雪弥漫的王国"。姚摩笔下的黑明离开海军学校的时候，用小刀在墙上刻了一串字："再见吧，自由的元素。"这也延续着人类永恒的精神追求，使这一代人的反叛汇入历史长河的奔涌。

三

由于这样鲜明的反叛意识，"80后"的作家比任何时代的青年都更忠实于自己的内心感受，更准确地表现了心灵的种种体验，提供了一份成长的心灵备忘录，是鲜活的精神心理资料。这些早熟的作家，以各种方式抒发生命的困顿感受，记录自己心灵非理性的发展轨迹。这也是迷惘的一代，他们成长在无序的变革时代，求学与求职的经历又使他们不断改变环境，特别是由乡土进入大都市的经历充满了危机。郭敬明在《梦里花落知多少·后记》中，引用一个朋友的话，"身为一个乡下小孩，虽然别人对我充满好奇或者觉得不可思议，但始终欠缺一份尊重，初到大城市的我始终找不到可以信赖的人，身边的人兜兜转转，可是我却一直孤单"。结论是"这样的人生没有沉重，顶多有迷茫"①。他在《幻城：回忆中的城市——不是后记的后记》中，援引爱丽丝的童话故事，美丽的水晶球是所有孩子的梦想，"可是，长大的爱丽丝丢失了钥匙，她是该难过地蹲下来哭泣还是该继续勇敢地往前走"。迷茫也来自人生抉择的艰难，这是所有人共同的体验。孙睿《草样年华》中的杨阳自编自唱的《怎么了》道出了年轻心灵的困惑："为什么努力去做还会错……甜美中会有一丝苦涩，赤橙黄绿让我混淆了颜色，不知道该去选择什么，谁能告诉我该怎么去做？！"在女作家的笔下，选择的犹疑更多地表现在物质生存与精神生存的两难选择，尽管只是生活方式的差异，但是也带来自我分裂的认同危机。在物质生存方式与精神生存方式的两厢对立中何去何从，"我也已快成为一个商人，我投资，就要得到利润。我要汽车，我要洋房，我最终会背叛自己，不要纯洁的心灵"②。张悦然《霓路》中的女孩儿，不看好莱坞大片，只看日本默片，而服装则由中性化转变为烦琐的淑女装，"开始喜欢繁复的花边和层层叠叠的蕾丝"。简朴的精神与华丽的外形，构成分裂的自我形象。而沉溺于原始欲望的人，灵与肉脱节的迷惘也是自我分裂的原因。姚摩笔下的黑明说："对我而言，性是我迈向迷惘的第一步，但对于我的母亲，性是迈向毁灭的第一步。"③在无望的生存中，只有以和阿X的爱来维持生的信念。但是，身体解放并没有带来快乐，每次做爱之后则是无尽的空虚，"只有身体的接触，却让我觉得自己是一头欲望的骡子"。而对于更为放纵的人来说，身体已经不受心灵的管束。《梦里花落知多少》中的一个人物说："谁还记得初恋啊，我只记得初夜了。"

生活的无聊是主要的原因。春树的《北京娃娃》热衷摇滚乐的原

---

① 《春树四年集》，中国青年出版社2006年版，第242页。
② 同上书，第126页。
③ 姚摩：《亲爱的阿×小姐》，云南人民出版社2004年版，第219页。

因是,"我可能找到一点惊喜,这可能是我无聊生活的唯一安慰和补偿"①。排遣孤独与寂寞,也是摇滚带来的短暂安慰。"很孤独,这是没有办法的事情。""那个缺口任谁也填不满,那是一颗失落的心,名字叫作寂寞。"②郭敬明在《幻城》的后记中写道:"那些沉默的蒿草,你们告诉我,天底下,谁是最寂寞的人?那些无声的芦苇,你们告诉我,天底下,谁是比我寂寞的人。"体制的压抑导致的青春期苦闷,也造成与环境的疏离感。孙睿在讲述大学生活的时候说:"突然间,我对整座校园、整座北京城,还有我的生活产生了陌生感,置身于此,我有些格格不入,压抑的苦闷伴随着我。"③无序的社会景象带来内心的混乱感。姚摩在《亲爱的阿×小姐》中,虚构了一个一片混沌的17街,"那里迅速成长起来的是游荡者,退伍军人,什么什么老板,妓女,作家(无职业者)蠢汉,学者,性虐待狂,酒鬼,戴绿帽子的家伙,和厚颜无耻者"。"几十万人都躺在那个区域里,对世界一无所知,只是张大了嘴巴,鼾声如雷。在夜间,在逃离了一天暴跳如雷的生活之后,年轻人开始了翻墙、窥视、偷盗、捉奸、疯狂。"④置身于这样的生存环境难以自拔,"一切都陷入自己的大混乱中去"⑤。由此带来的内心痛苦是无法消弭的,王海洋《少年查必良伤人事件》的主人公说:"谁的生活都是一团乱麻。仿佛生活在一道边缘,还有难以背负的痛。"⑥这种日常生活的混乱感觉,在他们的作品中得到了淋漓尽致的表现,超过了以往所有作家的作品,而且是和生理与心理的混乱胶着在一起:"朦胧、模棱两可,朋友、爱情、打架,分别构

---

① 《春树四年集》,中国青年出版社2006年版,第40页。
② 同上书,第126页。
③ 《孙睿作品集》,作家出版社2006年版,第197页。
④ 姚摩:《亲爱的阿×小姐》,云南人民出版社2004年版,第2页。
⑤ 同上书,第8页。
⑥ 《孙睿作品集》,作家出版社2006年版,第100页。

成了心酸的我的初恋。"① 并且上升到对于生活整体的认识，姚摩在《亲爱的阿×小姐》中说："我们在这个世界里做梦，并不断醒悟，或许还有一些人能看透这个世界。但对我，它确是一个充满迷茫的、未知的、不可预测的世界。"他们以青春期的迷茫感觉，敏感到一个民族精神的巨大危机，有着张爱玲式"惘惘的威胁"，姚摩说："历史上最伟大、最深刻的文字在崩溃，文化在崩溃，一切都将在劫难逃。"在这样的思想背景中，最直接的恐惧是成长的恐惧，他引用美国作家莫赛尔的话："我害怕长大。"只能躲进自己虚构的文字掩体中，把支离破碎的生活世界转换为没有情节的小说，"我的目标：写一本完全没有情节的小说"。自觉地将主体感知的混乱生存，物化在了支离破碎的文体中。

　　置身于陌生人群中的恐惧，则是所有人共同的体验。以韩寒的表述最生动。他在《一座城池》中，形容被超车的感觉："我感到有点害怕，速度慢了下来，瞬间被几十辆自行车超过，思维一片惨白。我只感觉自己是一棵玉米，突然被一群蝗虫掠过，然后只剩下一根芯子。"此外现代化大都市的庞大空间也带来自我渺小的感觉，特别打击男人的自信。韩寒《一座城池》里的建叔感叹："上海太大了，啊，在里面感觉自己如若无物。"自我丧失的感觉是更深层的恐惧，正如另一个人物王超所言："男人最怕这种感觉。"人与城的关系简直就像是一个文化的寓言，男人被吸纳进现代文明，被阉割的恐惧反而更加强烈。比这个更普遍的是不安全感，而且上升到哲学人类学的层面。"我"由前女友的不安全感，推及"世界上真是很多人没有安全感，而且，将来人大抵也都是这样的"。所以，多数人把安全感寄托在车和银行存款等身外之物上，这几乎是对人欲横流的现代生存最深入的集体心理分析。除了外部的现实之外，恐惧也来自成长过程中的心理

---

① 《孙睿作品集》，作家出版社2006年版，第161页。

危机。张悦然在回顾自己某个时期作品中的鬼气与宿命感的时候说："这可能是彼时我的心里充满了恐惧，乏味而细腻的生活滋生出丝丝缕缕的恐惧……现在我知道，这一定是因为那段时间我的心智在迅速成长。只是这成长太快，每天都摄入一片陌生领域的时候，人才会那么恐惧。……对于我，青春就是莫可名状的恐惧，就是青涩和荒唐，激情从来不会流畅地释放，最终蹉跎在追忆与憧憬之间。"[1] 身心发展的不平衡，显然是恐惧感产生的深层根源，这是这一代作家的青春叙事超过前人的地方，不仅直面人欲，而且直面自己的身心。《二进制》中的女孩儿失恋之后，鬼魂以骑士的形象出现，功能不是拯救与复仇，而是解开了她的心结，说明了同性恋的心理根源。白天是身躯伟岸的骑士，夜晚则像个"皮影一样寥落"。小饭的《紫色三章》中的故事，都是以暴力的场景表达对于世界的整体感受。无以拯救的现实处境，使他们的恐惧感中蕴藏了现代人深刻的无奈与悲哀。

意义与现实的脱节带来的荒诞感，也是普遍的心理现实。《北京娃娃》中"后半身写作"的诗人李旗说："上帝造出生物，我想绝对不是出于什么好意，而让人类有了智慧，那就绝对是一种恶意……一切都是荒诞。如果谁还在追求意义的话，那真的不是一般的有病……上帝真不是一般的坏……"[2] 姚摩则直述出来，"一切终归于虚无"。抗拒虚无感的极端表达，使这一代生长于和平时代的人，反而更敏感于死亡。尽管免不了强说愁，但是文化的解压释放出人死亡的本能，在生和死的思考中提升了文学的精神。在想象中演练死亡几乎是春树写作的基本动机，"我骨子里是个彻底的悲观主义者"[3]。她心仪的一个人物希望有人给他一枪！"他说跳楼太疼，所以就彻底打消了我如

---

[1] 张悦然：《十爱·后记·爱至苍山洱海边》，《昼若夜房间》，明天出版社 2007 年版，第 65 页。

[2] 《春树四年集》，中国青年出版社 2006 年版，第 23 页。

[3] 《春树四年集》，中国青年出版社 2006 年版，第 41 页。

果自杀就跳楼的念头。我想知道怎么能又不疼又体面地死。这真是一个艰巨的问题，始终没有好的答案。"① 在《长达一天的欢乐》中，她说："不就是一个死嘛！而且是随时的，主动地追求的，也就是说，可以把这变成一件有意思的事。年轻人，不死还能干什么呢？反正大家都处在没什么理想中（我还算是有点理想），闲着也是闲着。想想死亡就兴奋……是不是特无知？"② 而在虚构的小说中，死亡几乎是通往自由之门。张悦然《吉诺的木马》，以抒情的笔触顺畅地赞美死亡的诗性："终于离开了，终于自由了，那一瞬间的感觉，是一种完完全全的解脱，很轻很轻，像是一片洁白的羽毛，美妙极了。"③ 吉诺重复了前代女孩子死亡的方式，只是区别于她的被害，是自愿地选择死亡来解脱。面对意义的缺失，使这一代人重复着鲁迅式的彷徨。张悦然借助小说人物之口说："我的画的线条总是粗而壮硕，它们带着颤抖的病态，毁坏画面的纯净。所以我偏爱水彩画或油画，用厚厚的颜色盖住那心虚而彷徨的线条……一副不知所云的样子。"④ 但是，对于意义的寻找，也是人类心智活动的本能冲动。韩寒借《三重门》雨翔之口追问："在这个世界上，一定有什么是比真实更重要的东西吧，在这个世界上，一定有什么比感情更重要的，一定有比金钱更重要的，一定有什么，是比生活更重要的。是什么呢？"⑤ 在《一座城池》中，韩寒嘲笑一连串的搞笑之后获得的一碗鸡汤，都戏称为"心灵鸡汤"，"一碗鸡汤都能让生活充满意义，这说明生活实在没有意义。"这使他们的荒诞感超越于现实之上，延续着人类世代的探索精神。没有结论的追问，正是他们早熟的表现。

---

① 《春树四年集》，中国青年出版社2006年版，第25页。
② 同上书，第174页。
③ 张悦然：《十爱·后记·爱至苍山洱海边》，《昼若夜房间》，明天出版社2007年版，第65页。
④ 《樱桃之远》，春风文艺出版社2004年版，第54页。
⑤ 《孙睿作品集》，作家出版社2006年版，第141页。

四

　　面对社会的不公、文化的溃败、意义的缺失、现代生存的无聊与生命的压抑，也面对自己青春期的躁动、人生的迷茫和孤独的心理现实，这一代人反抗虚无，有着不同于前人的方式。反文化是基本的立场，韩寒在《三重门》中，以一首诗的谐音，道出自己对于僵死的文化制度的决绝态度："我没有文化，我只会种田，欲问我是谁，我是大蠢驴。"这些元气充沛的生命，抵抗荒谬现实与冷酷制度的方法各式各样，在《少年查必良伤人事件》中是打群架。在孙睿的《草样年华》中，是酗酒滋事、盗窃自行车；利用规则合理占有图书馆 100 册世界名著，理由是反正没有人问津，撕毁图册、偷书，因为老师也是这样占为己有；应对考试，利用电脑偷盗试题；还有旅途中的一夜情，自组摇滚乐队制造属于自己的声音。在韩寒的《一座城池》中，是由于卷入偶然的斗殴事件而逃亡，为了维持电脑维修公司而制造病毒，一连串的失败经历，集中在赛棋平局之后被淘汰的隐喻性情节中，连自首都失败了。在李傻傻的《红×》中是打架、乱交、窥视、弄虚作假与逃亡之旅。在春树则是逃学、婚外不稳定的性伴侣、混迹先锋艺术家、游走在各地同类的文化场所，并且以写作来维持自我精神的独立与平衡："现在看这些小说和文章，真佩服自己的勇气与毅力，能把年少时的激情和梦魇完整地保留下来。'我'可以看作是任何一位妄图与这世界做斗争并在内心与我斗争的年轻人。"[①] 并且以着

[①]《春树四年集·自序》，中国青年出版社 2006 年版。

装的艳俗来抗拒高雅的淑女规范:"我是雅人,所以我一手带四个戒指,染发描眉,画眼线,打粉底,搽口红……或者我更俗,可是我就偏偏喜欢俗——不——可——耐?"① 在姚摩的笔下,逃避学校管理的方式是泡在电影院里,是手淫,是黑夜裸奔,是和陌生女人的性事,面对情人,"沿着错误的方面继续下去。欲望折磨着你,茫然若失。似乎有一种焦虑的情绪纠缠着,而感觉着一种大祸临头似的空洞"②。用他笔下人物菲儿的话说:"过一种生活,不是平淡,而是折腾的生活。"③《走过我的村庄》中的主人公则干脆陷入犯罪团伙"新时代的猎人","我们有威,就要活一天就痛快一天,什么理想,什么未来,完全没有意义"。这样的另类姿态,显然是出于本能的极端反叛方式。

  对于没有行动能力的人来说,更多的是以认同另类人物寄托自己的反叛情绪。张悦然《领衔的疯子》中的四个艺术的"离轨者",他们都有不俗气的人生,都是生活的领衔者,是体制内外的隐逸与叛逆。美术老师凌凡以死亡获得不朽,"这一类人大都是被喻为疯子的"。文学老师小蔚进了疯人院,过上了最规律、最安静的生活。才情盖不过偏执与傲慢的晨木去法国,在巴黎画教堂,既不信神也不做仪式,"但在教堂面前总会格外安静"。妙妙穿了七个耳洞,蹬着红色溜冰鞋烂在大街上。当然她不会选择失败而毁灭的人生,只有逃离是可能的现实选择。于是,逃离成为一个行动元,几乎所有的女孩儿都有逃离的动机,只是有的成功,有的不成功。连郭敬明笔下灵性女子迟墨,在血缘的宿命绞缠中,承受着安提戈涅式的悲剧命运,在先于存在的义务压抑下,都渴望逃离那座"纷扰的宫殿","埋葬了我苍翠年华"的幻影之城。李海洋笔下的查必良说:"你不要看不起这些小

---

① 《春树四年集》,中国青年出版社 2006 年版,第 125 页。
② 姚摩:《亲爱的阿×小姐》,云南人民出版社 2004 年版,第 144 页。
③ 同上书,第 137 页。

混混一样的人。他们重义气,重感情,为朋友两肋插刀。可你看看那些成绩好的孩子们,他们又在做什么?自私自利,瞧不起人,活在一个人的世界里,没意思。"对于情感价值的坚守,使他更认同具有反叛精神的一族。春树说:"谁能特牛地蔑视生命,视生命如粪土,觉得生命没有意义,并且生活得很痛苦,我就会觉得他很无谓,很有勇气……总之,很脱俗就是了。"①而天生孱弱而又敏感的人,除了和朋友短暂地嘻嘻哈哈克服孤独之外,只有以忧伤的诗情来诉说自己的寂寞。郭敬明在《梦里花落知多少·后记》中说:"我曾经觉得童年的春天离我很远,现在我发现,其实从年少开始,我们就在学习悲伤。""我一直觉得自己是垂垂老去的人……所有人看到我年轻的容颜看不到我苍凉的心。"这个多情善感的早熟心灵,是在倾诉中完成自己成长的记录,而不需要像前几代人那样以记忆的闪回追溯梦境,并且早早了然:"可这只是个梦。很美好,可是都无法实现。这是梦最残酷的地方。"

  思想的自由空间是这一代人成长中难得的精神条件,他们是天然的个人主义者,普遍具有深刻的怀疑精神,这使他们的反叛充满了理性的智慧与勇气,思维力大大超出年龄与阅历。他们对社会的批判深入历史与现实的同构联想,并且推及人类世界的所有地域,跨越了时间与空间的距离。郭敬明的《幻城》其实是一部政治寓言式的作品,以灵性来转喻高科技的国际政治权力,其中的人物星旧说:"那个世界也是个弱肉强食的世界,谁的灵性强谁就主宰一切。""那又是无穷多个世界重叠在一起,所有世界在同一个时间运转,错综复杂。"而水族与火族二百年前持续十年、"所有人记忆中不可触摸的伤痕"、卡索失去三兄二姐的圣战,几乎就是"文化大革命"的隐喻;由于出现

---

① 《春树四年集》,中国青年出版社 2006 年版,第 41 页。

了新的领袖人物而即将开始的圣战，历史喻体也是显而易见的。对于政治历史的莫测感觉，是迷宫一样的叙事结构生成的主体思维框架。韩寒在《一座城池》中，对于社会动乱的解释是"一切都是由于贫困"。在《长安乱》中，主人公说："一切的所谓文明的秩序，都是温饱之后的事情，而似乎难以生存的时候，原来看似不错的世界居然是如此没有人性……永远都要在自己的世界里看着这世界发生的事情……我暗自庆幸，自己不是其中的一员。"这里是超越于吃与被吃之上的侥幸，既有鲁迅《狂人日记》中吃与被吃的恐惧，又有余华逃离野蛮杀戮的渴望。在转换的场景中，主人公失去了超脱的条件，陷入可怕的争夺，于是反省："江湖人的脑子，都是不好使的……整个的争斗是完全没有意义的。民生的问题，其实就是两种人给闹的，一种就是没吃饱的我，一种吃太饱撑的。"可见，民生的问题是他质疑政治历史的基本角度。他借助于一个小偷之口，对于群体行为做了自己的解读，"这不天下太太平了吗，人人都起帮"。连传统的文化思想都在这个残酷的铁血历史的逻辑中被解构："佛和道的区别就是，佛是你打死了我我就超度了我，道是你打不死我我就超度了你，但事实上没有人愿意被人打死，都想活在痛苦的人间，因为人间比较熟悉。"强大的生之本能使他对于暴力有着颠覆的冲动，并且推及对于人类处境的忧虑。主人公目睹了饥荒的惨状之后，觉悟到"世间的事情只是人类的一个游戏，而人类只是上天的一个游戏"。这也是一部后革命时代的政治寓言，尽管以调侃的面目出现，却体现着人类永恒的和平愿望。郭敬明《幻城》中的潮涯说："这个世界有太多的厮杀和血腥，无数的亡灵栖息在云朵上，每日每夜不停地歌唱，那些黑色的骊歌总是穿过我的胸膛，让我觉得难过可是无力抵抗。"颜歌的短篇中充斥着大量神秘的死亡叙事，权力导致的疯狂杀戮是对历史最基本的感受，"王的到来，伴随着杀戮……在无数的死亡之上，王，浴血重生……那些死人的灵魂推开我的门进入，鲜血淋淋"[1]。小饭的作品一如残雪的评价，在日常的暴力事件中，"一层一层向我们揭示所谓'生'的真相到底是什么"。他们对于现实与历史的悲观感受直抵人性，也是他们对政治历史的怀疑精神植根的情感源头，显示了这一代人独特的悲悯情怀。

对于文化逻辑的质疑，这一代人也是透辟的。有意思的是生长于全球化的时代，却首先针对全球化时代的时尚文化，解构的锋芒无比犀利。韩寒在《一座城池》中，嘲笑"连圣诞树和冬青树有什么区别都不知道，却为此乐而不疲"。逻辑的漏洞是圣诞老人是虚假的，不可能光顾这个主要信仰佛教和多数居民没有烟囱的国家。心灵的逻辑则起于童年的意外发现，在游乐场看见一只脱了一半衣服的米老鼠在墙角撒尿，便对所有套着卡通外衣的人，都强烈地想扒下来看看真实的嘴脸。圣诞节带来的反而是荒诞的感觉，认知的冲动中也有对全球化浪潮本能的反抗。前卫艺术也带给他荒诞的感觉，听艺术家之间的交谈，"感觉正在目睹一场超人和蝙蝠侠之间的对话"。现代文明的荒凉是韩寒一个重要的主题动机，他《像少年啦飞驰》中的人物置身于人群之中，却以鲁滨逊自比，"而鲁宾逊身边没有一个人……而我，岛边都是人，恨不得让这城市再广岛一次"。而城与人的两厢对立，更是他们思考人与文明最基本的角度。韩寒的作品多以建筑物命名，可以追溯到成长时代乡村城市化的历史情境，更多的是对现代商业文明的批判。对待故土的态度，也依托在城市的整体意象中。张悦然的《这些那些》，第一人称的主人公留学离乡之前，审视自己的故乡城市，"我觉得我和他根本没有什么默契。我们像一对走到婚姻尾声的夫妇，彼此忍耐着，终于我要离开了"。"我的北方城市。我都和他决

---

[1] 《春树四年集》，中国青年出版社2006年版，第84页。

裂了。""我和他像两块断裂的冰块一样向着不同的方向漂去。""我很担心我的城市停止转动。因为他是一个没有什么脾气的城市,很安静,太容易满足……我很担心这个昏昏欲睡的城市就此沉睡过去。"一连串的比喻,是对城市所负载的文化传统最负面的指认。郭敬明的《幻城》也是以虚幻之城来隐喻历史与文明的空洞,《梦里花落知多少》中的四个女性都活动在北京和上海两个国际化大都市中,可以称之为当代版的《双城记》,而对于两个城市的差异,他有鲜明的感受。城市的改建带来地理和文化性格的变化,这使他们必须重新审视自己的环境。孙睿与春树都表述了对新北京的陌生感,春树觉得全国任何一个地方都比北京更像北京,农耕文明的传统空间正被高科技的商业文明改造,意义的空间也被改写。张悦然《水仙已乘鲤鱼去》中有一个人物,"她从小对于童话里的一些事物十分迷恋,诸如城堡、神灯、咒语等等,可是她却忘记了,城堡同时也是恐怖故事发生尤为繁盛的地方……她正走进一个诡异的迷宫"。借助童话中的城堡,她已经在探询着文明自身的悖论。人与城的关系,最直接地容纳了一代人对文明的质疑。

对于文明最根本的质疑,是对语言文字的质疑,它是比城市更柔韧长久的文化纽带。文字、书本都是他们反抗的基本对象,韩寒在《三重门》中,嘲笑上一代人聚书而不读书的狂热,"书就像钞票,老子不花留给儿子花,是老子爱的体现"。姚摩在《亲爱的阿×小姐》中写道:"你拖着沉重的思绪在语词中冷冷爬行。你被语言包围进越来越深厚的生活中,语言就如同一团糨糊,根本无主谓宾之分,可一旦摒弃句子,你便陷入泥潭。"[①] 郭敬明《幻城》中的樱空释只是莲姬幻化出来的孩子,对于母爱的虚妄与语言的怀疑冲击着文明的底线。

---

① 姚摩:《亲爱的阿×小姐》,云南人民出版社2004年版,第67页。

孙睿则以对所有称谓语的排斥，表达对所有文化价值的否定。杨阳和女友周周关于称呼的讨论是经典的情节："'老公'这个称呼有碍于我们男子汉形象的树立，总给人一种李莲英的感觉。'掌柜的'则因为不是小业主，与身份不合。'爷们儿'很满意。周周觉得太粗俗，没有文化，因为不是虎妞，是淑女。"为了主体的确立，"我们放弃一切与人物身份纠缠不清的叫法"[①]。只有以语气词"嘿"和英语的第一个字母"A"彼此称呼。这里反抗的不是一种具体的文化，而是语言所象征的所有文明，呈现了一代人无所认同的心理现实。

他们的怀疑精神还来自对人性的深入探寻，起点是情感的体验，这也是超出他们年龄的老道之处。郭敬明《梦里花落知多少》中，主人公林岚在朋友聚会的时候听说旧情人与情敌生孩子，她平静得"好像一个活了几百年岁的人在追忆曾经的年华一样，带着颓败和腐烂的气味，这让我觉得厌恶"。实际上，顾小北是着了姚姗姗的道，"姚"者，妖也！美色与权力的结合，便是阴谋圈套的人性陷阱。情感的体验是通往认知的门径，李海洋在《少年查必良伤人事件》中，第一人称叙述者的两个恋人必失一个，"不管我怎么做，终究我都会成为最悲哀的角色。上帝捉弄人的本领原来如此高强！"张悦然《这些那些》中叙述了与情人由于人生抉择而分手，"分别是深处的审判……爱人将以故人的身份睡在记忆的墓穴里"。"这是一场不需要寻找的丢失……它以一个细微的线头的样子掉进时间里。"爱情最能激发人对于非理性的认识，她在《樱桃之远》中写道："没有法则没有道理，爱情就像园丁疏忽下没能剪去的乱枝一样，疯长疯长的。"质疑人的精神欲望，则使他们发现了在食、性等基本欲望之外，影响社会动乱与历史波折的精神欲望。韩寒在《长安乱》中说："人人盼着乱世，

[①] 《孙睿作品集》，作家出版社2006年版，第169页。

好当英雄。""混乱是那些朝思暮想着天下大乱我是英雄的人造成的……这真是社会的不幸。"在《一座城池》中,他叙述了一起在事故中哄抢商店的事件,"我觉得这座城市里的大部分人已经暂时不是人了……我觉得我周围有很多野兽看着,不过幸运的是,我也是其中的一头,而且奔跑的速度大家都差不多"。对于人性中兽性的认识,是连自己也包括在内的。姚摩的《走过我的村庄》中所有的苦难,几乎都来自人欲的灾祸。张悦然的《红鞋》则以职业凶杀为情节框架,表现了金钱操纵下的种种不义,女孩儿的报仇方式则是以心理的逻辑推演出来。由此出发,她对于所有怪异行为的分析,都上升到个体心灵的枷锁:"每个人都有拘囿自己的桎梏,都有无法释然的纠结……就是小流氓也不例外。"① 郭敬明在《幻城》中,把辽溅为了卡索实施暗杀的行为上升到精神牺牲的高度:"放弃一个人的尊严有时候比死亡还要痛苦。"他们都关注了人类暴力行为的复杂原因,春树在《中国是我最爱的国家》中说:"所有的谋杀都是在光天化日之下,凶手杀人全凭兴趣,没有什么意义,就是嘲弄法律和社会。"这样的思维触角动摇着主体论的哲学理念,也反抗了膨胀的人类谵妄,并且动摇着绝对论的知识基础。

他们怀疑文明的同时,也以不同的方式质疑着"科学理性"的有限性,几乎不约而同地动摇着文明的理性基石,特别是西方逻各斯中心主义的思维方式,在鬼神的民间信仰中,寄托对于世界不可知的整体感受,开辟出思想力的一维。韩寒的《一座城池》中,同桌因失恋跳楼自杀,第一人称的叙事者经常觉得,死者仍然在同桌的位置,想起他关于跳高的说法。"我也感到他一直都没有离开那地方,直到一年后他才离开那里……他一定去了理想的地方。"此岸与彼岸,是以

---

① 张悦然:《樱桃之远》,春风文艺出版社2004年版,第162页。

生死阻隔的情感为桥梁，对于死者感念的方式，带有阴阳两界的灵魂信仰。他和建叔在奔逃的过程中，怀疑路边的奇怪女子是鬼，建叔因为听到他的玩笑话"你带着个人，当然吃力（指路边女子）"，而紧张得落进路沟里。可见民间信仰的集体无意识，在高科技的时代仍然释放出能量，而且空间的迅速突变也是导致主体失落的原因，人生与知识的不确定性，使被理性压抑的民间信仰倏然闪现。《幻城》更是以奇幻的方式放纵自己的想象力，并且达到对精神价值的神性发现。"一个人就是失去了所有，却不会失去生命中的精魂，而正是这种精魂让一个人成为不灭神。"张悦然的作品《宿水村的鬼事》更是借助民间说书的叙事方式，以鬼魂的出场结构故事，都可以看到对于逻各斯中心主义思维方式自觉的颠覆。而颜歌的创作几乎是以蒙太奇式的剪接，穿越历史的时间隧道，前世今生的佛学理念使所有被改写了的神话人物都带有还魂的特征，而叙事者则是一个不断附体在虚构历史角色中的自由灵魂。这样的知识结构，无疑解放了他们的思维力，是迄今为止想象力最为丰富的一代作家。

作为后革命时代的反叛者，他们的反抗显然是柔性的。韩寒《三重门》中的雨翔："不喜欢教育制度，但思想觉悟还没到推翻现行体制的高度。因为只要到这个高度，他马上就会被教育体制推翻。"就是长于行动的人，所有的反抗也都是在文化的空间中，春树经常游走在各个城市前卫艺术家聚集的场所，以寻找同类的方式反抗孤独与虚无，尽管不断地失望，但是从来没有放弃过寻找的努力。孙睿笔下的人物合理地利用规则，在扩招之后的混乱中无奈地随波逐流。李傻傻笔下的人物，则是以随机应变的态度，在文化制度的缝隙中苟且偷生。张悦然在想象中，一再以孩子们的联盟对抗成人世界的凶残。《水仙已乘鲤鱼去》中的几个孩子，为了盗取父亲的遗画留做纪念，非法潜入被恶魔母亲巧取豪夺的住宅，公然藐视法律。郭敬明的愤怒更是假手于权势集团的黑吃黑,多少有点幸灾乐祸的心理。当然,最多的反叛是语言的,以韩寒最典型。他在《三重门》中,嘲笑所谓素质教育的兴趣小组,都是老师安排指定,"学生有着古时结婚的痛苦——明明并不喜欢对方,却要跟对方厮守"。雨翔瞄准三个组织便是"一夫三妻的设想"。当然,最体现柔性反抗的是写作行为本身,他们是一代人宿命的先知,以文字的方式寄托情感,反抗坚硬冷漠的现实。在高度体制化的成长过程中,他们以青春生命的稚嫩与敏感,承担起现代国人生存的种种无奈,借着写作宣泄出来。

他们反叛的资源是各式各样的,但是都不必像前几代人一样借助传统来反传统,也不必在主流思想中寻找可资利用的思想话语,甚至没有群体意识,是天然的个人主义者,几乎所有人都拒绝"80后"的集体命名,和"50后"这一代的自我指认迥然不同,连复数的人称都极少出现在语用中。除了共同的文化背景中,摇滚和各种自组乐队音乐、先锋电影等艺术思潮外,完全是个人化随机性地寻找思想的资源,这和体制化时代独生子女的共同身份不无关系。春树从朋克、萨特和"垮掉的一代",还有"文革"时期的红色经典歌曲中获取精神力量;张悦然是于凡·高的画和日本的默片等得到心灵的滋养;颜歌主要是在现代绘画和西方流行音乐中汲取精神力量。而多数男性作家几乎无迹可寻,只有在语言的风格中看到前人的影响。他们更多的是顺乎心灵的感受,去反叛无法认同的世界。童年的记忆是反叛的心灵根据,而他们的童年多数是在城市化之前的农村与乡土小镇度过,转换在小说人物相近的身世中。对于自然的本能依恋使他们对现代文明的反抗,走上人类永恒的情感回归之路。春树在一篇文章中说:"我九岁离开了莱州,来到这个(北京)我已经无法放开的地方。"乡土之恋是延续着所有作家的情感历程,自由的童年是"记忆中的自己,永远是像风一样呼啸而过"。这也是中国文学一个重要的母题,乡土情感遭遇了现代性,置换在这一代青春生命的体验中。幼时站在家乡春天桃树下拍照,"永怒春"的影像是乡村负载的抒情本性。"这一点我是无从更改的,因为我出生在农村,童年的生活影响了我,故乡是我心灵中最圣洁的地方。我宁可把自己最珍贵的东西永远埋在心底,也不愿意,就像我现在一样,蜻蜓点水,不愿多提。"而《北京娃娃》中的"我",历经的两个男友也都是来自乡村的青年,在城市的漂泊感大概是他们情感共鸣的心理基础。其中之一的音乐人赵平,为"我"唱的歌是"人人在创造美丽的童谣,就像我已逝的童年"。渴望回到童年就是渴望回归自然,"没有什么比田野中清新的空气更让我舒服高兴的了"。但是回归的路已经被阻断,在高度工艺化的环境中可以接触的只是自然的片段,在《长达一天的快乐》中,她说:"我喜欢冬天,喜欢雪,雪是灰色城市纯洁的心灵。"郭敬明《梦里花落知多少》中,人物初恋的纯洁记忆也是通往乡土。姚摩在《走过我的村庄》中,借助第一人称的主人公之口说:"倘若时空可以轮回,我愿回到无忧且略带屈辱的童年。"就是在都市的生存中,自然的细节也慰藉着孤独心灵,看天、听鸟叫,瞬间出现村庄的如烟往事,支撑着苦涩的人生。乡村是梦的栖息地,"几年中我梦见我曾经无数次地敲开一个梦,梦见我把我的村庄丢了……"这已经有了文化寓言的性质。

没有乡村记忆的人,爱情也无法弥补在人群中的孤独感,便渴望逃离喧嚣的城市,"去一个遥远又苍凉的地方",孙睿《草样年华》中的陆阳由此出走。姚摩《亲爱的阿×小姐》中的菲尔,则是厌倦集体生活,"城市对我来说没有任何意义。诱惑我的只有那种自然的境况和原始般的黑夜"。张悦然《这些那些》中女孩随男友出游,"一起看夏天的湖泊与远山"。她希望"在一个乡村或者什么角落里,让自己所有的欲望都暗淡下去"。这里城市与自然的两厢对立中，隐含人生价值的抉择。在《赤道划破城市的脸》中对于现代化大都市的冷漠感觉，则是"太有秩序的城市没有人会在街上流眼泪"。反抗无个性的全球化，是以依傍自然、脱离信息网络的生存环境为依托。郭敬明《幻城》中城与山的对立，还包括了力量、时间的比量，虚幻的城是脆弱、短暂的文明，真正的山是强大永恒的自然。于是，对于童年自然风景的怀恋，便包含了永生的冲动。而他寄托在和童年一起逝去的故乡风景中的忧伤诗情，也是融入现代文明过程中遭遇复杂痛苦、心灵无望的牵挂，空间与时间重叠的影像中，是对岁月不可挽回的叹息。对童年的怀念离不开亲情的记忆，姚摩笔下的黑明是靠母爱和初恋的情人为纽带，维系艰难生存中的精神价值，"只有母爱才是最真实的，它能将你托起来；只有母爱永远充满生机，它散发着纯洁质朴的芬芳"。阿 X 的回信中，"清新的乐观精神给予我意料之外的勇气和力量"。张悦然在精神疏离的故乡城市中，只有美丽善良的母亲和智慧全能的父亲，是她童年记忆中永远的颂歌，是不断闪现的"华彩的梦"。挽住时间的想象，是希望美丽的母亲永远不要老去。郭敬明《幻城》中的卡索，以自由的精神质疑了文明的所有价值，却从不怀疑婆婆的爱。孙睿笔下的父亲是温和而宽容的，无形地支撑着他疲惫的心灵。于是，他们在反叛的姿态中，流露出最基本的寄托，如春树所言"我的'内心深处'还是有寄托的"[1]。

---

[1] 《春树四年集》，中国青年出版社 2006 年版，第 84 页。

五

他们的柔性反抗是随着生命周期的变化，终止于心灵的蜕变，走向精神情感的皈依。和上几代人一样，导致他们皈依最普遍的契机，是对社会现实的认识，对生活由极端的理想的主观情感，转变为理智地部分接受现实，接受包括血缘在内的宿命。《北京娃娃》中的"我"以身体的方式进入社会，又以对曾经心仪的性爱男友的剖析，完成对自己的精神反思："这个形似瘪三的流浪画家（李旗）……他租房的钱是家里给的，吃的饭是从哥们那蹭的，'远方'还有被他的'理想'之类作幌子诱骗的姑娘在等着他……够可以的了！这个小资产阶级的头脑，这个无产阶级身份，这个没心肝的小流氓，这个光吃饭混天黑什么都不干的无赖，懒惰、自以为是的艺术家，还有脸活着？"对于赵平的描述："未老先衰，总是不合时宜和莫名其妙地发怒。写诗、画画和玩音乐。所有艺术家可能有的毛病他都有，保守、实际、纵欲、世故、矛盾、虚荣。有着强烈的功名心，所有的人际关系都支离破碎。""但我真的不知道他们的音乐唱出了什么人文情怀，正如我避免看到赵平那悲悯人的目光，因为我讨厌什么'接近大地和勤劳质朴的人民'什么的，还有什么'关照和洁净自己的心灵'之类的狗屁。""我知道他暴戾的原因之一，是痛苦。他是个非常分裂非常矛盾的人……（一切艺术活动）都无法让他做个正常的普通人。"而且"自私又懦弱"。这样的否定也包括了对自己的反省，"原来我一直都是喜欢物质的，只是我自以为我不喜欢而已……我也会一掷千金买自己喜欢的名牌的包，也会被广告所迷惑，也会虚荣，也会说像'穿一条漂亮的内裤也不妨碍我们谈论陀思妥耶夫斯基的思想'"。并且回溯心灵的来路,她在《你们都比我坚强》中说:"我们变成这样难道不是上一代年轻人的言传身教的结果吗?"意识到自己追求的所谓自由只是身体和物欲的解放;同时又辩解道:"能做到追求身体和物欲的自由已经不错了。"郭敬明则是以进入社会的历练,完成对于自我的定位,"一个任性而不肯长大的孩子"。他在《梦里花落知多少》中,借助一个人物说:"每个人都会变得世俗,这没法子改变……"人生的挫折启发了对个体人生普遍处境的发现,谁"还不是一样被蹂躏也不能反抗吗?"而具有反叛意识的前卫青年艺术家:"除了侈谈弗洛伊德,穷得连妓女都看不起。""终于知道自己不是这个社会上最可怜的人了。""我突然发现这个世界上永远存在着一些元素,你永远无法改变。"而且"生活就是这样,永远占领着绝对的领导地位"。在《幻城》中,他就借助月神之口,表述了放弃的人生哲学:"其实很多时候一个人都是要放弃很多东西的,因为毕竟有另外一件东西值得我们去放弃一些儿什么。"韩寒则是在对政治历史的洞察中,理解了民众的苦难,在《长安乱》中他写道:"米豆。像喜乐一样,都是愿望。"世俗生活的诱惑也是自我发现的重要机缘,张悦然在《赤道划破城市的脸》中写道:"在成长过程中溃烂,我因为溃烂而委琐。"这是"青春的腐烂","满身都生出触角,想要抚摸昂贵的物质,欲望诱骗我离开音乐与电影的河流……"这是商业文化的成人礼形式,"我终于知道物质可以使我真正高贵"。青春期的反叛也多少带有自恋的性质,认识到理想的虚妄就势在必然,张悦然在《水仙已乘鲤鱼去》的后记《着了迷》中说:"成长像长久不退的高烧,它让我们变得滚烫,变得晕眩,变得忘了到底要往哪里去。浑浑噩噩地走着,忽然发现,自己的那点英雄主义不见了,表现欲融化了,原来我们伟大的理想不过是个雪人,时辰一到,就化作一滩污水。"另一个普遍的契机,是对于生命周期的感悟。郭敬明在《梦里花落知多少》的后记中写道："那些曾经熟悉的真切地生活在我们的生活里的人，突然间如同十月的那些最后的阳光，在某一天的清晨，在某一场淡蓝色的天光里，突然就消失不见了。他们曾经生活的轨迹，他们曾经铺展开的难过和欢乐，像是落入枯萎的黄色高草里的那些雪，无声无息地融化进黑色的泥土。从此开始与大地一起沉默。一起沉沦。"对于死亡的惊怵是极端的例子，更多的是对于不同阶段生命状态的比较。孙睿《草样年华》中的杨阳终于意识到，"漫漫人生就像是撒尿，每度过一年的光阴就如同撒出一泡尿……青年人对待一年时光的态度就像喝过几瓶啤酒后撒一泡尿一样，任意挥霍，而老年人则把一年的时间看得尤为珍贵，也像一泡尿，撒一泡少一泡"。促使他觉悟的是灵肉合一的爱情与文化身份的转换，"在我戴上避孕套的那一瞬间，我感觉到自己此时俨然成为一个真正的男人，也就是说，我的生理的成人礼仪式是在这个时刻开始的"。再一次则是为了求职穿上西服，"西服与避孕套，完成了我的两次意义深远的仪式"。这是彻底告别躁动青春的仪式，是成人的宣言。站在这个生命高度上，回望逝去的岁月，对自己的青春期有了客观而公正的评价，"成长是要付出代价的，为此丧失了青春的四年时光。造次过程中，我学会了愤怒，又学会了忍耐，学会了愤世嫉俗，又学会了麻木"。生命之流的自然流泻，也是激发反省的客观前提。春树在《长达一天的快乐》中写道："前辈都在变老，我们逐渐变成前辈，体会到变老时的感觉。新一代的摇滚小孩儿什么也不吝，比起我们当初有过之而无不及，我们中间隔着鸿沟和代沟。"对于时间的哲学意识也是走出青春躁动的精神枢纽，《少年查必良伤人事件》中的主人公悟到，"时间是无往不利的暗器，玩弄着一种叫过去和将来的把戏"。于是厘清了痛苦的心理根源，"我中招了，那一招就叫过去"。李傻傻《红×》中的主人公，历经曲折磨难之后，平静地陈述对于人生的彻悟,"因为我在过去的一点挫折和惊慌,并不比任何人的苦难,来得更有意思。因为一些事情终要结束,一些事情终要开始。旧的结束不是毁灭,可新的开始更不是新生。或者说,人生就是从小到大,从蝌蚪,到青蛙的过程"[①]。面对苦难挣扎这样淡定的态度,应该说达到了很高的精神境界,是心灵成功的革命。拒绝成长的恐惧也因此而转变为不无感伤的告别,也是在《幻城》的后记里,郭敬明写道:"我终于在风里面孤独地长大了,当初那个笑容明媚的孩子却有一副冷漠的面容。想一想我就觉得难过。"这像一个向自己逝去的生命岁月告别的仪式,"站在十九岁,站在青春转弯的地方,站在一段生命与另一段生命的罅隙,我终于泪流满面"。这使这部作品带有悲悼年少时光的祭祀意义,特别是作者在写作的后期,十七岁时曾经有过三月忧伤,躁抑症带来"惊恐不安的日子",更使《幻城》的写作具有生命挽歌的性质。

逐渐成熟的理智,使他们都以宿命的态度接受不理想的现实,放弃极端反叛的姿态,对于人生有了各自的"彻悟",这也是这一代人早熟的表现。孙睿《草样年华》中的杨阳在地上画了一个圈,指着说:"这就是生活,里面什么都没有,又什么都有。"在晚近的《我是你儿子》中,则以最平实的语言在父母身系的两种文化与水平差异巨大的物质生活方式的灰栏式情境设计中,选择了生活窘困的父亲,这是人生认同的文化寓言,对于世俗责任的自觉担当中,有着面对血缘宿命无怨无悔的价值担当,朴实的亲情近于信仰,是终止在成人礼叙事终点的自我确立,有着仪式的庄严。张悦然在《葵花走失在1890》中写道:"所以我立即明白:所有的一切都没有完满。"春树在《长达一天的快乐》中说:"行动就是选择生活,绝对自由的选择是不存在

[①] 张悦然:《葵花走失在1890》,作家出版社2003年版,第287页。

的，这相对的自由和选择还需我们去斗争去争取才能得到。"姚摩笔下的黑明说："活着：就是要能够忍受毫无意义的现实。"郭敬明《幻城》中的卡索，无法挣脱血缘赋予的世俗责任，"终于成为一个安静的被时光覆盖的寂寞的王"。而且不完全是被迫的，"我生平第一次体会到凡世简单而明亮的欢乐，我发现原来幻术带来的不只是杀戮、死亡、鲜血，它带来的还有希望、正义，以及高昂的精魂"。这是心理的寓言，转喻出作者接受了寂寞、孤独而又富于多重意义的人生基本处境："一个人总要走陌生的路，看陌生的风景，听陌生的歌，然后在某个不经意的瞬间，你会发现，原本费尽心机要忘记的事情真的就那么忘记了。"遗忘是医治忧伤的良药，"时光的洪流中，我们总会长大"。《梦里花落知多少》中的张浩则说得更直白，"每个人都很辛苦。这个世界不会符合你所有的想象，甚至连一个你的想象也不符合，可是我们还得生存下去"。直面现实的冷峻，是摆脱迷茫、克服忧伤的积极态度。张悦然在为《幻城》写的序言中说："幻城的城门合上的时候，我们的忧伤和孤独已得到纪念，我们年少时那苍白单薄的一季也在这里交叉埋葬。"不仅如此，关闭了幻想之门之后，在直面生存的现实大地上，《梦里花落知多少》中的权贵女生闻婧嫁给了一个朴实的爷们儿。这是向最平凡的生命价值的皈依，也是克服躁抑的基本人生认同。姚摩引用《梭罗传》中的话，"没有别的土地，除了这种和类似这种的生活以外，没有别的生活"，来巩固自己别无选择的生活信念。在《走过我的村庄》中，两个具有神性女人的死亡叙事，也因此带有残酷的成人礼特征，功能是说服自己走出梦境，"什么梦也不做了"，"我们很累了"。

在这个整体的认识转变中，爱情、友谊、艺术等永恒的古典话题，都被他们做了独特的阐释，甚至带有哲学与神学的意味。韩寒在《三重门》中引用了一个古老的传说："上帝造人时，第一批出炉的人都有两个头四只脚,就是吸纳进生物界的雌雄共体,可是上帝觉得他们太聪明了,就把'人'一劈为二,成为现在这样的样子,于是,男人便有了搜寻另一半——女人的本能。"张悦然《鼻子上的珍妮花》中的主人公说:"我现在终于懂得爱情的真谛是什么。是甘愿……并且觉得幸福。"孙睿对爱情的理解则是身体也参加的一份友谊,《草样年华》中的杨阳说:"我们已经是男女朋友了,身体上熟悉了但精神上还比较陌生。怎么能从肉体过渡到精神是目前我们所要考虑的。"郭敬明借助《幻城》中的人物潮涯说:"去凡世,寻找一个爱自己的男子,也许他根本不懂得幻术和乐律,可是我只要他有干净明朗的气节和坚实的胸膛,那么我宁肯舍弃我千万年的生命在他肩膀下老去。"姚摩在《走过我的村庄》中理解的爱情,是"平凡而刻骨铭心"。他由爱情而婚姻的体验,妻子是信仰的载体,"你已经皈依她了,如同皈依面包一样,不能离开她了"。妻子死后相遇的另一个心仪女性李想死于毒蛇的袭击,他以诗与画的抒情语言,形容她逐渐凉下去的身体:"软软的美丽,铺转成一幅柔灿的景色。"简直赋予她殉道者的神圣,近似一个超度的仪式,也是终止在成人礼结尾精神皈依的艺术升华。女性在他的作品里是救赎,是精神栖息的家园,母亲、妻子和情人都具有神学的意味。对于友谊的理解,以郭敬明说得最准确,"我们都是如此的孤独,不是吗?我们因为孤独而彼此吸引,然后我们不过是做了彼此的一小段路,最终在时光的修建中变得面目全非"。友谊是一种精神的力量,"朋友是我活下去的勇气,他们给我苟且的能力,让我面对这个世界不会仓皇"。张悦然在为《幻城》写的序言《和春天终年不遇》中说:"四维用他的《幻城》找到了许多和他一样忧郁的孩子,他们将围坐取暖,赶走孤独的风,然后自由地出发邂逅他们的春天……所有孤独和忧郁有关的伤口都将在这片春天下面愈合。"性情的吸引与情感的短暂慰藉,超越了空间的牢固联系,支撑冷漠的现实生存。这是新一代人的情感形式。选择艺术的人生也是非理性的宿命，在《谁杀死了五月》中，张悦然写道："这条艺术的道路，永远是令人怀疑和自卑的，它不会给你什么确定的东西，让你抓在手里，再也不会丢失。它是一条滑溜溜的鱼，随时可能跑掉，可是它也有这样的诱惑力，能使你着了魔一样地去追逐它。"郭敬明则接受了忧郁的情感宿命，在《幻城》的后记中写道："和文学沾上边的孩子，一直一直都不会快乐，他们的幸福，散落在某个不知名的地方，如同顽皮的孩子游荡到天光，游荡到天光之后，依然都不肯回来。"

接受宿命，在妥协中抵抗现实的终极精神归宿，是多数"80后"作家成人礼叙事模式写作的共同终结。但是，每一个人的思想落点都不一样。韩寒是在普通人的善意中，建立起对于人性的信念，《一座城池》里开小店的大妈是无意的启示者。亲情则启发了家园的意义，郭敬明的《幻城》在幻术破灭之后即为空城，在一切的浮光掠影熄灭的地方，亲情便凸显了出来，"因为相信人性，我真信这个世界上总是有值得我相信的东西，比如婆婆对我的爱，我没有任何理由怀疑"。在新的圣战中兵戎相见的至亲兄弟，在阴阳两隔的世界也会在感念中传递温暖。《梦里花落知多少》中的林岚在人生受挫之后，对一向被她称作纸老虎的妈妈说："我像爱毛主席一样爱你。"姚摩在《走过我的村庄》中，满怀神圣的感情写道："我是一个在黑暗中被母亲牵着的孩子。如同众多被母亲牵着的孩子。我走着一段没有断裂的路。"而"那个曾经被人们一直认为十分水灵的母亲其青春光泽已被我掠夺，盘剥，吞噬"。负罪的感觉中孕育着救赎的希望，这在他以女性为皈依契机的成人礼写作的过程中，母亲尤其带有超越于其他女性之上的神圣意味，是具有原型意味的象征意象。孙睿在《我是你儿子》的灰栏情景中，选择了与父亲相濡以沫的生活，这是对血缘所维系的文化价值的认同,在写实的意义之上,还有一种文化精神的寓意。李傻傻则更明显,被压抑的恋母情结转换在偶遇的中年现代知识妇女扬繁身上,并且在她的帮助下,摆脱生存乃至精神的困境,以更改名字的方法,经由这个代母的中介,建立起对现代文明顽强的文化认同。张悦然笔下的悲剧多是无力逃出"冷酷的洞穴"一样的家庭囚禁的女孩儿和男孩儿,成功逃离而又失败的归来者,则总会有亲人接纳他,或者是外婆,或者是母亲。没有父母的孤儿则是以怀念的方式,维系艰难困苦中的精神信念。《水仙已乘鲤鱼去》中的两个孤儿,曾分别属于不同血缘的家庭,又在一个家庭中以与生俱来的善良彼此温暖。宽厚的陆逸寒兼有血缘之父与文化精神之父的双重意义,是他们自我巩固的精神力量。"他是父亲,是爱人,是她生命里从不谢幕的大戏,深深为之吸引。"女孩儿的恋父情结更明显地转喻出文化精神的象征。而大量疯狂自恋的艺术女性则是她厌恶而又满怀悲悯的角色,在对所有女性角色的连续质疑中,她借着《谁杀死了五月》中摄影师身边那个没有名分的安详女人,完成女性精神的认同。由此,勇敢而快乐地接受艺术家的宿命,"唯有写作是我永远的情人,我迷恋着移花接木的故事",就是到穷困衰老的暮年也坦然,"他们都不能嘲笑我,因为我变成了蝴蝶。谁也抓不住我"。这是早年自由出走的母题,在更高层次上的变奏,自由的人生化作艺术的精灵,这使从反叛到皈依的心灵呈现出立体的螺旋形状。

哲学与宗教也是他们皈依的重要精神家园。心灵走出身体成长期的混乱,自然会寻找新的思想依托。春树是在萨特那里获得思想的资源,来矫正自己的人生方向。由早期无所顾忌的反叛转变为自觉的担当,在《长达一天的快乐》中,主人公春无力自述了这个明显的心灵弯道。"垮掉的一代"前辈"刻意反讽,质疑所有的传统,解构有了收获,它们到了我们这里就成了天经地义理所当然……我们本身就是叛逆。我们是没有理想,没有责任感,没有传统观念,没有道德的一代"。比"40后"等"更无所顾忌,更随心所欲。因为这个世界简直就是我们的,或者这个世界从一开始就他妈是我们的,那我们还追求什么?"晚近则在存在主义的哲学中,找到了信仰的基石,"存在主义强调'存在',有一种在场感与责任感"。经过社会人生的历练,身体终于回归精神的家园,修正了早期的完美主义理想,并且自豪地宣称"我是一个存在主义者"。她重新阐释了一向心仪的朋克精神,从最初只是为了排遣寂寞而选择认同的另类姿态,达到对内在精神的再度张扬,"朋克其实就是那种有社会责任感,随时超越自己,永远都做一些令别人出乎意料的事情的人"。在《你们都比我坚强》中,又进一步阐释了前卫的思想,"另类不是选择不同的生活方式,生活方式谁都应差不多","我想是不同的精神吧"。她的皈依路程使反叛的精神具有了哲学世界观和人生观的高度。

宗教则是更为敏感的一些作家的朦胧向往。郭敬明在《幻城》中写道:"当卑微的人站在伟大的苍穹面前,一定可以听到巨大的轰鸣,最后死亡来结束一切斑驳的上演。"可见接受世俗权力的前定束缚之后,面对"每个盘丝洞里都住满了妖精"的现实,却有着超越现实的精神可能。他的神是与文明两厢对照的永恒苍穹,是伟大的自然神。他以这样的皈依方式完成永生的冲动,并且在写作的宿命中叙述自己的发现和感悟。在《幻城》的后记中,他写道:"我希望大家看到。生活中所有让人沮丧的东西,同时让我们更珍惜生活中让人欣慰的东西。"韩寒在《一座城池》中,也以文明的脆弱表达了对于自然力近于神圣的敬畏。他在叙述一次因工厂安全隐患造成的火灾事故时,诙谐地说:"远方重工业的黑影在火势里指引我们前进。"所有的人为扑救都显得渺小无力,大雨的到来才使之熄灭。主人公在闪电中冥想,"看来人类的力量是渺小,这么严重的火灾烧掉了这么多人类辛苦交配出来的化学物质也只能照亮这天的一小块"。这和他质疑文明的一贯思想倾向一脉相承，在文化的衰败中看到了文明根本的脆弱，鬼魂的联想也在这一个叙事段落，联系着自我的渺小感。他的皈依是最终极的皈依，在基本的民生和永恒的自然之间确立自己的位置。张悦然则主要是以基督教的精神建构灵魂的城堡，在每一次的反叛中几乎都有神来守护心灵，教堂是她小说不同的时空体中最显著的标志，而且分布在游走世界的所有区域。张悦然《这些那些》中，她写道："我喜欢我们现在的信徒生活……我喜欢我们用信仰来模糊过往，让那些爱和伤像去年吹灭的蜡烛一样，只记得它那簇摇曳的光亮，和它承载的那些幼稚的美好希望。"宗教在这里具有疗治心灵的意义，信仰也带来了安全感，"我们是信仰基督的好孩子，我们不怕任何鬼怪"。这使她迷恋的"不切实际的逃亡"，有了灵魂寻找皈依的特殊意义。《桃花救赎》中的一个人物说："我只是希望我的努力上帝可以看到。"《樱桃之远》中人类之爱的主题是借助基督教的精神建立起来的。善良的纪言对凶狠的杜宛宛说："你可以不信奉神，你至少把它当作一个使心灵安静的地方吧。"终于使她发生巨大的变化，"后来我完全变成了一个被神改装过的人，我再也凶狠不起来"。并且在恩怨情仇的情节纠葛中，发现"我们不论敌对还是相爱都是这样牵牵连连不可分割。它让我相信了上帝，它让我相信了爱情"。这是张悦然反复重复的另一个主题，边界模糊的爱与恨其实起于相同感情的生死需求。连暴力与死亡都是爱能转化的方式，她在《十诫·自序·写给我废寝忘食的爱》中写道："爱和人的关系也就像鞭子和抽起来的陀螺，它令它动了，它却也会让它疼了……那是鞭和陀螺一起唱歌。"这是她创作的肯綮，如此地迷恋苦难、暴力与死亡的叙事，又如此不懈地张扬人类之爱。正如莫言在《樱桃之远·序言》中的解读："她的思考，总是让我感到超出了她的年龄，涉及人类生存的许多基本问题，而这些问题，尽管先贤圣哲也不可能给出一个标准答案，但思想的触角，只要是伸展到这个层次，文学，也就贴近了本质。"而"强调人与人之间的爱，人与自然万物的和谐"……由苦难到平静，由恶到善的桥梁是宗教。虽然宗教不能够阻止人类悲剧的发生，但却可以帮助悲剧的生命平静地生存，不会因过度恐惧而心智迷乱，不会因过度憎恨而施暴于人，在逆境中去寻找幸福……这是一代新人对困扰人类灵魂的基本问题艰难思索后得出的答案，这已经基本是那个散尽神学的光环，闪烁着一种人性的光芒，是一种悲悯的人文情怀。由对现实的反叛出发，在对人性的洞察中发现人类基本的困境，而皈依于基督教的博爱精神，这样的心路历程可谓艰苦卓绝。

这是幸运的一代人，可以清晰地记录并艺术地表现自己青春期的所有身心隐秘，并且容纳在完整的成人礼叙事模式中。这是"80后"写作区别于其他青春写作最显著的地方，也是他们进入文学殿堂的独特路径。

堕落时代的心灵成长

——读孙涌智的长篇小说《卡瓦》

20世纪60年代是一个政治意识形态高度压抑欲望的时代，这个时代出生的人在贫瘠的信仰中成长，却赶上了一个高度物质化的市场时代，青春期的转折与社会的无序带来价值观念的混乱，而在挫败中的奋斗挣扎则使成长的永恒人生主题置换在新的生命故事中。这就是笔者读到孙涌智的长篇小说《卡瓦》中一组人物命运故事的时候，最初的印象。

故事从沈城到北京，大学毕业生们从体制内到体制外，视野所及从乡村到域外，曲折的情节是社会急剧动荡的高度形式化，而阴谋、暴力、色情是金钱操纵的欲望化时代中堕落与挣扎的新形式。浩然与高潮们的生命故事在"于连·索黑尔"与"保尔·柯察金"们的原型映照下，具有了跨国界、多种族的文化元素，连题目都是域外的野生植物饮料的名字，一代人的成长由此显现出全球化时代的丰富内容，纵欲的堕落正是对贫瘠童年禁欲时代的反弹，历史转折内化为心灵的曲线，个体因此承担了民族精神集体的困惑。

第一人称的叙事使《卡瓦》带有自叙传的色彩，而叙事者浩然乡村青年的身份，则使这个成长的故事直接进入了中国现代文学的基本母题：乡土情感遭遇了现代性。从鲁迅开始，一代一代人都面临这个基本的历史情境，只是具体的形态在不断变化。以身体的种种困厄为轴心的曲折情节，则使乡村的溃败以隐喻的方式转述出来。而女性形象也延续着沈从文们的笔墨，是城市充满诱惑的魅影，也是民族被新一轮世界潮流裹挟的象征。《卡瓦》在通俗小说的外形中，具有了文化寓言的文体特征，一代人的成长也就概括了民族整体的历史宿命。男性的立场显然是叙事发展的内在动力，浩然的追梦与幻灭、陷落与突围，对异性的恐惧是对堕落时代所有世俗价值的顽强抵抗，失去父亲的孤儿处境，更是精神无处皈依的象征。最后的帮手也是一个孤儿的身份，借助没有血缘的养父，传达出精神重构的可能。

小说中所有世俗的成功者几乎都以身体的牺牲为代价，也使这部小说以最简洁的方式，表达了对以阉割为核心的现代文明的反抗与批判，权力结构对个体自然生命的压抑是叙事最基本的冲动。这就是一代人得天独厚的思维能力，反成人礼的叙事中包孕对精神皈依的渴望，两个"落雪"是女性的美好化身，而异域的野草饮料卡瓦则成为解放与救赎的象征，乡土情感不再是意识形态的力量，而是以自然生态为伦理源泉，是生命本真的存在欲求。

孙涌智以这种基本的修辞手法，把严肃的主题包裹在通俗文学的形式中，浩然们成长在充斥着权力、金钱、美色、暴力与阴谋的世界中，展示了全球化时代人类的堕落，适应了大众文化的趣味。而语言的解构是柔性反抗最基本的方式，男性的叙事立场把所有通俗文化的元素都整合在基本的心理场中，对异性的恐惧是对诱惑抵抗的心灵隐秘。尽管不免崩溃和沮丧，但纯情总是滋养出精神的家园。

心灵与历史互动的奥秘

——读［美］斯拉文斯基《塞林格传》

塞林格的名字对于中国当代文学界是一个带有启示意味的精神符号，改变了"美国文化的轨迹、塑造了几代人灵魂"的《麦田里的守望者》，也近于中国先锋文学的圣经，呼应着世纪初鲁迅"救救孩子"的呐喊，自 20 世纪 60 年代初次翻译过来之后，所有卓有成就的新时期作家无不受到它的点染，就此可以开列出一个长长的名单。不仅是他继承了怀疑、反抗传统价值观念的艺术精神，这一点从"愤怒的一代"到"垮掉的一代"都表现了同样的情绪曲线，而且他对于"纯真"的顽强守护，对于人类之爱的信仰，对于"人与自我角力"和"回家"的永恒祈祷，建造起现代与传统的桥梁。就连他迷恋的禅宗和《罗摩克里希纳福音书》，以及隐居的生活方式，都连接着美国 20 世纪 60 年代的东方文化热，共时与历时的广泛关联域使他最终找到了精神皈依的法门。因此既推动了几代中国青年作家的探索，也耦合了现代化进程中广大的中国读者渴望精神皈依的心理需求，他以新的阐释表达了对传统的尊重，这一点比单纯的反叛更契合中国读者文化心理中的中庸传统。这些都是我对 J. D. 塞林格怀有特殊兴趣与敬意的原因。

打开［美］坎尼斯·斯拉文斯基耗时七年的《塞林格传》，一进入史国强先生精粹洗练的汉语文本，立即被作者精辟深入而又流畅的论述所吸引。这无疑是一部优秀的传记,兼有一般传记的精确可信和评传的学理清晰,一个心灵的发展轨迹富于质感地呈现出来。考辨事实的谨严中有着不为贤者讳的学术品质,而阐释又深入传主心灵的逻辑,这两者的结合避免了简单化的道德评判,这正是我们中国批评界所欠缺的。譬如,叙述他1965年因盗版早期短篇小说集的法律纠纷表现出过度的愤怒与不依不饶,一方面指出他的不善良与不诚实,另一方面以痛失双亲来揭示他反常行为的心灵逻辑:"大概死亡夺走他的父母之后,他对死神感到无能为力,所以才不想失去他对早期小说的控制。再说,那些作品还代表着他昔日大部分的岁月。"可谓"以意逆志、知人论世",谨慎而宽容。

这部传记潜在的理论框架显然受到新历史主义的影响,从一开始就把文本当成作家与历史的中介,试图揭示他与历史的互动关系。首先是他被历史塑造的特殊方式,犹太混血的富家子弟在排犹的社会氛围中,对于隐私的极端讲究,与主流文化的疏离导致了与父亲期许的悖逆和求学的曲折,母亲的理解与支持使他开辟出自己的人生维度。每个人生的转折点,都有良师益友在现实和精神上给力:"塞林格在生活里总能碰见意外好事。他总能在正确的时间碰上正确的人物。"而且每个人分担着他命运的不同角色:大学里的写作教师兼出版家惠特·伯尼特引领他走上作家之路,海明威在战争中成为他迷茫灵魂的停泊地,杰米·汉密尔顿是他志同道合、可以信赖的早期出版者,而《纽约客》的威廉·肖恩则是他性情相投的挚友,同一信仰的妻子科莱尔把他从绝望中拯救出来,近邻最高法院之外最重要的法官、作家韩德是他无所不谈的挚友。最大的推手是历史,第二次世界大战把他从中产阶级优裕无聊的正常生活中拯救出来,逼迫他直面死亡与人性的黑暗,重新发现并思考纯真、爱、友谊、忠诚与勇敢这些古老的价值观念,塞林格早期的作品多数写于军营与战壕,作者在索引泛文本的写作背景的同时，也扫描出一条他与历史血腥遭遇的轨迹，以及心路历程中最关键的转折时刻，这就是诺曼底登陆之后，从尤他沼泽到血腥的默廷，特别用大量的篇幅叙述荒诞恐怖的赫特根森林战事，以及对他心理所产生的深刻影响，"赫根特极大地改变了塞林格"，借助笔下的人物表达为自己团队无谓牺牲的痛心疾首与被噩梦困扰的心理苦难，"性格有了孩子般的特点，总是怀着好奇的感激"。战争的影响不仅损坏了他的鼻子，夺走了他的听力，还给了他最毁灭性的一击，当他战后寻访早年曾经一起生活十个月的奥地利一家人，渴望通过与那家纯洁女孩结婚返回战前的美好时光，却意外地发现那个理想的家庭所有的成员都已经消失在毒气室与焚尸炉。他和结束了特洛伊战争的奥德修一样，渴望回家过平民生活，却陷入后创伤性压抑失调症。就像他拒绝修复鼻子，他也无法放弃走出战争时怀揣着的众多故事，因为那都是他勇敢死去的战友，只有接受宿命，写作成为自我救赎的唯一途径。而打开自我治疗心灵之锁的则是与之相近的禅宗（主要是日本俳句）和孟加拉先哲与信徒的对话录，找到了新的神，又通过神找到了清净。而写作《麦田里的守望者》是他生命里"一次净化灵魂的事件"。他解决了自己沮丧的精神危机，也帮助同时代人，特别是那些同样患有战斗疲劳症的人们，完成了灵魂的再生。所以"他不安分的想法、情感和记忆开始在美国文学纯粹的意识流经验里流淌"，才能"改变美国文化的轨迹"。传主被稳固地安放在历史当中，成为又一种历史的人质。

在这个基本的理论框架中，斯拉文斯基一直都把塞林格的创作与影响置于英语文学的传统中考察，体现了深广的史家眼光。比如，对于他早期作品中发现的普通人"默默的英雄主义"，追溯到了中世纪的道德剧传统。而对《麦田里的守望者》则扫描出他继承的是从狄更斯开启，由马克·吐温深深烙在美国文学上的传统："……继续通过少年的目光扫视人类",质疑上一代人的传统。而他开启的新传统则直接体现在"垮掉的一代""将疏离与错位的讨论提高到一个新的水平",艾伦·金斯伯格们的继续追问:在这个世界上,人类的位置究竟在哪里。这样历时性的角度,使"改变美国文化轨迹"的论点,充分而可信。

斯拉文斯基在此书中显示了良好的批评家素养,对文体修辞意识自觉而精熟,并且渗透着精细的鉴赏力,使主题的呈现以探幽发微的准确精练而让人信服,几乎每一篇小说都是作为寓言来解读,并且在人物与细节中发现象征性的语义。比如,他在分析塞林格写作最关键的时刻是短篇《魔术般的猫耳洞》中的一个情节,牧师为抢回眼镜而被炸得粉碎,"他的命运证明,有人相信手里握有答案,当最需要答案的时刻来临时,却发现手里没有,这是绝望与无望的形象——这是无法掩饰的痛苦……J. D. 塞林格开始询问:'上帝在哪里?'"而一个受伤的士兵念念有词地祈祷平安回家,"如同吟诵一首圣歌,他发誓要重新安排这个世界。从他嘴里说出来的几乎就是纯粹的诗歌,这种咒语在塞林格的写作里是最有文采的一个,也使故事点缀着一股魔力,这种魅力又与周围的环境格格不入"。可谓精辟又精彩。又比如,分析《麦田里的守望者》点题的霍尔顿幻想中的意象:麦田,无数快乐嬉戏的孩子与被掩盖了的危险悬崖,保护孩子的意愿。发现他精神上的大逃亡,面对世界的真相,摆脱了童年之后的绝望,灵魂的净化以妥协时刻的来临完成心理转折,开始接受责任与变化。这几乎是把这部作品进行了一次成人礼式的意义演绎,不能不让人叹为观止。

奇妙宇宙创生的奥秘

——读［美］依兰·斯塔文斯《加西亚·马尔克斯早年生活 1927—1970》

读了史国强先生所译［美］依兰·斯塔文斯所著《加西亚·马尔克斯早年生活 1927—1970》一书，耳目为之一新。在众多的传记作家中，他独标文化理论研究的方法，而且是以宗教式的专业精神，表达对传主由衷的感谢与敬意："……因为他在作品中提炼才华的方式把写作推到了极限。"由此启发了他对文学的顿悟："原来文字是有魔力的：经过刻意安排之后，文字能营造出不同的宇宙，比我们的宇宙更有魅力。"[①]《百年孤独》改变了他的人生，使之从一个爱好户外活动的人成为一个文化批评者。这使我自愧不如，敬业的精神从未上升到他这样的人生观高度。而且他对文化研究方法富于创造性的实践，对于笔者的理论启发也是特别值得写下的心得。

一

文化研究理论兴起于 20 世纪的七八十年代，是 19 世纪末社会历史批评与 20 世纪初开始的形式主义研究潮流汇合的结果。彼时，笔

[①] ［美］依兰·斯塔文斯：《加西亚·马尔克斯早年生活 1927—1970·谢辞》，史国强译，现代出版社 2012 年版，第 1 页（此后所有援引此书的注释仅标明所属部分及页码）。

者还在读本科，仅仅在《动态》一类的杂志上读到介绍性的文字，已经看到了理论批评大可作为的新天地。在中国业内的同人中，介绍这个理论流派的不在少数，相当程度上已经是常识，一般是应用于通俗文化与文学的研究，极端的说法是文化研究专门研究垃圾。而依兰·斯塔文斯却成功地将它应用于20世纪最为经典的文学奇书的剖析，无疑把这个理论带入了文学理论的中心殿堂。无论用何种方法，"说到底，如马修·阿诺德所说，批评家的使命是把艺术当成那复杂之力的显现来审视，而这复杂之力又总在限定我们"。这是文学批评的一般原则和具体方法的科学结合，还有基本的批评伦理问题："那里（拉美）文学批评还不是一种民主的行为，所以大唱颂歌是表达敬意的廉价方式之一。"这对我国文学批评界无疑也是一种针砭，在话语权力与市场规则的夹击之下，批评的不民主状态显然是所有批评家共同面临的尴尬。而"这部传记要剖析马尔克斯的生活与事业"[①]，前提是把他当成一个独立的宇宙，在探索他与其他宇宙的关系中，发现这个宇宙创生的奥秘与独特构造，这一点深得我心。

　　文学批评的民主化，不仅是批评家独立于权力话语与市场规则的职业前提，也是批评家自身修养的需要，不与任何权力合谋，也不使有限的自我无限膨胀，把作家作品当作和自己平行的宇宙，无论对象的质地如何，都尽可能地摆脱仰视与俯视两个视角的局限。依兰·斯塔文斯是把马尔克斯看作一个自我完足的莱布尼兹式的宇宙。事实如此，好的作家都能够建立一个自我完足的艺术世界，好的批评家则能够建立一个自我完足的阐释系统。即使是在痴迷的状态下，也要立足于学理的原则，把非理性的感觉体验转化为理性的分析。批评家与作者之间不确立平等的关系，就无法使编码的操作程序客观地呈现出

---

① 《序言》，第18页。

来，解码的工作就会谬以千里，而重新编码也免不了削足适履。依兰·斯塔文斯为了保持和马尔克斯的平行距离，在论述中严格不使用过分亲热的赞誉，不使用爱称，尽管他对马尔克斯几乎爱到极致。

当然，文学批评是见仁见智的事情。首先是选择，其中包括特殊的机缘，如果不是 21 岁时在故乡墨西哥初次阅读《百年孤独》，就不会有依兰·斯塔文斯的人生转折，这部书就无法成型。其次，是心灵的趋向，不同的宇宙彼此吸引必有内在相等的质量，否则，只会碰撞与排斥，一如伊兰·斯塔文斯所坦言的，"……加西亚·马尔克斯不是大城市里的知识分子，这一点格外吸引我"，此后，他四处旅行都随身携带着《百年孤独》："这是引力的中心，是我作为读者存在的理由。"① 这真是一个有专业敬畏的批评家，一直把自己摆在读者的位置上。而这共鸣的基础，则是心灵所面对的共同外部现实与源自血液的神秘体验。一如马尔克斯和其妻子去旅行，结果文学女神不请自来，他赶紧驱车回家，将自己关在室内，手稿完成之后才出来。按照他自己的说法，那时候的他与其说是艺术家，还不如说是抄写员，仿佛《百年孤独》从头至尾是别人口述的。通读了马尔克斯的所有小说之后，他感慨："对我来说，这位哥伦比亚的作家正在以崭新的目光扫视我身在其中的环境——拉丁美洲的世界。"② 然后才是方法的选择，两个平行的宇宙处于相同的引力场，才会有灵感爆发之后持续的追寻。他最终选择了文化研究为基本方法，解剖"居然改写了 20 世纪后 50 年拉丁美洲的文化版图"③ 的一部巨著。

这样的理论背景使他的传记文体的理念也自成一家。他以生态学的眼光，探索文学产生的过程、文学的意义，谁在创造文学、谁又在

---

① 《序言》，第 10 页。
② 《序言》，第 7 页。
③ 《序言》，第 6 页。

阅读文学，历史与虚构，真实与谎言，这之间是什么关系。以区别传统的传记写作，并因此而解决了传记作家的自我确立。他认为"传统的传记作家与吸血鬼不相上下，吸吮传主的血液"。他将之比喻成犹太传说中的恶灵，与他同行、同吃、一同做梦。而"出于选择，传记作家并不是放弃自我，变成另外一个人，他所希望的是从另一个人的生活里提取所有的成分。从一个点到另一个点来寻访对方的足迹"。他也排斥事无巨细的乏味写作，"我的研究不是搜集资料，因为数据不是知识。我所感兴趣的是《百年孤独》的写作背景：小说因何而写，在怎样的环境下酝酿出来？或者说，我在寻找原始的文学材料。作者从哪里来的灵感？他如何将生活变成小说？我的兴趣集中在加西亚·马尔克斯的个人旅行上，还有他一次次旅行的历史背景"①。意识到数据与知识的差异，使他确立了简洁的叙述风格，那些对马尔克斯的宇宙创生作用不大的细节都被他有意忽略，以《百年孤独》英译在美国出版、获得巨大成功为终点，三十多万字的篇幅就概括了一个尚在世的传主四十几年的生命历程。而且严格遵循传记文体的线性时间原则，为此生活的真实顺序与讲述的生活一定要平行，只有出于历史社会与文化全景的需要，才另有选择。这些经验之谈都是传记写作的真知灼见，对我们的启发是多方面的。

二

归根结底，文化研究就是综合性研究，把文本置于对其形成产生决定性影响的广大场域中考察："我从历史的、政治及文化的角度出

---

① 以上引文皆来自《序言》，第10页。

发,以此为背景,凡是塑造那一时期拉丁美洲的重要事件,都是我追寻加西亚·马尔克斯足迹的出发点。"[①] 为此,他在漫长的时日里,从事着复杂艰苦的解码工作。他用希伯来语中的首位字母,形容自己孜孜矻矻的解读工作:"总之,《百年孤独》是我的阿列夫(aleph)。"[②] 在数学的领域中,阿列夫表示实数集合的基数,所谓基数的含义大致为一个集合中所包含点的数目。而且依兰·斯塔文斯在马尔克斯人生轨迹的每一个点都发现了特殊的元素,以精辟的语言阐释这些元素经由心灵的化合之后,对《百年孤独》的形成所发挥的具体功能。

  他从马尔克斯的故乡小镇阿拉卡塔卡的自然地理、人文景观和历史沿革入手,体现着"出生地影响着一个人的世界观"的理念。他从高温潮湿的气候与海天一色、宝石蓝般色调的瑰丽景色,带霉斑、砖石结构、覆盖着"可怜的薄铁片"的民居与枝蔓横生的自然生态融为一体的环境开始,描述这座马尔克斯生活了八年的小镇。简要概括它的历史,依赖种植、畜牧等农耕经济的民生状况,重点放在马尔克斯出生前后的历史变迁,香蕉引来跨国资本联合果品公司,铁路也由此开通,带来各种不同的文化形态,"一战"期间,香蕉价格下跌,迫使大雇主联合果品公司收缩经营,经济崩溃导致失业人口剧增,定居者纷纷离开,政府与插手政变、臭名昭著的联合果品公司沆瀣一气,为了经济效益镇压罢工的民众……触目的贫困,被他的外祖父称为"穷人送死的地方"。这一切都被编入了《百年孤独》的程序中,连"铁路也是一大主题"。除此之外,环境生态学的观念几乎遍布解读的所有过程,他反复强调马尔克斯作品中的瘟疫主题,自然是比历史更强大的存在,种族兴衰只是这个大系统中的微小局部,而且人与环境的关系也是魔幻之谜,《百年孤独》里的流行失眠症、蝴蝶雨和连年

[①] 《序言》,第11页。
[②] 《序言》,第14页。

的暴雨安知不是种植园、铁路、城市规划等对环境破坏的结果？

伊兰·斯塔文斯以马尔克斯外祖父的老宅为原点，以"童年记忆"为主线，扫描了他编码的原始资料，发现所有生活世界里的重要人物几乎都进入了《百年孤独》，而最重要的布恩迪亚·奥雷连诺上校则取材于千日战争中的军事领袖拉法尔·乌里布将军，素材来自在他帐下为将的外祖父口述。马尔克斯家族的历史与精神的传承，则是他叙述立场形成的心理基础。肆无忌惮的私通者外祖父、体现着古老女性家长制的外婆、因私生子出身又是外省人而备受歧视的父亲，整个家族对天主教的反感，家人对罢工血案的记忆，都决定了他确立左翼立场。尽管他一再宣称只是共产主义的同情者，没有任何党派组织，但客观上最终成为民间的历史叙事者。加勒比海边无人顾念的小镇马孔多，从神话般的开始到覆灭的宿命，内化在由乱伦始到乱伦终、环形结构的家族史叙事中，讲述了加勒比无望挣扎中的孤独。故乡的地理位置也影响了他看待世界的角度与方法，阿拉卡塔卡"位于南美洲的西北地区和加勒比海盆地的边缘，这使他感到自己是两个世界的一部分，既属于大陆又属于岛屿"。"加勒比教我从不同的角度看待现实，教我把超自然的东西当成日常生活的一部分。"不仅如此，故乡对《百年孤独》被称为新巴洛克的风格也具有决定性作用。"……加勒比是与众不同的世界，这里的第一部魔幻文学作品就是《哥伦布日记》，书里讲到了奇特的植物与神话般的社会。加勒比的历史充满了魔力……"从热带的生物群、植物群到人种的混杂，首先在视觉上就带给人驳杂丰富的魔幻感觉。历史把它造就成混融的世界，出售护身符的印第安人，瑞典、荷兰、英国的海盗送来的黑奴，各种冒险家与探索者，衣着奇特的中国与印度的混血人……"加勒比的种族杂糅和强烈对比，是你在其他地方找不到的"。殖民主义又切割出新的人文景观，"一方面岛上的小镇灰头土脸，这里的房屋被龙卷风一吹就垮,另一方面是镶着颜色玻璃的摩天大楼和七色的海洋","到处都有民间传说和殖民时代留下的故事"。而且加勒比还有一种不用文字的通用语言和统一的美学原则,这对《百年孤独》整体风格的形成无疑起着发酵的作用。马尔克斯坦言:"加勒比这个世界教会我如何写作,而且我在这里才真正感到是在自己家里。"① 在此后的篇章中,依兰·斯塔文斯依次考察了马尔克斯人生行旅中所有定居过的地方,以及他在那里遭遇的重大历史事件与生活事件对他世界观与文学观构型的模塑。比如,马尔克斯为实现深度的文学梦,由法学生转为记者的直接催化剂,是民粹派领袖盖坦被刺的波哥大事件,这次事件也是哥伦比亚由多党派共生的平衡状态走向持续混乱的历史转折点。他很深地卷了进去,被迫转学、回乡,并且由此坚信好的小说是要以文学的方式表现现实。而在欧洲的游历则深度体验了二等公民的痛苦处境,激发了他的种族身份意识,对殖民文化的自觉反抗使他的目光更集中地凝聚在拉美土著的生存中,以区别奥斯卡·博尔赫斯那样的"有英格兰血统""胸怀世界主义""王尔德传统的知识型花花公子"。依兰·斯塔文斯由此得出结论:马尔克斯和他的朋友们的关系,"凸显出政治与文化的结合,这也是那个时代的一大特点"②。这和 20 世纪以来中国主导的文学观念不谋而合,也可以说明《百年孤独》在中国引起大范围震动的深层原因,遭遇现代性的相似历史创伤是近似的文学观念形成的心灵培养基。

这样的实证方法是 20 世纪初形成的新史学理念,早已为中国现代的文史大师们心领神会,与乾嘉学派训诂考据学的传统合流,陈寅恪是集大成者。王国维具体概括为"双重证据法",文献必须与实物互相印证。文化研究的综合性,也容纳了这样的学术理念,依兰·斯

---

① 以上引文见第一章"阿拉卡塔卡"。
② 第五章"魔幻现实主义",第 121 页。

塔文斯严谨扎实的工作是创造性的卓越实践。

三

对于文学批评来说，特别是传记写作，仅仅有双重证据显然不够，还要加上一重文本的证据，文献、实物与文本互读才会有最接近真实的发现。这就是文化研究的诱人之处，因为它又吸纳了形式主义研究的理念与技术，使文本批评的细读方法也有用武之地。依兰·斯塔文斯对此了然于胸："我引用小说里的文字解读加西亚·马尔克斯的生活，再用他生活里发生的事情走进他的小说。"他因此震惊于自己的发现："《百年孤独》不仅仅是一部小说，还是一部历史，60年代之前哥伦比亚发生的重大事件无一遗漏。"①

与文本互读带来的惊人发现，对于主题的探幽发微无疑是这部传记中最令人折服的段落。《百年孤独》中令人叹为观止的叙述——被谋杀者的血辗转回流到自己的来源、母亲脚下，在依兰·斯塔文斯的实地考察之后发现，"……马尔克斯不仅以极为准确的文字描写出镇上的街道。还描写了大屋里的每个房间。但真正引人入胜的还是血流构建出的暗喻：毫无疑问，在《百年孤独》里，这座大屋才是根基的化身"②。由此推断，马尔克斯以童年度过的地方为自己的根。

对于马尔克斯童年的爱好与阅读的发现，成为解读《百年孤独》的另一种知识考古。除了发现他喜爱涂鸦、阅读诗歌、迷恋睡美人之外，在不少的幻想读物中，尤其熟读波斯经典《一千零一夜》，在两

---

① 《序言》，第14页。
② 第一章"阿拉卡塔卡"，第26—27页。

部著作的互读中得出重要结论,"这部传说和故事集与《百年孤独》之间有着众多的关联。《一千零一夜》里的叙述人——在波斯语中指'镇上的女人'"。她与《百年孤独》中的吉普赛人有共同之处,大于现实,未卜先知,如同幽灵,死后再度现身,为布恩迪亚家族的故事拉出大纲,为家族史定下调子。原始说话中的人物,写进了小说。"……加西亚·马尔克斯把自己的小说变成了民间故事手册。随着一个个故事不停地展开,不同的次要情节也在要求自己的生命,但这些情节都是通过人物与布恩迪亚家族联系起来。"① 这对于《百年孤独》编码的程序无疑是深入的剖析,足以让人拍案称奇。

其他那些深入字里行间的索引,也是艰苦研究得出的精彩结论。外祖母不仅是乌苏拉的原型,而且善于不动声色地讲述离奇恐怖的故事,与他日后阅读卡夫卡的感受相契合,加上对海明威新闻与文学结合生涯的崇拜与简洁的电文式语体的激赏,对他叙事风格产生决定性影响。与妻子梅赛德斯 20 岁时的热恋,"才发现爱情的宽度与深度",后者以埃及女神似的"一个尼罗蛇一样的美人"②,出现在第十八章的小药店中。而马尔克斯与巴兰基亚社艺术家群体的交往,也转换为最后一个布恩迪亚的身份,和他们相会在小书店里,以讨论蟑螂何以能生存下去转喻布恩迪亚家族的存亡,以此和朋友们开着玩笑。他的文学启蒙者、长久的朋友、巴兰基亚社的"引力和灵魂"堂·拉蒙·维耶斯成为《百年孤独》中的"加泰罗尼亚的智者",进入了永生。③ 以及接触电影对《百年孤独》的影响,墨西哥的喜剧大片喜欢用镜头探索热带风光,"现代性与贫穷、哥伦布以前的传统与粗放的感情并存……希望借此走出民族集体身份的迷宫"④。依兰·斯塔文斯在加西

---

① 第二章"文学青年",第 31—32 页。
② 第二章"文学青年",第 37 页。
③ 参见第三章"逗乐的人",第 63 页。
④ 第六章"银屏",第 122 页。

亚·马尔克斯早期中短篇小说中发现,"小镇马孔多那奇妙的宇宙和居民才渐渐显出轮廓",《百年孤独》的雏形则追溯到十七年前发表的《宅院》。他大量引用时评证明马尔克斯的文风已经成熟,"每个句子都是一次惊讶,总的说来,这惊讶真的丰富了我们对生活的知识或感觉,并不仅仅是炫耀"[①],以及在他的环境里独一无二的情节。走访他所崇拜的福克纳故乡,则使小镇马孔多的精神血缘追溯到了约克纳帕法卡镇,这也近似血缘回流式的叙述,福克纳从乡土内容到新巴洛克风格的魔力,都启示着表现相似历史经验的独特方式,是拉美作家们崇拜借鉴的内容。结识胡安·鲁尔夫,阅读他为数不多的著作,"使马尔克斯发现了自己"[②],创作灵感勃发,是《百年孤独》的宇宙由聚集到创生的关键时刻……这样三重证据的考据,使一般的比较研究具体化为对复杂操作程序的细致分解,发现作家心灵的奥秘,使"能把超自然的变成自然的,自然的变成超自然的"[③]论点,落实到生动的具体分析中,可谓游刃有余、切中肯綮。

四

和所有好的批评家一样,依兰·斯塔文斯具备文学史的广阔视野和活跃的联想能力,并且能够言简意赅地提炼出感觉到的隐秘联系,以熟练的批评术语重新编码。并且把《百年孤独》对拉美文学史的影响也纳入考察范围,使这个宇宙的外延在文字—时间的链条上扩展为

---

① 《序言》,第12页。
② 第六章"银屏",第134页。
③ 第一章"阿拉卡塔卡",第4页。

罗兰·巴特所谓不断被编织的"纹"。

他认为西班牙语文学的两部巨著《堂·吉诃德》和《百年孤独》，极大地影响、改变了人们对拉丁美洲文化的理解。"《堂·吉诃德》不怕在国外的一次次挫折，面对国内及大西洋彼岸咄咄逼人的天主教裁判所，以伊拉斯谟的风格来讴歌自由思想。"《百年孤独》则是"……通过一个家族的变迁，以大河流水式的叙事，讲述一个大陆和大陆上的人民发生的故事：政治腐败、宗教狂热、性别歧视及自然的和历史的灾难"。据说《堂·吉诃德》是一个摩尔人写的，羊皮书则是一个吉普赛人写下的手稿。连西班牙语世界也要仰仗，"然而巨著的创造者居然来自社会的边缘"[①]，再一次重申他初读《百年孤独》时的兴奋认同。其实，一般来说，文学就是边缘的事业，两部巨著出自边缘人之手是顺理成章的事情。为了证明自己的感觉，他找到了马尔克斯的自述，从厌恶到惊喜与反复细读，《堂·吉诃德》"宛如火焰，之后我反复咀嚼，最后小说里的不少故事都能默念出来"。带给《百年孤独》编码程序以最深刻的影响，是"现实与虚构平行推进是这部作品的精髓所在"[②]。被称为"神话制造者"的拉美作家共同的巴洛克风格，与20世纪拉美文学爆炸作品的新巴洛克风格，几乎完全可以由这两部作品分别代表。

此外，他在阅读的开始就发现《百年孤独》与《圣经》的联系："情节上的环状结构、全能的第三人称视角、一个个事件的魔幻色彩，为这部作品打上了圣经的烙印。故事里的核心问题正是圣经里的最大诅咒：乱伦。……小说里的语言能使人想到巴别塔、兄弟相残，如同该隐和亚伯、约瑟和他的兄弟们，故事里还有大于生活的帝王式人物，如布恩迪亚·奥雷良诺上校，他能使人想起古代以色列的国王

[①]《序言》，第7—8页。
[②] 第二章"文学青年"，第32—33页。

们,此外就是神秘的疾病,比如流行失眠症,以及大灾大难,如近乎瘟疫的蝴蝶雨。"① 这样的联想对比,显然把《百年孤独》的意义从拉美的历史中提升出来,带有普遍的人类寓言性质,与马尔克斯对殖民主义的愤怒相适应,也把拉美的文学爆炸纳入欧洲文化的源头,在行文中他深入考察了哥伦布带来的《圣经》渗入哥伦比亚民众日常生活中的广泛影响,马尔克斯的故乡有教堂,他受洗与否的曲折等,使这样的类比具有了可信性。他找到了布恩迪亚家族命运的原型,《圣经》"创世纪"第12章第1—2节里,记载亚伯拉罕之后的以色列人,上帝令他们离开家园,外出寻找新的土地,他们在那片土地上将成为一个大国的族长,但又不能事事顺心如意,与此相同,布恩迪亚家族必然能够见到荣耀,但又少不了被诅咒。由此得出结论:"这部小说写的是记忆与遗忘,殖民地社会里资本主义造成的种种创伤……官方历史与民间历史的差别,智慧与愚昧不是指各自的对立面,而是指各自极端的形式。"② 丰富的意义被精准、简约地重新编码,这正是文学批评最基本的功能。

依兰·斯塔文斯对《百年孤独》影响的研究,则使"拉丁美洲痛苦的殖民岁月"③的发散与延展,以对文学递进与反动的矛盾叙述呈现出来。他一开始就"……关注作品在读者和批评家那里被接受的程度"。小说一出版,在墨西哥、哥伦比亚和阿根廷就引起轰动,三年后翻译成英文在美国出版,永远确立了他在美的著名作家身份。对拉美的知识分子来说,他仗义执言,为古巴辩护,是精神的偶像。而由此引起弗洛姆所谓"影响的焦虑",带给之后几代作家的"是祝福又是诅咒"。"他虚构故事的能力是如此巨大,后来的好几代作家都生活

---

① 第二章"文学青年",第31页。
② 《序言》,第9页。
③ 《序言》,第14页。

在他的光环之下,他们不停地探询如何才能写出魔幻现实主义的作品,其实这种风格对他们依然陌生。"而这一冲击波对 20 世纪 80 年代中国寻根文学的决定性影响也同样显著,中国新锐作家的乡土经验被催化,自信心也由此确立,模仿者群起,成功与否姑且不论,但对文学表现领域的拓展与叙述方式的革命具有巨大推动作用。

如依兰·斯塔斯文所说:"这种又爱又恨的关系是极为明显的,是所谓马孔多形态的必然后果,这一概念——或者说成熟的意识形态——能说明那里的大陆,国家和地方无不希望向世人证明自己。要成为马孔多主义者,就要把拉丁美洲视为'无法破解的,超越编码的地方,作为一个地区,断裂才是此地的特点'。"几代作家的艺术反动,出现了拉美 20 世纪 80 年代的"麦孔多"文学思潮,"他们不希望拉丁美洲成为布满马孔多的大陆:被流行失眠症围困的外省小镇"。描述城市生活,点缀犯罪或毒品,不能不提流行文化,讨论全球化和性等。"在一般极度政治化的大陆上,年轻的、不问政治的作家们现在从事写作并没有明确安排,他们写自己的经验。"[1] 这些经验早已远离传统的生活方式,魔幻想象的土壤逐渐流失。这样的处境也符合中国新生代作家的经验世界,乡土正以不同的方式迅速消解,新起的作家必然要寻找新的表达方式。而且依兰·斯塔文斯将这种艺术的反动,归到人性的根源:"弑父是成长过程中不能缺少的一部分",应该说是带有普遍性的结论。但尽管如此,和《堂·吉诃德》一样,"……《百年孤独》在拉美文化迷宫里依然是无法取代的作品"[2]。

这样一种文本序列的排列,使拉美的文学史编码呈现为连续的过程,是不同文字材料编织出的大同小异的纹样。一如文学女神突然降临、《百年孤独》的灵感勃发之后,马尔克斯把自己在家里关了十八

---

[1] 以上引文见《序言》,第 14—15 页。
[2] 《序言》,第 15 页。

个月，像听写一样完成文字记录，所有的杰出作家其实都是在复杂程序的操控下，完成同一纹样延续的织工；所有的伟大作品都是这纹样的重复性改编。依兰·斯塔文斯对马尔克斯文学连续性的描述，体现着这样的文学史理念，对于习惯非此即彼思维方式的批评家具有警示的意义，也与作者的批评伦理相呼应，呈现出开放宽容的学术胸襟。

五

依兰·斯塔文斯对马尔克斯文学接受的考察中，搜集了大量评论家的言论。这些批评家有美国权威媒体的撰稿人，也有马尔克斯的朋友们，尽管距离的远近不同，但呈现出了广泛的接受场域和多种接受的角度。这些言论主要发表在美国的重要新闻媒体上，从最初的赞赏到他成为第四个获得诺贝尔文学奖的拉美作家，对《百年孤独》形成世界性的影响，无疑起着推波助澜的作用。这就是语言的地域文化优势，西班牙语和英语的亲属关系形成临近的接受场域，相近的语言形式迅速转换成影响传播的便捷方式。而其中不同文化立场的阐释，则形成这个宇宙独特的光谱。

他的第一部长篇小说、叙述香蕉种植园引来移民潮的《枯枝败叶》出版之后，美国评论家费雷泽·卡金就在《纽约时报书评》发表了文章，指出"马尔克斯——钻研的是后帝国主义时代民族发展遇到的一次次反讽。他有着不同一般的力量和充沛的想象力，他的写作从容不迫，因为他知道他能变出怎样的奇迹来。……他的每一个句子都能打破一大片空虚留下的沉默，那著名的新世界的'孤寂'，这是他笔下人物无意识的绝望，但确是马尔克斯天才的证明"。在称赞他成就显著的同时，也发现"……他是一个道德负担太重的人，是几个世纪以来殖民主义、内战和政治动乱的终极结果；他所有作品的一大主题是不可避免的乱伦，带来遗传基因的破坏……"对他艺术的特征也做了准确的概括，"想方设法用每个主题写出一个故事来——故事不太长，但风度不减，自成一章。……这些故事讲述的是奇迹，奇迹又变成了行动"。并且由此推论，"今日拉丁美洲创造力的勃发，是不是说明他们正从多年来对西班牙人和法国人亦步亦趋的模仿中挣脱出来，如同我们摆脱了英格兰的魔咒之后，创造力的猛然喷发"。显然，这是一个有预言能力的评论家，敏锐地感应到了未来拉美的文学爆炸。

美国著名小说家约翰·厄普代克，则从创作的角度评价他报道著名沉船事件中水手故事的长篇纪实文学："……真实水手那坦率的、未加修饰的讲述自有其真实性，这真实性与作者'魔幻现实主义'的发轫之作合而为一。"《百年孤独》的英文译者拉沙巴推测："粘连和混乱是这部小说的一部分，说明我们这个物种的所有成员外表与猿和马何其相似，连我们自己也很难分清楚。"约翰·列昂纳德在《纽约时报》著文：读完这部"大作之后，仿佛从梦里出来，灵魂着火"。"一个黑暗的永恒的人物站在中央，半是史学家，半是巫师，其声音是天使般的，或者疯子般的，将把你从可控的现实推入梦境，之后把你紧紧地锁在传奇和神话里。《百年孤独》……再现了我们进化和理性的经验。马孔多是萎缩了的拉丁美洲：地方自治不能违抗国家；反教会的倾向；党派政治；联合果品公司的到来；徒劳的革命；历史对纯真的强暴。布恩迪亚们（发明家、艺术家、士兵、恋人、神秘者）似乎注定要骑在生物学的三轮车上兜圈子，从孤独骑到魔术、诗歌、科学、政治、暴力，然后再骑回孤独里去。""先是家族史，然后是政治权术，玄学推测，最后再有意地建造起一座词汇、概念、传奇的大教堂，成为灵魂的宣言：孤独是承认让你们必须死亡，孤独是发现那可怕的恐惧也要死亡，与你一同死亡，然后再发现，再次遗忘，周而复始。加西亚·马尔克斯一下子跳上台来，身后还有君特·格拉斯、弗拉基米尔·纳博科夫，他的胃口与想象力一般大，但他的宿命论比那两个人还大。"并以"炫目"结束自己的文章。迈克尔·吉利在《纽约时报书评》发表评论说："他的《百年孤独》里创造了一个着魔的地方，但这里没有离开现实。……这是诗人的语言，作为梦想者的敌人，他知道大地，他不怕大地。"V. S. 普里奇特在《纽约客》著文："……作者总是从现实跳向神话，故事里的神话又是一出喜剧。这显然与拉伯雷有关。……这个故事就是一部社会史，但不是写在书里的社会史，是在家族生活罪恶和经贸事件的浑水里爬来爬去的社会史。……《百年孤独》是无法解释的。……你可以说，他们创造了一个不大的世外桃源，但又被钻进小镇大胆创造者脑袋里的'反叛精神'毁掉了。或者说，那些迷失的小镇有其定数——文明皆如此——最后分崩离析。"《时代》发表未署名的文章："……超现实主义与纯真合而为一，构成了作者独特的风格……令你感到既陌生又熟悉的布恩迪亚们伸手可及——然而又如同神话般诱人……这位作家真正创作的是一部精神史，拉丁美洲的方方面面尽在其中。……他以迷人的方式揭开了拉丁人的灵魂……"拉丁美洲几乎是所有评论的基本前提，阅读的体验与对人性、文明的宿命，最直接地体现"改变了二十世纪后五十年拉丁美洲文化版图"的结论。

一直到瑞典文学院的授奖词，都是"因为他的长篇小说和短篇小说编制了一个虚幻与现实交相辉映的世界，表现出一个大陆的生活与矛盾"。异质文明的读者反应，基本关注的都是《百年孤独》的拉美历史内容和大而化之的艺术形式，文学自身的因素、作家心灵的奥秘则被遮蔽，解读不免隔靴搔痒。正如耶鲁大学艾米尔·罗德里戈斯所说:"杰克斯·瓦奇是正确的:'代表一个国家才让你生不如死。'"异质文化中的读者指望他代表拉美,重要的是拉美味儿足不足。种族身份比作家的身份更重要,"批评家们似乎更关注地理和历史,文学方面的事还在其次"。而"……他搞创作当然不是为了满足其他人的审美需要。马孔多的神话世界之所以是原创的,正是因为马孔多代表着他对世界的看法"。这无疑是包括中国在内所有不发达国家作家们的共同窘迫,在全球性文学话语霸权笼罩之下,仰仗异质文化权威确立经典带动市场,必然要牺牲文学自身的价值,作品最终贬值为文化资料,最多也就是人类学意义上的文物——化外文明生态的证据。拉美文学爆炸正是这样的效果,经纪人的出现使拉美出版业进入世界轨道,西方的迅速反应使之成为世界范围的现象,由此才带动了国内的市场。"对于一些文学史家来说,这次是'蛮人的归来'",是从属的艺术家为掌握自己命运而掀起的一场运动,其他人将这次绚烂的文学事件视为'后殖民心态的勃发'。"依兰·斯塔文斯这些鞭辟入里的分析,对中国作家无疑具有警策的作用,最大限度地放弃任何一种方式的迎合,忠实于自己的心灵,是艺术创作的前提。

比较而言,博尔赫斯的朋友们更能深入堂奥地理解马尔克斯的文学贡献,因为处于同样的历史情境和文化语境中。从西方文明的角度来说,拉美地区生活在深深的阴影里,正如帕斯所说:"拉丁美洲人民生活在西方和历史的边上。"依兰·斯塔文斯认为,这种压抑感才是拉美文学爆炸后面的发动机。对于本土文化资源的重视则是拉美作家们共同的语义场,而异质文化中的批评家无法理解这个世界的复杂性。卡彭铁儿说:"因为这片未被开垦的大地,因为大地的构成,因为大地上的存在论,因为印第安人和黑人浮士德般的存在,因为革命大地上近来的发现还在继续,因为大地上选择的五光十色的种族混合,美洲大陆上的神话财富还远远没有枯竭。"真正从文学价值的角度评价马尔克斯的创造还是本土的作家，马里奥·巴尔加斯·略萨以"加西亚·马尔克斯：弑神者的历史"为题作博士论文，认为《百年孤独》是一部完整的小说。他称赞《百年孤独》"与那些伟大小说的传统一脉相承，这些作品渴望在同一起点上与现实比一个高低，以画面和现实格斗，从生命力、无极性和复杂性的角度与现实对抗"。这无疑契合了马尔克斯的文学理想，与文字角力，当一个颠覆成法、自己制定规则的"恐怖分子"。马尔克斯的挚友富恩特斯说："这些文字太好了……'虚构的历史'与'真实的历史'并存，梦想与史实并存，因为那些谎言、那些夸张、那些神话……马孔多成了普遍的地方，几乎是一个圣经式的故事，书写是根基、一代又一代的人及其堕落，这是一个有关起源、人类命运、梦想和欲望的故事，人们靠着这些生存下来，又因为这些毁掉自己。"其另一个朋友姆蒂斯则惊呼："《百年孤独》打破了19世纪的文学成法，与那时重要的小说家分道扬镳……这是一部横空出世的作品，无法划入——高兴！幸运！——任何已知的范畴。"为《百年孤独》寻找到出版人的路易斯·哈斯和芭芭拉·哈斯采访他之后说，马尔克斯讲故事，"与其说是开发主题，不如说是发现主题。与波长相比，主题并不重要。他的实事是临时性的，作为推测是有效的，但作为陈述就无效，他今天感到的东西明天就能扔掉。等到最后所有东西相加并未达到最终结果的话，那大概是因为我们要用减法才行，不能用加法，如此这般才能达到最后的平衡。他的宇宙无始无终，没有极限。这宇宙是向心的，是内部的张力将宇宙固定下来。这宇宙几乎就要显出形态，但最终依然还是无法触及的，这彩虹是他要的状态。大脑还是一个永不安定的画面，在特定的亦可出现的事物格外惊人，但到底为何物，又无法确定，这就是他的宇宙与客观现实的关系"。这些评论都跳出了两个基本的范畴，一个是拉美的历史文化，另一个是魔幻现实主义的美学定位。进入了文学的纵深领域，也接触马尔克斯宇宙的内核。他们由衷的赞美，也实现了马尔克斯从童年开始的人生愿望：继续为我的朋友们所爱。

而一开始就确立了客观冷静学术立场的依兰·斯塔文斯，则是以清晰深入的知性考辨，对他的成就在整个人类文学史上的地位、边缘文化处境的心灵优势、与本土文学的特殊传承关系、创作灵感最初神启一样不期然而遇的瞬间和他的美学理想，进行具体而精细的分析，并且由表及里挖掘出《百年孤独》的核心思想，使这个宇宙的光谱逐渐收缩，呈现出一颗燃烧的心灵，把文化批评的综合方法推向美学的极致。别人看见的是马尔克斯的色身，而他索引出来的却是马尔克斯的法身。

依兰·斯塔文斯对魔幻现实主义的概念追根寻源，以本土生存的经验进行了解构与重新定位。他辨析出魔幻现实主义概念起于对西方美术新潮的描述，专指后期表现主义，"对奇幻的、宇宙的、遥远的物体格外迷恋"。移入文学批评领域之后，论者多以之为对欧洲现实主义文学传统的一次反驳。"真实与想象、日复一日的感知与疯狂，它们的区别正是启蒙主义运动这一知性革命的核心问题。"文学史家则以为，"重新确立与传统的联系才是动力所在"。因为"19世纪和20世纪现实主义模仿性的约束暂时遮挡了传统"，一如批评家对马尔克斯与拉伯雷的类比。由此进入思维方式，"超自然不是简单的或明显的事物，而是普通的事物，司空见惯的事物——被人承认，被人接受，被人装入文学现实主义的理性和物质性之中。魔幻不再是疯疯癫癫的，而是不可缺少的，不必大惊小怪。魔幻是最为复杂的简单事物"。批评家路易斯·里尔则说："与其他事物不同，魔幻现实主义是对现实所采取的一种态度，可以通过大众或文化的形式表达出来，其风格可以是复杂的或者纯朴的，其结构可以是封闭的或开放的。魔幻现实主义对现实采取怎样的态度？……作家面对现实，希望解开现实，从事物、生活、人的行为上发现神秘的东西。"这意味着神秘的东西也是现实的一部分，由此推论魔幻现实主义是超现实主义的发展。他索引出超现实主义的领军人物安德烈·布勒东1938年在墨西哥发出的惊叹，"秩序与混乱并存"，现实如此诱人，"正是因为混乱在这现实里扮演的角色"。"那里神奇的事物与光怪陆离是同义语，无法遏制的性欲越发不可收拾。"作为一个旁证，说明拉美现实超出欧洲前卫美学潮流的土壤，也强调了魔幻现实主义产生的本土依据。依兰·斯塔文斯翻阅了当时拉美文化界的出版与阅读范围，发现弗洛伊德对他们的深刻影响，拉美知识分子普遍对非理性事物的重视，一致推崇斯威夫特、爱·伦坡等非写实的作家，因为"这些作家放纵他们内心里的孩子，解释出人类生活中冲动的、未开化的一面"。突出拉美作家对这一术语的独特理解，卡朋铁尔说，魔幻现实主义是对现实的不同态度，即魔幻现实主义将现实视为正常。这就意味着承认荒诞的现实也是正常的现实，从理性的绝对逻辑中逃逸了出来。依兰·斯塔文斯认为，在加西亚·马尔克斯的思维方式里，"有一股强烈的反知性的品质"。一如拉沙巴在评论《恶时辰》的时候所说，他可能是以更辛辣的语言告诉我们天堂的黑暗面。笔者以为，魔幻现实主义就是要表现理性覆盖之下，人性宿命的黑暗。

依兰·斯塔文斯着重强调拉丁美洲文学的独立传统。他回顾文学史，在拉美西班牙语文学中，与马尔克斯们相似的文学爆炸还有一次，是1885年尼加拉瓜诗人鲁文·达里奥22岁出版诗集《蓝……》，现代派运动由此发生，早于欧洲30年。就是与马尔克斯同一时代，早于《百年孤独》出版四年，在国外流浪的阿根廷作家胡里奥·科塔萨尔出版了长篇小说《跳房子》，成为魔幻现实主义运动的第一块基石。依兰·斯塔文斯指出，"在拉丁美洲文学里，房子是无所不在的象征"，和《百年孤独》起于《布恩迪亚的大房子》到《宅院》的演进文理相通，所有拉美作家都有以房子命名的作品，横向的联系也是这个宇宙和现实关系的一种。马尔克斯是魔幻现实主义的领军人物，但是他的宇宙一开始就旋转在拉美文学的历史中。这样的论述方式，显示了作者整体、客观和开放的学术伦理。

依兰·斯塔文斯特别让人叹服的是，他把对文体独特存在的考察也纳入文学环境的范畴，而且是放在世界范围内比较，描述出《百年孤独》横空出世的文学生态。他认为，"二战"之后，长篇小说作为文学类型生存空间的狭小。战争的创伤迫使拉美人意识到，因为现代技术的出现，后工业社会已经走进死胡同。苏联将小说变成政治宣传的工具，西方阅读的是卡夫卡的寓言，表现官僚政府的罪恶和集权统治下中产阶级的困苦。而普鲁斯特则以鲜明的内省，为自给自足、自我专注的类型确立了典范。不注重情节，只关注人类经验，不顾读者，个人至上。乔伊斯不写现实，只写语言。整个欧洲都朝着这个方向发展，而历来作为"文化反应者"的亚非拉则出现了"小说类型的复活，由于不必因旧世界的破坏而愧疚，自由感和创造性为文学的再生提供了条件"。这样的分析把边缘文化的独特价值凸显了出来，所谓"小说类型的复活"就是以人物为主的故事叙事的复活，而这正是冲破压抑的原生态心灵的复活，文化的不平衡态被打破，边缘种族获得了自己的话语权和艺术言说的能力。

依兰·斯塔文斯看到了世界的变化，后起的作家以为西方文明这一概念太狭隘、太束缚人，世界越来越开放，越来越充满活力，文学不可能总是来自几个固定的地方。文学是民主的、平等的，应该遍布各个国家。他们试图使小说这一形式为己所用，吸收其他文化传统的民间传说。而且也出现了新的读者，要求更能表现自己心灵的文学。作家们用小说来探索他们当地的话题，以当地的读者为目标，但作品获奖后又赢得国外的读者。其中隐含一个由内到外的传播途径，尽管接受的角度不一样，但是对文学变化的欲求是一样的。

即使如此，依兰·斯塔文斯仍然表现出一个学者的诚实，他认为，"二战"以后新作品的原型没有变化，作家消化了欧洲的传统，根据各自的环境自由创造。"虽然《百年孤独》是绝对的原创，但毕竟脱离不了拉美文学传统，而拉美文学是欠了欧洲一大笔债。如果没有欧洲文学榜样的话，这位哥伦比亚作家永远也无法写出马孔多世家传奇。但他有能力颠覆并发展上述外国传统，即将小说作为一个文学类型来创新，然后将美洲特有的成分写进去，这才是马尔克斯的高明之处。"这才是真正超越了种族立场的学理性分析，从基本概念的考辨、本土文化特征与文学传统的回顾、世界文化潮流的变化、边缘种族的心灵优势到文体借鉴继承的久远因缘，《百年孤独》的创生被置于一个广大的立体坐标系中，依兰·斯塔文斯成功地制作了一幅旋转的马尔克斯宇宙的历史图谱。

这本传记层层递进，最后的落点是从创作论的角度探讨《百年孤独》的形成以及所达到的艺术成就。他认为马孔多并不是在外表上和水平上模仿我们世界的另一个平行现实，而是那个世界的外延……有其自己的生态系统……在笔者看来，那里的生生死死已经染上了拉丁美洲的DNA。他评价马尔克斯感应民间历史记忆的听写式创作，使"这座小镇在这一地区心灵上打下的烙印已经把马孔多的形态变成了拉丁美洲的形态"。找到他灵感的源头和基本的叙事立场，"浪漫派就把诗人视为沟通者，他们的灵感来自上天"。现代主义运动中的诗人是"上帝之塔"。马尔克斯的"灵感来自身边的罪恶和不公正，并非来自神明，若是为他画一幅肖像：他是执着的、不信神的、人民中不折不扣的一员，是现状的敌人"。

与此同时，他特别强调马尔克斯的艺术自觉，其间也容纳了他对政治与艺术关系的明确见解。他对采访者说："我有坚定的政治信念，但我的文学信念是根据消化发生变化的。"明确政治与文学的分野，是所有伟大作家艺术自觉的重要部分。他引用马尔克斯的话，"所有的东西都来自内心，或在我的潜意识里，或者是政治立场的自然结果，或者来自我没有分析提炼的经验，我希望以纯真的态度来使用这些素材。我以为，在写作上我是很纯真的"。这种纯真就是对自己理解世界的忠诚，依兰·斯塔文斯所谓一个作家和一部作品生来就是一对。而马尔克斯进一步阐述这纯真的含义，"一个作家写的仅仅是一部作品，虽然这部作品可以有好几卷，每一卷有不同的名字"。马尔克斯很早以前就怀有一个梦想，要写一部小说，表现自己童年的经历和对世界的整体看法。无论他写多少部中短篇，都是"马拉美所谓无所不包的皇皇巨作"。依兰·斯塔文斯以对马尔克斯作品的熟稔，分析一些主题与素材的反复使用，一个故事是对另一个故事的反驳与深化，与马尔克斯的说法互相印证，显示了作者文本细读的深厚功力。而题材鬼使神差般对作者的无意识强迫，也体现着纯真，是《百年孤独》的奇妙宇宙创生最基本的元素。

和所有视写作为劳作的诚实作家一样，马尔克斯以最简单的比喻，表达他对传统的敬意："对我来说，文学是个很简单的游戏，文学里的所有规则都要接受才行。"他每写一部作品，都要搜集大量的资料，体现了一种严谨的创作态度，"这种背景资料才是我私人生活中最亲密的部分"。依兰·斯塔文斯认为，马尔克斯将自己视为"十全十美主义者精确性的奴隶"，"他修饰每个句子，确保每部作品的故事之弧是圆的，把每个人物当成不听从别人摆布的存在，在对话上更是删繁就简；以上各点就是他所谓一个大作家的执着所在。他心目中的力作同时要有如下特点：想象奇诡，语言华丽，内容丰富，结构复杂，但又要开门见山，高度提炼，自给自足"。这样的叙事伦理，也体现着民主平等的精神，是和炼金术一样精益求精的技艺磨炼。写作

《百年孤独》的马尔克斯把自己囚禁在名为"魔巢"的书房里,依兰·斯塔文斯说:"魔巢里烟雾弥漫,他在里面与魔鬼角力。"一如马尔克斯的自述:"……一个话题在后面追你,这个话题又在你的脑子里生长了好长时间,当它爆炸之后,你一定要坐在打字机前,不然就肯定该杀了自己的老婆。"这就是文学缪斯的魔力,作家是她的奴隶,灵感降临的时刻,写作者必然陷入迷狂。

依兰·斯塔文斯在描述了一个原马尔克斯的同时,也没有忘记描述原马孔多潜在的历史心灵疆域。马孔多是种植园的名字,马尔克斯与它相遇在故乡,22岁与母亲乘坐那列黄色的火车返回阿拉卡塔卡,他看见乡间那片土地。这三个字清楚地写在大门上,"……自从我和外祖母首次外出,这几个字就吸引了我的注意力,但我进入成年之后才发现,我喜欢这个字里诗一般的韵味。我从未听到有人说过这几个字,也没问问自己这几个字的意思"。后来,他在《不列颠百科全书》里发现,在非洲的坦噶尼喀有一个游牧民族被称为马孔德,他相信马孔多就是这么来的。这也和他在有深厚殖民传统的卡塔赫纳城的生活阅历有关,那里流行的是非洲—哥伦比亚文化。依兰·斯塔文斯以良好的音韵感觉,分解出它的诗性内容:"麦——孔——多这几个字在小说开始的地方出现之后令人耳目一新:这个名字连同名字指代的地点好像出自必然。原始的、伊甸园般的特点才是这个名字的弦外之音,仿佛这个地方在世界的边上,从未被西方文明碰触。"

马孔多的意象种植在马尔克斯的心灵中,从破土、生长为枝叶繁茂的大树到衰老、枯朽、死亡,最终由他的潜意识转化为不朽的文字,因为他说自己的写作一开始总是写"不折不扣的视觉意象"。应该还包括意象浓缩的语音象征形式,唤起沉入无意识的视觉记忆。终于有一天,"我仿佛看见的已经被写了下来,坐下身来,把现成的东西和读到的东西抄写下来,这就是我要做的。所有的东西都已经演变成文学，我可以信手拈来：那座宅院、那里的居民和那些记忆"。这是所有作家与题材无比亲近的审美之爱，升华为意象和文字感觉的最佳状态。

而且马尔克斯的文学观念中有边缘人面对苦难的乐观，依兰·斯塔文斯以"逗乐的人"概括他的文学追求，一种轻松的写作方式，"不论生活里遇见何等大事，问题如何严重，乐子总是要逗的"。他引用马尔克斯的话，"这部作品一定要以很大的乐子结尾才行……因为，不然的话，这将是一部让人很伤心的小说"。"写到一半之后，我像鱼在水里游泳……因为我相信小说的后部要表现我找到这部作品的欢乐。"这欢乐就是依兰·斯塔文斯的推测：马尔克斯在小说的结尾亲自走了出来，以隐蔽的方式提到卡朋铁尔等朋友、同事，可能是和他们开一个玩笑。再次印证了马尔克斯的人生愿望，"继续为我的朋友们所爱"，"文字与朋友"是他唯一的财富。他的朋友们对此也心领神会，"能成为最后那些布恩迪亚的朋友，他们很高兴"。《百年孤独》正是以奇幻的文字与和朋友开的玩笑，构造出了一个与众不同的宇宙。

以逗乐子的艺术讲故事也是西班语文学的幽默传统，对极端理想主义的善意嘲讽中包含对人类谵妄的恐惧。依兰·斯塔文斯从羊皮手卷的拉丁语词源"再写一次"的考证，发现《百年孤独》和《堂·吉诃德》反复运用元文学的手法相呼应，两个文本同出一源，皆为史家所写（一个是阿拉伯人，一个是吉普赛人），都是在西班牙语文明中不为他人所容，并且推测这个巧合是马尔克斯私下对塞万提斯的纪念。这也表现出一个卓越作家的诚实——对伟大传统的深深敬意。

行文至此，依兰·斯塔文斯才抛开所有的引文，以一个专业读者——批评家的身份，概括《百年孤独》的所有特征。"第三人称叙述——这叙述人是那个吉普赛人梅尔卡迪斯吗？——作者以令人震惊的准确性讲述了马孔多的兴亡,从地理的、时间的、政治的及文化的角度探索小镇马孔多。"小说的主题是乱伦,"那些布恩迪亚似乎在各自之外找不到性欲的目标"。最核心的意义是:"……这个家族几乎漂浮了一个世纪。漂浮但又未必同心:乌苏拉的后人不知何为真正的爱。"他认为这部家族史"……首先还是一部传奇剧,虽然很显赫,但其中总充满了徒劳的爱、兄弟阋墙和内斗。这部小说原来的名字可能是'鲜血与激情'。这不正是所有一流小说所描述的吗。情感大起大落,要求读者将信将疑。低调的叙述,将所有残酷离奇的故事,以炫目的风格讲述出来,但叙述人依然镇定自若,仿佛这是见怪不怪的故事"。而"……小说里最令人震惊的特点是炫目的、巴洛克风格的语言,没有一个字写得不是地方;没有一件事不各得其所"。这是超级浪漫主义的境界,也是依兰·斯塔文斯所谓长篇小说类型复活的具体特征。唯其如此,《百年孤独》才能如编辑马蒂尼斯多年以后所回忆的,在滂沱大雨中拿到手稿,一卷一卷地铺在过道上,踩着稿纸经过,居然没有一个句子丢失:"……加西亚·马尔克斯的读者还在继续以执着的态度复述这些句子,仿佛是祈祷词。"

依兰·斯塔文斯就是以这样深入细致的综合性研究,展开了此书扉页上的献词,华莱士·史蒂文森之语:"半句话成就一个民族!"

漂移到枫叶之国的中华文化版图[*]

——加拿大华文小说阅读札记

笔者阅读了部分加拿大的华文小说，像是浏览漂移在枫叶之国的中华文化版图。这些作品都是出自新移民之手，而这些新移民又来自不同的华语地区，除了从中国本土出发的外，还有林婷婷女士这样来自菲律宾的第二代移民。他们以母语叙述着漂泊到异域他乡的生命故事，尽管每个人的文化背景不同，但相同的种族基因在历史的震动中呈现出谐振的心灵波长，人生体验的差异性则晕染出文化版图的丰富色彩。

一

来自不同地区的作家聚集在枫叶之国，母语在离散中的变异带给加拿大华语写作明显的差异性。这首先体现在镶嵌在华文中的英语单词几乎出现在所有的文本中，这是新移民在融入加拿大生活过程中最直接的文化遗存，就像他们价值观念必须转变，语言新的变异也是生

---

[*] 本文为出席 2012 年在温哥华召开的加拿大华文作家协会成立 25 周年暨第九届华人文学研讨会的讲演稿。

存方式转换的心灵记录。起一个英语的名字是进入多元文化社会的开始，汪文勤的《姓甚名谁》最清晰地叙述了这个起点。而陈浩泉《寻找伊甸园》中的方欣雁由一个教师改行当会计，慧卿《入门》中音乐世家出身的咪咪为生活所迫开按摩院，亚坚《抉择》中心地善良的巧巧直述出价值观转变的社会落差根源："过去谁不是有根有基的？出来环境变了嘛，英雄末路嘛，人家也是实在没有办法。"[1] 新移民筚路蓝缕的艰辛开拓，首先以英语词汇的嵌入，标志着融合的过程。而普世的价值则是超越语言之后精神的默契，林婷婷《美丽的错误》中的黄小娴经历了诊断的曲折之后，"永远心存感恩"，心里有了"一份幸福的满足感"。刘慧琴的《一个士兵之死》完全以加拿大农民的生命故事为题材，带有种族融合之后的情感承诺，移民的身份认同是超越时空的心理基础。

新移民在开拓新生活的同时，也创造出新的生命传奇，陈华英《鼹鼠为媒》中的"我"与子浩的爱情，就是完全超出媒妁之言与父母之命的异乡奇遇。《寻找伊甸园》中的太空人妻子阿慧，在经历了婚变的痛苦之后，也重新找到了情感的依托，尽管代价大了一些。他们都来自香港，语言上没有障碍，而来自不同地区的家庭重组，则带给日常生活更繁复的杂语现象。陈浩泉的《他是我弟弟，他不是我弟弟》，两个完全没有血缘关系的兄弟，关联着香港、台湾及上海等地的往昔生活，"只不过是不由自主的命运使我们成了'兄弟'。""他们家里向来是粤语国语双声道"，新的家庭组合又融入了闽南语，各说各的话，没有交流的障碍，"但遇到俚语，就得花点唇舌了"。这是新移民们生命传奇中最体现从断裂到聚合的文化痕迹，尽管因此带来现实的尴尬，但使种族的融

---

[1] 陈浩泉编：《枫雨同路》，加拿大华裔作家协会，第176页。

合与跨文化的融合重合在一起。一如也斯的《温哥华的私房菜》中一家三代四口的饮食偏好能在一家菜馆中得到各自的满足,新的组合也使来历不同的新移民拥有了各得其所的新家园。而卢因的《炉边传奇》,则以穿越时空的联想来表达异域生活的惶惑与惊喜,也有跨文化背景的内在幽默。而冯湘湘《遗孺》的故事连语言形式都是模糊的,背景中只有主人公身着的黑色丧服标志着异质的文化,故事放在任何环境讲述都可以。

　　另一种杂语是同一个家庭中话语的差异,面对相同生存难题的时候,不同文化背景的家庭成员具有不同的反应。林楠《彼岸的时光》中,博士罗靖面临失业,保卫干事出身的岳父首先乐观地想到知识分子政策,数学教师岳母立即反映出加拿大百分之九十五是知识分子。教授公公分析企业竞争降低成本的大趋势,裁员势在必行。罗靖推断自己肯定失业,岳父不解"博士也敢裁?"贤惠的儿媳则直言:"在北美最不好找工作的就是博士"[①]。话语的转变是观念转变过程的前提,也是从心理逻辑到生活方式转变的枢纽。

　　离散中的聚合也以这种重新统一的基本话语为前提,新移民不同语音象征的地域文化汇聚为新的文化形态,无论多少种声道,都在基本生存的制约中得以沟通与交融。幽默感也应运而生,面对创业艰辛的乐观是华人共同的精神特点。冬青《再生花》中绮玲则在弃妇一样的处境中,开始新的建设与情感生活,尽管免不了踌躇与忧虑,但是新的文化环境使女性得以走出哀怨的传统角色,其中的坚忍与豁达也是作者激赏的精神品格。

[①] 陈浩泉编:《枫雨同路》,加拿大华裔作家协会,第251—252页。

二

在加拿大华语小说的生命故事中，自我放逐是基本的行动元叙事模式。不同地区的移民由于不同的历史事件与生活事件，而自愿离开自己的家园。比起阿富汗和东欧那些因为战乱、饥荒与种族屠杀被迫离乡背井的难民来自是幸运，就是比那些没有条件移民的同胞也是天之骄子。陈浩泉以《寻找伊甸园》为长篇小说之名，在移民与回流的选择中，最详尽生动地表现了这个原型性的叙事模式。余丹逸的自我放逐是被苦难历史记忆的恐惧驱赶着，短暂半生由内地到中国香港再到加拿大。一如作者所质问："人民为何……宁愿离乡别井而不留在生于斯长于斯的故国安居乐业呢？"[①] 他们和难民们只是五十步与百步的差距，是自我放逐与流亡的差异。

大陆出身的作家的自我放逐则带有更多寻梦的性质，他们几乎是三级跳式地逃避压抑的青春期苦难阴影的历史记忆。由被放逐到乡村回城求学再到出国深造，把余丹逸的少年时代放大到两倍有余。他们的故事也以早年的记忆为主要素材，抹不去的童年阴影成为自我放逐的内驱力，区别于回归对香港、飞弹对台湾的影响。李彦《红浮萍》的家族史叙事，最集中地表现出这样的叙事动机，三代女人的苦难命运和古老大陆政治历史的动荡紧密纠结，自我放逐带有不断重复的连环结构。曹小莉的《我与胖子》，更是详尽地叙述了青春期所遭逢的诅咒，政治歧视、被迫失学、被放逐到荒原，异乡求学的追梦只是极

[①] 陈浩泉：《不应咒骂子民》，《紫荆·枫叶》，华汉文化出版公司1997年版，第32页。

少的段落。因此苦难的记忆也是他们自我支撑的精神力量,陈丽芬《寻梦园之军垦农场》中"不相信命运"的薇姐,在生意破产之后,是以军垦的少年记忆来自我巩固,修复重新开始的自信,"……真是一个不向命运低头的中国人"①。而更年轻的一代人的自我放逐则以单纯的追梦为主要情节,或者如孙博的《生死之间》中的男女主人公为了开辟新生活相逢在枫叶之国,或者如笑言《罗医生的床》中的吴伟遭遇离婚的生活事件而告别故国。但是,都以改革开放与全球化为大背景,也都有历史发展的类型性故事原型。故国的经验依然是他们写作的重要资源,张翎的《沉茶》与颜纯钩的《自由落体》的人物故事,都是故国人物的生命传奇。他们的伊甸园中保留了前尘往事。

三

尽管新移民自我放逐的原因不同,彼此之间也流露出情感的疏离,但是母语所维系的种族记忆,是他们集体的文化精神家园。陈浩泉先生认同"中国人根本就是一个不断迁徙流浪的民族"②。加拿大华文作家中不少是老华侨的后人,就是第一代华人移民也都有过南北迁徙的经历,语言的障碍与价值观念的差异几乎是他们成长过程中不断经历的人生处境,更不用说话语方式的频繁转变。这些都以不同的方式容纳在他们的故事叙事中,但文字毕竟浓缩了漫长时间积淀下来的种族情感,成为形式革命之后共同的心灵纽带。他们以写作对抗种种文化差异带来的尴尬,普遍的人性使他们自觉不自觉地运用了元文学

---

① 陈浩泉编:《枫雨同舟》,加拿大华裔作家协会,第40页。
② 陈浩泉:《找错了开刀对象》,《紫荆·枫叶》,华汉文化出版公司1997年版,第28页。

的手法，带给文体以神话与寓言的美学特征。

宇秀在《当宇秀是露丝玛丽的时候》，详尽地表现了嫦娥奔月一样的追梦所遭遇的一系列反讽，享有特权的知识女性在异国沦为中层贫民的巨大落差，心灵所遭际的种种磨难。从物质所不能补偿的心理落差到时空形式的彻底改变，内在的艺术自我与光鲜的外在自我发生了分裂，由被指认为小资而成为马克思的信徒，一个被称为才女的大国国民能力不如来自北非小国突尼斯的黑种女人，还有语言带来的心理障碍："如果说汉语是宇秀血管里的血——与生俱来，那英语就像一件外衣需要的时候披一披"，"有时都不知道自己此时是属于肌肤还是属于衣服"，都深刻地表达了种族身份的转换中自我确立的艰难，加上同性同胞之间的嫉妒与竞争，童话中包裹了寓言的性质，一个"汉家公主"蜕变成了北美的灰姑娘。而笑言的《杀人游戏》则将种族的寓言纳入杀子的神话故事原型中，令人触目惊心。

其他如陈浩泉在文章中提到的"骨灰也移民"，曹小莉《我与胖子》中以昭君出塞等和亲的历史神话抵抗"叛国投敌"的狭隘种族话语；林楠《彼岸的时光》构筑的两系三代同堂的家族伦理故事，都是中国世俗神话的当代版，使漂移的版图中文化精神更加显豁。孙博的《生死之间》婆媳方言的亲和认同与价值观念的代沟，是由于新生命的到来而缓解，主人公夹在两代女性之间的窘迫也是由于死亡与新生的代谢而解脱。死亡是情感对抗的终极消解方式，金依的《父女情》中与残疾洋人丈夫私订终身的女儿，得到父亲临终的宽宥，其中也有价值观的新陈代谢。李彦的《白喜》与《异草闲花》分别比较了两种文化对待生和死的不同态度，表达了改良伦理精神的渴望。而葛逸凡的《我们的儿子和别人不一样》与《有出息的　没出息的》则是这个神话在漂移中破碎的叙事。阿浓《永久的秘密》远离伦理亲情的迷路老人，在山中静静等待死亡的凄凉场景，更是这个神话反衬下的人生悲剧。无论是重构、改良，还是反讽与破碎，家族伦理的神话都牵动着写作者的心灵光谱。种族的记忆顽强地置换出精神的能量，使华语写作不仅是以华人生活世界为题材，而且是以华人的文化精神，呈现出漂移的文化版图中众多心灵的波长。

以上是笔者阅读加拿大华语小说的粗浅感受。

开掘日本民族和美的原始思想*

　　生活在日本平安时代晚期到镰仓时代早期的歌僧西行法师（俗名佐藤义清），以他传奇的经历与2000多首脍炙人口的和歌，在日本家喻户晓。而对于多数中国读者来说则几乎是一个陌生的名字，远不如川端康成、大江健三郎声名显赫。就是在日本古代文学中，他也无法和《源氏物语》的作者紫式部、俳句诗人松尾芭蕉比肩。承蒙王贺英君的信任，嘱笔者为她呕心沥血的西行法师研究专著作序，得以有机缘深入翔实地了解其人的思想艺术与持久的影响力，特别是当下迅速升起的热度，无疑是一次学习的良机。

一

　　粗读一遍王君的书稿，就已经咨嗟不已。掩卷沉思，首先是动乱历史中的"不朽传奇"让笔者肃然崇仰。深陷于复杂险恶政治旋涡中的西行法师，在贵族没落、武士崛起的政治史转折之豁隙崖边，以隐

---

* 本文为王贺英君所著《日本隐逸精神的不朽歌魂——西行法师研究》的序言。

遁的修行方式完成对佛理正觉的阐释，担当起文学史和文化史发展的轴心作用和辉煌巅峰时代的艺术创造使命；也以精湛的和歌艺术承担起寻找精神家园（原乡）的永恒歌咏，使日本民族和美的原始精神在一个末法的时代存亡续绝、弘扬光大；使人类共同的和平理想，以优美的艺术形态在罪恶的尘世间翱翔。这就难怪，在一个高科技、全球化的时代，一个中古时代的歌人会赢得普遍的爱戴、推崇与认同，因为他所表达的心灵情感启发了后工业危机中的现代人，对于"自我的再认识"，以及可望而不可即的精神高度。这使人联想起美国20世纪60年代经济高速发展时期，风行一时的日本文化热，和美的精神是日本民族原始思想中最具有人类性的心灵矿藏，而且源于对人类大自然之恋的原初情感。归根结底，人类对精神家园的渴望，自古至今，都是所有文学艺术生成发展的心灵原动力，不同形态的文学样式承担着各民族重要的文化生态功能。

　　作为不朽传奇的西行法师成为一个不可破译之谜，被他越来越多的崇拜者所神话，他50年的修行生涯成为读者千年不衰、"独一无二"的信仰。西行纪念地层出不穷，除了大量歌碑（创作之地）外，挂衣处的古木、休息过的歇石和圆寂地点的争议，各种话题都强化着他作为文化精神符号的特殊价值。骤然的升温，则正如王君所分析的，自20世纪80年代泡沫经济破灭后，"日本经济陷入衰退……日本国民生存压力增大，近年来全球经济危机使日本的失业率达到战后的最高点，自杀、过劳死大量出现……上班族尤其崇拜西行法师"，作为一个无法复制的精神偶像，成为他们对原乡（大自然）与自由人生永恒的梦想。西行信仰就是自然信仰，就是和美自由的人生信仰。

　　其次，则是不能想象王贺英君以病弱的身躯，如何能够承担起这样繁重的科研任务。而且该书只是她西行法师研究工作中极小的部分，不仅如她后记中所说，计划中的后四章还来不及修订纳入该书，还有整体规划中的《西行法师和歌选》与《西行法师传》尚在翻译编撰中。作为同袍之友，深知她的体能与家境。她素有"王黛玉"的雅号，却在而立与不惑交接之际，独自负笈东渡扶桑求学，成为著名汉学家中岛敏夫先生的高足，靠打工完成博士课程，在烦琐沉重的教学工作中，几乎是以一己之力承担这样浩大的科研项目。而且其学养之深厚、工作之细致深入和方法技能之全面，都让笔者继续着早年对她的钦佩，也生发出对她求道式治学精神之敬重。别的暂且不说，单就把 31 个音节的和歌翻译成顺畅的七言两行的汉诗，就足以让人望而生畏。不由回想起她当初的另一个雅号"一字师"，过人的语言接受与表达能力，精通两种语言，熟悉两种文化，使她得天独厚地成为文化传播的使者，这也可以算作"天将降大任于斯人……"吧。

而且她 2006 年选择这个课题的时候，日本的西行热尚在潜伏期，早于 2009 年日本成立"西行学会"三年，不期而遇的幸运是以无意识的鉴赏兴趣为先导。这不由使人联想起文化史的一般规律，任何一个文化事件都有一个思潮的积蓄过程，普遍的心灵感受是其冲破历史岩层、涌出泉眼的地下暗河。所谓的"歪打正着"，其实也是有隐秘的历史根源与文化心理逻辑的因果必然。20 世纪以降的世界历史拉动着中国社会的急剧动荡，一代人成长的风土中充满了不确定的文化因子。王君家道的波折与人生的坎坷，都和整个民族的苦难与转折紧密纠结，生存的现实体验也是她课题选择的必然心灵诉求，不是趋奉时髦的投机取巧之辈所能抵达的境界。专业学科的限制只是形式的外因，像对话框一样的技术规范也只是自由心灵的依存形式。她借助西行法师的研究，在开掘日本民族和美精神的学术活动中，也完成着对"自我的再认识"和心灵的深度表达。种族的差异与时间的跨度，只是审美的心理距离，而人类学的普遍性与共通性，才是她的心灵追寻繁花盛开的彼岸世界之旅中与热点话题相遇的和鸣。

为此，笔者只有以童蒙之心，写下一些自己阅读的粗浅感受和对治学之道的联想心得。

二

海明威有一句名言，冰山浮在海上，露出水面的只有1/8，7/8隐蔽在水下，以此比喻现代小说简约化的叙事原则。对于文学研究来说，却必须勘测水下的7/8，否则，水上的1/8也解读不了。这就是每一个伟大的作家都有大大超于自己创作的研究著作的缘由。他们文本的有限语言结构，为后人提供了精神探索的神秘原乡，汗牛充栋的各种翻译与研究文本都是追寻者的心灵痕迹，使文本的意义无限增值。

对于一个异族的读者来说，日本古代的和歌露出水面的大概也只有1％，对于水下99％的勘测简直就是沼泽中的探险，在漫无边际的泛文本泥水中竭泽而渔地搜集文献、考辨资料，立一家之说，可谓艰苦卓绝。在一个重实利、重享受、普遍浮躁的消费时代，王君的工作也带有隐者修行的宗教意味。当然，对于真正的学人来说，学术本身就是人生信仰的一部分。而且这项工作不仅有赖于多年的学术积累，也需要方法技能的全面训练，才能艺重不压身，选择有效的方法，解决诸多疑难问题，为传奇祛魅，将符号的意义还原为真实的历史。

王君在日本最古老的汉学中心爱知大学的学习生涯，无疑为她奠定了研究方法的基石，日本学界特别重视实证的传统在她的研究工作中起到独一无二的骨架支撑。对于西行法师生命中的各种谜团，她详尽地归纳罗列，一一引证文献加以辨析，老吏断狱似的明察秋毫，使她能够力排众议，令人信服地得出自己的结论。比如作为日本隐逸文学之宗的西行法师，已经担任退位天皇鸟羽院的近侍北面武士的要职，年轻、家富、心无忧与一心向佛，前途无量，却突然抛弃年轻的妻子和幼小的孩子毅然出家。他的出家之谜一开始就吸引着众多人的好奇，各种说法都带有猜测的性质。比如，预感残酷屠戮的历史浩劫、感念挚友暴病身亡、摆脱对皇后绝望的暗恋、无常观的影响等，王君都详尽引证周边文献一一加以对照，找出各家之说的起源与破绽，最终有保留地认可了综合说中的部分结论，促成西行法师抛妻别子走上隐遁歌僧之路的最重要原因，是他本身诗人的浪漫气质与对自由奔放生活的向往，北面武士的生涯束缚了他的和歌创作。一如陶渊明"不愿为五斗米折腰"，才有千古流传的《归去来兮辞》；纳兰容若厌恶御前侍卫的官场生涯，常怀"山泽鱼鸟之思"，才有《饮水词》的不朽篇章……古往今来，所有的艺术天才，都是无法安于世俗生活的，这是一个难以两全的悖论，要艺术就不能顾及世俗的荣辱。而对每一个西行周边的人物与事件的考察，都牵扯着日本平安朝敏感的政治神经，因为佐藤家族与皇室夹缠不清的久远渊源，还有皇室内部隐秘的血缘世系的错乱，必然要涉及西行的家世、平安朝末期的政坛风云，以及思想文化史的流变。该书的第一章题为"西行法师生活的时代"，就是深入挖掘梳理他与平安时代政治史的关系。时间序列的梳理是她重要的考辨技术，这也是历史叙事的基本准则，文学研究也无法规避这个准则，所谓通过人物进入历史，就是以时间的隧道为开门的芝麻，虽然细小却是发现对象与其时代关系功败垂成的密钥。

统计学方法的大量应用，也是王君著作一个让人叹服的工作亮点。日本民族的工匠技艺传统，转化在学术规范中，就是量化的精细。比如，对有"樱花诗人"之称的西行和歌中樱花出现的次数，支撑"花月诗人"之谓的月亮数量，作为隐逸的草庵诗人吟咏草庵的和歌总量，作为行吟的漂泊诗人描写行旅的篇章等，都提供了具体精准的数据。不仅如此，在论述他身前身后的影响时，将历代合集中的西行作品数量与集子总量的比例，也给出明确的数字佐证。其他如对西行诗歌中歌枕词频的统计，所居住过的草庵数量等，也都有田野调查的数据。在王君的著作中很少出现大概一类含糊其词的论述，几乎所有的小论点都有翔实的资料基础，绝对没有笼而统之、似是而非与隔靴搔痒的结论。在一般认为数据不是知识的学术新潮中，王君却以精确的统计数字为砝码，使所有的知识获得实证的重量。

不少学者对各国学术的风格都有归纳比较，笔者常常疑惑，与其突出各自的风格，何不融合各国学术研究的优长，开出学理方法的新路？陈寅恪先生认为一时代学术发展依赖两个条件，新资料的发现与新方法的运用。像西行法师这样的历史之谜，新资料的可信度难以确认，他在被神话的过程中也不断被善意地造假，而综合运用各种方法，则是探幽发微的最佳选择。王君在多年的学术生涯中，显然深谙个中三昧，综合运用了所有前人积累起来的方法，而又以传统学术的训诂考据为本，其统计学的量化则使知识的含金量更高。

三

超越价值判断、还原历史，是20世纪分析史学基本的工作原则。王君的工作最让人叹服的就是她能超越自己和世人对西行法师的崇仰，把符号学的西行和历史学的西行加以区别，对其生平考证具有返璞归真的还原意义。这在符号学盛行、主义林立、"作家死了""文本死了"、文学史也行将就木的时代，她的工作近于沉入空洞能指的泡沫之底，勘测历史礁石形成的矿脉走向与构造。她沿袭着陈寅恪先生文史互证的方式，在时间的顺序中勘察扫描传主五十年间的行状。但语义的重心仍然是文学，有别于史家的学术落点，以西行心灵的奥秘作为阐释的重点，由此推衍出他与历史的互动关系，以及多方面的伟大贡献。从文本进入人物的心灵，由人物心灵进入历史，再从历史重返文本，这种互读的阐释方法是对文史互证解读方法的推进，也是基于文学特质的研究方法，文本的生成与接受的影响在细读中被整合成一个完整的语义系统。

对于西行法师之所以被史家定为日本隐逸文学之宗的缘由考证，王君由引日本学界的定评开始，首先考察他的隐遁与和歌创作的特殊关系，突出的贡献是改变了隐者歌不多、歌多者不隐的传统。"平安时代正是人们很容易在精神上接受诅咒的力量的时代！"佛教分正法、象法与末法三期，处于末法时代的平安朝中后期，社会上出家成风。歌与隐的关系成为考察西行所处平安时代的契机，告别了以模仿中国为主流的"唐风歌咏、国风黯黑"的早期，假名的出现标志了"国风文化"取代"唐风文化"的文化史转折，日本民族独特的审美意识由此觉醒，催生了第一部和歌集《古今和歌集》，民族民间化的和歌取代外来的贵族化的汉诗，与政治史场景相呼应，为西行前无古人的隐歌一体的人生绘制出整体的背景。其次则是确认了他与当时和歌创作团体的游离关系，既脱离了宫廷歌合（歌会）的赛事，也远离隐遁者或欲隐者的民间俱乐部"歌苑林"，在感应文化史主潮的同时，以艰苦孤独的隐居与漂泊完成自己的佛法修行和对大自然的艺术礼赞。这使日本和歌从他开始，才出现了真实丰富的自然景观。在他之前和歌中的自然都是想象的自然，或者沿袭重复前人赞美自然的陈词。并且以此带动了日本美学的大转向，以物哀之情的"闲寂之美"取代宫廷贵族和歌的"幽玄之美"。并且影响到后世一些文体的程式化因素，

比如，三行十七个字的短小俳句中必不可少的季语，形成了深入文体缝隙的深远影响。

　　王君大量的工作是从解读作品入手，寻找西行法师行实的心灵逻辑，考辨文化史的细节。比如，他的出家方式是以傍寺院、结草庵而居半僧半俗，故日本亦称隐逸文学为"草庵文学"。草庵之隐既区别于一些失意政客宫廷歌人退隐于寺庙的无奈（近似清代的逃禅），也不同于中国历来以隐求显的终南捷径，而是满怀欣喜地结草庵于寺庙附近，而且从 23 岁到 73 岁不曾终止。因此令人信服地得出结论："西行的出家隐遁并不是消极的遁世，而是一种积极的人生态度。"这和陶渊明式归田园居之隐亦有大的形式差异，他并没有田产以自给自足，是靠附近寺庙的接济度日。对于后世人把草庵描绘得如农家庭院的浪漫想象，王君也以同时代人的诗文加以澄清，恢复草庵的原初形态。西行的追随者优秀歌人良宽对自己五合庵的表述成为草庵简陋的旁证："索索五合庵，室如悬磬然。户外杉千株，壁贴偈数篇。釜中时有尘，甑里更无烟……"印证了西行和歌的描述："雨后菖蒲饰草庵"，"雪埋山路绝人迹"，以及时人传说他居某地草庵时，以岩石上的凹槽为砚，来叙述他山居生活的真实状况。而他却能在孤独寂寞中，"独居草庵心内喜"。当然也求其友声："如有能忍寂寞人，何妨结庵与我邻。"他在其他隐者充满号泣的草庵里自得其乐，一改此前草庵作为"悔恨意"的语用指代习惯，才能使之成为隐逸文学的象征。他以《山家集》命名自己的集子，就是强调作为山里人家的隐逸者身份，至此草庵才能成为隐逸文学的象征。

　　对于西行五十年间几乎遍及日本全境的旅行，王君也以各种文献与其和歌相对照，说明他的漂泊与隐居及和歌创作的关系。首先，在当时的日本，对于出家人来说，旅行就是修行的一种方式，隐居与旅行一静一动地构成出家者完整的修行画面。漂泊是不断返璞归真的精神修行，免于身边的自然与人妥协，苟安于现状，失却隐遁之本意和敏锐的感觉。因此得出结论，"草庵与漂泊二者兼而有之的生活才是'隐'的应有之义"。大自然对于隐遁者来说犹如先祖，是他们舍弃一切全身心投入的灵魂故乡，也是浊世与净土之间的边境地带，是他们的灵魂通往佛国的中介与暂居之地。"隐居草庵的西行与行走在大自然中的西行，构成了一个完整的隐者形象。"而对于他50年间几乎遍及全日本的足迹，择其要者为例，概述漫游的范围、内容与艺术收获，还有对文化史与文学史的特殊贡献。奈良时代日本律令制国家一经形成，旅行就开始盛行，官员赴任、佛教徒云游等，纪行文也由此出现。和歌在《万叶集》中已有旅之词语，至平安时代的《敕撰和歌集》则特设"羁旅部"，把旅之和歌发展到顶点滥觞于西行，因而被称为漂泊的歌僧、旅行的歌人、浪迹天涯的云游僧。

所谓择其要者，不仅是创作的重要收获之旅，也包括心灵的必修之旅。因此，王君对他几次主要旅行的动机、经历与创作都进行了披沙沥金似的考证。尽管她以诗人的浪漫情怀作为西行出家的主要动机，认为漂泊之心是他一生旅行的主要动力，但是对每一次的具体动机还是加以区别，以之描画出西行法师的心灵轨迹以及与历史的深刻联系。比如，西行法师出家三年之后的第一次长途旅行的目的地是东北边鄙之地、防御虾夷人的边关、被世人想象为秘境的未开化少数民族聚居的陆奥。对其动机历来众说纷纭，比如参拜著名法师，排遣恋人之死的悲伤，对祖居之地的乡愁，寻访古代歌枕，或者只是出于对未知世界的好奇。王君一一加以甄别，以可信度高者为引，对照他此时的和歌，提出首次陆奥之旅虽然只留下二十来首和歌，对西行法师来说却意味着一次再出家。因为上路之前所作和歌中多有对自我的质疑与反省："弃世出家犹未隐，缘何犹似世间人？""俗世似舍犹未舍，心地犹未离京城。"王君由此推断西行法师"一生都在自我省察、自

我凝视",所以摆脱原有的环境到陌生之地长途跋涉,是一次再出家的自我巩固,这大概也可以说明为何这一次耗时三年的旅行,创作的和歌却有限,更多的效果是坚定了出家修行的决心。他在陆奥地区历代歌枕的亲历性探访,改变了日本此前诗歌以歌枕为抽象符号的想象性咏叹,既是心灵朝圣的膜拜,又是先验还原的艺术探源。此后的二度重游,则创作了大量的和歌,进入了艺术创作的高峰期。西行的陆奥之旅通过与先贤对话,自己回答了自己的困惑,升华了艺术的精神。由此"……一个对自己未来还很茫然的年轻人,成长为一个道心坚定的出家僧人和技巧高度成熟的优秀歌人"。而他此行在文学史和文化史上的客观贡献,也被后人铭记:"由于西行的陆奥之旅,日本东北才真正成为和歌吟咏的地方,成为和歌能够达到的地域……西行担当了把京都与东北边鄙联系在一起的作用。"这大概是他无心插柳的结果,这也是文学史上的一个通例,艺术家在自我感兴的同时,也咏叹出了同时代人乃至人类共同的精神情怀,而与激发灵感的外部载体的无意相遇,又为文化史做出了意外的贡献。主观与客观实在是鸡生蛋与蛋生鸡一样扯不清的问题,中国古代的边塞诗也是一例。人与历史就是这样难解难分地绞缠在一起,文化史的演进也在这绞缠中偶然地生发。此后,他一生居住过十几个草庵,不少草庵都是在旅途中搭建,实践了日本隐逸歌人"生在旅途、死于旅途"的至高精神理想。而且也实现了他的夙愿,希望自己在释迦牟尼圆寂那一天,死于盛开的樱花与皎洁的月光之下,他在2月16日圆寂(释迦牟尼是2月15日),减去时差正好同日。这成为西行信仰中的奇迹,当时他就成为神话性人物。

又如,西行51岁时的四国之旅除了以往参拜大师的通常动机外,不同以往的另一个目的则是还报死去的崇德上皇的知遇之恩。他担心因为政治冤屈怨恨而死的崇德灵魂不得安宁,而去为他镇魂。而且他经由这一次旅行，完成了作为歌僧的转换期，从借助大自然的花月万物诸行的感悟，转而直接进入《释教歌》创作。崇德由于皇室神秘的血缘世系错乱，而在权力斗争的保元之乱中被政治去势，出家以后仍被发配到荒僻之地的讃岐，在以血写经回到京师的愿望破灭之后，以46岁的壮年满怀怨恨抑郁而死。此后的平安朝迅速没落，武士集团趁势崛起，天灾人祸频仍。短短十年之间，平治之乱（平、源两姓武士集团彼此征伐）、安元京都大火、治承旋风、养和大饥馑、元历大地震，日本社会黑暗、民不聊生。读书人普遍认为末法时代到来，"厌弃秽土、欣求净土"的民间佛教净土宗信仰，取代政教合一的官方宗教天台宗与真言宗，开始广泛流行。由于现实的苦难，民间将根源追溯到冤屈致死的先上皇崇德的愤懑。传说他生前就变作了怪兽天狗，而且死前口吐毒誓："愿自己变作日本国的大魔怨，取皇为民，取民为皇。"应验了武士取代宫廷贵族的历史大势，成为后世历史演义的重要题材。王君以这个历史情境为前提，考察西行法师在废皇崇德死去四年之后，四国之旅中的讃岐之行多重的心理动机：作为崇德母族的家臣之后，他们之间有着深入血缘的情感联系，而且其母还是被猜测的西行暗恋之人；年龄相近，有总角之谊；以及对和歌创作的共同兴趣与才情的激赏，崇德政治失意之后就寄情于和歌，成为平安歌坛的领军人物。还有对于佛教的共同信仰，虽然出家的动机不完全相同，但是都远离了世俗的生活，所以他的镇魂之词也是以佛理为依据："往昔金殿玉楼居，而今死后何所欲。"王君在他与崇德及其代表女官之间几十年的唱和中，发现草蛇灰线一样的心灵轨迹，分析出他拜谒崇德墓复杂真实的动机。笔者猜测，以当时民间关于崇德诅咒的广泛流传，西行法师的镇魂之旅除了他与崇德私人交谊之外，大概也承担着某种社会的宗教使命，多种因素促成他不顾年迈与旅途艰险，毅然走上镇魂之旅的道义担当。实际上，他很有几次旅行是出于"砂金劝进"的募捐活动，这也印证了王君的论断，他出家不是消极遁世，而是一种积极的人生态度，以宗教家的精神担当抚慰着一个时代的众生苦难，并且尽其所能地奉献。

还原对象在历史中的真实处境，才能破解研究对象最真实的心灵感应的奥秘，文本是最好的密码。

四

王君学养的深厚，还表现在文本细读的功力。这本研究专著几乎可以作为词典来读，每一个概念都有细致准确的释义，从物理、文理到佛理，每一个词几乎都承担了时间的标记功能，成为通往思想史、文化史、艺术史的门径，验证着新批评的一句名言，一个词可以关联着一部漫长的文化史。而且在释义中着重发掘能指覆盖之下所指的时代性转换，构筑出立体的语义结构。这本著作的后四章，就是以西行法师和歌的内容来分类细读、研究，"草庵之歌""四季歌""旅行之歌"与"释教歌"是他创作的和歌的四大类，也是他一生隐居习佛、礼赞自然、漂泊采风与崇佛弘佛的面面观。而且在深入释义的同时，阐明不同内容对日本和歌创作的独特贡献。除了上文所涉及的"草庵"的出现形成系谱，成为隐逸文学的代名词，还有他采风式的旅行之歌中，在把日本东北纳入和歌吟咏范围的同时，也第一次把海与海边风物以及渔民的劳作生活写进了和歌，大大扩展了和歌的表现领域。这使该著作以词汇为节点，编织出一个文化语义之网，使所有史的内容彼此交错，而又结构谨严地建筑起多重话语的大厦。

比如，从一开始，论述西行法师的出家就涉及佛教在日本平安朝的状况，以及西行皈依佛门的出家过程与方式，但在此后的若干章节中，对日本佛教的知识以词语为中心进行了深入浅出的阐释。比如佛教最早是在6世纪从中国经朝鲜传入，至奈良朝成为日本的国教，作为"镇国之宝物"而奠定了政教合一的官方体系，影响到律令制国家的形成。日本最早派遣的遣唐使都是取经的学问僧，与此同时，汉字也由佛经与其他文献传到日本，掀起学习大唐文化的热潮，成为贵族身份的重要文化标志，因此而有"国风暗黑"的结论。平安朝进行了重大的改革，佛教由官方统一管理变成自行管理，从宫廷走向了民间，在相对的独立中，与皇室形成互动的关系。与此同时，是"国风昌盛"，假名简化了汉字书写，也颠覆了贵族的文化特权，民族化与民间化的潮流是文化普及、复兴的前提，世界第一部长篇小说《源氏物语》即出自当时的职业妇女宫廷女官之手，并且出现了一个世界历史上绝无仅有的女性文学占据社会中心的繁盛时期。从学习大唐到确立民族文化为主体，正是和歌取代汉诗的深层历史文化表征。这也是日本人一直引以为荣的，接受外来文化的时候是以自己的文化为本位进行择取，加以简化变通，就是在全面学习汉文化时代，也绝对排斥缠足、科举与太监制度。平安末期出现的崇佛高潮，则是在盛极而衰的末法时代的危机焦虑中，对佛教再一次的改革与变通。王君由此考察西行法师与官方和民间教派的联系，得出他接受的是混融的佛教信仰，因而是一个无宗无派的僧人。而对于他的一些组诗中的中心词，诸如《法华经》之"花"的详细考证、《地狱图》之内容篇幅与画家等，都进行了简明扼要的诠释，不仅是佛教的一般信仰，还包括在日本起承转合的发展中各种真假难辨的传说典故。而在西行和歌创作的贡献中，强调他拓宽了表现领域的结论，就进一步从海边的鲍鱼、海螺与水鸟之类自然物，拓展到文本衍生的立体文化空间。还有文体的贡献，历来被称为"歌屑"的释教歌，在佛教大昌的平安时代，由于白居易的"狂言绮语观"被巧妙地曲解传播,使以吟咏男欢女爱为正宗的和歌摆脱了佛家戒律中"口业"之忌,适应崇佛的需要迅速兴起。西行的名言代表了那一时期自觉的艺术变革:"咏出一首歌,如造一尊佛,乃至作十首百首,积十尊百尊之功德。"释教歌开始普及,到了西行法师的手里更是前无古人地长足发展,其中67岁作的27首《观地狱图》更是打破了艺术表现领域的禁忌,把地狱景观纳入和歌的吟唱范围,足以和20世纪初感觉表现主义美学思潮相媲美,咏叹面对人在地狱中所经历的种种酷刑时的内心战栗、恐惧与软弱,近似罗丹雕塑的境界。在和歌"感悟兴叹、抒发个人情怀"为主流的时代,在拓展了表现领域的同时,美学风格也趋于前卫的姿态,而且也显示了他驾驭题材的非凡能力。

　　此外,王君对和歌形式的熟稔,也为她对西行和歌的准确解读提供了技巧的保证,比如,反语的运用,相近词语的排列。作为双关语的挂词一般是以五个音节来修饰其他词汇,本身没有独立的意义,近似中国戏剧唱词中的水词和诗歌中的垫字。还有草枕作为"旅"的专用枕词等,虽说只是辅助的手段,但都需要深入研习才能熟练掌握,才能证明西行法师和歌技巧的圆熟,以及对和歌发展的独特贡献。一般来说,艺术的问题就是形式的问题,而且最终要落实到语言形式上,词语的分析才能在结构的整体关联中呈现为饱满的语义场。

五

　　这样细致的词语释义,使王君以西行和歌的意象为中心,打通了他的心灵款曲与文化史经络息息相关的脉门。在泛文本的比较与对照中，提纲挈领又深入浅出地阐释了他艺术精神的精髓，以及破译着他之所以成为"不朽传奇"的千古之谜。

王君以各种资料分析论述西行作为花月诗人，赋予花的独特语义。在他之前的歌人也普遍以花入和歌，但是此花非彼花。中世纪以前，在"唐风歌咏、国风暗黑"的《万叶集》时代，日本和歌由于汉语之影响，以咏梅为主，歌人多以梅花的高洁自喻；中世纪以后，在"国风昌盛"、民族审美意识觉醒的平安时代，本土的樱花取代了梅花的表意功能，本土化的过程影响到和歌取象的变化。农耕民族热爱自然的审美意识已经深入人心，花与节气的依存关系、稀有的美丽都浓缩着大自然的精华，成为最普遍的审美对象。而樱花在日本分布极广，成为所有民众生活世界中最直观的自然之美，取代外来先验审美经验的梅花便是顺理成章的转变。词语在她的著作中承担着文化史的标记功能，这是历史文化语言学的方法。

樱花的自然属性也因此影响了日本民族审美的价值取向，其花事繁盛绚烂，花期短，有七日之花之指代，落花迅疾而又如雪花般纷纭飘洒，比盛开于树上时更炫人眼目。故高桥英夫认为："一般认为日本人的樱花观其中心印象被落花所占据。……被樱花所吸引，是从樱花盛大美丽的凋落开始，似乎是实感性的。"启示了他们对美的短暂与转瞬即逝的无限神秘感兴，落花的迅疾也触动着无数饱受战乱折磨的心灵。如今道友信在《关于美》中所言："日本传统是把短暂渺茫看作美的。"著名日本文学翻译家林少华先生也认为，"日本文学之美是落花之美"。

西行一生痴迷樱花，为樱花癫狂，空前绝后地创作了 272 首吟唱樱花的和歌，占他所有创作的十分之一强。而一些未注明樱花的和歌所咏也是樱花，在他的和歌中，抽象的花就是樱花，著名如"恨无仙人分身术，一日看遍万山花"，其咏之"花"即为樱花，观花的急切

心情也和樱花花期短有关系。他对大自然的赞美,形成的"闲寂流之美",从大自然之寂感受到心灵之寂,在物我合一的美学境界中,樱花转瞬即逝的自生自灭是最直观的物象。这和孟郊"一日看遍长安花"之花有着语义的本质差异,种植的花草是文明的产物,是俗世功名的转喻;而西行所歌咏的樱花是自然的存在,是造化无意天成的美丽。同一个词在不同的定语修饰下,体现着文明与自然的两厢对立,也体现着俗世与西方净土的两厢对立。樱花最直观地展现了闲寂之美,所以西行全身心地投入其中:"愿与樱花同凋落,与君同怀弃世心。"歌咏樱花就是歌咏大自然之美,也就是转喻出隐居大自然的歌者之美。而他开启的"物哀"的美学先河,也和樱花迅疾如雪飘落的物象有关。尽管在他之前也有人歌咏过落花之美,但是寄托的是惋惜的感伤之情,而西行所赋予的是闲寄流的潇洒之美。他一改寂寞、物哀这些前人的陈词,转换为新的语用,将自我的伤感转变为对万物的不忍之心,仍然充满了对大自然的热爱赞美之情。西行借助樱花的美丽,以和歌的形式与大自然对话,近于李白"花间一壶酒,……对影成三人"。这也是如后继者所诠释的,闲寂之美就是风雅。王君引用松尾芭蕉之语,"所谓风雅,随造化,友四时也。……随造化而回归造化也",可谓恳切,沈从文所谓"美丽是哀愁的",汪曾祺也以为"寂寞是一种很美的境界",农耕民族对大自然的礼赞,从始至终都是各民族美学范畴彼此影响渗透的基本主题。

　　西行在和歌中赋予樱花最重要的是佛理的意义,樱花之瞬息开落,绚烂之极而归于平淡,乃佛教所谓无常观之自然体现。才能由此生发出物哀之美,由《万叶集》时代的惋惜,体现为无常观的潇洒之美,使"行尊"西行法师集佛道与风雅于一身。如一些日本学者所言:"樱花对西行来说具有绝对皈依的对象的价值,樱花虽然不是神,但是却给西行带来一种精神上的平静。……把身体和精神都寄托给樱花……樱花是带有浓厚宗教色彩的存在。"由此，樱花在西行的语用中以不同的限定修饰，表达了种种佛理的隐喻，形成一个表意系统：著名的吉野山之樱花象征着佛祖的慈悲之心，是原乡西方净土的转喻；迟开的樱花是"众生皆可成佛"的偈语。以百花缭乱形容《法华经》的广大无边、光辉灿烂，真花指法华本身。樱花与佛教中至高无上的莲花直接通假，此即彼，彼即此，因为都美丽纯洁。樱花诗人，其实是一个延伸、改变了樱花象征语义的佛教诗人。

在西行的和歌中比樱花出现得还要多的语词是月，有397首。而且比樱花的分类更加细致，有变化微妙的四季之月，其中以对秋月的吟咏最频繁，因为它已经是重要的季语，其他如格外明亮的旅途之月、与之为友的草庵之月、海上之月等。而且王君以细致的解读发现西行所咏之月皆为满月，在近四百次的语用中艺术表现不重复，这也只能感叹西行艺术感觉的敏锐与语言技巧的丰富圆熟。而且他极富变化的月之歌，归根结底，终极的语义都是真如之月——真实永恒与平白如常之月，体现为佛理所谓真如之象。"皎洁的月成为观照西行内心的一面镜子"，"烦恼终未得开悟，知我心者唯我心"，唯有月亮能使他摆脱俗世的烦恼。月光永远不变，成为佛教真理的象征，从东到西运行，而重合于西行的法号，以心投月，就是寄托向往西方净土之心。真如之月是自我的投射，也是佛祖之化身，我心即佛的中介物。

正是在这一层语义中，王君提纲挈领地发掘出月在西行的和歌中，与花相同的宗教意义。而且揭示了这两个词具有并列连用的语义关联：花代表着美丽，月代表着纯洁，前者体现着无常，而后者则象征永恒，都是佛、佛的经典与佛理的喻体。由此，王君以王国维的"有我之境"，论证了西行作为花月歌人的主客观因素，一再引他著名的言志之歌："物化阳春如释尊，望月在天花下殒。"准确地阐释了西行的佛教信仰对他和歌创作的决定意义，以及对和歌主题思想的丰

富，使表现男欢女爱的狂言绮语中飘荡起浓郁的佛香，使花月歌人的称谓获得深层宗教语义的结构支撑。而西行所咏之花月，又皆为深山之花与草庵、旅途之月，这两个并列的词语就涵盖了对于他的所有指认，诸如漂泊诗人、行吟诗人、云游的歌僧等，成为他全部和歌的核心词语，也辐射连接起所有的自然、社会与文化的词汇。

这一组提纲挈领的基本词语在四季歌中幻化为各种带有季语性质的意象词语。春之花与莺，夏之雨与草，秋之红叶与露珠，冬之雪与落叶、猎鹰等，都以大自然的闲寂之美体现着无常的终极佛理。西行在以和歌咏唱四季风物，来赞美大自然的造化之美，留下了人与自然和谐相处的不朽诗篇。正如后人所说，是大自然成就了西行，西行展现了大自然之美。但是，西行自己却不满于这个美学的评价，认为这些四季景象都是最高存在的化身："我咏的歌完全异乎寻常，寄情于花、杜鹃、月、雪，以及自然万物，但是我大多把这些耳闻目睹的东西都当作虚妄的。虽然歌颂的是花，但实际上并不觉得它是花，尽管咏月，实际上也不认为它是月。……这种歌就是如来的真正形体。"宗教的意义与审美的效果高度整合，他以艺术的方式崇佛，而读者则是在他的佛理中欣赏到净化心灵的艺术。无意间，艺术承担了宗教的信仰功能，这也可以解释，生活在解剖与分析、分别超自然环境时代的人众，在无神论的信仰真空中，西行充满感悟的自然诗篇，成为他们找回自己精神家园的媒介。何况西行所信仰的宗教是万物归一的大化之境，是以如来的名义呈现的伟大的自然神。

作为一个专业读者，王君深入文本缝隙的词语分析，则在西行主观礼佛的大前提之下，进入文化史的细节考辨，不经意间，在如来的神圣光环中，补充了人类文化活动的种种信息，等于把人也纳入了大化造物之流程。比如，她分析"莺"作为春天的季语，语源在中国南朝丘迟《与陈伯之书》"暮春三月……群莺乱飞"，跨文化比较的角度得益于她扎实的中文基础，是大可不必为自己半路出家的日文而自谦。而且语源在传播中的语用演变也是她独具匠心的学术理路，比如，杜鹃在中国连接着一个久远而哀伤的典故，在日本则简化演变为"冥府的向导""迎灵鸟"。菖蒲在西行的和歌中词频率也较高，他的草庵夏天会被菖蒲遮掩，王君注重它作为季语和端午节的关系，"端午"临近夏至节气，各种蚊虫动物纷纷活跃，而且时逢重五，五是阳数，有极阳之意，有违阴阳平衡的传统文化理想，阳气极盛故为恶日。菖蒲提神通窍，健骨消滞，故端午节要悬挂在居室，用作杀虫灭菌的药物。"荻"是日本秋天的七草之一，且因花色发紫而喻祥瑞的紫色，又勾连着唐锦染色的传说，这个季语也就不是纯粹的自然物，而带有文化标志的意味，因为日俗秋天要熬食七草粥。露珠亦为秋天的季语，西行和歌咏之为"洒在衣袂上的悲秋之泪"，而相对于唐诗的伤春，日本文学更侧重悲秋，平安时代有七夕当天收集草叶上的露水研墨书写和歌献佛之俗，等等。就是在国风昌盛的时代，也割不断唐文化影响的语源。在西行的笔下，四季之物无不体现着物哀之情。而且都是他的"我之物"，并非独自占有之物，而是独自静静观照之物。这样博大的情怀与沉静的审美态度，是西行和歌超越于俗世利害，翱翔于广大时空的精神价值，也是以词语编码的真如之像。

王君这样细致入微的词语释义，就将自然的季语和文化史的标记重合为一，使西行礼佛的艺术创造中带有为人类祈福的性质，这和他《释教歌》的创作互为表里。西行在赞美化育万物的如来之时，也赞美了顺应自然创造了宜人风雅文化的人类。这使他的宗教精神中充满了祥和的人文精神，直接的体现是捕鲍鱼、捉海螺的渔事场景，儿童游戏的场面等顺乎自然的人间生活，间接的则是了悟生死的镇魂与"砂金劝进"等和歌中所表现出来的对自然之神的敬畏。所以，他把和歌的创作与造佛的活动相提并论，将艺术的创造和诵经媲美："不断地斟酌着一句和歌，就犹如唱出一句真言。"西行以艺术的形式承担宗教功能的自觉意识可谓超前，也转述出他对艺术创作虔诚的宗教精神。这就难怪他在重复的主题中，以不重复的语言形式，不断陌生化着前人的修辞语用。当年所造的佛像不知留存下来多少，而西行的和歌却千年流传，这是他成为"不朽传奇"的真正秘诀。

　　王君以自己艰苦卓绝的解码工作，演绎着西行学会成立时对他的定位："作为贯穿中世纪文化全领域的精神传统源泉的巨人"，是"涉及中世纪文化各领域的自由人典型"。处于"巨人"与"自由人"的精神高度，"西行已经成为活性化的原动力，全方位地渗透至文化的各个部分"。甚至有的学者认为，"日本文化从最初至最后都可以从西行的角度重新书写"。这种认同中包括了当代人克服危机的自我拯救，王君的工作推动了对日本民族和美的原始思想的开掘，也具有造佛式的功德。

　　写下这些肤浅的心得，以致贺。

附录一　开拓心灵的疆域

　　要回忆自己的阅读和写作经历，实在是一项繁难的工作。要说清自己的学术思想的发展，更是一件无比困难的事情，而且我至今仍然属于摸索的状态，很难说有成熟的学术思想。笔者很佩服那些能把自己的心路历程叙述得很清楚的朋友，他们有能力厘清自己的精神谱系，而笔者至今仍然像蒙童一样，对于外部世界的好奇大大超过对自己的兴趣，一生所为更像是在守护自己的心灵。笔者也很佩服那些对于时代的学术思潮有能力辨析，并且在区别中确立自己学术方向的朋友，他们和时代的人文思潮休戚相关，在问题中寻找"可持续发展"的学术生长点。笔者也生活在时代当中，然而更像游离于时代之外，许多的学术选题带有灵感迸发式的随机性，并没有长久的规划，一个时代的问题会吸引笔者的思索，但那是大家的问题，不为笔者所独有，笔者自有笔者的问题，需要用更多的气力去解决，如果一定要说出自己立场的话，就是源于本性的"永居边缘"。读书是从小养成的习惯，文字牵引着想象的翅膀；写作也是从小不断演练的技能，从作文课到书信，都是实用性的文体。走上文学研究的道路，不过是学习掌握另一类文体的写作。如是看来，从小到大，笔者的生活方式基本都没有什么变化。

一

记得上小学的时候,看过一部关于西藏的纪录片,走出电影院之后,所有的内容都淡薄了,只有一个扛着摄像机的记者给笔者留下深刻的印象,他穿行在不同的场景中健步如飞。在其他的电影中,看到了不少跳伞的镜头,都诱惑着笔者的向往。不仅是职业的想象,还有对自由天地的神往。然而,身为女性,笔者的世界无比狭小,从家到学校、小镇、乡下、城市,方圆不过百里。笔者想走出狭小的家,但是没有机会,笔者想飞翔,也没有条件。唯有读书和写作,能够弥补这个妄想,读书是精神的游历,写作带给笔者飞翔的感觉。自由穿行在文字构筑的不同时空中,把自己的发现记录下来,替代了童年的妄想,由此带来所有悲喜交加的结果,都是替代行为的副产品。

识字读书使笔者的世界一点一点地扩大,尽管语文课本没有太大的意思,但是养成了识字的习惯。而且逐渐领悟了汉字的奥妙,觉得比算术有意思。算术的规则是死的,把各种口诀背熟、公式记牢就是了,而一个字居然有好几个意思,不同的字拼在一起又会有新的意思,这实在是太好玩了,宿命由此开始。母亲的家乡文风昌盛,汤显祖在那里当过县令,在一片"学会数理化,走遍天下都不怕"的功利主义文化气氛中,居然给我们订了《少年文艺》和《小朋友》,而其他的小朋友看的是《十万个为什么》《蛇岛的秘密》。当然,交换阅读是当年的常事,笔者由此获得了文理兼融的特殊文化环境。这使笔者以文学从业,却从来没有泯灭对于自然与自然科学的兴趣。

有了基本的阅读能力,笔者几乎是抓起一本书就读,只要稍微有点故事性，就可以吸引住笔者。《支部生活》里关于女青年被腐蚀的心理过程、一贯道的各种仪式、基督教的文化侵略、旧社会商家的骗术，等等，从那个时期开始，笔者的阅读好像就本能地逃避思想，不大在意观点，只关注材料，这点本能是否也是最终从业文学研究的宿命。当年特别喜欢民间故事，比如忘泉的故事，讲一个远行的人误饮了忘泉的水，遗忘了和家人约定的归期，后来又无意吃了什么草而恢复记忆。登在一本什么小杂志上，而且是到别人家串门的时候随手拿起来看到的。就是革命领袖的传记作品，吸引笔者的也不是革命本身的内容，譬如，青年马克思的酗酒击剑，列宁中学时代就学了四种外语等。甚至连看电影也是如此，《列宁在一九一八》中，感动笔者的是高尔基被列宁批驳得哑口无言的台词——"表现了不必要的残酷"，这真是有点不可救药。这和别人寻找灵魂的原点与支撑的阅读比起来，实在是有点颠顿。

"文革"中的停课，给笔者的阅读提供了充足的时间，翻阅父亲的藏书，《鲁迅全集》是其中最显赫的一部，一开始只是翻看里面的图片，然后是挑着平易的文字跳着看。弟弟借回来的书没头没尾，但是故事却极其精彩，其中有《安徒生童话》《一千零一夜》，显然比革命传奇更神奇，由此发展为对于神话的特殊兴趣。"文革"后期，母亲的单位开放了图书馆，朋友中又有同好者，传着看书是当年的乐事。当时没有选择，近乎有字必读，外国文学是其中的主要部分，也有民间文学，还有关于中外音乐、舞蹈史的小册子，笔者的世界逐渐拓展，驳杂且光怪陆离。

12岁那年，母亲为我们买了一辆自行车，是黑色飞鸽26型男车，还有一本《新华字典》。笔者的世界直接体现为地理的扩展，独自骑车外出是经常的事情，此后的下乡、异地求学、出差、出访都是这种地理扩展的经年持续。《新华字典》则使认字有了工具，能够想象的世界也因此得到了拓展。当时的阅读基本是囫囵吞枣，遇到不认识的字就跳过去，字典更多的时候不是用来当工具，而是当书来读的，对于语言文字的特殊兴趣延续至今。考上大学的时候，父母送了笔者一套《辞海·语词分册》，沿袭了这个阅读的习惯。下乡的时候行囊中便有那一册《新华字典》，此外还有一套20世纪50年代中期出版的中学文科课本，以及洪潜、汪子嵩的《西方哲学简史》等。后来，才知道洪潜是康有为推荐给梁启超的得意高足，是维也纳逻辑实证学派唯一的中国人。这样的哲学启蒙，决定了笔者的思维方式难以走出理性主义的积习，在一个浪漫主义的时代，自然免不了受人诟病。而以理性的眼光观察非理性的现象，也使笔者的学术获得稳固的基石。

　　20岁的时候，笔者通读了10卷本的《鲁迅全集》。因为每一条注释都仔细阅读，接触大量中外古今的文化名人与事件，当时的感觉是读史。其中印象最深的一篇文章是他在北京女师大的讲演：《魏晋风度与酒及药及文章之关系》，从物质的角度进入文人的生活与精神世界，再进入文章的风格，和笔者以往从故事到人物的阅读方式完全不同，开启了笔者解读文学作品的新视野。当然，要到很多年以后，笔者才能知道这是文化史的角度。古人有"刚日读经，柔日读史"的说法，笔者大概偏于柔的时候多，古往今来所有的"经"都不甚读得进去，所有学科的概论也难有兴会，而对于历史的兴趣则从小到大都不曾减弱，特别喜欢看专著。而且笔者所感兴趣的是自然、人种与文化的整体变迁，政治史则常常属于本能规避的范畴。笔者不仅常常在人民的苦难面前闭上眼睛，也常常把历史的残酷血腥合进书本。当时，唯一印象深刻的一部政治历史是《第三帝国的兴亡》，是所有"二战"的叙事中，学理性最强的一部。而文学则一直是副业，是语言文字兴趣的外延。可以折中两者的是那些历史人物的游记性纪实文字，比起正史来，数码的成分减少，而场面与细节还原了历史的生动性。特别是那些最早来华的西方外交官的亲历文字，打开了另一扇看待自己民族的窗口。至于大量的传记，从甘地到杰克·伦敦，更是当年读过的书籍中最难忘记的篇目，而政治家的传记则读不出太多的兴致。十月革命的几大领袖中，我最佩服的是加里宁，晚年他几乎双目失明，每天傍晚都像一个普通的俄罗斯老人一样，独自拄着拐杖在克里姆林宫墙外安静地散步，迎面走过的行人，向他无言地摘帽致敬。

日后的传记写作，满足了笔者这两个方面的兴趣，笔者想知道传主是以什么样的方式植根于什么样的历史当中，即使是同时代的作家，每个人也都是不一样的，人文地理是其一，家族血脉是其二，教育背景是其三，婚恋情感是其四，然后才是党派政治与人生机遇的因缘际会，而他或她和政治党派之间的具体关系也是需要深入探究的，以及最终所有的因素如何影响到创作，一个时代的政治史、文化史、思想史与艺术史的轮廓自然也呈现出来了，像画框一样固定着传主的肖像。

二

报考大学选择的是历史与考古，语言文学是第二志愿。第一志愿被淘汰，第二志愿则成了我的正业，这是又一次的宿命。笔者就读的吉林大学以重视基础著称，语言课要开两年，文学史更是扎实紧凑。适逢思想解放的时代，笔者除了完成本系的课程之外，还听了哲学与历史两系的课。系统的专业训练与大量的泛读，使笔者原本零散的世界变得致密有序，思想、感觉也得到逻辑归纳的基本能力。至今，感谢笔者的母校，给我打下了扎实稳固的学术基础，此后，一波一波的学术热浪，都没有荡出当年的课程范围。

最重要的是，笔者在那里解决了文学观念的问题，自由与唯美是基本的内核。但这个自由是想象力的自由，是超越于历史逻辑的心灵自由；这个唯美是天地间的无言大美，是事物自然呈现的丰富形态，艺术的最高境界就是朴素，简约通透的形式感是单纯心灵的外化。这比较接近象征主义的观点，但是比象征主义更宽泛，是建立在语言形式中的宇宙自然生命系统。文学是语言的艺术，所有的语言都是一整套可以不断置换出新意义的象征符号系统，而所有的语言又都试图描述宇宙自然的生命系统，语言就是人想象世界最基本的方式，是象征的方式。逃避所有的主义，在意识形态论争激烈的时代，这也有些不合时宜。

第三次宿命，就是考研究生了。笔者报的是古典美学专业，但被录取到现当代文学专业。一个总想遁世的人，却一再被抛进潮流的旋涡，不是宿命是什么?！走进北大之后，各种学术思潮蜂拥而来，如春潮化冰一样，使原有的知识得以转化为思想，而全面的学术训练，又使笔者迅速掌握了学术研究的各种文体。这个时期，笔者恶补域外传入的各种新的学术思潮，还跑到理科系修了《自然辩证法》，也阅读了一些科学哲学的著作，特别是《走向未来丛书》中现代物理学的小册子，人类学、精神分析学、比较文学、叙事学，都是涉猎的范围。至于海外汉学界的文艺理论与现当代研究的成果，更是大量翻阅。而且和主流文坛的来往也开阔了笔者的眼界，出版信息很快，新书一出就找来看，一有佳作问世，同学中就竞相传阅，编辑乐于在新手中发现新鲜意见，作为当代文学的研究生自然偏得，当年最多的评论对象是新时期冒头的新锐作家。

在阅读与写作的相互砥砺中，笔者解决了文学研究与批评的方法问题，以阐释与描述为主。对于这个学科的评价体系，则形成多元化的理念。究其原因，多半是因为童年开始的频繁迁徙，各地不同的风土人情都曾带给笔者持久的感动，成长过程中的随意阅读也瞻仰了中外文学家各自不同的精神风采，笔者的世界本身充满了差异，无法以一种标准度量所有的事物。结构主义为笔者的思想提供了理论的基石，刚刚兴起的文化研究理论则是最直接的依据，是共时性的文化史研究范式，也是从横断面研究文化史的模式。这和笔者对世界的理解相重合，因为所有的心灵都有权力表达自己的精神情感。相对于历史理性的社会政治理念，文学更多的是一个民族乃至人类精神、情感与广大无意识领域中的真切感受。这也有悖于价值判断的普遍共识，非此即彼的思维定式使笔者处于没有准确派别立场的尴尬，受到夹击是必然的。实际上，价值判断是上帝的职责，文学的上帝是读者。批评家所应该做的和可能做的，只是发现被"上帝"忽略和模糊了的意义，为此去寻找有效的方法，文学批评是需要技术的。

此外，对于价值判断的犹疑，还来自对自己的怀疑，因为你首先是一个普通读者，不可能不受自身趣味的限制。这样在从事研究工作的时候，必须掌握两个标准，其一是绝对的标准，批评家的审美品位是职业的尊严，绝不可以轻易地褒贬，以区别党派政治的杀伐与商业广告式的炒作。其二是思潮的研究则要放弃自己的个人趣味，才能发现多层次的意义，这是相对的标准。中国的现当代文学面对的是现当代中国的基本问题，也是现当代中国人的基本问题，仅仅一百多年的瞬间历史，当然不足以和几千年积累的古代文学相比，足以让人"惊颤"的作品只可能是少数，但是大量的作品都是民族心灵的记录，包含丰富的信息。它的政治学、社会学、文化学、精神分析学、地理学、历史学等方面的意义，也是文学研究中有价值的内容。鉴赏的批评、传记的研究可从第一种标准出发，而主题的研究则可以囊括上述种种意义。文化研究带给我们的福音，就是在一个无法确立经典的时刻，印证文学研究的可行性。批评家必须客观，是哪个层面问题就依据哪个层面的标准评价。消解自我，是批评家发现意义的前提，这就是我和其他同行的差别所在，别人在张扬自我的时候，笔者却要消解自我，在一个主体论盛行的时代，自然也有些不识时务。主体最大限度地隐退，才能发现了解对象丰富的主体，同中求异是作家论写作的基本原则，在异中求同则是思潮研究的重要法度。看世界可以有很多角度，解读文学作品也可以有许多角度。从文本出发则是基本的视点，泛文本则是文本生成的环境，相互的印证与考量，入乎其中而又出乎其外，尽可能客观地呈现材料自身的价值，才能获得丰赡广阔的意义世界。

当然，这一理念的萌芽与最后的成熟有一个过程，其中有两个人的言论给笔者以启发与支持。首先是罗曼·罗兰，他说有两种艺术品，一种是真正的艺术品，具有绝对的艺术价值，举例是米开朗基罗的雕塑、拉斐尔的绘画、贝多芬的音乐等；还有一种是艺术史上的艺术品，代表着一个时代的文化精神与艺术风格。这释解了我最初的困惑，艺术史上的艺术品，应该看作一个民族或者人类艺术精神的共时性切片，早年对新时期小说主题的研究，近期对"80后"的研究，都出于这样的工作假设。这并不意味着所论作家中不具备第一种品位者，而是忽略他们这方面的价值，使整体的意义形态得以呈现。其次，就是本雅明对于现代艺术的评价，他认为机械复制时代艺术没有了古典艺术让人"惊颤"的"灵韵"，必须在艺术之外去发现它们所包含的意义，这就是上文所提到的现当代文学面对现当代的诸种问题时，多种意义层面所关联的艺术之外的价值。这使我的工作有了学理的宽大基石，而且多了抵抗潮流的沉静。

在具体的角度选择的时候，还需要具体的理念与分析技巧。主题的研究要明确主题的范围，在笔者看来主题是一个意义的系统，文学批评最基本的功能就是对意义的发现，但任何一部作品的意义都不可能是单一的，"一言以蔽之"的时代已经过去了。当然，意义不限于思想，思想更不限于体系，感性的体验、形式的革命、思潮的起源与文学史的节点，以及文学观念革新的尝试，都负载着独特的意义。作为语言的艺术，对于意义的寻绎必须深入语词的缝隙中，就像分析镜头艺术的影视作品，必须深入镜头、楔入镜头与镜头之间的缝隙一样，作品的修辞方式因此而极其重要，所有的明喻、隐喻、转喻、互喻、自喻、幽默、反讽等，都是和各种艺术手法黏连在一起，必须充分调动联想与推理，才能分析出深层的语义，以及作家无意识领域中的心灵隐秘。西方的形式文论，为笔者提供了各种具体的方法，而这些方法与中国古典文论并不是全不相容，形式主义的"陌生化"原则近似韩愈之"唯陈言之务去"，而"新批评"所谓每一个词都关联着一部文化史，则和宋诗"无一字无出处"的创作理念相类似。而文体的研究则是作家思维方式最直接的呈现，和古代文章学的分类颇为靠近，所以形式因此才不仅仅是形式。对于文体的发现也需要因人而异，可以借助语言学的方法，在最基本的思维结构中归纳出最基本的句式，体现作家最基本的创作冲动，同样可以达到意义的阐释。也可以深入作品的基本结构，发现作家容纳时代生活的形式特征，必有其他形式所无法替代的独特功能价值，是整体表义结构的组成部分。

三

这一次的宿命是终极的，职业与专业都使自由阅读的空隙大大减少，好在文学的范围也很广，用尽一生也难以穷尽其所有领域，钻进去也总会有所发现,特别是当代文学,变数极大,像活的生命运动,与宇宙自然一样神秘莫测,也牢牢吸引着笔者的兴趣。但是,积习难改,笔者还是抽空阅读了不少哲学与历史学的著作。当然也还是延续了以往的兴趣,结构主义从形式主义到与人类学的融合,是笔者最感兴趣的部分,而汤因比的历史著作则契合了笔者对于历史的一般印象。至于符号学、神话学、叙事学等诸种学科更是方法自我训练的必需,从中也获得了求知的乐趣。

这个时代真是让人无法懈怠,不仅话题多得让人眼花缭乱,而且知识也不断挑战着你的理解能力。笔者希望吃透每一种方法的基本原理,同时也和最古老的方法相参照与融合。比如,符号学的方法是相对于历史学的方法,前者以象征意义的分析为主,忽略史实的考据,而后者则是以史实的考据,解构掉符号的象征意义;原型的批评则相对于文化史的批评,前者要忽略大量的细节,找到不断变形的基本结构,后者则是从细节进入历史。文本的批评相对于传统的作家研究,前者不以作者的言论为依据,后者则以阐释作家的主观意图为目的;前者要发现作家自己没有意识到的内容,后者则要以作家的动机为落点。对于文本批评来说,确实"作家死了",而对于传记批评来说,作家就没有死,也不会死,他们的主观创作动机仍然是需要充分尊重的批评伦理。此外,中国古代学术的三个范畴:辞章、训诂与义理,也可以扩展为文、史、哲的三大基础学科,辞章是文学,训诂是史学,义理是哲学与宗教。传统学术最古老的方法也是最基本的方法,仍然有它强大的生命力。文学创作要打通中外,文学研究也要打通中外。

笔者的宿命开始于最初的随意阅读,而当年的多学科泛读为笔者今天的门窗洞开拔出了锁芯,遗憾的是笔者的兴趣还没有完结,不能全身心地投入专业,文学研究只是写作的一类文体,对于其他文体的写作也贯穿了半生。这大概就是在别人早已功成名就的年龄，笔者还在艰苦摸索的原因，用心不专，势必学业不精。但是不同文体写作的彼此砥砺，也有难得的收获。其他文体的写作锻炼了笔者对语言的感觉，而对于文学作品中象征意义的寻找，则提示着笔者回归时间之始的自觉。同样是以语言为材料的工作，笔者以研究的方式进入文化的象征体系，发现结构性的隐秘遗传与变异，而以对象征体系的逃离来抒写对文化之外的更广大世界的发现，试图呈现出事物自身的形态。思维方式的频繁切换，对象的不断变动，都更具体地实践着入乎其内与出乎其外的基本原则。其间，基本的语言方式并没有太大的障碍，也是由于对于艺术本质自由、朴素的理解，唯其如此，才能够接近丰富多彩的现象世界。笔者在研究和批评工作中，希望以最准确、最简明的语言，描述出对象最基本也是最独特的形态，追求元语言的境界。博大丰富的汉语体系为笔者提供了最大的可能，各种方法为笔者准备了可资选择的工具，笔者新的妄想是让自己的理论批评文体像透明玻璃器皿一样，清晰准确地呈现出对象最基本的结构。读书、读人、读世界，笔者的世界还在慢慢地扩展。

老之将至，而好奇之心未泯，奈之如何？！

附录二　走进学术的殿堂*

这本小书保留了笔者走进学术殿堂的最初心路，彼时还年轻，却自以为很成熟，凭着一股初生牛犊不怕虎的勇气，不计利害地写下一些文字。除了编书的时候，笔者一般是不看旧作的，因为忙乱和新知识与新课题的逼迫，所以从来就没有别人悔其少作，或者少作不悔的思量，因为没有一定要在历史上留下痕迹的抱负，所以也没有太多的紧张。对于自我的兴趣，永远无法战胜对世界的好奇，读书是从小养成的生活方式，写作是职业的习惯。上学的时候，毕竟闲一些，把写作这件事看得有点严重，结婚生子之后，世界观的大翻转，也使心态更加平和，只是生存的压力，迫使笔者不得不加倍努力。

这本书的第一篇评论是有感于一篇小说引起的风潮而作，招来不少麻烦，对于今天的年轻人来说有些可笑，但是在当时却是一个很敏感的问题。在经历了漫长抹杀自我的时代之后，在普遍的压抑与蠢蠢欲动的改革初潮中，大量的话题几乎是不成问题的问题，还有一些问题是像鸡生蛋和蛋生鸡一样扯不清的问题。由此感到思维方式狭窄化的困境，便有意寻找新的世界观与批评方法。在北大读研期间，最多的思考是文学批评的方法问题，结构主义以及相关联的形式文论与之所带动的20世纪的世界新理论，无疑为笔者开启了一扇进入专业的大门。

---

* 本文为2015年华东师范大学出版社出版的纪念版评论集《文明与愚昧的冲突》之后记，在《书城》发表时题为"最初的心迹"，此次结集恢复原来的命名。

因为其他的学术思潮,比如科学哲学等,不能直接应用于文学研究,只能作为一般的世界观。

除了同学中普遍的兴趣之外,尤其要感谢彭克巽先生,在他开的"妥思托耶夫斯基研究"课程上,第一次知道了巴赫金,首先了解了复调诗学,这很切合笔者对世界差异性的感受,因为人与人之间的误会与敌意往往来自偏见,绝对论的思维方式是大到人类、小到家庭,各种矛盾冲突的主要原因。与之相关联的专业问题是对作品评论的简单化,以庸俗社会学的标准代替艺术的分析,以一种尺度衡量所有的文学现象,甚至由此引起血腥公案,使残酷的迫害获得必然逻辑的荒谬支持。《文学批评中的系统方法与结构原则》就是这一时期思考的结果,能够写成这篇文章应该感谢不少朋友,他们在图书资料与学术信息方面无私的帮助,是一个匮乏时代中永远难以磨灭的友谊印迹。也要感谢华东师大主办的《文艺理论研究》的先生们,他们是在自然来稿中发现了这篇并不十分完美的论文,毫不犹豫地刊发出来,使笔者至今感激不尽。如今看来很多术语可能运用得很不规范,但笔者愿意保留最初探索的痕迹,一如保留自己幼稚丑陋的照片,歪七扭八的脚印中,记录了当年艰苦学步的甘苦。

当年的思考至今受益,尽管课题在变化,但是基本的学术理路与方法延续了下来,并逐渐加以深化。现当代文学是中国古代文学的延续,因为用汉语写作的基本前提没有变。在经历了漫长时段的封闭之后,革新求变、学习借鉴成为学界主潮,由此对断裂的关注较多,而对连续性的思考不足,偏重域外的影响,而忽略传统自身的强大生命力。形成这样的学术理念,首先要感谢笔者的母校吉林大学,特别重视基础,而且不分专业,当年任课的教师不但学养深厚,深入本学科的最前沿,而且对教学有着神圣的敬业精神,对学生也非常宽容。其次,要感谢笔者研究生时前后期的同学们,普遍的学术兴趣与多专业的知识与角度,有助于走出非此即彼的思维怪圈。现当代文学可能处于衰落期,但也只是变异的问题。系统的思想启示着我们这样的思路,现当代文学犹如电脑的终端,屏幕上显示的只是很小的一部分,但是信息的传递却经历了悠长、曲折、复杂的过程,所有的大师实际上都承担了转型的伟大使命。结构的原则确立了文本自身语言结构独立性的研究出发点,才真正能够从外部的研究进入内部的研究。

文化研究理论无疑为笔者提供了工作的范式,社会历史的内容通过作者的主体情绪内化为文本的情节结构,历时性与共时性融合为完整、连续的生命整体。全方位地考察文学现象形成的多种因素,毕业论文《文明与愚昧的冲突》是最初的尝试,这篇论文为笔者迎来了巨大的学术影响,也带来了走不出去的阴影,此后的所有文章都很难受到关注,以至于经常会有关于笔者下落的问询。当然引起的误解也不少,在非此即彼的思维惯性中,以为文明与愚昧的差别是中与外、城与乡的两极对立,这可能有笔者论述不周全的原因,其实愚昧是指不同文明中的极端形态,以及以之作为唯一衡量标准的绝对论思维方式的谬误。其实,笔者在结语中已经说得非常清楚,这篇论文的核心思想是多元化。正如巴赫金所明确论述的,世界本身是多元的、多中心的,强求统一就是违背天道的。文化研究的可喜之处,就是建立在多元文化差异性的基础之上,给文学评论工作展示了开放民主的广阔前景。对于20世纪七八十年代转型时期的当代文学来说,最大的愚昧就是对民族戕害最深的极"左"政治,是违背所有文明底线的黑暗深渊。在一片荒芜的废墟之上,所有的作家都在面对这历史的巨大创伤写作,所以,这个命题没有脱离具体的历史情境,而且尽管社会发生了极大的变化,但这个基本的命题至今没有过时。这让笔者觉得当年的辛苦没有白费,以后的所有文章都被淹没也值得。这篇论文的成型与发表,需要感谢的人极多,首先是笔者的业师谢冕先生,他的细致审读与修改意见使粗糙的原始思想获得准确的语言表达，以及大力的无私推荐使之进入编辑的视野。当代文学专业的其他老师，也提了宝贵的意见；同期同学们共同营造的宽松学术气氛，讨论与辩驳磨砺了笔者的思想和感觉；答辩委员会诸位先生中肯的意见，促进了进一步的修改完善；《中国社会科学》杂志社的先生们，不惜代价提供大量版面，破例分两期连载，更是形成它影响的重要环节。而且当年参与这篇论文的不少师友已经重归道山，这也是笔者不愿意重读这篇论文的原因。借这次再版的机会，对所有的参与者致以衷心的感谢，也祭奠所有亡故的师友。

集子里的其他文章，有的是课堂作业，有的是应杂志社之约，有的是在朋友的动员之下而作。大致是对那一时期美学思潮的感应，或者鉴赏，或者借助古典文论，或者应用黑格尔所代表的德国古典美学范畴，总之都是尝试之作。其中，关于汪曾祺的几篇，则是沿着鲁迅所开创的文化史研究的路径，应用于当代作品的分析。现当代文学是古典文学的延续，现当代学术也是在外来思潮的启迪之下，对传统学术思想的变革与继承。当时被目为新派批评家，其实只是寻找建立与传统联系的桥梁，因此，也是以这样的方式向无数大师累积起来的伟大学术传统致敬。受到的批评是没有美学原则，其实，这就是笔者的批评原则，尊重美学风格的多元化，从对象出发寻找合适的理论。尽管不免皮相，不免蜻蜓点水似的浮泛，但是确立了基本的原则。至于对象的选择，则是由阅读的感受决定的，实在是一个非理性的问题。这就是以理性为主要工作方式的文学批评，无法彻底挣脱非理性情感制约的无意识作用。以感觉接近对象，以分析解读对象，是笔者从事文学批评工作以来的基本方法。始终保持对现象的观察兴趣，不断提高理论与方法的应用能力，不至于故步自封，也不至于僵化保守，是笔者一以贯之的学术态度。这个时代，实在是一个认知无限增长的时代，新的理论与方法层出不穷，思想经常处于游牧的状态，唯有博大丰厚的学术传统为我们提供了安身立命的永恒家园。

感谢浙江出版社当年的雅意，使笔者学步的拙作得以结集出版。再次感谢李庆西先生，他当年编辑此书颇耗时间精力，这次又联系再版，给了笔者一个意外的惊喜。

写下这些，全充已有后记。

本文为笔者的第一本文学评论集《文明与愚昧的冲突》再版后记；近三十年前的学步之作，2014年由华东师范大学出版社再版，特此鸣谢。

后　　记

　　本书的所有文章都写于 21 世纪的第二个十年，第一辑是关于萧红的几篇文章，是这十年教学与科研的成果，也是笔者半生研读萧红的新发现。这个伟大的作家，以她灼人的才华，吸引着笔者长久地关注。感谢沈阳师范大学为笔者提供的优越工作条件，也感谢许多同好的无私帮助与直率的批评指正，使笔者这十年的工作大为深入，犹如探险一样的工作得以顺利抵达秘境，并且安全回归。因为笔者这些年的萧红研究主要是史实的考据与深度的解读，需要大量地搜集资料，也需要安静的治学环境与大块的时间。还要感谢笔者众多的同事们，他们在资料的搜集、文学场的周边知识方面，都给了笔者很多的帮助与启示。还特别要感谢我的学生们，他们以崭新的知识结构、敏锐的头脑和新鲜的感觉，激发着笔者的思维触角，使笔者不断有新的感悟与发现，开辟出全新的研究领域。

　　其他两辑的多数文章是命题作文，参与单位的工作，或者受朋友之托，撰写的序言与评论。这些文章横跨东西方文化，眺望当代文学的不同时代，是另一种学习的机会，因此获得不少新知识，其他领域的研究成果也砥砺着笔者的思维，开辟着笔者的学术视野，虽然只能从方法的角度谈粗浅的感想，但是，心得中已经融入了新知识的元素，与原有的基因结合，对笔者的专业领域也有提升的作用。几篇讲演稿都是为出席会议而作，为此所做的功课，温习了生疏了的专业领

后　记

域，调动了已有的知识准备，增补了笔者的知识结构，也深化了笔者所有的研究专题，所谓磨刀不误砍柴工。几篇自序，则是为着十年来出版、再版的几种拙著所作，浓缩着研究发现成果的同时，也记录了自己学术精神历练的过程和最初的时刻。惭愧的是唯独对21世纪的文学关注最少，对于"80后"作家的创作本来是笔者打算重点用力的部分，终因各种各样的原因，只有一篇编入此集，原有的计划大概要搁浅了。

还要感谢笔者的家人，他们在图书购买、资料搜集方面点点滴滴的帮助，给了笔者许多的便利，各自学科领域的角度与方法，也使笔者大受裨益，成为笔者最信任的义务顾问。而且无怨无悔地和笔者一起过简单潦草的生活，放弃了许多的人生享受。兄嫂弟妹们承担起照顾老人的职责，使笔者有更多的心力专注于工作，也是笔者特别感激的。

立此存照，为21世纪的生命旅程保留下自己蜗牛爬痕一样的踪迹。